www.tredition.de

AF214712

Christoph J. Neumann

Elf Masken

www.tredition.de

© 2021 Christoph J. Neumann

Verlag und Druck:
tredition GmbH, Halenreie 40-44, 22359 Hamburg

ISBN
Paperback: 978-3-347-40255-3
Hardcover: 978-3-347-40256-0
e-Book: 978-3-347-40257-7

Für Laura
- Schatten meiner Tage und Licht meiner Nächte -
und die Verlorenen in den Psychiatrien dieser Welt

1

„Wie wundervoll der Farbauftrag gelungen ist auf diesem Gemälde.", sagte der ältere Patient. „An manchen Stellen ist kein Pinselstrich sichtbar. An anderen ist der Farbauftrag sehr pastös, vielleicht wurde die Farbe sogar mit einem Spachtel aufgetragen. Manche Konturen sind durch einen dunklen Strich hervorgehoben, andere gehen unmerklich ineinander über."

Elias sah von seinem Buch auf, griff nach der Postkarte, die er als Lesezeichen verwendete, und markierte damit die Seite 49. Er schloss das Buch und wandte sich dem älteren Mann zu, der immer noch das Gemälde an einer Wand des Speisezimmers betrachtete. Dünnes weißes Haar fiel diesem unordentlich und in Wellen auf die Schultern. Er war von hoher und hagerer Statur. Sein Gesicht war fein gezeichnet und zugleich ausgeprägt. Seine Nase war lang und ein wenig gekrümmt. Das interessanteste Detail waren jedoch die Augen des älteren Patienten. Sie waren überdurchschnittlich groß und von türkiser Färbung. Dünne, grüne Fäden durchzogen die Iris und ein paar kleinere Blutgefäße waren geplatzt und färbten einen kleinen Teil des Augapfels rot. Und wie so oft lief eine Träne an der linken Wange des Mannes herab. Elias hatte diese Eigenart schon mehrfach beobachtet und war sich über die Ursache nicht klar. In den Augen des älteren Patienten war keine Traurigkeit, kein Entsetzen und keine andere intensive Emotion. Dennoch rannen immer wieder Tränen an seinen Gesichtszügen herab.

Elias Gegenüber hatte seinen forschenden Blick bemerkt, sah ihm in die Augen und sagte: „In Italien nannte man diese Technik Sfumato. Die Formen gehen ohne klare Abgrenzung ineinander über und es sind keine Pinselstriche sichtbar. Das Motiv erscheint dadurch besonders realistisch. Mir ist entfallen, wer der Urheber dieser Methode war, aber sie muss in der Renaissance entwickelt worden sein."

In den letzten Minuten hatte sich ein Duft nach Zitronen im Speisesaal ausgebreitet. Elias sah sich um, konnte die Quelle des aufdringlichen Geruchs jedoch nicht ausfindig machen. In einer Schale lagen zwei Äpfel, eine Birne und eine Kiwi. Von Zitrusfrüchten fehlte jede Spur und ein Putzmittel konnte nicht die Quelle sein, da der Geruch natürlich wirkte. Er hatte nicht die Eigenart eines chemischen Produkts.

Elias deutete ein Lächeln an und der Mann fuhr fort: „Ich kann kaum beschreiben, wie sehr ich die italienische Malerei dieser Zeit liebe. Überhaupt war die Renaissance eine goldene Morgenröte. Voller Hoffnung und Versprechungen. Der Mensch wurde sich selbst bewusst und versuchte sich nach seinem ästhetischen Sinn zu formen."

Der ältere Patient schlug die Augen nieder und sprach mehr zu sich selbst als zu Elias: „Sieh Dir an, was seit diesen Tagen geschehen ist. Man kann nicht behaupten, die Menschheit hätte noch eine Wandlung zum Besseren durchgemacht. Und was die Kunst betrifft: Schon im 16. Jahrhundert begann der Verfall. Und auf Umwegen gelangten wir in das Chaos, das wir heute in der Malerei sehen und das bereits im ausgehenden 19. Jahrhundert begann. Der grandiose Irrtum zeigte sich bereits bei den Impressionisten. Und dann wirf einen Blick auf die folgenden Strömungen. Expressionismus, Dadaismus, Surrealismus – alles Irrwege die nur ins Nichts führen. Maß und Kunstfertigkeit spielen keine Rolle mehr. Alles wird überzeichnet, verwandelt und sinnentleert. Kandinsky und seine Mitstreiter der Abstraktion hatten die Stirn, die Kritzeleien eines Gelangweilten auf die Leinwand zu bringen und sie mit dem Etikett Kunst zu versehen."

Es folgte eine Pause, in der der ältere Mann in sich suchte. Elias betrachtete erneut das Gemälde. Es war eine sehr schlichte Szene. Im Vordergrund breitete sich eine Wiese aus. Einige Tulpen und andere im Frühling blühende Blumen versahen die Fläche mit etwas Leben und Farbe. Begrenzt wurde der offene Bereich von stattlichen Bäumen. In einiger Entfernung wand sich ein Weg durch Bäume und Sträucher. Die Szene spielte sich vor einem dramatischen Wolkenhimmel ab, der Regen ankündigte. Elias glaubte einen Moment eine Bewegung in den Wolken zu sehen, aber der Eindruck verging schnell.

Während Elias das Gemälde studierte begann der ältere Mann wichtige Maler der Moderne und Postmoderne und deren umfassende Reihe an Fehlern aufzuzählen, ihnen jegliche Kunstfertigkeit und Bedeutung abzusprechen. Elias verließ mehr und mehr das Interesse an den Ausführungen. Er wendete sich wieder seiner Lektüre zu. Das Buch, das vor ihm auf dem Tisch lag, hatte einige besondere Eigenschaften. Wenn es je einen Schutzumschlag besessen hatte, war er verloren gegangen. Es war auf altmodische Art und Weise gebunden. Der tiefrote Einband zeigte an mehreren Stellen Zeichen starken Gebrauchs. Immer wieder war Elias von dem verwendeten Rot fasziniert. Es hatte ein eigenartiges Charisma, ohne wirklich schön zu sein und ohne das Auge wirklich zu erfreuen. Auf der Vorderseite prangte in schwarzen Buchstaben der Titel: „Erscheinungsformen und Wege des Teufels". Aber ein Autor wurde nicht genannt. Und auch ein Impressum suchte man vergeblich. Auf eine erste, leere Seite folgte eine Widmung, die mit einem dicken, schwarzen Marker vollständig übermalt worden war. Zumindest vermutete Elias, dass es sich um eine Widmung gehandelt haben müsse. Aber aus welchem Grund man eine Widmung schwärzen würde, konnte er sich nicht erklären.

Elias schlug die Seite auf, die er mit der Postkarte markiert hatte. Sie zeigte einen Pierrot in Gesellschaft einer in altertümliche Kleidung gehüllten Gruppe an Männern und Frauen. Es war unklar, ob die Szene auf einer Theaterbühne oder in einem Festsaal aufgenommen worden war. Das Schwarzweiß des Fotos und andere Details führten Elias zu der Vermutung, dass das Bild aus den 50er- oder 60er-Jahren des 20. Jahrhunderts stammte. Er legte die Karte zur Seite und las erneut den Absatz, bei dem er unterbrochen worden war.

Jedes belebte Ding kann als Maske dienen. Beziehungsweise ist es die Eigenschaft jedes Körpers und jeder Form unter bestimmten Bedingungen eine Maske zu sein. Diese Eigenart macht sich der Teufel zunutze. Der Abgefallene verbirgt sich in den eigenen Eltern, in den Geschwistern oder sogar dem geliebten Partner. Zu einer anderen Zeit vielleicht in einer zufälligen Bekanntschaft oder einem Fremden. Für einen Augenblick ist sich der Besessene seiner Situation bewusst, empfindet sogar Lust dabei. Das ist nichts anderes als die Lust des Teufels an der Verwerflichkeit seines Wesens und seiner Existenz. Zieht er sich aus einer Form zurück – dies kann schnell und unvermittelt geschehen – schwindet in dem Gefäß auch das Bewusstsein und in den meisten Fällen auch die Erinnerung an die Situation. Es ist aber schon mehrfach beobachtet worden, dass ein wenig Eigenart des Abtrünnigen in einer einmal genutzten Hülle verbleibt. Anzeichen der Dämonisierung treten dann immer wieder in unterschiedlicher Intensität zu Tage. Um das Bild zu vervollständigen ist zu erwähnen, dass teils auch scheinbar unbelebte Objekte als Maske dienen können. Besonders eignen sich figürliche Darstellungen des Menschen, Fotografien und realistische Statuen und Reliefs. Hinweise auf einen solchen Vorgang sind unerklärliche Veränderungen der Darstellung, scheinbare Bewegung von abgebildeten Objekten und vereinzelt Lippenbewegungen eines abgebildeten Charakters und vernehmbare Sprache. Solche Vorfälle werden häufig im Zusammenhang mit moderner und postmoderner Kunst berichtet. Expressives, Absurdes, Skizzenhaftes und Surreales scheinen die Inbesitznahme durch den Teufel zu begünstigen.

Eine große Traurigkeit breitete sich in Elias aus, so dass er die Seite erneut markierte und das Buch ein wenig zu seiner Linken ablegte. Mit einem eindringlichen Geräusch wurde der Speisewagen geschlossen, in dem das Mittagessen der Patienten auf Station gebracht worden war, und dann den Flur entlang geschoben. Das Speisezimmer grenzte an einen mit Tischen und Stühlen versehenen Bereich, in dem sich die Patienten aufhalten und wenig sinnvollen Beschäftigungen nachgehen konnten. In Regalen stand eine erbärmliche Auswahl an Büchern bereit. Zusätzlich einige Brettspiele, Karten unterschiedlicher Machart und ein Schachbrett. In einem hölzernen Kästchen warteten Schachfiguren auf kundige Spieler. Drei schwarze und ein weißer Bauer waren aus Plastik geformt und kleiner als die restlichen Figuren. Und es gab zwei weiße Königinnen, von denen eine kunstvoll aus Speckstein herausgearbeitet worden war. Die Möblierung der Station war uneinheitlich. Viele der Möbel waren aus einem unschönen, gelblichen Holz. Nur wenige waren weiß gestrichen. Die Bezüge der Stühle und Bänke waren abgewetzt und nach ihrer Machart schon mehrere Jahrzehnte alt.

Der ältere Patient starrte auf seine Hände und erneut lief ihm eine Träne über eine Wange. Er war einige Momente still gewesen, setzte aber dann seinen Monolog fort: „Auch wenn Klimt noch dem 19. Jahrhundert verpflichtet ist, zeigt sein Werk schon Anzeichen von Dekadenz. Viele bemerken es nicht, aber seine Kunst hat einen großen Makel. Vielleicht sogar mehr als einen. Betrachtet man seine Portraits längere Zeit, ermüdet man schnell. Und ich sehe auch keinen Grund für den übermäßigen Einsatz von Gold."

Der Blick des älteren Mannes gewann an Intensität. Er sah Elias sehr eindringlich an und sagte: „Und dann dieser Irrsinn, Vereinigungen und Künstlergruppen zu bilden. Nichts als Wichtigtuerei und Eitelkeiten. Welcher vernünftige Mensch verspürt das Verlangen Manifeste zu verfassen?"

Er stand ruckartig auf, wirkte kurz irritiert und hilflos und ging dann zur Kaffeemaschine. Er murmelte einige undeutliche Sätze, dann sagte er laut und deutlich: „Kann und will mich denn niemand verstehen?". Nach kurzer Zeit kam er mit seiner Tasse zurück zu Elias. Mehrmals öffnete er den Mund, als wolle er sprechen. Nach einigen Momenten sagte er mit gesenkter Stimme und in einem vertrauensvollen Ton: „Ich habe noch ein viel wichtigeres Anliegen." Der ältere Mann forschte in Elias Gesicht nach einer Reaktion und fügte dann an: „Es ist mir etwas unangenehm." Während er seine Hände knetete sagte er: „Vielleicht kannst Du mir in dieser Sache helfen. Ich wüsste gerne was das hier für ein Ort ist. Wo bin ich hier?"

Es gelang Elias nicht, seine Überraschung zu verbergen. Ihm war klar gewesen, dass der ältere Mann Schwierigkeiten hatte, sich zu orientieren, aber seine völlige Hilflosigkeit schockierte Elias. Er hatte schon eine Weile nichts gesagt, weswegen es Elias Mühe bereitete seine Stimme zu finden. Schließlich antwortete er: „Du bist auf der Station C0West der Psychiatrie Ulmenau. Es ist eine geschlossene Station ausschließlich für Männer."

Der ältere Patient nickte einige Male und sagte dann: „Eine Psychiatrie also."

Elias erwiderte: „Eine Klinik für seelische Erkrankungen."

Einige Momente herrschte Schweigen zwischen den beiden. Elias bemerkte, dass der Sonnenschein nachgelassen hatte und deutlich weniger Licht durch die Fenster drang. Außer dem älteren Mann und ihm saß noch ein Jüngling im Speisesaal. Er war schön anzusehen, schlank und hatte ausdrucksstarke Züge. Sein Gesicht wurde durch schwarze Locken gerahmt und auch seine Augen schienen beinahe schwarz. Nur bei genauerem Hinsehen bemerkte man das dunkle Braun der Iris. Er war erst an diesem Morgen eingewiesen worden, so dass Elias nichts über ihn wusste, noch nicht einmal seinen Namen kannte. Plötzlich wurde sich Elias bewusst, dass er den Namen des älteren Patienten kannte. Er hatte sich vorgestellt, als er auf die Station kam. Es war für Elias schmerzlich festzustellen, in was für einer schlechten Verfassung sein Gedächtnis war. Auch um seine Konzentration stand es nicht gut. Es fiel ihm schwer längere Zeit bei einer Sache zu bleiben.

Der ältere Patient suchte die Aufmerksamkeit seines Gegenübers und sagte: „Es ist mir sehr peinlich, aber ich kann mich nicht mehr an meinen Familiennamen erinnern."

Elias antwortete: „Maigrün. Dein Familienname ist Maigrün."

Der ältere Mann lachte auf und sagte: „Natürlich. Jakob Maigrün. Es hat mir immer gut gefallen, zu wissen, dass es eine Sorte Ölfarbe gibt, die meinen Nachnamen trägt."

Die Szene war erneut düsterer geworden. Beinahe schwarze Wolken standen am Himmel und erste Regentropfen fielen. Der Jüngling, der etwas abseits saß, bewegte sich in seinem Stuhl und redete leise mit sich selbst. Jakob lachte einige Male. Er schien von einer großen Last befreit. Er trank seinen Kaffee, lachte erneut auf und sagte dann: „Ich erscheine verwirrter als ich bin. Natürlich kenne ich die Psychiatrie in Ulmenau. Ich war 22 Jahre alt, als ich hier zum ersten Mal Patient war."

„Du hast noch nicht erzählt woran du leidest. Was wurde bei Dir diagnostiziert?", fragte Elias.

Jakob antwortete: „Ich leide seit meinem 21. Lebensjahr an einer paranoiden Schizophrenie."

Er trank seinen Kaffee aus, stellte die leere Tasse in die Spüle der Küchenzeile und setzte sich wieder an seinen Platz. Die Freude war aus seinem Gesicht gewichen und er senkte ein wenig den Kopf. Mit halblauter Stimme sagte er: „Das Leben eines Malers hätte mir gefallen. Aber die Erkrankung hat es nicht zugelassen."

Jakob betrachtete seine Hände, drehte und wendete sie. Elias bemerkte ein starkes Zittern an Jakobs rechter Hand. Dieser nahm eine aufrechte Haltung an und sagte: „Meine motorischen Fähigkeiten haben im Lauf der Jahre sehr gelitten. Ich nehme seit mehr als 40 Jahren Antipsychotika. Und meine Konzentration ist nicht gut."

Inzwischen prasselte Regen gegen die Fenster der Station und in unregelmäßigen Abständen zerrte der Wind an Fenstern und Türen. Dennoch drang ab und zu ein Sonnenstrahl durch die Regenwolken. Eine eigenartige Stimmung breitete sich im Speisesaal aus. In dem angrenzenden Aufenthaltsraum und dem Flur war gedämpftes Gespräch zu hören, selten von einem Lachen oder anderen Lautäußerungen unterbrochen.

Jakob fuhr fort: „Mir ist ein wenig, als würde ich aus einem Traum aufwachen. Ich kann noch nicht lange hier sein."

Elias antwortete: „Vor zwei Tagen kamst du in Begleitung einer jungen Frau auf Station. Sie fiel mir durch ihr rot gelocktes Haar auf. Ihr hattet zwei Reisetaschen bei euch."

„Emilia hat mich also hierher gebracht. Sie ist meine jüngste Tochter und diejenige, die es als Aufgabe sieht, sich um mich zu sorgen."

Der Jüngling im Speisesaal wurde zunehmend unruhiger. Er sah sich im Saal um, rutschte auf seinem Stuhl hin und her und knetete seine Hände. Es war unmöglich zu erraten, was sich in ihm abspielte. Er seufzte, dann fiel er in sich zusammen und jammerte: „Nein. Nein. Nein. So soll es nicht sein."

Jakob beobachtete den Mitpatienten ebenfalls, wandte sich dann wieder Elias zu und sagte mit klarer Stimme: „Ich erinnere mich. Es ging mir in den letzten Wochen immer schlechter. Zuletzt habe ich viel halluziniert und kam auf merkwürdige Ideen. Alles schien wie verwunschen. Das war wahrscheinlich der Grund für Emilia, mich hierher zu bringen."

„Ich kann nicht sagen, dass es mir selbst in den letzten Tagen gut ging."

Jakob spielte mit den Gegenständen, die auf dem Tisch vor ihm standen. Neben einem gebrauchten Glas standen zwei Portionen Kondensmilch und einige Bonbons lagen achtlos auf der Fläche verstreut. Der Regen hatte erneut an Intensität gewonnen, der Wind hatte sich ebenfalls verstärkt. Sogar Donnergrollen war in der Ferne zu hören.

Jakob zögerte, schien nach einer passenden Formulierung zu suchen und sagte dann: „Willst Du mir verraten, weswegen du hier bist? Ich kann es nicht erraten."

Elias überkam eine große Scham. Er hatte sich noch nicht daran gewöhnt, als geisteskrank diagnostiziert zu sein. Er spürte, wie ihm das Blut in die Wangen schoss. Er nahm verschiedene Positionen ein, fand aber keine, in der er sich wohlfühlte. Er griff nach seinen Lippen und zuckte unsicher mit den Schultern. Er war unschlüssig, was er Jakob preisgeben wollte.

Der Geruch nach Zitronen war inzwischen überdeutlich. Er irritierte Elias immer mehr. Es roch als hätte jemand pralle, reife Früchte direkt von einem Zitrusbaum gepflückte, sie vielleicht sogar angeschnitten und in der Mitte des Raumes platziert.

Sein Blick fand das Gemälde an einer Wand des Speisesaals. Der wolkenverhangene Himmel im Hintergrund hatte sich verändert. So unmöglich es schien, er war in stetiger Bewegung. Auch im Gemälde rüttelte der Wind an Bäumen und Sträuchern und fuhr deutlich sichtbar durch die Halme und Blumen der Wiese im Vordergrund. Einige Regentropfen liefen in der Gestalt dickflüssiger, blauer Ölfarbe an der Fläche herab, als wäre es eine Glasscheibe.

Jakob hatte die Veränderung ebenfalls bemerkt und sagte: „Aber es ist doch ein Gemälde - eine künstliche Schöpfung."

Elias war von der Unmöglichkeit dessen, was er sah, völlig in Anspruch genommen. Der Spaziergänger in der Tiefe der Szene spannte einen Regenschirm auf und setzte seinen Spaziergang fort. Innerhalb weniger Augenblicke verschwand er aus der Szene. Dafür erschien inmitten der Wiese der Kopf einer schwarzen Katze, die vom Unwetter überrascht worden war. Sie huschte ebenfalls aus dem abgebildeten Ausschnitt. Inzwischen waren Regen und Wind noch stärker geworden. Beides zerrte an der Natur.

Innerhalb einiger Augenblicke verschwand der Eindruck, die Szene wäre eine Abbildung in Ölfarbe. Elias stand auf und ging einige Schritte auf das Gemälde zu. Einige Sekunden war es wieder eine gemalte Szene, die realistisch auf Sturm und Regen reagierte. Dann war der Eindruck verschwunden und es handelte sich um einen Ausblick durch ein Fenster. Einige Male wechselte das Objekt mit großer Geschwindigkeit zwischen Gemälde und Fenster.

Elias stand inzwischen direkt vor dem Fenster und sah nur noch ein Detail, das der Wirklichkeit widersprach. Der Rahmen des Fensters war noch geschwungenes, verziertes und weiß lackiertes Holz. Jakob war mit verwirrtem Blick und unschlüssiger Geste aufgestanden und sagte: „Aber wir haben es alle gesehen."

Nach kurzem Zögern führte Elias die linke Hand zu dem Rahmen, berührte ihn aber nicht. Der Jüngling machte mit einem Schmerzenslaut auf sich aufmerksam. Er stand mit wildem Blick auf und schrie beinahe: „Nicht. Dann ist die schöne Illusion endgültig dahin."

Doch noch bevor er den Satz vollendet hatte, griff Elias nach dem Rahmen. Er spürte kaltes, ebenes Plastik. Das Fenster umgab ein herkömmlicher, weißer Rahmen, wie er an allen Fenstern des Raums angebracht war. Auch das Format des Fensters hatte sich der Norm des Raumes angepasst. Der sichtbare Ausschnitt fügte sich nahtlos an die Sicht durch die anderen Fenster der gleichen Wand. Jakob stand mittlerweile direkt hinter Elias und veränderte immer wieder seinen Blickwinkel. Auch er griff nach dem Fensterrahmen und berührte die Glasscheibe des Fensters. Nach einiger Zeit ließ er von dem Fenster ab und bereitete sich erneut einen Kaffee zu. Während er mit der Kaffeemaschine hantierte sagte er: „Hätte ich Eure Reaktion nicht gesehen, ich würde glauben, ihr treibt ein Spiel mit einem älteren Mann. Es wäre nur eine unter vielen Halluzinationen."

Elias saß bereits wieder an seinem Platz und betrachtete den roten Einband seines Buches aus allen Perspektiven. Es waren Gebrauchsspuren sichtbar, aber keine Beschädigungen. An einigen Stellen war das Rot des Einbands etwas heller und die Vorderseite machte den Eindruck, als hätte man das Buch längere Zeit in der Sonne liegen lassen. Elias öffnete das Buch und blätterte schnell durch die Seiten. Der Druck schien fehlerlos und er sah keinerlei Knicke oder andere Beschädigungen der Seiten. Die letzte bedruckte Seite zeigte die Seitenzahl 357.

Er erinnerte sich, auf welche kuriose Art und Weise er in den Besitz des Buches gekommen war. An einem Samstag stand er von Langeweile gequält vor einem der Regale der Station C0West und nahm die achtlos einsortierten Bücher in Augenschein. An den Wochenenden verbreitete sich eine eigentümliche Stimmung auf der Station. Es fanden keine Aktivitäten statt und ein Großteil der Patienten war zu Hause oder einem anderen Ort ihrer Wahl. Elias hatte alle vier Regale, die teils mit Büchern gefüllt waren, vor wenigen Tagen oberflächlich untersucht. Die meisten Titel waren alt, ihm völlig unbekannt und von minderer Qualität. Er hatte nach einem zufälligen Muster Abschnitte zahlloser Bücher gelesen und noch keines gefunden, das nähere Beschäftigung rechtfertigte.

Elias trat überrascht einen Schritt zurück. In der Zusammensetzung der Bücher hatte sich etwas verändert. Er entdeckte mühelos mehrere Klassiker von Hesse, Max Frisch und französischen Schriftstellern des 19.

Jahrhunderts. Einige Philosophen waren ebenso vertreten, wie Theaterstücke von Sartre, Dürrenmatt, Sophokles, Virginia Wolf, Tennessee Williams und Brecht. Ohne sich über den Grund bewusst zu sein, griff Elias nach dem Titel „Eristische Dialektik" von Arthur Schopenhauer. An den Einband war ein pfeilförmiger Zettel befestigt, auf dem Stand: „Schon so nahe... allzu nahe." Elias bemerkte eine weitere Markierung auf der Seite 19 des schmalen Buches. Auf diesem sinnlos, beinahe albern kleinen, rosa Zettel stand: „Es ist ein Ausgangspunkt." Und auf der gleichen Seite fand sich ein weiterer Hinweis. In sehr kleinen Buchstaben, mit einem Bleistift geschrieben, fand sich dort die Anmerkung: „1939 – 1945, Seite 51"

Aus einem an den Aufenthaltsraum angrenzenden Raum drang Gelächter an Elias Ohr. Zwei Patienten betraten die Szene und gingen mit eiligem Schritt in den Speisesaal. Kurz darauf war die Kaffeemaschine zu hören und die beiden führten ihr Gespräch fort.

Elias las den eben gefundenen Hinweis erneut. Vielleicht handelte es sich um einen Verweis auf ein anderes Buch. Zumindest sprach die Nennung einer Seitenzahl dafür. Aber Elias konnte kein Buch mit dem Titel „1939 – 1945" finden. Er sah sich alle vorhandenen Titel mehrmals an. Dann fiel sein Blick auf einen Bildband mit dem Titel „Illustration des Grauens. Vernichtungslager im Zweiten Weltkrieg." Er holte das große und schwere Buch aus dem Regal. Ein großes Unbehagen überfiel ihn, als er durch die Seiten blätterte. Jede Fotografie illustrierte die Folgen unbegreiflicher Grausamkeit. Ausgezehrte Insassen standen an Zäunen aus Stacheldraht, nur notdürftig bekleidet und so mager, dass man kaum begreifen konnte, wie sie sich noch auf ihren Beinen halten konnten. Auf anderen Darstellungen waren Anhäufungen geschundener, lebloser Körper zu sehen. Kinder standen inmitten der abscheulichen Szene. Auf der Seite 51 war eine Kritzelei: „Wer überall ist, ist nirgendwo. Seite 102."

Elias stellte den Bildband zurück, mit der festen Absicht, ihn nicht wieder anzurühren. Scheinbar war der Satz ein weiterer Hinweis auf ein Buch, aber Elias wurde nicht schlau daraus. Die Worte klangen vertraut, aber er konnte sie keiner Quelle zuschreiben. Einen Moment war er versucht, sich einer anderen Beschäftigung zuzuwenden. Dann erlebte er einen Moment der Klarheit. Er kannte die Worte tatsächlich. Es war ein Zitat von Seneca, das ihm vor Jahren in einer Abhandlung über die Geschichte der Philosophie begegnet war. Er brauchte nur einen Moment, dann hielt er das Buch mit dem Titel „Seneca – Leben und Werk" in den Händen. Er blätterte schnell durch die Einordnung von Senecas Schriften und fand auf der Seite 102 des Werks einen weiteren Hinweis. Oberhalb des Textes stand in beinahe unlesbarer Schrift: „Ein Clown auf hoher See, Seite 21"

Erneut frustrierte Elias der vage Hinweis. Nach mehr als einer Minute angestrengten Nachdenkens, griff er nach einem Klassiker der fantastischen Literatur. Dann fiel ihm ein Titel auf, der in direkter Nähe zu dem ausgewählten Buch stand. Auf einem Einband, der bereits arg gelitten hatte, standen die Worte: „Das Narrenschiff"

Elias nahm das „Narrenschiff" zur Hand und schlug die Seite 21 auf. Ein mittelalterlicher Holzschnitt zeigte eine ganze Reihe an Charakteren auf einem schmalen Segelschiff. Die Darstellung der Narren unterschied sich in Details, in der Kleidung und dem Alter der Figuren. Weitere Symbolgegenstände und Ausdruck variierten stark. Etwas abseits saß ein junger, außerordentlich schlanker Mann, der eine Narrenkappe mit Glöckchen trug. Er hielt eine Flöte in der Hand, spielte aber in dem skizzierten Moment nicht. Unterhalb dieser Illustration stand in Druckbuchstaben: „Lasur-Orange, Seite 63"

Dieses Rätsel war schnell gelöst. Elias fiel auf, dass nur ein einziges Buch einen orangen Einband aufwies. Es war „Die Blumen des Bösen" von Charles Baudelaire. Er nahm den Band aus dem Regal und studierte den Hinweis auf Seite 63. Er besagte: „Wer kann schon wissen, was Realität tatsächlich ist? Seite 18"

Ohne den genauen Grund zu kennen, nahm Elias das Manifest der Surrealisten zur Hand und suchte die Seite 18 heraus. In deutlicher Schrift stand hier in großen Buchstaben: „Er ist in der Matrjoschka."

Aus dem Speisesaal drang aufgeregtes Gespräch, dann ein lautes Klirren. Es wurde geflucht und im nächsten Moment gelacht. Etwas musste zu Bruch gegangen sein.

Elias war verwirrt und einen Moment so in Gedanken, dass ihm nicht mehr klar war, was er gerade tat bzw. noch vor wenigen Augenblicken im Begriff war zu tun. Leise sagte er vor sich hin: „Er ist in der Matrjoschka. Aber was ist eine Matrjoschka?"

Plötzlich erinnerte er sich, was mit einer Matrjoschka gemeint sein musste. Und er sah, dass auf dem Regal eine solche russische Puppe einsam und vergessen stand. Er nahm schnell einen der Stühle, kletterte auf ihn und holte die hölzerne Puppe vom Regal. Er stellte den Stuhl wieder an seine Stelle und begann die Matrjoschka in ihre Hüllen zu zerlegen. Es war ein besonders schönes Exemplar und vielleicht sogar von Hand gefertigt. Als er die sechste Figur öffnete, fiel ihm keine weitere Puppe, sondern ein Schlüssel entgegen. Es war ein kupferfarbener, altmodisch gearbeiteter Schlüssel, der seinen Zweck nicht sofort verriet.

Elias lachte auf und trat erneut an das Regal. Unterhalb der Bücher befand sich eine Schublade ohne Griff. Nur ein Schlüsselloch war in der Mitte des Objekts angebracht. Elias führte den Schlüssel ein und drehte ihn nach Links. Dann öffnete er mit sanftem Druck die Schublade. Sie war beinahe leer. Ein kleiner Notizblock und ein beschädigter Kugelschreiber lagen neben zwei Würfeln unterschiedlicher Farbe. In der Tiefe der Schublade lag ein gebundenes Buch mit dem Titel: „Erscheinungsformen und Wege des Teufels"

Der Sturm hatte seinen Höhepunkt erreicht. Mehr als eine halbe Minute lang war heftiges Donnergrollen zu hören. Der Regen peitschte gegen die Fenster und der Wind fuhr mit großer Kraft durch die Vegetation. In großer Eile flüchteten Spaziergänger und Passanten in die Häuser des Klinikums. Ein durchdringender Doppelschlag war noch zu hören, dann ließ die Kraft des Unwetters deutlich nach. Der Regen hörte abrupt auf. Ein starker Wind trieb die dunklen, regenschwangeren Wolken schnell voran und damit aus der Szene. Der letzte Windstoß des Unwetters rüttelte an Bäumen und Sträuchern. Danach trat eine wunderliche Stille ein. Nach ein paar Minuten begann ein friedvoller, nur leicht prasselnder Regen. Der Himmel zeigte immer mehr blaue Stellen und immer wieder durchdrang Sonnenlicht die Wolken und tauchte die nasse Vegetation in ein traumhaftes Licht. Tausende Tropfen auf Gräsern, Blumen, Sträuchern, Gehölz und Bäumen glänzten dann wie goldene Perlen.

Jakob hatte seine Kaffeetasse zur Seite gestellt und war ganz in die Untersuchung der Fenster vertieft. Er berührte die Fensterrahmen an allen erdenklichen Stellen. Er klopfte gegen das Plastik und die gläsernen Flächen. Dann fixierte er ein Objekt in der Ferne und betrachtete es durch alle Fenster. Von Zeit zu Zeit trat er einige Schritte zurück, scheinbar um sich einen Überblick zu verschaffen. Dann fiel ihm eine neue Art ein, den Realismus der Objekte zu überprüfen. Mehrmals forderte er Elias auf, ihm Details der Aussicht zu beschreiben. Er wollte wohl prüfen, ob ihre Wahrnehmung identisch war.

Jakob griff nach seiner Tasse und sah Elias verwirrt und fragend ins Gesicht. Von den beiden unbemerkt, war der Jüngling aufgestanden und stand jetzt nur drei Schritte hinter Elias. Elias wandte sich ihm zu. Er trug eine schwarze Hose und einen gestrickten, schwarzen Pullover, aus dem der Kragen eines schwarzen Hemdes herausragte. Der Kontrast zu seiner sehr hellen Haut war reizvoll. Er wiegte sich hin und her und murmelte mehrmals Sätze wie: „Jetzt ist es dahin." oder: „Endgültig dahin. Wer will es jetzt wiederfinden?"

Jakob bemerkte dies und sagte mit eindrücklicher Stimme: „Er hat es auch gesehen. Und ich habe noch nie von einer kollektiven Halluzination gehört."

Der Jüngling bemerkte, dass von ihm gesprochen wurde, sah erst Jakob an und dann Elias ins Gesicht und sagte: „Natürlich habe ich es gesehen. Aber es gibt hier vieles zu sehen und meine Konzentration reicht kaum dafür aus."

Sein Gesicht nahm einen leidenden Ausdruck an und er fuhr fort: „Man hat mir gesagt, dass ein Unterschied besteht, zwischen dem, was ich wahrnehme, und dem, was wirklich ist. Ich glaube es war keine Falschheit oder Bosheit in dieser Aussage. Nur bedeutet das, dass ich erlernen muss zu erkennen, was wirklich ist und was nur in meinem Geist geschieht."

Während dieser Worte forschte Elias im Erscheinungsbild des Jünglings. Seine Züge waren weich und die Lippen ungewöhnlich rot. Die helle Haut kontrastierte mit den schwarzen Locken. Er hätte ein passendes Modell für einen Maler der Renaissance abgegeben. Ganz in den Anblick vertieft, wurde sich Elias bewusst, dass der Duft nach frischen Zitronen verschwunden war. Der etwas unangenehme Geruch eines beliebigen Speisesaals in einer beliebigen Klinik war zurückgekehrt.

Der Jüngling hatte vergeblich auf eine Antwort gewartet und sagte: „Anfangs dachte ich nur, ich wäre in eine ganz unbegreifliche, absurde und leider auch bedrohliche Sache verwickelt. Ich könnte es kaum erklären, da ich es noch nicht einmal ganz begreife. Dann bringt man mich an diesen Ort und erklärt mir, dass ich an einer Krankheit leide. Eine Krankheit, die mich verwirrt und mir irrsinnige Dinge vorgaukelt."

Jakob hatte seine Untersuchungen beendet und war an die beiden herangetreten. Er stand nur einige Zentimeter hinter Elias und zupfte ihn an der Schulter. Er räusperte sich und sagte dann mit dringlicher Stimme: „Wir müssen nochmals über den Einfluss der Abstraktion auf Wahrnehmung und Bewusstsein im 20. Jahrhundert sprechen. Ich denke dabei besonders an den Blauen Reiter und die sogenannten Künstler in seinem Umfeld. Ganz sicher wird von Macke und Franz Marc zu sprechen sein."

Der Jüngling blickte Elias mit trübem Ausdruck in die Augen und sagte: „Wenn nur das Fluchen und Zetern ein Ende nehmen würde. Ich höre es die ganze Zeit."

Elias wurde sich plötzlich bewusst, dass in den Fluren und dem Aufenthaltsraum der Station aufgeregtes Gespräch zu hören war. Es hatte vor wenigen Minuten begonnen und steigerte sich seitdem stetig. Mehrere Männer- und Frauenstimmen riefen in großer Aufregung durcheinander. Immer wieder wurden zweistellige Zahlen gerufen und oft folgte eine emotionale Reaktion. Einige der Stimmen wirkten vertraut, aber Elias konnte sie weder Patienten, noch Pflegern oder Ärzten zuordnen. Es konnte sich nur um Besucher handeln. Elias zuckte mit der rechten Schulter und stellte fest: „Fluchen und Zetern kann ich nicht hören. Sie spielen ein Spiel, würde ich annehmen."

„Ich höre nur beschämende Beleidigungen und üblen Spott.", antwortete der Jüngling. „Und ich kenne diese Stimmen. Nur kann ich mir nicht erklären, weshalb man ihnen Zutritt zu dieser Station gewährt."

Jakob hatte derweil einen neuen Monolog begonnen, in dem er sich mit Marianne von Werefkin und anderen Malerinnen unterschiedlicher Epochen und Stilrichtungen befasste. Er schritt dabei immer wieder einen kleinen Kreis ab. Manchmal blieb er stehen und machte eine übertriebene Geste.

Inzwischen war das Rufen auf der Station noch aufgeregter geworden. Mehrfach wurde die Zahl 21 genannt und Aufregung breitete sich hörbar aus. Das Spiel schien einem Höhepunkt entgegen zu streben. Neugier überfiel Elias und ihm kam eine Idee. Er nahm den Jüngling am Arm und zog ihn sanft in Richtung der Tür des Speisesaals. Dieser war verwirrt, folgte aber unschlüssig dem Drängen des Mitpatienten. Gerade als sie durch die Tür des Speisesaals schritten, verschwand das aufgeregte Rufen und Schreien. Elias blickte sich um. Sie standen im Zentrum der Station, gegenüber des Stationszimmers mit gläserner Tür und Wand. Zu beiden Seiten erstreckten sich parallele Flure, an die Zimmer angrenzten. Sanitär- und Wirtschaftsräume befanden sich im mittleren Teil der Flure. In einiger Entfernung öffnete ein junger Mann eine Tür und verschwand in seinem Raum. Ansonsten war niemand zu sehen. Scham und Verzweiflung überfluteten Elias. Ihm erging es nicht anders als Jakob oder dem Jüngling. Auch seine Wahrnehmung unterschied sich offensichtlich von dem, was man Realität nannte, was Wirklichkeit war.

Während er sich in Erwägungen und Hypothesen verlor, veränderte Elias seine Position, suchte in jedem Winkel der einsehbaren Flure nach Besuchern und versuchte sich die fehlerhafte Wahrnehmung zu erklären. Der Jüngling stand regungslos neben der Tür zum Speisesaal und sagte: „Diesen Versuch habe ich schon oft unternommen. Man hört sie in aller Deutlichkeit, aber wenn man nach der Quelle sucht, ist keine auffindbar."

Er fiel in sich zusammen, ließ die Schultern hängen, suchte einen bequemen Stuhl und setzte sich. Dann sagte er: „Es wird nur kurz dauern, dann höre ich ihre Stimmen aus dem Speisesaal oder dem Stationszimmer, oder einem anderen Winkel, den ich nicht einsehen kann."

Elias studierte sein Gegenüber. Dann fiel sein Blick auf die gerahmte Fotografie, die über dem Stuhl aufgehängt war, in den sich der Jüngling niedergelassen hatte. Sie geriet einen Moment in Bewegung. Elias trat näher heran und betrachtete das Motiv, das in schwarzweiß festgehalten war. Zwei Figuren standen vor einem altmodischen, stromlinienförmigen Automobil. Offensichtlich ein Luxusprodukt, wie man es vielleicht in den 1930ern für vermögende Kunden hergestellt hatte. Ein hochgewachsener, dunkelhäutiger Mann auf der linken Seite der Fotografie trug ein dunkles Livree und auffällige, weiße Handschuhe. Er zeigte eine ausdruckslose Miene und hielt einen weißen Schirm über die Person in der rechten Hälfte der Abbildung. Eine ältere Dame lächelte unverfroren in die Kamera. Sie trug den altmodischen Putz des späten 19. Jahrhunderts und hielt Pinsel und Palette in den Händen. Neben ihr stand eine Staffelei und darauf eine Leinwand, auf der sich einige skizzenhafte Striche fanden. Zu ihren Füßen und in einem geöffneten Holzkästchen lagen Hilfsmittel wie beispielsweise ein Lappen, Farbtuben und Terpentin in einem gläsernen Fläschchen.

Einige Momente war Elias ganz von der Fotografie in Anspruch genommen, dann fiel ihm auf, dass auch das nächstliegende gerahmte Bild einen alten Kontaktabzug zeigte. Er betrat einen Flur der Station und näherte sich dem gerahmten Foto. Es zeigte zwei schlanke Frauen in eleganter Kleidung. Sie standen in einer nicht näher definierbaren Naturszene und schützten sich beide mit Regenschirmen vor der Sonneneinstrahlung, die die Szene erfüllte. Zwischen den Frauen stand ein Kind in der absurden Aufmachung eines Matrosen. Es lächelte unsicher in die Kamera und hielt ihr einen Pilz entgegen, den es nur wenige Momente zuvor gefunden haben musste.

Elias eilte zum nächsten Rahmen in der Tiefe des Flurs und fand erneut ein schwarzweißes Foto. Vor einer Treppe, die zu einer schweren Tür führte, stand eine Gruppe von hübsch anzusehenden Menschen. Es war eine städtische Szene. Es gab aber keinen Hinweis, um welche Stadt es sich handelte. Die Abgebildeten trugen geschmackvolle Kleidung im Stil der 50er-Jahre, die Männer Hüte und die Frauen abstrakte Konstrukte auf ihren komplizierten Frisuren. Zwei Pärchen schmiegten sich aneinander und ein älterer, weißhaariger Mann stand ein wenig abseits. Eine große Traurigkeit war in seinem Gesicht zu sehen. Sie alle hielten Regenschirme in den Händen. Regen tropfte an allen Details der Fotografie herab.

Auf der nächsten Fotografie standen die Artisten eines altmodischen Zirkus. Sie trugen absurde, teils eng anliegend Kostüme. Zwei Clowns mit aufgeblähten, fantasievoll gestalteten Kostümen waren vertreten, ebenso wie eine schlanke, kleine Frau in einem eng anliegenden Anzug. Zusätzlich ein Feuerschlucker und ein Mann mit ausgeprägten Muskeln. Am rechten Rand der Gruppe stand eine korpulente Frau mit einem gepflegtem Bart und in der Mitte stand ein recht kleiner Mann in einer Fantasieuniform. Nach Elias Zählung waren es sieben abgebildete Personen. Jeder Einzelne hielt einen Regenschirm über sich. Undeutlich war im Hintergrund ein Elefant zu sehen.

In tiefer Verwirrung blieb Elias vor der Fotografie stehen. Obwohl er schon einige Tage auf der Station C0West verbracht hatte, hatte er den gerahmten Abbildungen keine Aufmerksamkeit geschenkt. Er suchte in seinen Erinnerungen, ob die Fotografien bereits zu einem früheren Zeitpunkt an den Wänden hingen. Er löste sich von der Zirkusszene und lief den Flur entlang. Er fand drei weitere schwarzweiße Fotos mittleren Formats in schwarzen Holzrahmen. Dann wendete er sich den anderen Fluren der Station zu. Insgesamt hingen beinahe 20 Fotos an den Wänden. Sie alle zeigten Momente längst vergangener Zeiten. Manche Szenen waren offensichtlich inszeniert, andere wirkten wie spontane Aufnahmen. Es fand sich kein Portrait einer einzelnen Person und auch Gruppen von 4, 6, 8, 9 oder 10 Personen fehlten völlig. Jede abgebildete Figur hielt einen Regenschirm über sich. Auch in absurden Situationen, wie beispielsweise in einem Saal sitzend, vor einem reich gedeckten Tisch oder beim morgendlichen Ankleiden in einer düsteren Kammer. Insgesamt zählte Elias 19 schwarzweiße Fotos.

Er kehrte zu dem Ausgangspunkt seiner Entdeckung zurück. Seine Aufmerksamkeit richtete sich auf den Ausdruck der Zirkusartisten. Einige schienen euphorisch, andere erschreckt oder ertappt. Nur der muskulöse Mann und der Direktor im Zentrum des Kontaktabzugs zeigten Selbstsicherheit und eine ungerichtete Aggressivität.

Elias ging einige Schritte weiter und betrachtete die folgende Fotografie. Sie zeigte die Backsteinmauer eines beliebigen Gebäudes einer nicht näher definierten Stadt. Im Fokus der Abbildung waren drei horizontale Reihen zu je 4 Fenstern, die bis auf eines in der rechten, oberen Ecke geöffnet waren. 5 Frauen stützten sich auf die Fensterrahmen und reckten ihren Oberkörper und das Gesicht ins Freie. 3 Männer und 2 Kinder, deren Geschlecht nicht genau zu bestimmen war, taten es ihnen gleich. Alle trugen eine Form von Maske und hielten einen Regenschirm über sich. Die Masken unterschieden sich deutlich in Größe, Form und Ausgestaltung. Manche hätte man im venezianischen Karneval finden können, andere waren von minderer Qualität und sehr gewöhnlich in ihrer Ausführung. Alle Abgebildeten zeigten ein Lächeln. Aber nicht jedes davon schient echt, manches sogar ablehnend und bedrohlich. Dann fiel Elias Blick auf eines der Fenster in der obersten Reihe. Hinter der Frau mit dunklem Haar und einer beinahe schwarzen, schmalen Maske stand eine nur undeutlich festgehaltene Figur. Sie trug eine Pestmaske und einen dunklen Hut. Dies bedeutete, dass sich im Motiv 11 statt der oberflächlich erkennbaren 10 Menschen befanden.

Noch in die Fotografie vertieft, bemerkte Elias, dass sich eine der Zimmertüren in seiner Nähe geöffnet hatte. Marschmusik drang aus dem Raum. Die Aufnahme klang jedoch sehr blechern und rauschte stark. Etwas aus rotem Stoff war durch die halb geöffnete Tür zu sehen. Dann wurde die Tür schnell und kräftig geschlossen.

2

Johann, ein stämmiger Mann in den 50ern, und Lorenz saßen sich an einem langen Tisch im zentralen Raum von C0West gegenüber. Johann trug eine schlichte weiße Hose und ein beinahe weißes Shirt, das einmal mit einem Aufdruck verziert gewesen sein musste. Inzwischen war er jedoch bis zur Unleserlichkeit ausgeblichen. Der massige Bauch füllte das T-Shirt und auch Arme und Beine waren stämmig und plump. Johanns runder, kahl rasierter Kopf saß auf einem kurzen Hals und wirkte unproportional klein.

Lorenz trug ein blaues Trikot der New York Knicks mit der aufgedruckten Nummer 51. Er war von hagerer Gestalt, sehr viel jünger als Johann und trug einen dichten, dunklen Bart zu halblangen, ein wenig ungepflegten Haaren. Auf einem der leeren Stühle zu Lorenz Rechten lag eine blaue Kappe, die ebenfalls das Logo der New York Knicks zeigte.

Zwischen Johann und Lorenz stand das Schachbrett der Station und darauf eine Partie, die beide vor mehr als einer Stunde begonnen hatten. Elias stütze sich mit der rechten Hand auf den Tisch, direkt hinter Johann stehend, und sah ihm über die Schulter. Lorenz hatte schon einige Figuren eingebüßt, verfügte aber noch über seine Dame, zwei Springer, einen Turm und eine kleine Anzahl an Bauern. Johanns Situation war deutlich besser, aber er schien keine offensichtliche Möglichkeit zu finden, seinen Gegner schachmatt zu setzen. Johann war seit mehr als drei Minuten am Zug und berührte immer wieder einen Turm, eine Dame und einen Springer. Elias hatte inzwischen eine Möglichkeit gefunden, Lorenz innerhalb von 7 Zügen zu schlagen, wenn dieser nur eine einzige Unachtsamkeit beging.

Johann gab ein frustriertes Stöhnen von sich, wendete sich Elias zu und sagte: „Klug genug, es zu beenden, bin ich nicht."

Lorenz rückte seine überdimensionale, mit einem schmalen Metallrahmen versehen Brille zurecht. Er kreiste mit der Hand über den Schachfiguren und sagte: „Reinste Agonie. Es ist ein Todeskampf in der letzten Viertelstunde."

Elias nickte und Lorenz fuhr fort: „Er hat schon zwei Gelegenheiten verpasst, mich schachmatt zu setzen."

Etwas regte sich in Johann. Mit einer hektischen Bewegung nahm er einen Springer und schob ihn an eine neue Position. Er bedrohte nun die Dame seines Gegners und setzte zugleich seinen König schach.

Lorenz seufzte. Er nahm die weiße Kappe neben sich zur Hand und setzte sie schief auf seinen Kopf. Sie hatte die gleiche Farbe und Machart seines Trikots. Elias war irritiert und fragte sich, ob das Trikot nicht noch vor wenigen Sekunden blau gewesen war. Auch die Kappe erregte seinen Argwohn. Etwas an ihr hatte sich unnatürlich verändert.

Johann zeigte ein Lächeln und sagte: „Schach."

Lorenz erwiderte: „Das habe ich tatsächlich nicht gesehen." Er rieb sich die Stirn, nahm dann die Dame und schlug den Springer, der seinen König bedrohte. Sogleich schlug Johann die Dame mit einem Bauern. Er schien mit dieser Entwicklung sehr zufrieden und betrachtete die Spielfigur in seiner Hand. Lorenz nahm die Kappe vom Kopf, fuhr sich mit der Hand durch das wirre Haar und sagte erneut: „Das habe ich schlicht nicht gesehen. Und jetzt ist meine Dame dahin."

Johann betrachtete in aller Ausführlichkeit die schwarze Dame in seiner Hand und wendete sich an Elias: „Vielleicht interessiert dich das."

Er streckte Elias die Figur entgegen und sagte: „Sieh Dir die Krone an, die sie trägt. Sie ist nicht nur ungewöhnlich geformt, wie man annehmen könnte. Es ist eine Tiara, wie sie die Päpste tragen. Eine Papstkrone. Du siehst vor dir eine dunkelhäutige Päpstin."

Elias nahm die Spielfigur aus seiner Hand und betrachtete ihre Krone. Sie hatte tatsächlich Form und Struktur einer sogenannten Tiara, einer päpstlichen Krone. Elias ging zwei Schritte zu seinem Stuhl, stellte die schwarze Dame auf den Tisch und setzte sich. Regen prasselte wieder gegen die Fenster der Station. Seit mehreren Stunden folgten kurze Schauer auf Sonnenschein. C0West schien an diesem Tag sehr geschäftig. Patienten und Besucher gingen ihren Beschäftigungen nach und Elias hatte sogar einen Pfleger und in seiner Begleitung eine Ärztin gesehen. Ein sehr kontaktscheuer junger Mann, den Elias kurz nach seiner Einlieferung kennengelernt hatte, war entlassen worden. Er hatte sich wortreich und sehr einfühlsam verabschiedet und damit Elias und die anderen Patienten in Erstaunen versetzt.

Elias öffnete das Buch „Erscheinungsformen und Wege des Teufels" auf der Seite 57, legte die Postkarte zur Seite und setzte seine Lektüre fort.

Im weiteren Verlauf werde ich den Begriff der Schönheit verwenden, wie er alltäglich und intuitiv gebraucht wird. Eine genauere Definition scheint mir nicht notwendig.

Warum ist die Schönheit des Teufels wichtig? Welche Auswirkungen hat diese Eigenschaft?

Schönheit schafft Sympathie. Wir schreiben schönen Menschen positive Eigenschaften zu und sind schneller bereit uns für sie einzusetzen. Schönheit wirkt anziehend und überzeugend. Schönheit kann täuschen und verführen. Auch weil die Idee der Schönheit mit der Idee der Wahrheit verknüpft ist. Schönes erscheint wahr und die Wahrheit schön. Außerdem liegt auch in der Lüge, der Verkehrung aller Dinge, ein besonderer Reiz. Wer beeinflussen möchte, sollte sich bemühen, schön zu erscheinen. Es gibt in unserer postmodernen Kultur zahllose Beispiele, die dies illustrieren. Eine reizvolle Hülle ist also auch für den Teufel empfehlenswert.

Aber Schönheit ist auch eine abstrakte Eigenschaft, die mit dem Bild des Teufels schon immer verknüpft war. Sie war ihm vor dem Abfall von Gott eigen und ist damit mehr als nützliches Werkzeug. Durch die Verneinung Gottes und andere Taten wurde sie verwandelt, aber nicht getilgt. Lust, Sünde, Enthemmung, Verrat, Täuschung und unmäßige Eigenliebe haben einen eigentümlichen Reiz. Sie spiegeln unerfüllte Wünsche, verdrängte Neigungen und eine Haltung dem Leben gegenüber, die keinerlei Grenzen und Regeln kennt.

Welche Formen und Darstellungen des Teufels kennen wir?

Neben dem gefallenen Engel wird er oft durch einen verderbten Menschen dargestellt. Als Satyr trägt er Zotteln und Hörner und hat teils den Unterleib eines Tieres. Manchmal ist er ein Menschen verschlingendes Monstrum, zu anderen Zeiten eine gehörnte Ziege. Schwanz, Hörner, Dreizack und pervertierte Flügel sind herkömmliche Symbole. Der Gesichtsausdruck der Darstellung zeugt oft von Rausch oder Vergiftung. Auch aus alten Kulturen, wie beispielsweise dem persischen Reich, und östlichen Religionen kennen wir Darstellungen des Teufels.

Die bärtige, gehörnte Ziege findet sich in zahlreichen medialen Produkten, die in unserer Zeit unser Denken prägen. Eigenheiten der Figur oder das angedeutete Gesamte zieht uns nach wie vor an. Die Versuche dem Teufel Hässlichkeit aufzuprägen, waren zahlreich und nicht immer erfolgreich. Der Abtrünnige transzendiert alle Hässlichkeit und behält seinen Reiz.

Die Hässlichkeit des Teufels werden wir an anderer Stelle erforschen.

Lorenz war an Elias herangetreten und griff nach der schwarzen Königin. Er hielt einen Moment inne, dann nahm er das rote Buch aus Elias Händen. Es faszinierte ihn sichtlich und er sagte: „Zuletzt ist es ihm doch noch gelungen mich Schachmatt zu setzen."

Währenddessen vervollständigte Johann die Aufstellung der Schachfiguren vor ihm. Scheinbar hatten sie sich auf eine zweite Partie geeinigt und zugleich die Farben getauscht. Johann schnaufte ab und zu, als würde sogar diese Tätigkeit ihm Mühe bereiten. Er wog seinen massigen Bauch hin und her. Manchmal schaute er vom Schachbrett auf und musterte seine Umgebung, insbesondere die anderen Patienten. Nach einigen Augenblicken fehlte nur noch die schwarze Königin. Johann drehte sich Elias und Lorenz zu. Derweil klappte Lorenz das rot gebundene Buch zu und las den Titel. Er verrückte die schwarze, mit dem Logo der New York Knicks versehene Kappe auf seinem Kopf und sagte: „Johann, sieh Dir an, was Elias liest."

Er sah Johann lange ins Gesicht und fügte an: „Erscheinungsformen und Wege des Teufels. Ich wusste nicht, dass solche Werke auf dieser Station toleriert werden."

Dann wendete er sich wieder Elias zu. Dieser nahm ihm das Buch aus der Hand und sagte: „Ich habe es in einem Moment der Langeweile auf dieser Station gefunden. Ich hege kein krankhaftes Interesse am Teufel, Ich bin mir nicht einmal sicher, ob er existiert."

Lorenz antwortete mitfühlend: „Du leidest an einer floriden Psychose. Das ist nicht die Literatur, die ich Dir empfehlen würde."

„Ich hatte selbst meine Zweifel. Ich fürchtete die beschriebenen Bildwelten könnten mich beeinflussen, in meine Gedankenwelt eindringen. Aber ich kann es nicht mehr für lange Zeit zur Seite legen. Und es bietet mir Zerstreuung. Und Zerstreuung bedeutet Trost."

Lorenz nickte, setzte sich wieder Johann gegenüber und stellte die schwarze Königin an ihren Platz.

Der Wind hatte die noch vor wenigen Minuten dichten Wolken vertrieben und die Sonne brach hindurch. Ein intensives, gelbliches Licht flutete durch die Station. In Elias Sichtfeld schob ein Mann mittleren Alters einen eisernen Wagen vor sich her. Er trug einen orangen Arbeitsoverall, hatte eine deutlich sichtbare Glatze und machte einen eher plumpen Eindruck. Er scherzte mit einer Pflegerin, die eilig die Station verließ und kehrte dann zu seiner Aufgabe zurück. Er nahm nach und nach alle gerahmten, schwarzweißen Fotografien von den Wänden und stapelte sie auf einem stichig grün gestrichenen Metallwagen.

In diesem Augenblick öffnete Jakob die Tür seines Zimmers, trat in den Flur und ging eiligen Schrittes auf Elias zu. Unter einem Arm trug er einige Bücher, die er neben Elias anordnete. Er wirkte vergnügt und sagte: „Es gibt noch einige Zusammenhänge zu erforschen. Du hast einen wachen Geist und niemand scheint mir geeigneter, mir behilflich zu sein."

Jakob forschte in Elias Ausdruck. Dieser deutete auf sein Buch und antwortete: „Meine Lektüre nimmt mich ganz in Anspruch."

Jakobs Blick verdüsterte sich. Er veränderte die Anordnung der Bücher und sagte: „Ich schaffe es nicht allein, Ordnung in all das zu bringen."

Elias sah sich die Titel der teils stark gealterten Bücher genauer an. Es fanden sich Werke wie *Phantastik in Wort und Bild, Spannungsfeld Renaissance und Postmoderne, Imagination und Projektion, Wie werde ich ein Surrealist?* und *Hieronymus Bosch im Detail.* Mehrere der Titel mussten bereits ein bewegtes Leben hinter sich haben, wenn man ihren Zustand genau betrachtete.

Jakob fuhr nach wenigen Augenblick fort: „Vielleicht finden wir auch Beispiele für das Thema deines Buches. Das Dämonisierte war schon immer ein Gegenstand der Kunst."

Er trat noch näher an Elias heran und sagte halblaut: „Von den modernen Kunstschaffenden sind mir die Surrealisten die Liebsten. Es steckt ein Fünkchen Wahrheit in einem bedacht angefertigten Surrealismus."

Johann und Lorenz lachten mehrmals. Sie stritten darüber, welche Eröffnung die Aussichtsreichste wäre und was aus der letzten Partie zu lernen sei. Sie beleidigten sich im Scherz. Zuletzt ging es darum, wer die derbste Beleidigung ausstoßen konnte.

An Jakobs Wange lief eine Träne hinab. Er hatte die Schachspieler für einen Moment beobachtet, wandte sich dann wieder Elias zu und sagte: „Es geht mir nicht gut. Ich halluziniere viel und habe den Eindruck, meine Medikamente wirken nicht wie gewünscht."

Er sank ein wenig in sich zusammen und fügte an: „In meinem Kopf ist so viel Lärmen und Schreien. Die ganze Zeit Häme und Spott."

In diesem Moment geschahen viele Dinge gleichzeitig. Dem Mann im orangen Overall fiel ein Rahmen aus der Hand. Das Glas klirrte und brach. Aus einem der Zimmer drang ein Schrei und heftiges Fluchen. Ein Patient, der vor einem der Regale der Station stand, ließ ein geöffnetes Brettspiel fallen. Spielfiguren, Karten und Würfel verteilten sich vor ihm auf dem Linoleum. Die Tür des Raucherzimmers wurde mit großer Gewalt zugeworfen. Aus dem Speisesaal drang aufgeregtes Rufen. Verschiedene Stimmen riefen Zahlenreihen und erfreuten sich an Hektik und Unvorhersehbarkeit eines Spiels.

Jakob griff Elias an der Schulter und fragte eindringlich: „Hast Du in den letzten 2 Tagen einen Pfleger oder eine Ärztin gesehen?"

Elias schüttelte den Kopf und erwiderte: „Wenn, dann nur aus der Ferne."

„Ich finde den Namen meiner Ärztin nicht mehr in meinem Gedächtnis. Er ist wie ausgelöscht. Und meine Situation ist verzweifelt."

„Es gibt nur zwei Ärztinnen auf dieser Station. Zumindest sind mir ansonsten keine begegnet. Leider erinnere ich mich nicht an ihre Namen."

„Was nützt mir ein Name, wenn es mir nicht gelingt, diejenige zu sprechen?"

Elias bemerkte, dass Johann und Lorenz ihr Spiel unterbrochen und sich ihnen zugewandt hatten. Johann machte den Versuch etwas zu sagen, wurde aber von Lorenz unterbrochen und mit einer schnellen Geste zum Schweigen gebracht. Lorenz hantierte mit seiner Kappe und legte sie schließlich auf den Stuhl neben sich. Jakob schien unbeeindruckt und sagte: „Wenn ich darüber nachdenke… Ich habe schon lange keine Frau mehr gesehen. Und wenn war der Moment sehr flüchtig."

Er machte eine vielsagende Geste und fuhr fort: „Es war immer eine Wohltat in der Nähe – vielleicht sogar in der Gesellschaft – einer Frau zu sein. Insbesondere wenn sie schön anzusehen war. Besonders gefiel es mir, wenn sie noch jung waren, sich ihre Schönheit gerade entfaltete."

Er richtete sich ein wenig auf, griff nach dem Buch „Phantastik in Wort und Bild" und sagte: „Hier ist eine Referenz zu diesem Thema. Das Kapitel nennt sich: „Traum, Erotik und das Problem der Frau" Ich habe es bisher nur einmal überflogen."

Auf einen besonderen Reiz hin, den Elias nicht genau benennen konnte, erinnerte er sich, wie er einen seiner letzten Tage vor der Einweisung in die Psychiatrie verbracht hatte.

„Das Ereignis selbst war… Es war ein ganz herkömmliches Ereignis. Es hätte kein Aufsehen erregt, wären nicht die Begleitumstände so kurios gewesen. Ich würde sagen bizarr.", dröhnte es aus dem Radio. Elias schaltete das Gerät entnervt aus. Es hatte einen Defekt und änderte die Lautstärke sprunghaft und ohne Einwirkung des Hörers. Mal wurde es unhörbar leise, mal unerträglich laut. Außerdem hatte der Moderator der laufenden Sendung mehrmals seinen Namen in das Gespräch eingeflochten. Einmal hatte Elias sogar seinen vollen Namen gehört: Elias Jakobus Wendelin.

Elias legte angewidert das angebissene Honigbrot auf den Teller vor sich. Er ernährte sich schon seit mehr als einer Woche ausschließlich von dunklem Brot, Marmelade und Honig. Sogar für Butter fehlte ihm das nötige Geld. Er hatte sehr unruhig geschlafen, tatsächlich kaum tiefe Ruhe gefunden. Er war gegen 5 Uhr morgens in einen leichten Schlaf gefallen, aber bereits um 7 Uhr wieder aufgewacht. In den Nachtstunden hatte er an einigen architektonischen Zeichnungen gearbeitet, war aber mit dem Ergebnis nicht zufrieden. Sie lagen größtenteils unfertig auf seinem Arbeitstisch neben den hohen Fenstern der Altbauwohnung. Daneben standen achtlos übereinander gestapelt alte Modelle aus Pappe, Holz, Styropor und anderen Materialien. Viele stammten aus der Zeit, als Elias noch Architektur studierte. Seine anfängliche Euphorie war groß gewesen und hatte ihn einige Wochen getragen. Nach einigen Monaten stellte sich eine Erschöpfung ein, die Elias dazu zwang, das Studium abzubrechen. Seitdem lebte er in bitterer Armut, fand keine angemessene Tätigkeit, um sich seinen Lebensunterhalt zu verdienen.

Elias trank seinen Kaffee aus, brachte die Tasse und den Teller mit dem übrig gelassenen Frühstück in die Küche und legte beides in die Spüle. Er ging in den Flur und nahm seine lange Lederjacke von der Garderobe. Dann kehrte er in das Wohn- und Schlafzimmer zurück. Sein altmodischer Wecker zeigte die Uhrzeit 9:03. Die Stadtbibliothek würde in weniger als einer Stunde ihre Türen öffnen und ein ausgedehnter Spaziergang schien Elias eine gute Idee. Er trat zu seinem Arbeitstisch und begutachtete die Ergebnisse der letzten Nacht. Es waren Variationen, Vereinfachungen und Abwandlungen von Formen, die man in der Natur fand. Beispielsweise den Windungen von Schneckenhäusern oder der Form von Muscheln. Immer wieder fand sich der goldene Schnitt in diesen natürlichen Schöpfungen. Elias untersuchte schon beinahe zwanghaft das Auftreten des goldenen Schnitts und welche Anwendungsmöglichkeiten sich in der Architektur finden ließen.

Er wandte sich den Fenstern zu. Auf der Straße herrschte eine alltägliche Hektik. Passanten strebten unbekannten Zielen entgegen, verschwanden in einem Treppenhaus, das zu einer Ubahn-Station führte oder in dem Café „Tatzelwurm". Einige Lieferwagen und gewöhnliche PKWs waren unterwegs, Eine junge Frau in dunkler Kleidung suchte etwas in ihrer Handtasche. Elias konnte niemanden entdecken, der seinen Argwohn erregte. Niemand beobachtete die Straßenecke oder das Haus, in dem er wohnte. Er traf letzte Vorbereitungen und verließ die Wohnung.

Eine Viertelstunde später betrat er den Stadtpark Ost. Elias zog seine Jacke enger und stellte die Schultern auf, um sich gegen den kalten Wind zu schützen. Die Vegetation war von nächtlichem Regen noch nass. Der modrige Geruch von nassem Laub, Borke und Gras lag in der Luft. Es war Anfang März und der Frühling versuchte einen besonders kalten Winter zu verdrängen.

Der Weg, dem er folgte, führte in Windungen durch eine Baumgruppe besonders alter und stämmiger Eichen. Im Geäst saß eine Krähe und rief mit kehliger Stimme. Elias verlangsamte seinen Schritt und betrachtete die Bäume näher. In alten Wunden und Verwachsungen der Bäume formten sich Gesichter mit teils grotesken Zügen, langen, gekrümmten Nasen, ausgeprägten Wangen und übergroßen, starren Augen. Sie schienen einer langsamen Veränderung unterworfen und Elias hätte schwören können, einige bewegten lautlos ihre Lippen. Während Elias zögernd weiterging deuteten die Schemen in Richtung der Allee, in die der Weg mündete. Der Park war beinahe leer. In der Mitte der Allee saß eine ältere Dame in einem dunkelblauen Mantel auf einer der Bänke zur Rechten der Allee. In einigen hundert Metern Entfernung erblickte Elias eine sonderbare Figur. Sie trug einen langen schwarzen Mantel, der in Falten bis zu den Knöcheln fiel. Darunter deutete sich eine schwarzen Hose und lederne, schwarze Stiefel an, die spitz zuliefen. Das Gesicht war hinter einer ebenso schwarzen Maske verborgen und die Haare von einem schwarzen Hut bedeckt. Elias fragte sich verunsichert und erzürnt zugleich, wer wieder ein Spiel mit ihm trieb. Sicher würde er sich von Gauklern und deren Spielen nicht beeindrucken lassen. Er setzte seinen Weg fort und beobachtete, wie die ältere Dame sich erhob, ihre Tasche von der Bank nahm und sich in Richtung der maskierten Gestalt entfernte. Sie schenkte der absurden Kreatur keinerlei Aufmerksamkeit. Elias hatte sogar den Eindruck, sie nähme sie überhaupt nicht wahr. In tiefer Verwirrung ging Elias ein paar Schritte und stellte dann fest, dass der Maskierte den Abstand zu ihm deutlich verringert hatte. Er stand noch immer reglos auf der Allee. Er gab einige unverständliche Worte von sich. Elias Verunsicherung nahm zu und er empfand plötzlich große Scham, da er bemerkte, dass langsam eine unbestimmte Furcht in ihm aufstieg.

Elias sah sich hilfesuchend um, aber in diesem Moment war der Park vollkommen verlassen. Er sah wieder in Richtung der maskierten Gestalt. Sie war wieder näher gekommen. Nach wenigen Augenblicken fiel Elias auf, dass ihre Füße nicht mehr den Weg berührten. Sie schwebte etwas mehr als einen Meter über dem Boden und die Füße in schwarzen Stiefeln hingen nutzlos herab. Elias konnte jetzt einen genaueren Blick auf die bedrohliche Figur werfen. Kleidung und Hut wirkten gepflegt, jedoch wie aus einem anderen Zeitalter. Auch die Form der Maske wirkte altertümlich. Ein langer, schwarzer Schnabel mündete in zwei Aussparungen für die Augen. Es war eine Maske, wie sie von Ärzten zur Zeit der Pest getragen worden war.

Der Maskierte sagte einige Worte mit gedämpfter Stimme. Elias konnte nicht sagen, in welcher Sprache die Figur sich äußerte. Seine eigene schien es nicht zu sein. Dann setzte der Maskierte zu einem langsamen melodischen Gesang an, der sich langsam in Lautstärke und Geschwindigkeit steigerte.

Der Gesang brach ab und die Szene veränderte sich erneut. Der Maskierte stand jetzt auf einem blattlosen Ast eines der ältesten Bäume der Allee, der unmöglich sein Gewicht tragen konnte. Er war nicht mehr als 30 Meter von Elias entfernt. Nach einer exakt bemessenen Pause hob die skurrile Gestalt die Arme und fuhr mit dem obskuren Gesang fort. Er folgte keiner herkömmlichen Melodik, vielleicht noch nicht einmal einer bekannten Tonart. Sekunden, Terzen, Quinten und Septimen folgten aufeinander und zeichneten einen faszinierenden, weil so andersartigen Melodienverlauf. Wieder steigerte sich mit der Zeit die Lautstärke. Elias hörte einzelne lateinische und griechische Worte und Phrasen. Zu anderer Zeit klang der Gesang hebräisch oder sogar aramäisch, nach der Sprache Jesu. Vereinzelt hatte Elias den Eindruck ein deutsches Wort herauszuhören, nur Aussprache und Klang wirkten fremdartig. Vielleicht war es Mittelhochdeutsch.

In Elias stieg Panik auf. Die maskierte Gestalt weckte viele Assoziationen und Ängste, wirkte auf boshafte Art und Weise intelligent und bedrohlich. Und das Erlebnis ging weit über eine Sinnestäuschung hinaus, die Elias in den letzten Wochen häufig quälten. Er sah sich unsicher um, suchte nach einem Fluchtweg. Er kehrte der Kreatur den Rücken zu und eilte den Weg zurück in Richtung der Baumgruppe, durch die er den Park betreten hatte. Der Gesang war wieder verklungen. Gerade als Elias die Allee hinter sich ließ, trat der Maskierte aus dem Schatten einer Eiche. Elias und den Maskierten trennten nur wenige Meter. Elias Gesicht nahm einen schmerzverzerrten Ausdruck an. Tränen liefen an seinen Wangen herab, während er alle Details seines Gegenübers studierte. Er fühlte sich wie hypnotisiert, durch den Eindruck überwältigt und ihn schwindelte. Der Maskierte breitete die Arme aus und verbeugte sich. Dann war er von einem auf den anderen Moment verschwunden.

Elias erwartete sein erneutes Erscheinen an einem unvorhersehbaren Ort und lauschte, aus welcher Richtung der Gesang wieder einsetzen würde. Minuten vergingen und es war weder etwas zu sehen, noch zu hören. Panik und Angst klangen langsam ab. Ein junges Paar ging scherzend an ihm vorbei und nach kurzer Zeit ein Spaziergänger mit einem schlanken, eleganten Hund. Unschlüssig verharrte Elias an seiner Position, erwog jemanden auf das kuriose Ereignis anzusprechen. Schließlich wendete er seine Schritte wieder in Richtung der Stadtbibliothek.

„Nein. Du wagst es nicht.", rief Lorenz in ärgerlichem Tonfall. Er sah Elias an und fuhr fort: „Er hat mir wieder meine Dame genommen."

Johann lachte vergnügt und drängte Lorenz zu seinem nächsten Zug. Dieser hatte den Kopf in seine Hände gelegt, richtete sich nach kurzer Zeit wieder auf und sagte: „Ich bin immer noch im Vorteil. Die Dame war dennoch ein schmerzhafter Verlust."

Der Mann im orangen Arbeitsoverall hatte die Spuren seines Missgeschicks beseitigt und schob den Metallwagen, auf dem sich die Bilderrahmen stapelten, in Richtung des Ausgangs der Station. Er ließ dabei einige grobe Worte fallen, die sich an niemanden zu richten schienen.

Jakob war nochmals auf sein Zimmer geeilt, kehrte jetzt zurück und präsentierte Elias ein weiteres Buch. Auf schwarzem Grund stand in weißen Buchstaben: „Symbol, Metapher, Analogie und das Irrationale". Er wartete einige Augenblicke, versicherte sich, dass Elias den Titel gelesen hatte und blätterte dann im Inhaltsverzeichnis des umfangreichen Werks. Mit großer Eindringlichkeit sagte er: „Es war nicht einfach aufzutreiben. Es gibt nur diese eine Ausgabe aus dem Jahr 1949. Glücklicherweise kenne ich einen Antiquar mit umfassender Bildung und herausragenden Quellen."

Lorenz und Johann machten sich durch einen lauten Streit bemerkbar. Lorenz schlug mit seiner Kappe gegen den Stuhl neben sich. Johann mahnte ihn sich zu zügeln, er würde versehentlich noch die Schachfiguren umstoßen und so die Partie ruinieren. Elias beobachtete die Szene einen Moment. Dann bemerkte er mit Bestürzung, dass sowohl Lorenz Trikot, als auch seine Kappe ihre ursprüngliche blaue Färbung wieder angenommen hatten. Er war ratlos, was er von dieser Verwandlung halten sollte.

Jakob verlangte seine Aufmerksamkeit, schien ungehalten über die Fahrigkeit, die Elias an den Tag legte. Er legte das aufgeschlagene Inhaltsverzeichnis des Buchs vor Elias auf den Tisch und sagte: „Natürlich lohnt es sich das Werk als Ganzes zu lesen. Dennoch kann ich Dir einige Kapitel besonders empfehlen. Ich würde beginnen mit Kapitel 9 - „Die Verkehrung aller Dinge ins Gegenteil". Anschließend würde ich mit Kapitel 13 fortfahren. Es nennt sich „Perversion und Vertiertheit in prä-modernen Zeiten". Das Kapitel 14 behandelt ähnliche Themen. Der Titel lautet „Die Lust an der Häresie". Das ebenso wichtige Kapitel 19 nennt sich

„Körper, Erotik und die Einzigartigkeit der Frau". Der Zusammenhang erschließt sich während der Lektüre."

Jakob nahm das Buch nochmals zur Hand und überflog verschiedene Stellen. Er hielt kurz inne, dann legte er es wieder vor Elias auf den Tisch und fügte an: „Wichtig scheint mir auch das Kapitel 23 mit dem Titel „Das irrationale Element in Gott und Schöpfung."". Der Autor identifiziert die Figur des Teufels als irrationalen Anteil der biblischen Gottesfigur. Das sollte deine Forschungen zur Gottlosigkeit vorantreiben."

Johann hatte einige Momente still nachgedacht. Er nahm eine aufrechte Haltung an, wobei er sich auf seinen Stuhl stützte und sagte zu Lorenz: „Schachmatt in 8 Zügen."

Lorenz antwortete empört: „Das glaube ich nicht."

Johann schüttelte den Kopf und erwiderte: „Ich habe es dreimal durchdacht. Soll ich es Dir erklären?"

Lorenz starrte auf das Schachbrett und sagte: „Ich will es selbst erkennen."

Die Tür der Station wurde geräuschvoll geöffnet. Ein rollendes Rattern und ein metallisch schleifendes Geräusch kamen näher. Nach einigen Augenblicken durchquerte der Arbeiter im orangen Overall den Aufenthaltsraum. Er schob den Metallwagen, und auf ihm eine neue Auswahl an Bildern, vor sich her. Er verschwand in einen Flur der Station C0West und begann das erste Bild an die Wand zu bringen.

Einen kurzen Moment glaubte Elias den Duft nach Zitronen wahrzunehmen. Dann bemerkte er, dass sich der blecherne Klang altmodischer Marschmusik auf der Station ausbreitete. Nicht laut, aber deutlich vernehmbar. Elias stand auf, nahm sein rot gebundenes Buch und folgte dem Klang der Blechbläser, Flöten, Glocken und Schlaginstrumente. Er folgte der knisternden Tonaufnahme in einen Flur, den er nur selten betrat. Seines Wissens nach war mehr als die Hälfte der Zimmer dieses Flurs leer. Nach wenigen Schritten bemerkte er, dass die Tür des mit der Zahl 19 versehenen Raums halb geöffnet war. Die Marschmusik strebte einen Höhepunkt entgegen, als Elias die Tür aufschwang und in das Einzelzimmer trat. Vor einem hohen Spiegel posierte ein Mann mittleren Alters. Er trug eine braune SA-Uniform, die in allen Details authentisch wirkte. Dazu einen schmalen, schwarzen Gürtel. Sein Haar war blond und er trug es in der Form eines pedantisch exakten Seitenscheitels. Seine Gesichtszüge waren scharf, nur die Nase ein wenig knollig. Durch die Uniform ragte ein kleiner Bauch hervor. Beine und Arme hingegen waren schlank und er war von durchschnittlicher Größe. Er drehte und wendete sich vor dem Spiegel, nahm verschiedene Posen ein.

Auf einer Kommode neben dem Spiegel waren zwei rote Fahnen angebracht, die ein schwarzes Hakenkreuz auf weißem Grund zeigten. Dieser Kommode gegenüber stand ein Sekretär, auf dem eine Büste aus schwarzem Stein stand. Sie zeigte unverkennbar die Züge und die jedem geläufigen Details von Adolf Hitler. Neben dieser Büste standen mehrere gerahmte Fotografien, die weitere NS-Größen zeigten. Elias erkannte Rudolf Hess und Heinrich Himmler. Die dritte Person war ihm unbekannt. Auf einem kleinen Tisch standen weitere Kultgegenstände der NS-Ideologie und auffällig platziert eine Ausgabe von „Mein Kampf".

Elias stöhnte. Bestürzung und Unglaube überfielen ihn. Er hatte nie auch nur die Andeutung rechter Gesinnung geduldet, braunes Gedankengut nie unkommentiert hingenommen. Selbst eine unbedachte Äußerung eines Unbekannten war Grund genug für Elias, einen erbitterten Streit zu beginnen. Der Uniformierte hatte inzwischen den Besucher bemerkt und sah ihn interessiert an. Wut und Empörung zeichneten sich auf Elias Gesichtszügen ab. Der Uniformierte ging zu dem Plattenspieler, auf dem eine alte Schallplatte rotierte. Er schaltete das Gerät aus, steckte die Aufnahme vorsichtig in eine stark gebrauchte Hülle und sagte: „Es ist anders, als es erscheint."

Elias Abscheu und Wut steigerten sich und er rief: „Ich bin sprachlos. Völlig sprachlos. Wie kann die Stationsleitung das tolerieren?"

Der Uniformierte fuhr sich mit der Hand durch das dünne, blonde Haar und antwortete: „Diese Anordnung muss einen ganz fürchterlichen Eindruck machen. Aber ich wiederhole mich: Es ist anders, als es erscheint."

Nach einer kurzen Pause fügte er an: „Ich bin kein Rassist, kein Antisemit. Ich bin noch nicht einmal ein Faschist."

Er machte eine weitere, wohl bemessene Pause, ging dann zur Kommode und nahm eine der Fahnen in die Hand. Er faltete sie sorgsam und legte sie dann auf das Krankenhausbett in einer Ecke des Zimmers. Mit der zweiten Fahne verfuhr er auf die gleiche Art und Weise. Währenddessen sagte er: „Ich bin ein Sammler und in meiner Art völlig unpolitisch. Ich sammle Ideologien und zugehörige Devotionalien."

In seiner Verwirrung zeigte Elias keine deutbare Reaktion. Der Uniformierte wartete einen Moment, dann trat er an den Sekretär und sagte: „Sie werden es gleich verstehen." Er öffnete die Türen des Sekretärs und gab den Blick auf eine Sammlung Büsten unterschiedlicher Größen und Macharten frei. Er stellte die Hitler-Büste an eine freie Stelle und fügte an: „Hier habe ich Mao und Lenin, sowie Stalin. Einen Jesus am Kreuz, eine persische Gottheit, einen tanzenden Shiva, Ganesha und einen Vertreter des Neoliberalismus. Zusätzlich einige Diktatoren, verschiedene Sektenführer und ein ganz besonderes Exemplar."

Mit diesen Worten griff er nach einer der Büsten und stellte sie auf die Kommode. Es war der Kopf einer Ziege aus schwarzem Porzellan. Sie trug einen langen, weißen Bart, hatte starrende, irr dreinblickende Augen und zwei weiße Hörner. Der Uniformierte wartete einen Augenblick und sagte dann: „Das könnte Ihnen gefallen – dachte ich mir."

Er öffnete eine Schublade der Kommode und holte eine Unzahl an Flaggen unterschiedlichster Farben heraus. Er legte sie ohne Ordnung auf das Bett und sagte: „Ich kenne nur wenige Ideologien, zu denen ich kein veranschaulichendes Objekt besitze."

Elias Wut klang ab und er trat an das Bett, um die Sammlung an Flaggen genauer zu betrachten. Er fand allerlei Kurioses, wie beispielsweise das Bauhaus-Logo auf weißem Grund, eine idealisierte Darstellung von Krishna mit blauer Haut und androgynen Zügen. Eine Regenbogenflagge war ebenso vorhanden, wie die Südstaaten-Flagge der USA und ein Exemplar, wie es Jugendorganisationen der DDR zu besonderen Anlässen verwendeten.

Der Uniformierte stand jetzt neben Elias und sagte: „Ich bin kein fundamentaler Christ, kein Sozialist, kein Buddhist, kein Anhänger einer indischen Gottheit oder Philosophie. Ich gehöre keiner obskuren politischen Gruppe an und keiner spirituellen Vereinigung, keiner Sekte und keiner Loge. Ich habe zu keinem Thema eine extreme Ansicht."

Er hielt kurz inne und fuhr dann fort: „Scheinbar definiere ich mich darüber, was ich nicht bin. Nur bin ich mir im Unklaren, was ich tatsächlich bin. An der Leidenschaft für meine Sammlung kann ich nicht zweifeln."

Er positionierte sich wieder vor dem Spiegel und betrachtete die Uniform aus allen Perspektiven. Elias trat unschlüssig an die Kommode und fragte: „Darf ich?"

Der Uniformierte nickte und sagte: „Nur zu. Sehen Sie sich um. Ich bin sehr stolz auf meine Sammlung und freue mich über Interesse. Es hat mich Jahre gekostet, sie zusammen zu tragen."

Elias öffnete eine Schublade der Kommode und entdeckte eine große Anzahl an Uniformen unterschiedlicher Systeme und Epochen. In einer kleineren Schublade fanden sich politische und religiöse Objekte, beispielsweise eine Thora und ein passender Zeigestab, eine Reihe an Dollarnoten und eine aus Stein gearbeitete Pyramide. Elias wandte sich dem Sekretär zu und untersuchte die aufgereihten Büsten und Statuen. Neben einem Abbild von Josef Beuys, fand er Schopenhauer, Proust, Beethoven, Alan Greenspan und Walter Gropius. Einige der Figuren konnte er nicht identifizieren.

Während Elias fasziniert die Sammlung studierte, übte der Uniformierte den deutschen Gruß vor dem Spiegel. Nach einigen Wiederholungen senkte er den Blick und sagte zu sich selbst: „Ich werde Sie mit meinem Verhalten noch erschrecken oder verärgern. Das ist nicht was ich beabsichtige."

Er wendete sich Elias zu, der gerade eine Büste John von Neumanns untersuchte, und sagte: „Ich kann ihnen versichern, dass ich kein Rassist, Antisemit oder Faschist bin."

Er wartete auf eine Reaktion und schien ein wenig verärgert, dass Elias seine Untersuchung nicht unterbrach. Er ging zwei Schritte auf Elias zu und sagte: „Nur einen Augenblick brauche ich Ihre Aufmerksamkeit." Elias stellte die Büste auf die Arbeitsfläche des Sekretärs und sah dem Uniformierten in die Augen. Dieser rückte seine Uniform zurecht, kam noch einen Schritt näher und sagte mit gedämpfter Stimme: „Es gibt einen transzendierten Faschismus. Es ist nur sehr wenigen Menschen bekannt. Eine Transzendierung der grundlegenden Eigenschaften des Faschismus."

Nach einer kurzen Pause fuhr er fort: „Es ist schwierig zu erklären und ich habe kein Objekt, um es zu veranschaulichen."

Der Uniformierte hielt inne, dann ging er zu einem offenen Schrank, der mit Büchern gefüllt war, und merkte an: „Vielleicht habe ich doch etwas. Die Arbeit eines gänzlich unbekannten Autors."

In den letzten Minuten hatte sich langsam der Duft frischer Zitronen verbreitet. Der Uniformierte zog einen Karton aus dem Bücherschrank und begann dünne, großformatige Bücher und Druckwerke aller Art zu sortieren. Aus dem Flur war undeutlich das Horn eines Zuges zu hören, einige hundert Meter entfernt. Ohne die Ursache zu kennen, wurde Elias unruhig. Er war sich sicher, dass die Entfernung zur nächsten Bahnlinie oder dem nächsten Bahnhof groß war. Einen Zug zu hören oder auf eine andere Art zu bemerken, war ein Ding der Unmöglichkeit. Der Geruch nach Zitronen war inzwischen sehr intensiv.

„Hier habe ich es.", rief der Uniformierte und reckte Elias ein Manuskript entgegen. Dieser war ganz von der Geräuschkulisse des Flurs eingenommen. Das Zughorn ertönte deutlich näher und es folgte das Rattern und Stampfen einer altmodischen Dampflok. Nach wenigen Augenblicken wurde der Zug durch Vibrationen spürbar. Die Einrichtung des Zimmers zitterte und erbebte, als der Zug scheinbar direkt neben dem Einzelzimmer vorbei rauschte. Der Uniformierte holte eine Uhr aus einer der Taschen seiner Uniform und sagte: „Er ist beinahe eine Viertelstunde zu früh."

Das rhythmische Rattern, Stampfen und Ächzen erreichte einen Höhepunkt, dann eilte es davon. Elias hatte aus den Augenwinkeln eine Bewegung gesehen. Ein dunkles, bewegtes Objekt vor hellem Hintergrund. Während Elias aus dem Zimmer eilte sagte der Uniformierte: „Jetzt werden wir keine Zeit finden, all die wichtigen Dinge zu besprechen."

Elias stürzte auf den Flur. Der Duft nach Zitronen vermengte sich mit dem Geruch von Ruß, Wasserdampf, Kohle und Schmieröl. Ein eigenartiges Aroma, das in Elias Erinnerungen an seine frühe Kindheit weckte. Sein Vater hatte eine Vorliebe für alte Technik jeglicher Art, insbesondere aber Dampfmaschinen und alte Dampflokomotiven. Das unverkennbare, rollende Rattern und Stampfen eines Zuges war noch zu hören, entfernte sich jedoch schnell. Einzelne Stoßwellen und anhaltende Vibrationen breiteten sich auf C0West aus, verloren aber bald an Kraft. Zu Elias Rechten hingen noch graue Dampfwolken im Flur, die der Zug ausgestoßen haben musste. Unvermittelt wurden mehrere Türen und Fenster geöffnet, drei Pfleger koordinierten sich durch lautes Rufen. In wenigen

Momenten war der Dampf verflogen. Geruch, Geräusche und Erschütterungen nahmen ein Ende.

Elias bemerkte, dass neue Bilder an den Wänden des Flurs hingen. Es waren Drucke von Ölgemälden, vorwiegend Naturdarstellungen, in denen Grün die Komposition dominierte.

Jakob stand hinter Elias. Er hatte einen schweren Bildband unter dem Arm und zupfte Elias an der Schulter. Er sagte in vertraulichem Tonfall: „Es gab einen Moment, da dachte ich, ich könnte durch die Bilder eine Landschaft sehen."

Elias nickte, während er die Drucke betrachtete und Jakob fuhr fort: „Ich bemerkte erst sehr spät die Geräusche des Zugs. Plötzlich war großer Lärm und Dampf und Rauch quollen durch die Bilder in den Flur. Der Zug ratterte vorbei. Wenige Augenblicke später kamst Du aus dem Zimmer."

Elias antwortete: „Hier stehen wir so klug als wie zuvor."

Mehrere Patienten und Besucher gingen an Elias und Jakob vorbei. Beide forschten in den vorbeieilenden Gesichtern, aber es war keine Irritation, kein Erschrecken oder eine andere intensive Reaktion zu erkennen.

Jakob sagte: „Da steh' ich nun, ich armer Tor..."

Elias trat an das ihm nächste Bild. Es war in einen weißen Rahmen gefasst, wie alle weiteren, die aus Elias Perspektive zu sehen waren. Es zeigte eine ländliche Szene mit Wiese, Baumreihe und fließendem Wasser. Es war naiv in der Darstellung und von minderer Qualität. Bei genauem Hinsehen erkannte man ein Bahngleis, das die Szene durchquerte. Der nächste Druck war gekonnter und unkonventioneller. Die abgebildete Natur erschien in unnatürlichen Farben und ein violettes Licht breitete sich in der Szene aus. Gleise oder andere Anzeichen für Zugverkehr fehlten völlig. Im dritten Bild fand Elias was er suchte. Detailreich war eine altmodische Dampflokomotive abgebildet, in einiger Entfernung zum Betrachter. Das Gemälde folgte klassischen Regeln der Darstellung natürlicher Landschaften. Alle Elemente waren mit feinem Pinselstrich herausgearbeitet und fügten sich maßvoll in ein Ganzes. Elias war sich nicht sicher, ob in der rußfarbenen Wolke, die sich über dem Zug ausbreitete, Bewegung und Veränderung zu sehen waren.

Der vierte gerahmte Druck unterschied sich grundlegend von den anderen Werken. Er zeigte das Portrait einer Frau, feinsinnig in Ölfarbe ausgestaltet. Der Hintergrund war mit grobem Pinselstrich angedeutet. Grau und Blautöne mischten sich, vereinzelt war ein Violett eingestreut. Die Abgebildete trug braunes, glattes Haar in der Art eines Pagenkopfes, wie er in den 1920er-Jahren in Mode war. In ihren braunen Augen fanden sich einzelne gelbe oder goldene Fäden. Sie blickte den Betrachter mit einer Mischung aus Dreistigkeit und subtiler Unsicherheit an. Insgesamt vermittelte sie einen herausfordernden Eindruck. In ihrer rechten Hand hielt sie einen Zigarettenhalter und darin eine glimmende Zigarette. Besondere Mühe hatte der Maler für das Gewand der Frau verwendet. Die Schultern waren unbedeckt, wie auch ein Teil des Dekolletees. Darunter hüllten Blüten, Gräser, Farne und Naturobjekte aller Art den schlanken Körper der jungen Frau ein. Es war eine bunte Sammlung aller erdenklichen Formen und Farben und wahrscheinlich hatte vieles symbolischen Charakter.

Elias setzte sich unschlüssig auf einen Stuhl, der am Rand des Flurs stand. Von dieser Position aus konnte er das Portrait längere Zeit betrachten. Schritte wurden hörbar und eine Pflegerin blieb neben Elias stehen. Sie sah Elias mit liebevollem Ausdruck an und sagte: „Herr Wendelin, wir werden Sie verlegen."

Sie wartete kurz auf eine Reaktion und fügte dann an: „Spätestens morgen verlegen wir sie auf C1 West. Sie erfüllen alle Bedingungen. Es wird ihnen dort gefallen."

3

Elias verbrachte gerade den dritten Tag auf der Station C1West. Die Station hatte einige Vorzüge. Sie war kleiner und für weniger Patienten eingerichtet als C0West oder C0Ost, der geschlossenen Station für Frauen. Insgesamt zählte Elias 11 Patienten. Er war als letzter zu der Gruppe gestoßen und hatte noch nicht den Versuch unternommen, enge Verbindungen zu knüpfen. Die Station hatte zwei Aufenthaltsräume, einen offenen zentralen Bereich und sogar ein Lesezimmer. Jedem Patienten stand ein Einzelzimmer mit Schrank, Bett, Tisch und Regalen zur Verfügung. Der Speisesaal wirkte gepflegt. Nur die Qualität des Essens war unverändert schlecht. Die Einrichtung der Station war geschmackvoll, wenn auch nicht immer aus einem Guss. Der Großteil der Möbel war weiß gestrichen und viele der Bezüge von Stühlen, Sesseln und Sofas blau oder blau gemustert. Elias ästhetischer Sinn störte sich nicht mehr an seiner Umgebung, wie es noch auf C0West der Fall gewesen war. Es gab eine große Auswahl an Büchern und anderen Medien. In einem der Aufenthaltsräume stand ein Fernseher, der zu bestimmten Zeiten genutzt werden konnte. Elias nahm dieses Angebot jedoch nicht wahr. Er war zu unruhig und hatte verwirrende Eindrücke, wann immer er versuchte einer Sendung zu folgen. Er war sich sicher, dass während einer Gesprächsrunde mehrmals sein Name genannt und eine abfällige Bemerkung über ihn gemacht wurde.

Das Personal war präsenter und schien engagierter. Pfleger und Pflegerinnen waren ansprechbar und Elias hatte sogar ein kurzes Gespräch mit seiner behandelnden Ärztin geführt. Der Umgangston war freundlich, konnte jedoch nicht darüber hinwegtäuschen, dass die Patienten an ihren Erkrankungen sehr litten.

Die Gegenwart von Frauen hatte einen wohltuenden Effekt auf Elias. Sie war ihm in den letzten Jahren eine seelische Notwendigkeit geworden. Einsamkeit ertrug er nur schwer. Bemerkte er an einer Frau ein besonderes Detail, einen ungewöhnlichen Zug, war er für Tage oder Wochen wie hypnotisiert. Dann tat er alles, um mit der Begehrten so viel Zeit wie nur irgend möglich zu verbringen. Manchmal kam auch eine erotische Komponente hinzu. Oft entwickelte Elias tiefer gehende Gefühle und Wünsche, ließ aber nichts dergleichen zu. Er erklärte sich nur in den seltensten

Fällen. Und wenn hatte er nur selten Glück. Meistens gab es bereits einen Partner, oder es war kein Interesse vorhanden.

Eine der Patientinnen der Station war Elias aufgefallen. Evelyn war ein oder zwei Jahre jünger als Elias, von schlankem Wuchs und hatte besonders schöne Gesichtszüge. Ihre Haut war besonders blass, bildete damit einen starken Kontrast zu ihren tiefroten Lippen und dem dunkelbraunen Haar. Die Farbe ihrer Augen war schwer auszumachen. Das wässrige Braun verwandelte sich von Zeit zu Zeit in ein dunkles Grün. Dabei waren ihre Augen außergewöhnlich groß. Ihre Nase war markant, ohne zu ausgeprägt zu sein, und ihre Lippen besonders elegant geformt. Sie war nur wenig kleiner als Elias und hüllte sich in enge Kleidung, die in früheren Zeiten einmal modisch gewesen sein musste. Oft trug sie einen engen Rock, der ihr bis zu den Knöcheln reichte und dazu eine Bluse. Beides in einem hellen Beige- oder Grauton. Das Haar trug sie in einer Hochsteckfrisur. Zu seltenen Gelegenheiten ließ sie sich die Haare von einer anderen Patientin flechten. Wo auch immer sie war, schien sie ihre Frisur zu verändern oder zu korrigieren. Sie verbrachte viel Zeit auf ihrem Zimmer und zeigte nur wenig Interesse an Patienten oder Personal. Des Öfteren war sie im Leseraum zu sehen, wie sie eines der Bücher in ein Regal zurückstellte und dann nach einem neuen Schriftwerk suchte. Im Gespräch war sie freundlich und ihrem Gegenüber zugewandt, aber die Themen, die sie wählte waren banal. Es entstand der Eindruck, dass ihr an einem tiefsinnigen Gespräch kaum etwas lag. Wann immer ein ernster Gegenstand aufkam, gelang es ihr, die Aufmerksamkeit auf ein anderes, weniger schwieriges Thema zu lenken. Elias beobachtete ihre Verhaltensweisen und hatte vorsichtig andere Patienten nach ihr befragt. Evelyn war bereits eine längere Zeit auf C1West. Über ihre Erkrankung hatte sie mit niemanden gesprochen, aber Elias war aufgefallen, dass sich in ihren Augen oft eine große Traurigkeit zeigte. Zu anderen Zeitpunkten eine Mischung aus Verzweiflung und Entsetzen. Mehrmals rannen, bei einer Gruppensitzung oder im Speisesaal, Tränen an ihren Wangen herab und sie verließ, so schnell und unauffällig sie konnte, die Situation.

Elias klappte das rot gebundene Buch auf seinem Schoß zu. Dicke Regentropfen fielen gegen die Scheiben des Lesezimmers. Der Regen hatte bereits in der Nacht eingesetzt und seitdem kaum an Kraft verloren. Elias stand auf und ging zu einem der Fenster des Raums. Vereinzelt eilten Menschen durch den kleinen Park vor dem Klinikum und versuchten sich mit Regenschirmen oder Kapuzen zu schützen. Aber der Wind zerrte an

Kleidung und Schirmen. Einem jungen Mann riss er den Regenschirm aus der Hand. Der Unglückliche streckte sich, bekam ihn aber nicht zu fassen. Der Wind trieb ihn über die Grasfläche, bis er in den Windungen eines alten Baumes hängen blieb. Eine alte Frau beobachtete die Szene, während sie eine Zeitung über ihren Kopf hielt. Elias meinte eine krächzendes Lachen zu hören.

„Findest Du es nicht unfreundlich, mich minutenlang zu ignorieren?", fragte Ann-Marie. Sie lag in lässiger Haltung auf einem der Sofas mit blauem Bezug. Sie war größer als Elias und trug ihr blondes Haar kurz. Ihre Gesichtszüge waren fein, aber etwas streng. Elias fragte sich, wie alt Ann-Marie war. Sie trug einen roten Trainingsanzug und weiße Sneaker. Ihre Figur, insbesondere ihre kleinen Brüste, zeichneten sich nur undeutlich ab. Sie machte einen sehr knabenhaften Eindruck.

Elias blickte ihr verwirrt und traurig in die Augen und erwiderte: „Ich war in mein Buch vertieft. Ich habe nichts Verwerfliches getan, nur gelesen."

Undeutlich drang aufgeregtes Gespräch und Rufen durch die Tür des Lesezimmers. Immer lauter wurden Zahlen und nur schwer verständliche Begriffe gerufen. Von Zeit zu Zeit war das Geräusch eines fallenden Würfels zu hören. Die Anzahl der Stimmen nahm stetig zu, so dass Elias den Eindruck hatte, eine ganze Menschenmenge spiele ein absurdes Würfelspiel im Nebenraum.

Die Tür des Lesezimmers öffnete sich, wodurch sich die Lautstärke des Spiels deutlich steigerte. Evelyn trat in das Lesezimmer. Sie trug ein rotes Oberteil zu einem beinahe weißen Rock, auf dem rote Mohnblüten appliziert waren. Sie nickte Elias und Ann-Marie unsicher zu und trat an ein Bücherregal. Sie trug ein Buch in der linken Hand, betrachtete es kurz und stellte es dann in eine Lücke in der Auswahl an Bänden.

„Er hat also nichts Verwerfliches getan, richtig? Nur gelesen, nicht wahr?", sagte Ann-Marie mit mildem Spott in der Stimme. Sie richtete sich ein wenig auf und ergänzte: „Lesen ist eine sehr gefährliche Tätigkeit."

Elias antwortete: „Das hat mir schon jemand gesagt."

Evelyn schenkte dem Gespräch keine Beachtung, suchte stattdessen nach neuem Lesestoff. Sie nahm mehrere Bücher aus dem Regal, untersuchte deren Inhaltsverzeichnis oder schlug die Bücher an einer beliebigen Stelle auf und las einen Absatz. Sie seufzte mehrmals und war augenscheinlich mit dem Angebot nicht glücklich.

Elias machte zwei unsichere Schritte, dann setzte er sich auf einen bequemen Stuhl und vertiefte sich in Evelyns Erscheinung. Er fand in ihrem Anblick Details, die ihm bisher entgangen waren. Ann-Marie stand auf, ging zu dem Stuhl, auf dem Elias noch vor wenigen Momenten gesessen hatte und nahm das rot gebundene Buch mit dem Titel „Erscheinungsformen und Wege des Teufels" in die Hand. Einen Augenblick zeichnete sich ein Schrecken auf ihren Gesichtszügen ab, dann fand sie ihre Fassung wieder.

„Das ist also Deine Lektüre.", sagte sie höhnisch.

Elias antwortete: „Ja. Thema und behandelte Figur faszinieren mich. Aber ich habe keine krankhafte Vorliebe für den Teufel."

Evelyn unterbrach ihre Suche und wendete sich den beiden zu. Ihre Schönheit und Anmut trafen Elias, erzeugten einen lustvollen Schmerz. Er atmete hörbar aus und bemerkte, dass sein Herz heftig und schnell pochte. Evelyn legte zwei Bücher auf einen Beistelltisch in ihrer Nähe und sagte: „Es gibt lesenswerte Abhandlungen über den Teufel aus dem 19. Jahrhundert. Und einige schöne Bücher aus der ersten Hälfte des 20. Jahrhunderts. Aber natürlich wirst Du solche Werke auf dieser Station vergeblich suchen."

Ann-Marie fluchte derb und höhnte dann: „Muss man mich noch mehr quälen? Soll ich auch noch zwei Intellektuelle ertragen?"

Evenlyn zeigte einen vergnügten Ausdruck und sagte zu Elias: „Lass Dich nicht von Ann-Marie ärgern. Sie ist im Grunde nicht boshaft."

Ann-Marie nahm ihre Lesebrille, die sie auf einen Tisch neben dem Sofa gelegt hatte. Sie setzte sie schräg auf ihre Nase und griff dann nach einer Zeitung. Sie hielt sie verkehrt herum vor sich und gab Erstaunens- und Schreckenslaute von sich. Sie las Überschriften und kurze Absätze und ergänzte sie mit zynischen Kommentaren. Sie blätterte weiter und sagte: „Meine politische Bildung ist umfassend und ich habe zu jedem erdenklichen Thema eine Meinung."

Evelyn stellte eines der Bücher, die sie abgelegt hatte, zurück, und ergänzte ihre Auswahl mit einem Buch in blauem Schutzumschlag. Sie sah Elias mit einer Vielzahl wechselnder Emotionen an und senkte dann den

Blick. Dann nahm sie den Stapel Bücher vom Beistelltisch und war im Begriff den Raum zu verlassen.

Ann-Marie bemerkte dies, legte die Zeitung und die Brille weg und sagte: „Nein, bleib noch. Wir haben Dich so gern, Evelyn."

Evelyn hatte den Raum bereits verlassen und schloss gerade die Tür hinter sich. Elias regte sich, stand auf und nahm sich das rote Buch. Er klemmte es unter den Arm und beobachtete erneut den heftigen Schauer und die teils humoristischen Szenen im Park des Klinikums Ulmenau.

Ann-Marie setzte sich aufrecht auf das Sofa und sprach halblaut mit sich selbst. Dann drehte sie sich Elias zu und fragte: „Sie gefällt Dir sehr, nicht wahr?"

Elias sah sie mit einem bitteren Ausdruck an. Er sah keinen Sinn in einer Lüge und antwortete: „Vielleicht. Aber das muss sie nicht erfahren."

„In meiner düsteren, unmenschlichen Qual, finde ich diese Situation sehr erheiternd."

„Quält Dich Deine Depression sehr?"

„Ja, das tut sie wirklich. Heute besonders. Und bereits gestern ging es mir nicht gut."

Ann-Marie zeigte einen Ausdruck, den sie ansonsten nach Kräften mied. Ihr Gesicht verzerrte sich in Schmerz und sie begann zu weinen. Aber schon nach wenigen Momenten bekam sie sich wieder in den Griff und sagte: „Der Ausdruck von Verliebtheit in Deinem Blick tröstet mich sehr."

Elias antwortete erschrocken: „War es so offensichtlich?"

„Nein. Mach Dir keine Gedanken. Ich habe ein sehr feines Gespür für solche Dinge."

„Ich habe keine Absichten. Ein Gespräch von Zeit zu Zeit. Mehr wünsche ich mir nicht."

„Schlag es Dir aus dem Kopf.", sagte Ann-Marie. Sie nahm auf dem Sofa eine neue Position ein und fügte an: „Diese Frau ist ein verwunschener Wald. Du hast keine Vorstellung, was Du in ihm finden könntest, welche Kreaturen in diesem Wald hausen und welches Schicksal Dir droht, wenn Du dich hinein wagst."

Elias beobachtete weiter den Park und das in ihm tobende Unwetter. Einem jungen Mann riss der Wind den Regenschirm aus den Händen. Der Wind trieb ihn über das nasse Gras, bis er in den Windungen eines alten Baumes hängen blieb. Wenig entfernt von der Szene stand eine alte Frau und lachte laut auf. Sie schützte sich mit einer Zeitung vor dem heftigen Regen. Elias war sicher, diese Situation bereits einmal gesehen zu haben. Nur Details unterschieden sich. Dann drängte sich Elias eine Erinnerung auf.

Die Einrichtung des Kaffeehauses „Grüner Pavian" folgte einer kuriosen Idee. Das Mobiliar, alle Einrichtungsgegenstände und Objekte waren entweder schwarz, weiß oder mit einem Muster dieser Farben versehen. Der Boden zeigte ein schwarzweißes Schachbrettmuster, das jedoch unvollkommen und an verschiedenen Stellen geometrisch gebrochen war. In dem kleinen Raum fand sich Platz für 8 Tische und jeweils 4 Stühle. Deren Rahmen und Lehnen waren weiß gestrichen, die Beine trugen ein schwarzweißes Streifenmuster. Die Tische waren schwarz, aber auf den Oberflächen waren kunstvolle Ornamente in weißer Farbe aufgemalt. Zusätzlich fand sich ein Sofa aus weißem Holz, dessen weißer Bezug mit unterschiedlich großen schwarzen Punkten versehen war. Daneben stand ein schwarzer Beistelltisch mit weißem Ornament. Und es fand sich eine ganze Reihe an Vasen, Figuren und Büsten, die dem Farbschema folgten. Auf den Tischen standen aus Plastik geformte Blumen mit weißen oder schwarzen Blüten. Auch das Geschirr war gemustert und dabei uneinheitlich. Die Bar zeigte ein kompliziertes, schwarzes Wellenmuster auf weißem Grund und in der Holztäfelung der Wände wechselten sich schwarze und weiße Elemente ab. Manches erinnerte an Op-Art der 60er Jahre, Anderes an Art Deco. Vereinzelt waren geometrische Grundformen und Körper in die Raumgestaltung integriert.

Eine Ausnahme bildeten die farbintensiven Tierdarstellungen, die an allen Wänden oberhalb der Holztäfelung hingen, Sie wirkten wie kolorierte Kupferstiche, waren mittlerer Größe und hatten in ihren perfekten Proportionen eine kunstvolle Eigenart. Von seinem Stuhl aus konnte Elias mehrere Darstellungen studieren, darunter eine Schlange, ein Totenkopfäffchen, eine Raubkatze mit schwarzem Fell, ein Panda und ein Kaninchen mit weißem Fell. Anders als die anderen Tiere, wirkte das Kaninchen vermenschlicht. Es trug einen weißen Anzug und eine weiße

Weste. Der untere Körper befand sich außerhalb des dargestellten Ausschnitts.

Elias, Eva Nelke und Georg J. Quandt waren vor Kälte und Schneetreiben in das Kaffeehaus geflüchtet. Es war ein ausgesprochen kalter Januartag. Vor den Fenstern des Cafés wirbelten dicke Schneeflocken durch die Luft. Passanten in dicken Mänteln, in Schals und Mützen gehüllt, eilten vorbei.

Elias betrachtete ausführlich das karikierte Kaninchen an der Wand des Raumes. Er war sich sicher, dass es bereits mehrfach gezwinkert und ihm einmal zugenickt hatte.

Eva hatte Elias nicht angekündigt, dass sie in Begleitung erscheinen würde. Seine Enttäuschung war grenzenlos. Er hatte sich darauf gefreut, den Nachmittag mit Eva zu verbringen, ihre ganze Aufmerksamkeit zu genießen.

Eva legte ihre Hand auf seine und fragte: „Hast Du meine Frage verstanden?"

Elias schüttelte den Kopf und erwiderte: „Nein. Es tut mir leid." Er sah sich um, betrachtete die unzähligen Details des Kaffeehauses und sagte: „Diese Einrichtung nimmt mich ganz in Anspruch. Mir schwindelt sogar ein wenig."

Eva legte ihren Kopf in ihre rechte Hand und sagte: „Ich sehe es auch zum ersten Mal."

Elias wendete sich Eva zu. Sie trug ihr schwarzes Haar in der Form einer Welle, die ihr bis zum Nacken reichte. Aber ihre Augen waren ein strahlendes, helles Blau. Ihre Lippen waren deutlich geschwungen und von tiefroter Farbe. Wie so oft trug sie elegante, eng anliegende Kleidung in absolutem Schwarz.

Georg machte eine ungeduldige Bewegung und fragte forsch: „Ich würde nur gerne wissen, wie man auf die Idee kommt, ein Café „Roter Pavian" zu nennen?"

Elias erwiderte: „Ich dachte es heißt „Blauer Pavian"." Es gelang ihm nur mit großer Mühe seine Verärgerung über den ungebetenen Gast zu verbergen. Er kannte Georg aus seinem Architekturstudium und ertrug ihn nur mit allergrößter Mühe. Er neigte zu Übertreibungen und Angeberei, prahlte oft und gerne. Er war überzeugt, den schärfsten Verstand und feinsten Geist zu besitzen. Selbst wenn er sich bemühte, freundlich aufzutreten, wirkte er überheblich und herablassend.

Eva lachte und deutete auf die Darstellung eines Pavians an einer der Wände des Kaffeehauses. Er trug ein grünes Fell und sah den Betrachter mit erschreckender Intensität an.

„Es nennt sich „Grüner Pavian". Und ich bin mir sicher, es gibt keinen rationalen Grund dafür, dass jemand diesen Namen gewählt hat.", sagte Eva, blickte Elias freundlich an, forschte in seinen Gesichtszügen und versuchte zu erraten, was in ihm vorging.

Die Tür wurde geöffnet und neue Gäste kamen in den Raum. In der letzten halben Stunde hatte sich das Café immer mehr gefüllt. Man sprach in heiterem Tonfall, manchmal unpassend laut. Jemand hantierte geräuschvoll mit dem Kaffeeautomaten und an einem der Tische wurde eine Partie Backgammon gespielt.

Georg machte einige oberflächliche Anmerkungen, dann begann er einen langen Monolog. Er schilderte in aller Ausführlichkeit seine letzten Erfolge, die sich daraus ergebenden Pläne und Konsequenzen. Er berichtete von seiner Familie und seiner außergewöhnlichen Begabung, die sich bereits in seiner Jugend gezeigt hatte. Er erklärte, wie ein Einzelner auf die gesellschaftliche Entwicklung Einfluss nehmen könnte und weswegen er sich verpflichtet fühlte, dies selbst zu tun. Dann analysierte er den gegenwärtigen Geschmack von Frauen und nach welchen Kriterien sie ihre Partner wählten. Weiter zeichnete er ein Bild davon, welche Erwartungen er an eine Partnerin hatte und erwähnte mehrere Bekanntschaften, die einen Großteil dieser Kriterien erfüllten. Er erzählte mehrere Anekdoten, aus denen hervorging, wie er verkannt und in seinem Handeln gehemmt würde.

Elias verlor bald das Interesse an den Ausführungen, aber Eva hörte aufmerksam zu. In einiger Entfernung sagte jemand: „Wie lange willst Du Dir das noch antun?"

Elias konnte die Quelle dieser Worte nicht finden. Keiner der anderen Gäste sah ihn an. Aus den Augenwinkeln sah Elias eine Bewegung im Bild des Kaninchens. Es rückte mit einer schnellen Bewegung seine Weste und das Jackett zurecht und sagte dann: „Es ist reine Zeitverschwendung, diesem Aufschneider zuzuhören."

Georg suchte Elias Zustimmung. Dieser nickte und beäugte dann wieder das mit Leben erfüllte Bild des Kaninchens. Es legte den Kopf schief und sagte: „Natürlich spreche ich mit Dir. Und nein, niemand sonst wird es bemerken."

Das Kaninchen zeigte einen stolzen, beinahe selbstherrlichen Ausdruck und nahm eine straffe Haltung an. Dann sagte es: „Sieh es ein. Deine Pläne sind zerstört. Der schöne Tag mit Eva ist dahin." Es blickte sich um, zupfte erneut an seiner Kleidung und fuhr fort: „Und wenn ich mich richtig erinnere, liegt auf Deinem Arbeitstisch ein interessanter Entwurf, der noch fertig gestellt werden muss."

Das Kaninchen streckte den Kopf nach vorne, sah ihn mit Verachtung an, drehte sich ins Profil und sagte: „Ich sehe es Dir an, dass die Situation Dir Schwierigkeiten bereitet. Sicher denkst Du, Du würdest halluzinieren. Es ist ja nicht das erste Mal, dass Du Zeuge ganz unglaublicher Ereignisse wirst."

Es gelang Elias mit Eva und Georg eine oberflächliche Unterhaltung zu führen, während er auf weitere Worte des Kaninchens wartete. Es rümpfte die Nase und sagte schließlich: „Sie scheint wirklich beeindruckt, von seiner Selbstverliebtheit und all den Eitelkeiten." Nach einer Pause ergänzte es: „Es gibt viel wichtigere Dinge zu besprechen, als deine närrische Art was Frauen betrifft." Es kramte in einer Tasche und holte schließlich einen Rosenkranz heraus. Die Perlen waren von dunkler Färbung, aber das Kreuz strahlend weiß. In der Mitte des Kreuzes fand sich eine rote Rose. Das Kaninchen betrachtete das Objekt kurz, dann sagte es: „Es betrübt mich. Und ich kann es Dir nicht einmal erklären. Aber natürlich ist es auch eine seltene Gelegenheit."

Georg brach mitten im Satz ab. Er stand auf, sein Blick trübte sich und er suchte etwas im Raum. Dann griff er nach seinem braunen Mantel und sagte: „Es ist schon zu spät."

Er wendete sich Eva zu und fuhr fort: „Ich hatte schon vor einer halben Stunde eine Verabredung. Ich muss los."

Eva nickte, lächelte und verabschiedete sich warmherzig. Georg raffte seine Sachen zusammen, hielt dann inne und gab Eva schließlich einen Kuss auf die Wange. Er klopfte Elias auf die Schulter, sah ihn mit Geringschätzung an und sagte: „Man sieht sich bestimmt."

Noch während er das Café verließ, rückte Eva mit ihrem Stuhl näher an Elias heran. Sie sah ihn mit aller Eindringlichkeit an und sagte: „Ich sorge mich um Dich. Du scheinst jeden Tag verwirrter und unsicherer zu werden."

Elias schnaufte und richtete seinen Blick auf das Kaninchen. Es zeigte einen abschätzigen Gesichtsausdruck und höhnte: „Eine Wendung der Ereignisse. Den Aufschneider sind wir los, nur um entsetzt festzustellen, dass sie Dir auf die Schliche gekommen ist."

Elias war bewusst, dass sich sein geistiger Zustand in den letzten Tagen verschlechtert hatte. Er fand kaum noch Ruhe und schlief sehr schlecht. Er wurde von Sinnestäuschungen gequält, halluzinierte immer öfter und war sich nicht mehr sicher, was Wirklichkeit tatsächlich war. Immer wieder drängten sich ihm bizarre Muster in Ereignissen auf. Vielleicht entwickelte er Wahnvorstellungen. Unbestimmte Sorgen, Zweifel und Ängste stiegen in großer Regelmäßigkeit in ihm auf, überwältigten ihn von Zeit zu Zeit. Ansonsten fühlte er sich völlig hilflos und wusste nicht, was er in dieser grotesken Situation tun könnte.

Das Kaninchen machte sich wieder bemerkbar und sagte mit großer Zufriedenheit: „Wenn sie mir gefallen würde, wüsste ich sie zu verführen."

Eva berührte ihn an der Wange und lenkte seine Aufmerksamkeit auf ihr Gespräch. „Was können wir nur tun?", fragte sie so zart und einfühlsam, wie es nur vorstellbar war. Sie neigte sich ihm zu, und sah ihm in die Augen.

Das Kaninchen zog und zupfte an Weste und Jackett und sagte: „Sei kein Idiot. Äußere einen Wunsch. Etwas, was Du gerne mit ihr tun würdest."

Elias beschloss alle weiteren Äußerungen des Kaninchens zu ignorieren. Einen Augenblick lang vergaß er seine verzweifelte Situation, erlebte einen Moment der Leichtigkeit. Er sah Eva in die Augen und sagte: „Du bist so ausgesprochen schön. Wer hat Dir das erlaubt?"

Eva erwiderte: „Sei ehrlich. Hast Du eine Schwäche für mich?"

„Lass uns als Erstes dieses Café verlassen. Mir schwindelt in dieser Umgebung."

Ann-Marie gab einen überraschten Laut von sich. Sie hatte sich an einen der Tische gesetzt und die Tageszeitung, die immer auslag, vor sich ausgebreitet. Sie blätterte vorwärts und rückwärts durch die Ausgabe und markierte mit einem roten Stift einzelne Stellen.

Elias stand wieder an einem der Fenster. Der Regen hatte abrupt geendet. Aber es fegten noch heftige Winde durch Gräser, Sträucher und Bäume. Einige Passanten falteten ihre Schirme und sahen forschend in den Himmel, der noch von dunkelgrauen, teils tiefblauen Wolken geprägt wurde.

Ann-Marie lehnte sich zurück, ordnete die Zeitung so, dass sie mit der Titelseite vor ihr lag und sagte: „Endlich kann ich Dir zeigen, was ich meinte. Wir haben davon gesprochen."

Elias sah sie mit fragendem Gesichtsausdruck an und erwiderte: „Ich verstehe nicht ganz."

„Wir hatten darüber gesprochen, dass an manchen Tagen Zahlen vermehrt auftreten. Entweder im persönlichen Erleben oder in einem abstrakteren System, wie beispielsweise einer Zeitung."

„Und Du hast dergleichen in dieser Zeitung gefunden?"

„Ja, tatsächlich.", sagte Ann-Marie und nahm die Zeitung wieder zur Hand. Sie orientierte sich, suchte markierte Stellen und fuhr fort: „8 Staatschefs treffen sich in den nächsten drei Tagen in der Schweiz. Bei einem Zwischenfall im Nahen Osten werden 8 koptische Christen getötet. Bei einem Unfall mit einem Segelboot kamen 5 Erwachsene und 3 Kinder ums Leben. Das ergibt in der Summe wieder 8."

Ann-Marie sah auf und wartete kurz auf eine Reaktion, dann ergänzte sie: „Die indische Wirtschaft wuchs im vergangenen Jahr um 8,1 Prozent. Die Regierung in Belgien legt einen 8-Punkte-Plan für die Förderung von Bildung vor. Der Dramatiker Maximilian Jakob Laube stirbt im Alter von 88 Jahren."

Sie stand auf, näherte sich Elias und sagte: „Und das ist nicht alles, was ich gefunden habe."

Elias antwortete: „Wenn ich solche Überlegungen anstellen würde, hieße es, ich hätte Wahnvorstellungen. Und ich war immer skeptisch, was die Numerologie betrifft."

„Aber Zahlen üben einen eigentümlichen Reiz aus. Das muss Dir schon aufgefallen sein."

Elias nahm das rote Buch, das er auf dem Fensterbrett vor sich abgelegt hatte. Er studierte die Postkarte, die er als Lesezeichen verwendete. Mit Staunen erkannte er, dass er eine der abgebildeten Figuren bisher nicht bemerkt hatte. Hinter den Beinen des Pierrot stand ein Kleinwüchsiger, nicht mehr als 30 Zentimeter groß, und reckte den Kopf nach vorne. Sein Gesicht verdeckte eine kunstvoll gearbeitete Maske, die Züge eines Papagei aufwies. An ihren Rändern war sie mit Federn geschmückt. Leider konnte Elias über die Färbung der Maske und des Zierrats keine Aussage treffen. Während er in der schwarzweißen Fotografie nach weiteren unentdeckten Details suchte, wurde ihm klar, dass er sich nie die Mühe gemacht hatte, die Nachricht auf der Rückseite zu lesen. Er war nicht einmal sicher, ob sich eine solche auf der Karte fand. Er drehte die Postkarte um und las: „Die letzten Tage waren sehr lustvoll. Ich hatte nicht den Eindruck, dass Du Schmerzen erduldest. Du schienst unbeeindruckt. Ich war deswegen sogar ein wenig gekränkt. Er lässt Dich grüßen."

Unter diesen Worten fand sich eine nicht lesbare Unterschrift. Die eigentümliche Handschrift deutete darauf hin, dass die Nachricht schon Jahrzehnte alt war.

Er wendete die Postkarte einige Male und sagte dann: „Du kannst mir bei der Lösung eines Rätsels helfen." Er las Ann-Marie die Zeilen auf der Rückseite der Postkarte vor, wartete einen Moment und fragte dann: „Was kann das bedeuten?"

Ann-Marie nahm ihm die Karte aus der Hand und betrachtete das Foto der Vorderseite. Sie las die Nachricht und sagte: „Das ist nicht schwer zu erraten. Sie betrügt ihn, pflegt eine intime Beziehung zu einem Liebhaber und wünscht sich eine andere Reaktion, als sie auslöst."

Sie gab Elias die Postkarte zurück, ging zu dem Tisch, auf dem die Tageszeitung lag, und sagte: „Das ist nur die menschliche Komödie. Oder die menschliche Tragödie. Beides ist wahr."

Ann-Marie überlegte kurz, setzte sich dann wieder auf das Sofa und las einen Artikel der Zeitung. Halblaut sagte sie: „Ich werde eine Versuchsreihe beginnen. In den nächsten 10 Tagen werde ich jeweils die aktuelle Ausgabe auf Muster untersuchen."

Elias beobachtete die Bewegungen der Menschen im Park vor dem Klinikum. Einige eilten schnell vorbei. Manche Paare und Gruppen waren langsamer und schienen nicht auf ein bestimmtes Ziel zuzustreben, schlenderten mehr als zu gehen. Eine Anzahl an Ärzten, erkennbar an Kittel und Auftreten, blieb auf einem der Wege stehen und unterhielt sich. Drei ältere Männer bildeten nur wenige Meter entfernt einen Kreis. Vier junge Frauen lachten und debattierten. Der Park füllte sich mehr und mehr. Menschen unterschiedlichster Erscheinung, unterschiedlichen Alters, sozialer Klasse und Herkunft sammelten sich. Wege und Grasflächen füllten sich.

In den letzten Augenblicken machten sich Stimmen im Nebenraum bemerkbar. Das Geräusch rollender und fallender Würfel verriet, dass wieder ein Spiel im Gange war. Zahlen und kurze Bemerkungen wurden gerufen.

Eine der Personen im Park deutete mit der ausgestreckten Hand in Elias Richtung. In kleineren und größeren Ansammlungen stand mittlerweile eine große Anzahl an Menschen vor Elias Augen. Und es kamen immer noch mehr hinzu. Elias erschrak. Eine Veränderung ging vor sich. Immer mehr Gesichter drehten sich ihm zu. Elias fragte sich, ob er vom Park aus zu sehen war. Etwas an diesem Geschehen behagte ihm nicht.

Das Spiel im Nebenraum wurde immer hektischer und die Rufe lauter. Mehrere Stimmen waren klar und deutlich zu verstehen.

„Der Multiplikator ist die 4. 88 gewinnt."

„Eine 23 wird nachträglich geworfen. Aber der Multiplikator ist nur eine 3."

„Wir beginnen erneut. 18, 9, 21 und eine 3."

„Die Farbe der Runde ist Rot. Also keine Multiplikatoren. Die 18 gewinnt."

Elias wich vom Fenster zurück und setzte sich in einen der Sessel. Ihn schwindelte.

Es war der neunte Tag, den Elias auf der Station C1West verbrachte. Er saß inmitten von Malutensilien in dem Ergotherapie-Raum der Station und starrte aus dem Fenster. Heftiger Schneefall hatte eingesetzt. Dicke weiße Schneeflocken wirbelten an den Glasscheiben vorbei.

Vor Elias lag ein großformatiges, weißes Blatt und dazu ein herkömmlicher Skizzenblock, auf dem Elias alle erdenklichen Stifte, Kreiden und Pastellstifte erprobte. Er suchte nach der richtigen Farbkombination, um ein Karnevalskostüm darzustellen, das er in einem verwirrenden Traum in eigenartiger Klarheit gesehen hatte. Auf weißem Stoff waren rautenförmige, farbige Elemente angebracht. Der Schnitt erinnerte an die Uniformen der Schweizer Garde oder andere offizielle Kleidung des frühen 16. Jahrhunderts. Dazu trug das Traumbild hohe, weiße Stiefel und auffällige, weiße Handschuhe. Ein weiteres Detail war ihm in Erinnerung geblieben. Der Kragen war nach Machart einer Mühlsteinkrause gefertigt, aber unsinnig und überproportional groß. Das Gesicht der surrealen Figur blieb undefiniert und vage. Im Traum war nur der Eindruck entstanden, dass es geschminkt war.

Elias schlug das Buch mit dem Titel „Erscheinungsformen und Wege des Teufels" auf der Seite auf, die er sich gemerkt hatte. Die Postkarte mit der Abbildung des Pierrot hatte er vor zwei Tagen verloren. Es war ein großes Ärgernis. Elias hatte an verschiedenen Orten der Station C1West nach der Karte gesucht, aber die Suche blieb erfolglos.

Er nährt sich von Blut, Tumor, Kot, Eiter und Galle. Die Hässlichkeit des Teufels ist allumfassend. Er ist übergroße Fleischlichkeit, Genital, Abart und unnatürliche Lust, Maßlosigkeit, Krankheit und Siechtum, Verfall, Entstellung, Vertiertheit und übermäßige Selbstliebe. Dies ist eine unvollständige Liste und dies sind nur äußere Anzeichen. Die Hässlichkeit des Teufels hat eine eigene Qualität, metaphysische und mystische Züge. In vielen Fällen kann eine Transzendierung dieser Hässlichkeit beobachtet werden, durch die das Abstoßendste sich zu großer Schönheit verwandelt.

Elias irrte sich offensichtlich in der Seitenzahl. Diesen Absatz hatte er bereits vor zwei Tagen gelesen. Es kostet ihn einige Mühe, aber zuletzt fand er die Stelle, an der er seine Lektüre unterbrochen hatte.

Welche Eigenschaften erregen die Aufmerksamkeit des Teufels? Wie wird er wahrgenommen?

Ein oberflächliches Leben, das sich in gewöhnlichen Themen, Tätigkeiten und Problemen erschöpft, wird keine Aufmerksamkeit erregen. Auch eine intellektuelle Haltung und überdurchschnittliche Bildung führen nicht zum Kontakt. Für den Abgefallenen von Interesse sind diejenigen, die in ihrem Selbst, ihrer Seele suchen und Zugang zu tieferen Schichten anstreben bzw. diesen erreichen. Eine Hinwendung zu Weisheit, mitfühlender Umgang mit Mitmenschen und seelische Suche wirken provozierend. In Biographien, die solche Elemente enthalten, und generell dem Gewöhnlichen übergeordnet sind, zeigt sich der Einfluss des Teufels meist schon früh. In vielen Fällen bereits in der Jugend.

Je nach der Phase der Entwicklung, in der sich das betroffene Individuum befindet, wird der Teufel auf verschiedene Art und Weise wahrgenommen. In einem frühen Stadium erscheint er nur als Einfluss. Vage und undefiniert besitzt er noch nicht die Eigenschaften eines denkenden und handelnden Wesens. Später erscheint er unbekannt und übermächtig und gewinnt den Charakter eines belebten, eigenständigen Wesens. Schreitet die Entwicklung des Individuums weiter voran, tritt er endlich als Widersacher in Erscheinung. Dabei ist er groß, beeindruckend und dem Menschlichen überlegen. Mit dieser Phase ist eine überwältigende Angst verbunden. Im folgenden Stadium treten andere Züge in den Vordergrund. Boshaftigkeit und Engstirnigkeit werden sichtbar. Eine ganze Reihe an Fehlern und Schwächen werden erkennbar. Dies ist der Schlüssel zur Überwindung der Wesenheit. Hat der Gequälte seinen Widersacher überwunden, ändern sich unerwartet dessen Eigenschaften. Der Abtrünnige nimmt eine mildere Form an, erscheint freundlich und wenig furchterregend. Es kann sich eine freundschaftliche Vertrautheit einstellen.

Jemand legte Elias eine Hand auf die Schulter. Er erschrak und löste sich von seinem Buch. Ann-Marie stand neben ihm und sah ihn vielsagend an.

In diesem Moment betrat Evelyn den Raum. Sie sah sich kurz um, ging dann zu der Ergotherapeutin und begrüßte sie warmherzig. Die beiden tauschten einige Worte, dann schickte sich Evelyn an, ihre Flechtarbeit an einem großen Korb fortzusetzen.

„Ich habe etwas, was Dir gefallen wird.", sagte Ann-Marie und setzte sich neben Elias. Sie trug einen weißen Trainingsanzug, der mit schwarzen, geometrischen Elementen und gewundenen Linien versehen war. Ihr Parfum war deutlich wahrzunehmen und ihr blondes, kurzes Haar war frisch geschnitten. Elias forschte in ihren Augen, aber wie so oft waren ihre Gefühle und Absichten nicht abzulesen.

Evelyn saß nur wenige Meter entfernt an einem Tisch, hantierte mit Weidenzweigen und war sichtlich in ihre Tätigkeit vertieft. Sie trug eine weiße, gerüschte Bluse und einen Rock, der mit blauen und roten Ornamenten verziert war, die entfernt an Abstraktionen natürlicher Objekte erinnerten. Ihre Gegenwart hatte eine ganze Reihe an Auswirkungen auf Elias. Seine Verwirrung nahm schlagartig zu, er verirrte sich in Traumgebilde, deren einziges Thema Evelyn war. Er verwandte sehr viel Sorgfalt darauf, sie nicht anzustarren und zugleich so ausführlich wie möglich betrachten zu können. Er fühlte eine unbestimmte Scham, da er sich der Unreife seiner Reaktion bewusst war. Von Zeit zu Zeit gelang es ihm, ein kurzes Gespräch mit Evelyn zu führen. Er verbarg seine Gefühle mit großer Kunstfertigkeit und es gelang ihm, ganz beiläufig über beliebige Themen zu sprechen. Währenddessen pochte sein Herz wild, sein Körper und sein Bewusstsein waren in Aufruhr. Eine Empfindung zwischen Lust und Schmerz stellte sich ein.

Ann-Marie berührte ihn an der Schulter und suchte etwas in einer der Taschen ihres Trainingsanzugs. Sie zog einen Stapel an Fotos heraus und versicherte sich, dass die Ergotherapeutin mit einem anderen Patienten beschäftigt war. Sie räumte einen Teil des Chaos, das Elias um sich angehäuft hatte, zur Seite, und legte die Fotografien vor Elias auf den Tisch.

„Es ist eigentlich nicht erlaubt.", sagte Ann-Marie in vertraulichem Tonfall und fügte an: „Die Gelegenheit war zu günstig. Ein ganz außergewöhnlicher Gegenstand für eine Fotoreihe – Patienten einer Psychiatrie."

Die Fotos hatten ein altmodisches, beinahe quadratisches Format und waren durchgehend schwarzweiß, was ihnen eine sonderbare Zeitlosigkeit verlieh. Elias betrachtete die Fotografien schnell und so unauffällig wie möglich. Es waren Abbildungen der 11 Patienten der Station, scheinbar aufgenommen, ohne, dass die Abgebildeten etwas bemerkt hatten. Elias erkannte Jonas, Klemens und Julia. Von anderen Patienten kannte er nur die Nachnamen oder nicht einmal das. Die Portraits wirkten unverfälscht und ihr Ausdruck sehr intensiv. Das letzte Bild war doppelt vorhanden und zeigte Evelyn, wie sie an einem Bücherregal stand und mit traurigem Blick die Auswahl an Schriftwerken untersuchte. Dabei fasste sie mit ihrer rechten Hand nach ihrem Haar, das sie als Dutt trug. Ein paar Strähnen hatten sich gelöst und fielen ihr ins Gesicht.

Ann-Marie beobachtete Elias Reaktion und sagte: „Ich dachte mir, dass Dir das gefallen würde. Nimm Dir einen Abzug. Ich habe zwei anfertigen lassen."

Elias nahm eine der Fotografien von Evelyn und legte sie in das aufgeschlagene, rot gebundene Buch. Er bedankte sich wenig eloquent, während Ann-Marie die Fotos ordnete und wieder in ihrem Trainingsanzug versteckte.

Evelyn unterbrach ihre Arbeit und verließ den Raum. Elias sah ihr nach, wendete sich dann wieder Ann-Marie zu und sagte: „Ich danke Dir sehr. Kann ich etwas für Dich tun?"

Ann-Marie antwortete: „Lass uns später eine Partie Schach spielen. Wenn Du hier fertig bist."

Elias sah ihr in die Augen. Es war keine Emotion erkennbar, nur kalte, abwägende Intelligenz. Elias überlegte einen Moment, dann sagte er: „Dein Inneres bleibt mir verborgen. Ich kann nicht in Deinen Augen lesen."

„Es geht mir sehr schlecht.", erwiderte Ann-Marie und fügte an: „Ich hause in der Düsternis meiner Seele und meines Herzens. Ein fürchterlicher Ort. Ich quäle mich durch die Tage und bin erbost, dass man mir nicht einfach gestattet zu sterben."

Sie lachte auf und ergänzte: „Das hört sich sicher ganz fürchterlich an. Wahrscheinlich sogar pathetisch."

Elias nickte und sagte: „Schön, dass Du ehrlich bist. Ähnliches hatte ich vermutet. Also später eine Partie Schach? Wenn ich mich recht erinnere spiele ich in der nächsten Partie mit Weiß."

Ann-Marie nickte, stand auf und verließ zügig den Raum. Zwei männliche Patienten taten es ihr gleich. In diesem Augenblick trat eine Pflegerin in die Tür des Ergotherapie-Zimmers und unterhielt sich mit der Ergotherapeutin. Nach wenigen Momenten verließen die beiden den Raum und führten ihr Gespräch auf dem Flur fort.

Elias entschied sich für eine Auswahl an Beige-, Grau-, Blau-, Gelb- und Rottönen und räumte die aussortierten Farben zur Seite. Er nahm einen Bleistift und begann die Kontur der Figur auf das großformatige Blatt zu skizzieren. Er rückte das Motiv etwas nach Rechts aus der Bildmitte, achtete auf sinnvolle Abstände und wählte eine ansprechende Gesamtgröße. Mit etwas mehr Druck erzeugte er eine deutliche Linie und legte sich mit ihr auf einen Umriss fest.

In den Geruch nach Farben, Lösungsmittel und Utensilien aller Art mischte sich eine Andeutung von Zitrone. Gespräche und Geräusche auf dem Flur wurden zunehmend leiser und verklangen dann vollständig.

Elias skizzierte inzwischen den Kragen der Figur und überlegte, wie er die bunten Rauten des Kostüms perspektivisch korrekt darstellen könnte. Ihre Form musste sich an den Fall des Stoffes und den Schnitt der Uniform anpassen. Er korrigierte mehrmals die Höhe der Stiefel, bis sie sich mit seiner Erinnerung an den Traum so weit wie möglich deckten. Er erprobte eine Position der in Handschuhen steckenden Hände und der angedeuteten Finger. Vielleicht würde er diese kleinen Details nicht ausarbeiten.

Elias sah von seinem Blatt auf. Er war vollkommen alleine im Raum und hörte keinerlei Unterhaltung oder sonstige Laute. Die Situation vermittelte den Eindruck, die ganze Station wäre verlassen, nicht nur das Zimmer in dem Elias saß. Der Geruch nach frischen Zitronen durchdrang alles.

Elias betrachtete sein Spiegelbild in einem der Fenster des Raums. Er konnte deutlich das Entsetzen in seinen Gesichtszügen erkennen. Für einen Moment sah er im spiegelnden Glas etwas hinter sich, in der Tür des Zimmers stehend. Eine dunkle Silhouette mit dunkler Maske und Hut.

Verunsichert blieb Elias auf seinem Platz, drehte aber den Oberkörper. Tür und Flur waren leer, soweit es Elias beurteilen konnte. Ein gemessener, tiefer Gesang setzte ein. Die Quelle musste sich in einiger Entfernung befinden. Eine lateinische Formel wurde rezitiert, aber Elias Latein war nur gut genug, um einzelne Begriffe herauszuhören: Leid, dunkle Nacht, Irrsinn, Turm oder Haus, junge Frau, Bosheit.

Für einige Takte pausierte der Gesang. Elias realisierte, dass er die Stimme kannte. Es war die gleiche, die er im Park von Ulmenau gehört hatte. Eine übergroße, kaum zu ertragende Furcht kam in ihm auf. Dennoch fühlte er sich gezwungen, nach der Quelle des Gesangs zu forschen. Er stand auf und nahm das rote Buch. In diesem Augenblick setzte der Gesang mit Nachdrücklichkeit wieder ein. Die Sprache hatte sich geändert. Jetzt klang es nach einem altertümlichen Hebräisch. Und die Tonfolge war schneller und sprunghafter. Eine Abfolge von Konsonanzen und Dissonanzen war hörbar, folgte aber keinem bekannten musikalischen Schema. Elias bemerkte, dass er zitterte und ihm der Schweiß auf der Stirn stand. Mit langsamen Schritten näherte er sich der Tür, spähte in den Flur vor dem Ergotherapie-Raum. Wie um ihn zu ermutigen, wurde der Gesang noch lauter und kehrte zum Latein zurück. Elias trat durch die Tür und entdeckte den Sänger am anderen Ende des Flurs. Es war die gleiche Gestalt, die ihm schon im Park begegnet war. Sie trug einen in Falten fallenden Mantel, einen schwarzen Hut und eine schwarze Pestmaske. Dazu dunkle, lederne Schuhe und Handschuhe.

Elias Herz pochte und er spürte einen Schmerz in der Brust. Er überlegte fiebrig, wie er der Situation entkommen könnte. Ohne den Grund dafür zu kennen, ging er einige Schritte auf die groteske Figur zu. Diese hielt kurz inne und setzte dann ihren Gesang in einer tieferen Oktave fort. Elias ging zwei weitere Schritte in Richtung des Sängers. In das Lied mischte sich nun eine weitere Stimme. Sie war höher und umspielte die Motive der Tieferen. Elias hatte den Eindruck die zweite Stimme hinter sich zu hören. Er drehte sich um und sah, wie eine weitere Figur den Flur betrat. Sie ähnelte der Gestalt mit der Pestmaske sehr, nur war alles Leder, also Mantel, Maske, Hut, Schuhe und Handschuhe, weiß. Besonders erschreckend war, dass sie aus dem Ergotherapie-Raum, der noch vor wenigen Augenblicken leer gewesen war, den Flur betrat.

In Elias verwandelten sich die Emotionen. Die Furcht schwand, verließ ihn aber nicht gänzlich. Entschlossenheit und Zorn kamen in ihm auf. Er erörterte innerlich, ob er halluzinierte und wenn ja, wie er den Zustand beenden könnte. Währenddessen trat die schwarz gekleidete Figur einen Schritt in seine Richtung, verbeugte sich und änderte erneut die gesungene Sprache. Elias glaubte einige Zeilen in Griechisch zu hören, dann wieder Hebräisch. Zugleich winkte ihn der Sänger mit einer Geste der linken Hand herbei.

In den Gesang mischten sich weitere Stimmen. Elias ging wenige Schritte, dann hielt er inne und sah hinter sich. Die Gestalt in weißem Leder war ihm näher gekommen. Zusätzlich hatte sich eine Tür geöffnet. Mehrere Maskenträger traten durch diese Tür in den Flur und fügten ihre Stimmen dem Gesang hinzu. Sie glichen den beiden anderen Maskenträgern bis ins Detail, einzig die Farbe ihrer Kleidung, der Masken und Hüte unterschied sich. Elias sah einen Gelbton, ein dunkles Blau und ein strahlendes Rot. Der Gesang pausierte einige Augenblicke, dann wurde er in Latein fortgeführt. Einzelne Begriffe konnte Elias heraushören und übersetzen: Vergeblichkeit, Entrückung, Farbe, nass, Sumpf, jüngere Frau, Fleischlichkeit

Durch die neu hinzugekommenen Stimmen war der Gesang deutlich komplexer geworden. Er folgte einer losen Struktur an Akkorden, blieb aber unvorhersehbar und dissonant. Elias fiel der intensive, beinahe unangenehme Geruch nach Zitronen auf. Der in schwarzes Leder gehüllte Maskierte winkte ihn nochmals herbei. Elias ging ihm unschlüssig und vorsichtig entgegen. Vielleicht würde die Groteske ein Ende finden, wenn Elias das Spiel mitspielte. Direkt hinter ihm öffnete sich eine zusätzliche Zimmertür. Weitere vier Stimmen mischten sich in das Lied. Maskierte in verschiedenen Farben traten auf den Flur. Abgesehen von der Farbe ihrer Ausstattung waren sie identisch. Elias sah einen satten Grünton, ein Orange, ein herrschaftliches Violett und ein helles Blau. Der Gesang wechselte die Sprache, wurde lauter und steigerte seine Geschwindigkeit. Der Klang der neuen Sprache war Elias vollkommen fremd. Er fühlte sich von den Maskierten hinter sich voran getrieben. Der Maskierte in Schwarz war nur noch einige Schritte von ihm entfernt.

Das Lied verklang. Stattdessen tauschten die seltsamen Kreaturen leise ein paar Worte. Die Gruppe hinter Elias rückte näher an ihn heran. Der Maskierte vor ihm verneigte sich ein drittes Mal und deutete auf eine geöffnete Tür neben sich. Elias trat noch einige Schritte näher an ihn heran, dann drehte er sich um. Der in weiß gekleidete Maskierte stand nur eine Armlänge hinter ihm. Der Rest der Gruppe sammelte sich hinter diesem. Elias fühlte sich mehr und mehr bedrängt. Sein Herz pochte heftig und mehrmals fuhr ihm ein Schmerz durch die rechte Brust.

Nach einigen Sekunden führte eine der Figuren den Gesang in Latein fort. Innerhalb weniger Takte fügten sich die anderen Stimmen in die Komposition ein. Elias erkannte ein Muster und erschrak über Absonderlichkeit und Komplexität der Harmonie. Inzwischen wurde er immer mehr von den maskierten Figuren bedrängt. Er stand bereits im Angesicht der schwarzen Pestmaske und die Gruppe hinter ihm rückte stetig vorwärts.

Elias beäugte gerade die Machart der farbenfrohen Mäntel, Masken und Hüte, als er an der Schulter gepackt wurde. Mit unwiderstehlicher Kraft wurde er durch eine offenstehende Tür in einen leeren Raum geworfen. Im nächsten Moment flog die Tür zu. Der Gesang dauerte noch wenige Sekunden an, dann herrschte Stille. Elias sah sich um, aber nichts verriet, wofür der Raum üblicherweise genutzt wurde. Dann entdeckte er etwas auf einem kleinen Tisch. Auf einer handgeschriebenen Karte stand sein voller Name: Elias Jakobus Wendelin. Daneben lag eine Maske. Sie war genauso geformt wie die Pestmasken der Maskierten, war aber in vielen verschiedenen Farben gearbeitet. Auf weißem Leder fanden sich farbige Quadrate und unregelmäßige Flächen in Grün, Blau, Rot, Gelb, Violett und Orange.

Der Geruch nach Zitronen war verflogen. Elias nahm die Maske, öffnete die Tür und trat in den Flur. Von den maskierten Gestalten war nichts zu sehen. In einiger Entfernung unterhielt sich Ann-Marie mit einer Pflegerin. Ein Besucher suchte nach einem Patienten.

4

Er sortierte die Buntstifte nach Farbe und bemerkte, dass ein kräftiger Rotton fehlte. Elias sah sich in seinem Zimmer auf der Station C1West um, konnte ihn aber nicht finden. Er schloss die hölzerne Box, in der er seine Aquarellstifte aufbewahrte, und legte Buntstifte, Kreiden, Pastellstifte und eine Reihe anderer Malutensilien in eine Schublade. Auf dem Tisch und dem Krankenhausbett lagen die Zeichnungen, die in den letzten Tagen entstanden waren. Nach Jahren der Übung war seine Technik noch immer mangelhaft, durchschnittlich im besten Fall. Proportionen und Komposition wiesen unmerkliche Schwächen auf. Farbauswahl, Kontrast und Spiel mit Brechungen, wie auch den Einsatz von Ornamenten beherrschte er gut.

Beim Studium seiner Versuche wurde Elias die Veränderung klar, die an den Zeichnungen deutlich wurde. Bis vor kurzem hatten seine Werke ausschließlich architektonischen Charakter und waren in der Realität verwurzelt. Sie zeigten Mögliches in einem realistischen Umfeld. In den letzten Tagen begannen Traumgebilde und surreale Eindrücke seine Bildwerke zu infiltrieren. Und die grotesken Elemente schienen sich in ihrer Absurdität zu steigern. Aus einer Ecke des Raums nahm Elias eine großformatige Künstlermappe aus schwarzer Pappe und legte die Zeichnungen sorgsam hinein.

Für einige Momente drangen laute Rufe durch die geschlossene Tür. Zahlen und Kommentare wechselten sich ab mit Zeilen bekannter Gedichte oder berühmter Filmzitate. Würfel fielen und überall war Aufregung und geschäftiges Treiben. Elias beobachtete die Szene vor dem Fenster. Plötzlich fiel sein Blick auf den fehlenden roten Stift. Er lag am Rand des Fensterbretts vor ihm. Es war ein Erdbeerrot, das wegen seiner Intensität nur selten verwendet wurde.

Es musste nach drei Uhr nachts sein, als Elias, mehrere Stufen hinab, auf eine Seitengasse von Ulmenau trat. Es war empfindlich kalt und er hoffte den Weg zu seiner Altbauwohnung auf Anhieb zu finden. Er ging diesen Weg nur selten. Den Abend hatte er bei Freunden verbracht, war aber verschlossen und beteiligte sich kaum am Gespräch. Keines der Themen, die besprochen wurden, interessierte ihn und seine Enttäuschung steigerte sich von Stunde zu Stunde. Jemand hatte angedeutet, dass vielleicht Eva Nelke vorbeikommen würde. Aber das geschah nicht. Elias vermisste sie sehr, hatte sie beinahe 10 Tage nicht mehr gesehen.

Die Straßen und Gassen dieses Stadtteils von Ulmenau waren gewunden und unvorhersehbar. Es war der älteste und reizvollste Teil der Stadt. Die Häuser ragten teils schief in den dunklen, bewölkten Himmel. An jedem war ein Detail das unpassend und überkommen wirkte. Immer wieder ging Elias an kleinen Restaurants, Antiquitäten-Händlern und obskuren Geschäften aller Art vorbei.

Eine Windung des Wegs führte Elias auf eine breitere Straße. In einiger Entfernung standen 3 Männer unter einer Straßenlaterne. Sie unterhielten sich und lachten ungewöhnlich laut. Elias verlangsamte seinen Schritt. Etwas befremdete ihn an diesem Anblick. Die 3 Männer trugen alle lederne Anzüge und Westen in einem kräftigen, beinahe unangenehmen Rot. Zwei der drei trugen zusätzlich rote Handschuhe, der Dritte einen roten Hut. Sie unterbrachen ihr Gespräch, sahen Elias kurz an und eilten in verschiedene Richtungen.

Elias entschied sich, auf dem schnellsten Weg in seine Wohnung zu gelangen und außergewöhnlichen Sinneseindrücken keine Beachtung zu schenken. Er ging eilend die Straße entlang und bog dann in eine Seitengasse ein. Sie führte auf einen kleinen Platz vor einer Kirche. Noch bevor Elias die Gruppe sah, hörte er bereits ihr ausgelassenes Lachen. Er wagte sich aus der Gasse hervor und sah eine Ansammlung von nicht weniger als 20 Männern, die vor der Kirche einen Kreis bildeten. Sie alle trugen ausschließlich lederne Kleidung in dem auffälligen Rot der ersten Gruppe. Einige bemerkten Elias, schienen aber unbeeindruckt und führten ihr lautes Gespräch fort. Einer der Männer nickte Elias sogar zu.

Elias blieb stehen. Er konnte der absonderlichen Gruppe ausweichen, seinen Weg ändern, ohne viel Zeit zu verlieren. Er bog rechts ab und ging eine lange, leicht geschwungene Straße entlang. Die Häuser dieser Gegend waren besonders alt und machten einen vernachlässigten Eindruck. An einem Eckhaus war ein Schild angebracht. Es war ein Café mit dem Namen „Rote Jade". Während Elias an den Fenstern des Cafés vorbei ging, wurde ein Licht eingeschaltet. Elias J. Wendelin warf einen Blick ins Innere. Die Ausstattung des Kaffeehauses war durchgehend weiß und hochwertig. In einer Ecke des Raums stand ein Klavier und auf dem Hocker davor saß ein Mann in rotem Leder. Er wendete sich Elias zu, dann begann er eine getragene Melodie zu spielen. Zugleich traten weitere Männer in roter Aufmachung in den Raum. Elias fühlte sich zunehmend unwohl. Er ging weiter und bemerkte, dass in einiger Entfernung ein Mann in einem ledernen, roten Anzug unter einer Laterne stand. Nach und nach traten aus allen Abzweigungen, Haustüren und Durchgängen immer mehr rot gewandte Männer. Elias blieb nur ein einziger Fluchtweg. Sein Schritt stockte, dann eilte er den letzten verbliebenen Weg entlang. Dieser wand sich in mehreren Schleifen eine Anhöhe hinauf.

Ein kalter Wind kam auf, rauschte durch Gärten und zerrte an allem. Regen setzte ein. Missmutig setzte Elias seinen Weg auf die Anhöhe fort. Er hatte weder Schirm noch Kapuze um sich zu schützen. Sein Haar wurde allmählich nass. Dann realisierte er, dass kein gewöhnlicher Regen fiel. Auf seine Kleidung, sein Gesicht und seine Hände fielen dicke, rote Regentropfen. Die Konsistenz war gewöhnlich, aber in der Farbe war es identisch zur ledernen Kleidung der obskuren Männer, die Elias bedrängten.

Elias erklomm einige Stufen, dann stand er auf einem kleinen Platz vor einem Gebäude. Es war ein Turm, der teils in sich zusammengefallen war, mehr Ruine als Bauwerk. Eine Seite des Gebäudes war eingebrochen, weswegen der rote Regen auch ins Innere des Turmes drang. Von der runden Kuppel war noch ein Großteil vorhanden. Der Ort war Elias völlig unbekannt. Die Szene wurde vom Licht mehrerer Laternen ausgeleuchtet. Einige Augenblicke war Elias allein, dann betraten drei Personen den Platz vor dem Turm. Zwei Männer in einem roten, aus Leder gearbeiteten Frack traten ins Licht. Zwischen sich führten sie eine Frau in einem sehr komplexen Gewand an der Hand. Kleid, Oberteil und Kragen strahlten im Rot der Männer. Ornamente überzogen das Gewand der Frau. Einige Details erinnerte Elias an Art deco, andere Elemente an frühere Jahrhunderte. Auf ihrem geflochtenen Haar trug sie eine absurd geformte Krone aus verschiedensten Blüten und Gräsern. Ihr Gesicht war stark geschminkt, sehr bleich und die roten Lippen traten überdeutlich hervor.

Elias Verwirrung war perfekt. Trotz des ungewöhnlichen Putzes war sich Elias sicher, dass Eva Nelke, die er an diesem Abend so schmerzlich vermisst hatte, vor ihm stand. Der Regen hatte an Intensität gewonnen und rote Regentropfen strömten allen Anwesenden an den Gesichtern und der Kleidung herab. Die Frau in Rot sah Elias durchdringend, dann sehr traurig an. Langsam hatte Elias den Eindruck, die Frau und ihre Begleiter warteten auf eine Reaktion. Aber er war zu nichts weiter fähig, als unzusammenhängende Worte zu murmeln, und das Schauspiel zu studieren.

Der Regen wurde schwächer, nach nicht mehr als einer Minute hörte er völlig auf. Die Frau im roten Gewand ging einige Schritte auf Elias zu, ihre Begleiter folgten ihr. Sie formte stille Worte mit ihren Lippen. Die Männer wurden allmählich ärgerlich und schließlich rief einer Elias zu: „Ist sie nicht schön genug?"

Der Frau lief eine Träne an Wange herab. Der bisher stille Begleiter fragte ungehalten: „Was will er denn?"

Elias näherte sich der Gruppe und fragte: „Eva? Bist Du das?"

Als hätte er genau die falschen Worte gesprochen, wendeten sich die Frau und die Männer im roten Frack von Elias ab. Ein Oldtimer ratterte die Straße hinauf und hielt vor der Turmruine. Einer der Männer hielt eine der Türen auf und der Frau in Rot gelang es, sich mitsamt ihrem Kostüm in den Wagen zu zwängen. Die Männer stiegen ebenfalls ein. Der Wagen fuhr los und Elias blieb allein an dem ihm unbekannten Ort zurück.

Es kostete ihn einige Zeit, den Weg zurück in bekannte Teile der Stadt Ulmenau zu finden. In dieser Nacht geschah weiter nichts Außergewöhnliches.

Jemand klopfte mehrmals an Elias Tür, dann öffnete sie sich und Ann-Marie streckte ihren Kopf in den Raum. Sie trat ein und sagte freudig: „Ganz ungewöhnliche Dinge gehen vor sich."

Sie orientierte sich, bemerkte die Künstlermappe, das rot gebundene Buch und die bunte Pestmaske, die am Rand des Tisches lag. Sie ging darauf zu und sagte: „Das ist ein selten schönes Exemplar. Das dachte ich mir sofort, als ich sie zum ersten Mal sah. Die Form ist ungewöhnlich. Stellt sie einen Vogel dar?"

Elias antwortete: „Solche Masken wurden zu Zeiten der Pest getragen. Man nennt sie auch Schnabelmasken. Der Schnabel wurde mit getrockneten Kräutern, Salben und allerlei anderen Mittelchen gefüllt. Der Pestdoktor versprach sich dadurch einen Schutz vor Ansteckung."

„Auch in diesen Farben? Ich erinnere mich eine ähnliche Maske gesehen zu haben, nur war sie einfarbig schwarz."

„Das ist eine Besonderheit dieser Maske. Und ich kann mir den Grund für diese Abweichung nicht erklären. Vielleicht soll es nur schön aussehen."

Elias überlegte einen Moment, dann fügte er an: „Woher weißt du von meiner Maske? Ich erinnere mich nicht, sie Dir gezeigt zu haben."

Ann-Marie erwiderte: „Ich war neulich heimlich in Deinem Zimmer. Dabei ist sie mir aufgefallen."

„Wie konntest Du unbemerkt in mein Zimmer?"

„Du hast eine Angewohnheit, die ich mir zunutze gemacht habe. Du gehst täglich gegen 4 Uhr nachmittags ins Lesezimmer, Deine wunderliche Abhandlung über den Teufel unter dem Arm, setzt Dich in immer den gleichen Sessel und bist mindestens eine Stunde an diesem Ort. Du liest einen Absatz, dann starrst Du mehrere Minuten ins Nichts. Anschließend setzt Du Deine Lektüre fort. Manchmal durchbrichst Du diesen Ablauf und gehst an das Fenster."

„Aber weswegen?", fragte Elias. Er war über den dreisten Eingriff in seinen sicheren, persönlichen Bereich verärgert.

Ann-Marie bemerkte die Veränderung, Kälte und zugleich Enttäuschung in Elias Blick und antwortete: „Es tut mir leid. Manchmal habe ich wenig Kontrolle über mein Handeln."

Sie pausierte, dann fügte sie an: „Mir sind die Zeichnungen aufgefallen, an denen Du während der Ergotherapie arbeitest. Ich habe gesehen, dass Du sie in einer schwarzen Mappe aufbewahrst. Ich wollte unbedingt wissen, was Du als Künstler taugst."

„Also hast Du sie durchgesehen?", fragte Elias. Wut und Verärgerung ließen bereits wieder nach. Er konnte keine Bosheit in Ann-Maries Verhalten erkennen. Ann-Marie nickte und erwiderte: „Dein Farbverständnis ist herausragend. Deine Technik ist verbesserungswürdig. Und mir ist aufgefallen, Du solltest mehr Mühe für die Ausgestaltung aufwenden."

Ann-Marie rückte ihren roten Trainingsanzug zurecht. Elias fiel auf, dass sie an diesem Tag stärker geschminkt war, als üblich. Sie trug einen blauen Lidschatten und ihre Wangen waren subtil gerötet. Dieser Putz kontrastierte stark zu ihrem knabenhaften Aussehen und Benehmen.

Ann-Marie zögerte einen Moment, dann sagte sie: „Alles in allem bin ich beeindruckt. Aber das ist nicht der Grund, warum ich hier bin."

Mit diesen Worten präsentierte sie einen Gegenstand, den sie bisher hinter ihrem Rücken gehalten hatte. Es war eine grüne Maske in der Form einer Eule. Die großen Öffnungen für die Augen waren mit Pailletten geschmückt. An verschiedenen Stellen fanden sich Perlen und kleine Halbedelsteine. Aus dem Rand der Maske ragten Pfauenfedern heraus. Das Konstrukt war an einem metallenen Stab befestigt, sodass man es mühelos halten konnte. Insgesamt wirkte es kunstvoll, aber zugleich überladen.

Elias reckte die Hand aus. Ann-Marie übergab ihm die Maske, so dass er sie aus der Nähe betrachten konnte. Nach einigen Augenblick sagte er: „Das ist eine schöne Arbeit. Wie bist Du zu ihr gekommen?"

„Darüber soll ich nicht sprechen. Zumindest sagte mir das Dr. Petull, als ich ihn das letzte Mal sah."

„Dr. Petull?"

„Mein behandelnder Arzt. Er hat mir noch andere außergewöhnliche Dinge verraten. Und genau diese sind der Grund, weswegen ich hier bin."

Ann-Marie nahm Elias die Maske aus der Hand und fuhr fort: „Nimm Deine Maske und komm mit."

Elias folgte der Aufforderung, hielt dann inne und griff letztlich zu dem roten Buch. Ann-Marie lachte auf und sagte: „Das scheint mir eine gute Idee. Nimm auch das Buch mit, aber eile Dich jetzt."

Schon drängte Ann-Marie Elias sanft aus dem Zimmer. Sie griff nach seiner Hand und führte ihn in den zentralen Bereich der Station. Ein Pfleger und eine Pflegerin eilten vorbei. Elias glaubte ein Fragment eines Gesprächs zwischen ihnen aufzuschnappen: „Demnächst. Lange kann es nicht mehr dauern."

Ansonsten schien die Station verlassen. Einzig Maximilian, ein junger Mann, der noch nicht das 20. Lebensjahr erreicht hatte, stand unsicher in der Mitte des zentralen Bereichs. Er war ungewöhnlich groß und fiel durch besonders ungenaue, unsichere Bewegungen auf. Er trug sein Haar in einem Seitenscheitel. Sein Gesicht war nicht schön, aber charismatisch und er trug stets korrekte, aber zurückhaltende Kleidung in Grau- und

Blautönen. Er sah Elias und Ann-Marie mit großer Aufmerksamkeit an und zeigte besonderes Interesse an den Masken, die sie mit sich trugen.

Ann-Marie blieb vor ihm stehen und sagte: „Unser Mäxchen hat also auch eine Maske gefunden. Zeig sie uns." Maximilian hob die rechte Hand. In ihr hielt er einen hölzernen Stab, an dem eine übergroße Maske aus lackiertem Holz befestigt war. Die übertriebenen Gesichtszüge erinnerten an einen Wasserspeier. Große, rote Augen starrten den Betrachter an, der Mund öffnete sich schmerzverzerrt. Die Ohren standen ab und waren zu groß im Verhältnis zu Nase, Augen und Mund. Die strahlend weiße Farbe des Gesichts kontrastierte zu expressiven, mit schwarzem Pinsel aufgemalten Augenbrauen.

Am Ende eines Flurs öffnete sich eine Tür und Evelyn trat heraus. Elias konnte keine Details ausmachen, aber eine Ärztin trat an Evelyn heran. Die beiden sprachen einige Worte, dann machte Evelyn kehrt und verschwand wieder in ihrem Zimmer. Enttäuschung breitete sich in Elias aus. Er hätte Evelyns Gesellschaft genossen.

Ann-Marie befragte Maximilian, wo und auf welche Art und Weise er die Maske gefunden habe. Dieser winkte ab und sagte: „Ich habe mich mit Frau Dr. Moebius darüber beraten. Es empfiehlt sich nicht darüber zu sprechen."

Elias drehte und wendete seine Pestmaske in der Hand und sagte: „Ann-Marie wollte auch nichts verraten. Und ich bewahre mein Geheimnis auch."

Auf einen Wink hin gab Maximilian seine Maske an Ann-Marie weiter. Sie befühlte das Material und fuhr mit den Fingern die Gesichtszüge entlang, Schließlich sagte sie: „Die drei Exemplare unterscheiden sich stark. Habt Ihr mit euren Ärzten über die Symbolik gesprochen?"

Maximilian antwortete: „Dr. Moebius und ich haben darauf eine ganze Stunde verwendet. Aber unsere Ergebnisse waren entweder nicht schmeichelhaft oder überzeugten mich nicht sehr. In manchen Fällen traf beides zu."

Die Andeutung eines Geruchs von frischen Zitronen verbreitete sich auf der Station C1West. Elias geriet in Unruhe, erwartete einen neuerlichen Schrecken. Er fühlte den unwiderstehlichen Drang, seine Schnabelmaske aufzusetzen und gab ihm schließlich nach. Ohne es zu bemerken hielten auch Ann-Marie und Maximilian ihre Masken vors Gesicht. Sie besprachen, dass ihre Ärzte sie aufgefordert hatten, an genau diesem Tag, zu dieser Stunde, im Zentrum der Station zu warten. Der Duft von Zitronen wurde deutlicher.

Am Ende eines Flurs öffnete sich eine gläserne Tür und ein Mann in sonderbarer Kleidung betrat die Station. Er trug die Uniform eines Lakaien in einem eleganten Rot. Die Krägen, die halbhohe Hose und die Strümpfe waren weiß. Dazu trug der Mann schwarze Lederschuhe und Handschuhe in der gleichen Farbe. Er ging mit schnellem Schritt auf Ann-Marie, Elias und Maximilian zu. Währenddessen traten 8 weitere Männer, in das gleiche Livree gekleidet, die Station und bildeten vor dem gläsernen Ausgang ein Spalier. Der Lakai blieb vor Elias und seinen Begleitern stehen, verbeugte sich tief, richtete sich wieder auf und sagte: „Ich sehe Sie haben bereits Haltung angenommen und sind bereit. Es entspricht der Tradition die Masken zu tragen, während ich Sie geleite."

Durch das Glas der Tür war Bewegung zu sehen. Ein heftiger Regen hatte eingesetzt und der Wind tobte. Elias roch deutlich das Aroma frischer Zitronen. Es fiel ihm schwer, die Situation zu beurteilen. Zumindest schien sie ihm nicht bedrohlich, so obskur sie auch war.

Der Lakai musterte Elias, Ann-Maries und Maximilians Masken und sagte: „Das ist eine sehr ungewöhnliche Auswahl. Sehr unterschiedlich in ihrer Machart. Es kommt manchmal vor, dass eine Gruppe die gleiche Variante trägt. In den meisten Fällen sind sich die Masken zumindest sehr ähnlich."

Dann fiel ihm etwas auf. Er trat an Elias heran und fragte höflich, ob er das in Rot gebundene Buch in Augenschein nehmen dürfe, Mit Widerwillen gab ihm Elias das Buch. Er fürchtete es würde ihm weggenommen. Dafür waren mehrere Gründe denkbar, darunter das provokante Thema, oder, dass er es sozusagen gestohlen hatte. Der Lakai drehte und wendete es, dann ging er die ersten Seiten durch. Schließlich gab er es Elias zurück und bemerkte: „Kein Impressum, keine Angabe des Autors und die Widmung ist geschwärzt."

Der Lakai sah sich kurz um, versicherte sich, dass alle Vorbereitungen getroffen waren. Dann sagte er: „Bitte folgen Sie mir. Lassen Sie die Dinge sich ereignen. Sorgenvolle Fragen sind unnötig. Jemand wird sich um Ihre persönlichen Sachen kümmern."

Er wendete sich Elias zu und ergänzte: „Bitte halten Sie das Buch bereit."

Mit einer deutlichen Geste forderte der Mann im Livree die Gruppe auf, ihm zu folgen. Er ging den Flur hinab in Richtung des Ausgangs. Maximilian, Ann-Marie und Elias folgten ihm in zwei Schritten Entfernung. Der Geruch nach Zitronen wurde durchdringend und der Regen war heftiger, der Wind zorniger geworden.

Während die aufgereihten Lakaien näher kamen sah Elias hinter sich. Den Grund dafür hätte er nicht nennen können. In der Mitte der Station stand Evelyn und sah ihnen nach. Sie trug ihr braunes Haar in einer komplizierten Hochsteckfrisur und ihre Kleidung war ein tiefes Rot. Auf ihrem engen Rock waren grüne Halme und weiße Blüten einer Orchideenart in Stoff nachgeformt. Von einem verwirrenden Eindruck überwältigt blieb Elias stehen. Die Blüten auf Evelyns Rock schienen sich im Wind zu wiegen und die naiv dargestellten Wolken auf ihrer Bluse waren in Bewegung. Sie eilten in eine Richtung und formierten sich neu. Dabei änderten sie ihre Gestalt und Farbe. Sie wurden zunehmend dunkler, beinahe unheilvoll. Elias forschte lange in Evelyns Augen, aber er konnte ihre Gefühle nicht erraten.

Er spürte eine Berührung am Arm. Der Lakai drehte ihn sanft und sagte: „Bitte hier entlang."

Ann-Marie und Maximilian warteten bis Elias aufgeschlossen hatte, dann setzte die Gruppe ihren Weg fort. Sie gingen durch das Spalier der Lakaien und jemand öffnete den gläsernen Ausgang. Sie schritten hindurch und befanden sich in einem Treppenhaus, das Elias bisher nicht betreten hatte. Der Lakai bedeutete ihnen die Treppe hinauf in das nächste Stockwerk zu steigen. Dabei gingen sie an einer schwarzweißen, gerahmten Fotografie vorbei. Elias hielt inne und war im Begriff seine Maske abzulegen, um das Foto genauer betrachten zu können. Der Lakai bemerkte das und sagte: „Bitte nehmen Sie die Masken noch nicht ab. Nur noch eine kleine Weile. Und wenn es wichtig für Sie ist: Das ist ein Portrait von Wilhelm Page. Er war der erste Direktor des Klinikums und viele Eigenarten dieser Einrichtung gehen auf ihn zurück. Ihr behandelnder Arzt kann Ihnen mehr erzählen."

Auf einem Absatz der Treppe standen zwei weitere Lakaien. Die Gruppe erreichte den Eingang zur Station C2West. Vor der Tür stand ein weiterer Bediensteter in Livree. Seine Uniform unterschied sich in verschiedenen

Details von der seiner Kollegen. Auf seinem roten Jackett formten blaue Rauten ein regelmäßiges Muster. Seine Handschuhe, seine Stiefel und sein Kragen waren strahlend weiß, Knöpfe und Manschette waren von goldener Färbung. Der überdurchschnittlich große Mann verbeugte sich, öffnete dann die Tür zur Station und forderte die drei Maskenträger mit höflichen Worten auf, hindurch zu gehen. In diesem Moment trat der rangniedere Lakai an ihn heran und flüsterte ihm einige Worte ins Ohr. Die Aufmerksamkeit der beiden richtete sich auf Elias.

Nach einigen Augenblicken trat der ranghöhere Lakai an Elias heran und fragte: „Darf ich das Buch sehen?"

Erneut kämpfte Elias mit Widerwillen und Verlustängsten, gab aber schließlich das rot gebundene Buch dem Lakaien. Dieser betrachtete das Objekt in allen Einzelheiten, blätterte durch den Beginn und verschiedene Abschnitte des Buches und fand auch die Fotografie von Evelyn, die Elias als Lesezeichen verwendete.

Er kam mit seiner Untersuchung zu einem Ende, gab Elias das Buch zurück und sagte: „Das ändert alles. Es ist eine ungekürzte Ausgabe. Auch das letzte Kapitel ist vorhanden."

Er wendete sich an Ann-Marie und Maximilian, deutete in Richtung der Tür zur Station C2West und ergänzte: „Man wird Sie in Empfang nehmen. Seien Sie zuversichtlich."

Elias fühlte sich aufgefordert ihnen zu folgen, aber der Lakai hinderte ihn daran. Ann-Marie blieb stehen und sah Elias und den Mann im Livree fragend an. Dieser ordnete seine Uniform, dann führte er Elias wieder in Richtung der Treppe und sagte: „Aufgrund außergewöhnlicher Umstände geht es für Sie direkt auf die Station C3."

Elias realisierte, dass man ihn von Ann-Marie trennen würde. Verzweifelte Traurigkeit breitete sich in ihm aus. Ann-Marie war ihm ein großer Trost gewesen und er wollte seine Tage nicht ohne sie verbringen. Aber die Führung des Lakaien war bestimmt und ließ keine Gegenwehr zu.

Sie stiegen die Treppe hinauf und kamen an einem weiteren Portrait vorbei. Der Lakai bemerkte Elias Interesse und erklärte: „Das ist eine sehr alte Fotografie von Marie J. Narrenschuh. Ein Teil unserer Methode geht auf ihre Arbeit zurück. Leider hat sie in der wissenschaftlichen Welt nie die Wertschätzung erfahren, die sie verdient hätte."

Der Lakai machte eine Geste und fügte an: „Leider habe ich nur geringfügige Kenntnisse, was ihre Thesen und Modelle betrifft. Meine Welt ist die des Protokolls."

Während er sprach traten sie vor die Tür der Station C3. Elias Begleiter öffnete die Tür, wartete bis Elias hindurchgegangen war und folgte ihm dann. Eine der Türen öffnete sich und eine Pflegerin trat auf den Flur. Sie sah die beiden unschlüssig an und sagte dann: „Von einem neuen Patienten hat mir niemand etwas gesagt."

Der Lakai verbeugte sich und sagte: „Ich muss außergewöhnliche Umstände geltend machen."

Die Pflegerin kam näher. Sie war nicht älter als Elias, schön anzusehen und hatte langes, blondes Haar. Ihre weiblichen Züge zeichneten sich unter ihrer weißen Kleidung ab. Schließlich sagte sie: „Wir hatten schon lange keine außergewöhnlichen Umstände mehr. Wir werden ein Zimmer für ihn finden."

5

Vor beinahe einer Stunde hatte man Elias ein Zimmer auf der Station C3 zugewiesen. Nach einer weiteren halben Stunde hatte man seine persönlichen Gegenstände und seine Kleidung gebracht. Beides lag noch auf dem Bett des Zimmers. Elias saß während dieser Zeit auf einem Stuhl, richtete seinen Blick auf die Stadtansicht, die sich durch die Fenster bot, und hing seinen Gedanken nach. Ältere und neue Erinnerungen mischten sich. Ihm fielen einige Passagen aus Büchern ein, die einmal wichtig für ihn waren. Er dachte über architektonische Probleme nach, die ihn, in der Zeit vor der Einlieferung in die Psychiatrie von Ulmenau, beschäftigt hatten. Teils tauchten Gedanken nur in Fragmenten auf. Zusammenhänge nahmen Form an und vergingen dann, ohne Spuren zu hinterlassen. Elias versuchte eine klare Trennung zwischen realistischen Eindrücken und Folgerungen und Wahnhaftem herzustellen, aber er gelang ihm nur in wenigen Fällen. Alles war anzuzweifeln. Immer wieder kehrte er in Gedanken zu Evelyn zurück. Er fürchtete, er würde keine Gelegenheiten mehr haben, sie zu sehen oder mit ihr zu sprechen. Und Ann-Marie hatte man ihm ebenfalls gewaltsam entrissen. Er hatte ihren wachen und scharfen Geist geschätzt. Die mit ihr verbrachte Zeit war weniger düster und hoffnungslos. Er überlegte, ob sie auch einen erotischen Reiz auf ihn ausgeübt hatte, kam aber zu keinem eindeutigen Ergebnis.

Elias sah auf die altmodische Uhr des Zimmers. Es war wenige Minuten vor 3 Uhr nachmittags. Er stand auf, öffnete die rechte Tür des Kleiderschranks und begann seine Kleidung einzuordnen. Der Schrank war aus weiß lackiertem Holz und mit Verzierungen versehen. Zwei Meerjungfrauen reckten am höchsten Punkt des Halbkreises, in dem der Schrank endete, ihre Hände in die Höhe. Er bot mehr als ausreichend Platz für Elias bescheidene Auswahl an Kleidungsstücken.

Anschließend sortierte Elias seine Bücher in das Regal zur Rechten des Bettes. Das Bücherregal wirkte wie eine Neuinterpretation des Kleiderschranks, nur wand sich hier eine hölzerne Schlange um die nun teils gefüllten Fächer. Dann wendete sich Elias seinen Malutensilien, den Skizzenblöcken und Notizbüchern zu. Er entschied, sie in dem Sekretär aufzubewahren, der in der Mitte einer der Wände des Zimmers stand. Er öffnete den Sekretär und fand mehrere kleine und zwei große Schubladen und darunter eine ausreichend große Schreibfläche. Stifte, Kreiden und weitere Malmittel sortierte er in die kleinen Schubladen. Papiere und Blöcke in die Größeren. Seine Notizbücher legte er, durch einen einzelnen Kugelschreiber ergänzt, auf den Tisch, der vor einem der Fenster stand. Auf dieser Fläche lag bereits die bunte Pestmaske und neben ihr das rot gebundene Buch mit dem Titel „Erscheinungsformen und Wege des Teufels".

Die Versuchung die Fotografie von Evelyn hervorzuholen war groß, aber Elias widerstand ihr. Der Abzug hatte an Wichtigkeit und Wert gewonnen. Vielleicht würde Elias nichts anderes von Evelyn bleiben, als dieses Foto.

Er kehrte zu seinen persönlichen Gegenständen zurück und brachte Ordnung in Utensilien, die er nur selten verwendete. Die meisten räumte er in einen kleinen Schrank neben dem Bett.

Während er überlegte, wie er die Anordnung seiner Habseligkeiten noch optimieren könnte, suchte er an den Möbeln des Zimmers nach weiteren Details. Alle waren aus Holz gearbeitet und weiß lackiert. Die Rückenlehne des Bettes hatte die Form eines ausgestreckten Flügels. Aber erst bei genauem Hinsehen entdeckte man eine Kröte, die auf diesem Flügel saß und den Betrachter frech anstarrte. Der kleine Schrank neben dem Bett zeichnete sich durch mehrere geschnitzte Käfer aus, die an Flächen entlang krochen. Die Füße des Tisches ähnelten den Füßen von Enten oder Gänsen oder einer anderen Vogelart, die sich des Öfteren im Wasser aufhielt. An der Vorderseite des Sekretärs trat ein einzelnes, lidloses Auge hervor und starrte in den Raum. An dem Sessel, der in einer Seite des Raumes stand, fand Elias einen komplexen Mechanismus. Auf der Rückseite der Rückenlehne war eine Vielzahl an kupferfarbenen Metallzahnrädern angebracht, die ineinander griffen. Kleine, hervorstehende Hebel ermöglichten das Ingangsetzen des Mechanismus. Aber was Elias auch versuchte, es stellte sich keine Veränderung ein. Die Fenster des Zimmers hatten Sprossen und ihre obere Hälfte war rund. Der Teppich des Zimmers war bequem und nur eine Nuance dunkler als das dominierende Weiß der Wände und der Möbel. Es war kaum mehr wahrnehmbar, dass man sich in einem Krankenhaus aufhielt. Elias konnte sich nicht erklären, aus welchem Grund man, für die Patienten einer Psychiatrie, solchen Aufwand betrieb.

Er war mit der Neuordnung einiger Gegenstände fertig, als ihm etwas auffiel. Als er das Zimmer betrat, war die linke Tür des Kleiderschranks offen und er hatte bisher noch nicht nachgesehen, was sich dahinter verbarg. Er ging zum Kleiderschrank, schloss beide Türen und erschrak über seine Entdeckung. An der Wand neben dem Möbelstück hing eine Ölmalerei. Sie zeigte alle Merkmale eines Originals. Es war ein Stillleben, das eine Schale mit 3 Zitronen zeigte. Panik erfasste Elias. In welche Welt der Absonderlichkeiten war er getaumelt?

In diesem Moment klopfte es mehrmals an der Tür. Sie öffnete sich langsam und gab den Blick auf einen Pfleger frei. Er trug eine weiße Hose und ein weißes Hemd, war ungewöhnlich groß und von unbestimmbarem Alter. Sein Gesicht war sehr jungenhaft, aber um die Augen und auf der Stirn zeigten sich Falten. Seine Augen waren mehr Grau als Blau und sein kurzes Haar grau meliert.

„Wir hatten lange keinen Patienten mehr auf dem Zimmer mit der Nummer 19. Gefällt es Ihnen?", fragte der Pfleger und trat in den Raum. Er bemerkte, dass sich Elias bereits eingerichtet hatte und betrachtete die absonderlichen Details der Möbel. Da Elias in seiner Verwirrung nicht antwortete fuhr er fort: „Die ersten Stunden auf C3 können überwältigend sein. Wir können Ihnen bei Bedarf etwas geben, was ihre Nerven beruhigt."

Der Pfleger trat an den hölzernen Tisch und richtete seine Aufmerksamkeit auf die Maske. Schließlich sagte er: „Das ist ein selten schönes Exemplar. Man trug diese Masken zur Zeit der Pest. Schnabelmasken nennt man sie, glaube ich."

Elias zeigte nur wenig Interesse an der Maske. Er setzte sich auf den Stuhl, der neben dem Tisch stand, und fiel in sich zusammen. Ihm wurde die Komplexität seiner Situation bewusst. Halluzinationen würden weiterhin auftreten und die Muster, die er in seiner Realität zu erkennen glaubte, waren wahrscheinlich wahnhaft. Nur hatte er kein Mittel, um Wahrheit und Wahn unterscheiden zu können. Seine Konzentration war schlecht und er verirrte sich in absurde Gedankengänge. Er vergaß Details und Schlüsse aus Ereignissen und konnte den ursprünglichen Gedanken oft nicht rekonstruieren. Er vermisste Evelyn und Ann-Marie schmerzlich.

Der Pfleger blieb einige Augenblicke still, dann fragte er: „Leiden Sie unter dieser Veränderung?"

Elias antwortete: „Ich fühle mich entwurzelt. Ich hatte mich darauf eingestellt, eine längere Zeit auf C1West zu verbringen."

Elias stand auf, ging gedankenverloren zu dem Mechanismus auf der Rückseite des Sessels und drehte an den Hebeln. Teile des Räderwerks setzten sich in Gang, aber nichts geschah. Währenddessen sagte er: „Vielleicht ist es irrsinnig, aber ich hatte ein paar der Patienten liebgewonnen."

Der Pfleger antwortete: „Sie wussten also nicht, dass Sie heute verlegt würden. Zusätzlich hat man Sie direkt auf die Station C3 gebracht. Hätten Sie vorher die Station C2 kennen gelernt, würde ihnen die Umstellung leichter fallen."

„Nach welchen Kriterien wird entschieden, welcher Patient auf welcher Station behandelt wird?"

„Das kann Ihnen ein Arzt detaillierter erklären."

Der Pfleger beobachtete Elias ziellose Versuche, dem Mechanismus eine Reaktion zu entlocken. Er trat näher und sagte: „Ich sehe, dass Sie niedergeschlagen sind. Ich werde Ihnen etwas zeigen, das Sie vielleicht trösten kann."

Mit diesen Worten trat er an den Sessel, kniete vor ihm auf deutete auf eine kupferne Klappe. Er öffnete sie und lenkte Elias Aufmerksamkeit auf ein Zahlenschloss, das zum Vorschein kam. Es zeigte die Ziffern 491. Elias drehte an einem der Hebel und die erste Ziffer setzte sich in Bewegung. Nach wenigen Drehungen des Metallrades zeigte das Schloss die Zahl 691. Der Pfleger betätigte ein anderes Rad und die zweite Ziffer verminderte sich. Jetzt zeigte der Zählmechanismus die Zahl 631.

Der Pfleger stand auf, sah Elias ins Gesicht und sagte: „Ich kenne die Kombination nicht. Und ich kann auch nicht sagen, was geschieht, wenn man das Schloss richtig einstellt."

Elias experimentierte weiterhin mit Rädern und Zahlenschloss und sagte: „Ich hatte sie beide sehr liebgewonnen."

Der Pfleger kippte eines der Fenster und sagte: „Erwähnen Sie auch gegenüber Dr. Petull, dass Sie in einer emotionalen Notlage sind. Er wird Sie in den kommenden Tagen behandeln. Er möchte noch heute mit Ihnen sprechen. Genauer gesagt in wenigen Minuten. Das ist der Grund, weswegen ich ursprünglich zu Ihnen kam. Ich zeige Ihnen den Weg zum Arztzimmer." Er öffnete erneut die Tür, die sich langsam während ihres Gesprächs geschlossen hatte. Elias ließ von dem Mechanismus ab, ging zu dem Tisch, nahm das rot gebundene Buch und folgte dem Pfleger auf den Flur. Sie gingen einen langen Gang entlang. Wände und Holztäfelung waren weiß und an den Wänden hingen einige interessante Gemälde. Leider blieb Elias keine Zeit sie genauer zu betrachten. Er hatte trotzdem den Eindruck, es müsse sich um Originale handeln. Ihr Format war bis auf wenige Ausnahmen klein, aber die Ausarbeitung in Ölfarbe sehr fein und detailliert. Der Flur bog nach links ab. Nach wenigen Schritten blieb der Pfleger vor einer Tür stehen, öffnete sie und sagte: „Das ist unser Musikzimmer. Warten Sie hier noch einige Minuten."

Elias ging in den Raum. Ein schwarz lackiertes Klavier dominierte eine Anordnung an Musikinstrumenten. Vier Ohrensessel aus weiß lackiertem Holz standen in einem Halbkreis. Ihre Bezüge unterschieden sich in der Farbe und waren mit geometrischen Mustern versehen. Elias wählte einen der Sessel und setzte sich. Der Pfleger wartete noch einen Moment, dann sagte er: „Ich schließe die Tür nicht ganz. Es dauert sicher nicht lange." Er ließ Elias allein zurück. Dieser öffnete das Buch mit dem Titel „Erscheinungsformen und Wege des Teufels" an der Stelle, die er mit der Fotografie von Evelyn markiert hatte.

Jahre der Forschung ergeben, dass unser Bild des Teufels unvollständig ist und wahrscheinlich unvollständig bleiben wird. Viele Fragen können nicht hinreichend beantwortet werden. Oft sind die Antworten überkomplex, spekulativ oder auf eine andere Art und Weise nicht zufriedenstellend. Ich will eine Liste dieser ungeklärten Fragen anfügen und hoffe, dass jemand zur Lösung dieser Probleme inspiriert wird.

Was ist die Herkunft des Teufels? Auf welche Art und Weise wurde er geschaffen und zu welchem Zeitpunkt geschah dies? Was war seine ursprüngliche Gestalt und was sein erster Name? Zu welchem Zweck wurde er geschaffen? Wird sich unser Bild des Abtrünnigen durch Ereignisse in der Zukunft wandeln? Wird seine wahre Natur zu einem späteren Zeitpunkt enthüllt? Welche Beziehung pflegt er zu Gott, zu anderen Engeln, zu Propheten und Heiligen? Behandeln wir eine einzige Wesenheit, die in allen Religionen und spirituellen Wegen auftritt, oder existieren mehrere Wesenheiten, die sich in Eigenheiten unterscheiden?

An dieser Aufzählung wird klar, dass wir nur über sehr wenig gesichertes Wissen verfügen. Es besteht aber Grund zur Hoffnung, da die behandelte Figur immer mehr in den Fokus metaphysischer Forschung rückt. Es mag seltsam anmuten, wenn man den Zustand unserer Welt und unserer Gesellschaft berücksichtigt, aber es gibt einen kleinen Kreis an Individuen, der sich der Theosophie verschrieben hat. Und Theosophie ist ohne das Wissen über den Teufel nicht möglich.

Elias legte das Buch auf einen der Sessel und wandte sich den Blumen zu, die in großen Vasen auf den Fensterbrettern des Raumes standen. Er berauschte sich kurz an ihrem Geruch. Sie waren frisch und verströmten einen wohltuenden Duft, der auf den beginnenden Frühling hoffen ließ. An der Wand des Raumes waren mehrere schwarzweiße Fotografien in dünnen, schwarzen Rahmen angebracht. Sie zeigten verschiedene Einzelpersonen und Gruppen, die sich in eben diesem Musikzimmer aufhielten. Vor einer sehr dunklen Aufnahme blieb Elias stehen. Es kostete ihn einige Mühe, aber letztlich erkannte er die Abgebildeten. Es waren Marie J. Narrenschuh und Wilhelm Page, deren Portraits er im Treppenhaus gesehen hatte. Marie Narrenschuh saß an den Tasten und lächelte den Betrachter an. Wilhelm Page zeigte einen ernsteren Gesichtsausdruck und legte Marie die Hand auf die Schulter.

Mit leisem Quietschen öffnete sich die Tür. In ihr stand ein kleiner, untersetzter Mann in Arztkleidung. Ein schwarzer Gürtel hielt seine weiße Hose auf Höhe des Bauchnabels. Über einem Zopfpullover trug er einen weißen Arztmantel. Sein Gesicht war rundlich, die Haut sehr blass und Haare und Augen von einem dunklen Braun. Sein Haar war kurz geschnitten und zugleich gelockt. Er klopfte mehrmals an die offene Tür und fragte: „Herr Elias Wendelin?"

Elias nickte und schüttelte die ihm entgegen gestreckte Hand. Die klugen Augen des Arztes forschten in Elias Gesicht. Nach kurzem sagte der Arzt: „Mein Name ist Oskar Petull. Ich werde Ihr behandelnder Arzt sein."

Mit diesen Worten führte er Elias auf den Flur. Nach wenigen Schritten standen beide vor einer schwarz lackierten Tür. Oskar Petull holte einen Schlüssel hervor und öffnete die Tür. Elias trat in einen großzügig bemessenen Raum. In einem Erker gaben drei Fenster mit Sprossen den Blick auf die Stadt frei. Eine der Wände wurde vollständig von einem übervollen Bücherregal in Besitz genommen. Aus der Mitte des Raumes leicht versetzt stand ein zierlicher, aber großer Tisch und an diesem zwei Stühle. Im Erker stand eine Chaiselongue. Alle hölzernen Möbel waren weiß gestrichen und mit zahllosen Details versehen. Der Arzt bemerkte Elias Interesse und ließ ihn ein paar Minuten den Raum studieren. Er setzte sich auf einen der Stühle und sagte nach einer langen Pause: „Das ästhetische Konzept hat sich in den letzten 60 Jahren nicht verändert. Es geht auf Dr. Wilhelm Page zurück. Viele der Entwürfe für Möbel und Einrichtungsgegenstände hat er mit einem bekannten Architekten erarbeitet. Nur dessen Name fällt mir nicht ein."

Er deutet auf den leeren Stuhl. Elias folgte der Aufforderung und fragte: „Weswegen wiederholt sich das Motiv der Kröte immer wieder? Ich zähle mindestens 11 in diesem Raum."

„Dr. Page identifizierte sich seit seiner frühen Jugend mit der Kröte. Ihre Bedeutungen als Symbol sind zahlreich. Es gibt einen Brief von Wilhelm Page an Dr. Narrenschuh, in dem das genauer erörtert wird. Er liegt noch in unserem Archiv. Dr. Page rückt darin die Deutung der Kreatur als Wandlung oder Veränderung in den Vordergrund. Eine weitere ist die der Heilung. Sie finden in fast jedem der Zimmer auf C3 mindestens eine Kröte."

Elias antwortete: „Ja. Ich erinnere mich daran, das Exemplar in Raum Nr. 19 gefunden zu haben."

In diesem Moment fiel Elias das Kunstobjekt an der Wand hinter Dr. Petull auf. Eine kurze Weile dachte er, es wäre eine hyperrealistische, stark perspektivische Malerei. Dann erkannte er, dass es tatsächlich eine Anordnung von metallenen Kugeln, Flächen und Stäben in einem tiefen Holzrahmen war. Die vorherrschenden Farben waren schwarz und ein dunkles Grau. Der Rahmen war tiefschwarz. Eine Klappe öffnete sich und eine weiße Metallkugel rollte ein polygonales Objekt herab. Die Kugel traf auf eine mit Ornament versehene Fläche und erzeugte den dumpfen Klang einer Glocke. Dann verschwand sie und die gesamte Konstruktion veränderte Winkel und Positionen.

Dr. Petull drehte seinen Oberkörper in Richtung des Objekts und sagte: „Das ist eine Arbeit von Max Jungfer. Das einzige Element, das ich dem Raum hinzugefügt habe."

Das Geräusch eines Uhrwerks wurde laut, dann rollte eine weitere Kugel durch die Anordnung und diese drehte sich im Uhrzeigersinn um 90 Grad. Dr. Petull nahm seine ursprüngliche Position wieder ein und sagte: „Dieses Gespräch folgt keinem Schema. Vielleicht genügt es für heute schon, sich oberflächlich über ganz alltägliche Themen unterhalten zu haben."

Er ließ eine Pause und fuhr fort: „Ich habe mit Frau Dr. Käferstrauch gesprochen. Sie hat das Aufnahmegespräch mit Ihnen geführt."

Elias antwortete: „Es ging mir an diesem Tag sehr schlecht. Ich hatte Mühe ein sinnvolles Gespräch zu führen."

„Sie erzählte, Sie machten einen unstrukturierten Eindruck."

Es entstand eine Pause. Eine der großen Kugeln des Kunstobjekts wanderte einige Zentimeter nach unten. Zugleich wurden einige Glockentöne gespielt. Die Kugel öffnete sich und wurde zu einer Scheibe. Geometrische Muster verzierten die runde Fläche,

Dr. Petull wartete kurz, dann sagte er: „Sie erzählten von eindrücklichen visuellen Halluzinationen. Zusätzlich hören Sie ab und zu Stimmen."

„Ich habe oft den Eindruck, dass in einem Nebenraum mit Würfeln gespielt wird. Dann höre ich eine ganze Reihe an Stimmen aufgeregt Zahlen rufen."

„Richten sich die Stimmen direkt an Sie? Kommentieren sie ihre Handlungen oder fordern sie zu Handlungen auf?"

„Manchmal höre ich meinen Namen und undeutliche Kommentare. Die Stimmung scheint gereizt und ungnädig."

„Kehren bestimmte Themen oder Symbole wieder? Vielleicht auch in den visuellen Halluzinationen?"

„Ja. Aber es ist mir sehr unangenehm über diese Erlebnisse zu sprechen."

„Gut. Dann kehren wir zu einem anderen Zeitpunkt darauf zurück."

„Diese Eindrücke ängstigen mich sehr. Sie sind fremdartig und haben beinahe nichtmenschliche Qualitäten."

„Konnten wir Ihnen vermitteln, dass Sie sich in einer sicheren Umgebung befinden? Ihnen kann in diesem Klinikum nichts geschehen."

„Leider haben sich die Halluzinationen noch intensiviert, seit ich hier bin."

Dr. Petull sah Elias mit traurigen Augen an. Er stand auf und betrachtete das bewegte Objekt von Max Jungfer. Eine Kugel rollte einen gebogenen Abhang hinab und verschwand. Das Konstrukt veränderte sich in Details.

Er drehte sich wieder Elias zu und fragte: „Wie steht es um Ihre Gedankenwelt? Erleben Sie sie als verändert?"

„Ich bin sehr vorsichtig, mir Dinge zu erklären. Ich traue mir selbst nicht mehr."

„Erkennen sie Muster, Zusammenhänge in ihrem Erleben?"

„Es gibt wiederkehrende Symbole, Gedanken und Inhalte. Nur bin ich nicht in der Lage, die Versatzstücke in eine sinnvolle Anordnung zu bringen. Meine Konzentration ist schlecht. Des Öfteren reißt mir ein Gedankenstrang."

„Haben Sie den Eindruck, dass jemand auf ihre Gedanken Einfluss nimmt? Ihnen Gedanken eingibt oder entzieht?"

„Meine Innenwelt ist bisher weitgehend unangetastet. Aber ich habe oft den Eindruck, mich in Gefahr zu befinden. Nur könnte ich den Grund dafür nicht nennen."

Das Geräusch heftigen Regens setzte ein. Elias und Dr. Petull sahen durch die Fenster. Eine Anordnung dunkler, von Regen schwerer Wolken zeichnete ein zorniges Bild. Das Tageslicht war schlagartig geschwunden. Dr. Petull stand auf, ging zu einem Lichtschalter, betätigte ihn und sagte: „Ich habe noch nie so viele Stürme in einem ausklingenden Winter erlebt."

Er setzte sich wieder auf seinen Stuhl und fuhr fort: „Was bereitet Ihnen Probleme? Was wäre Ihr wichtigster Wunsch?"

Elias zögerte, dann antwortete er: „Wenn nur die Ängste ein Ende nehmen würden. Ich wünschte man würde mich nicht immer wieder erschreckenden Eindrücken aussetzen."

Verwirrt sah sich Elias um. Es bereitete ihm große Mühe, sich ein Bild von seiner Umgebung zu machen. Die Farbe Grün dominierte die Szenerie. Nach einigen Augenblicken begriff Elias, dass er inmitten einer Ansammlung teils exotischer Pflanzen stand. Über seinen Kopf erstreckte sich das gläserne Dach eines Gewächshauses. Wärme und hohe Feuchtigkeit gaben dem Ort eine ungewöhnliche Anmutung. Auch die Geräusche von Insekten und Vögeln wirkten fremdartig. Weitere Sekunden vergingen, dann erkannte Elias, dass er im Gewächshaus des botanischen Gartens von Ulmenau stand. Nur wie war er an diesen Ort gelangt? Er erinnerte sich nicht daran, die Wohnung verlassen zu haben. Auch musste er zuvor das Bett verlassen und sich angekleidet haben. Elias erinnerte sich jedoch nur daran, zu Bett gegangen und in einen unruhigen Schlaf gefallen zu sein.

Etwas fiel Elias ins Auge. Wenige Meter von ihm entfernt waren einige Obstbäume, die kuriose Früchte trugen. Er ging einige Schritte auf die Anordnung an Bäumen zu und studierte die übergroßen Kirschen, die an einem noch sehr jungen, schlanken Baum wuchsen. Sie hatten beinahe die Größe von Äpfeln und waren bereits dunkelrot, also reif. Elias pflückte eine der Früchte und biss vorsichtig hinein. Die Kirsche schmeckte süß und aromatisch. Nur einen Baum weiter wuchsen Äpfel. Aber deren Gestalt entsprach ebenfalls nicht den Erwartungen. Sie waren offensichtlich reif, hatten aber maximal den Durchmesser von einem Zentimeter. Neben dem Apfelbaum stand ein Korb. Jemand hatte blau schimmernde Bananen geerntet. An einigen Stellen der Bananen zeigten sich violette Flecken. In unmittelbarer Nähe standen einige Zitrusbäume, die Orangen in bizarren Farben trugen. Das Spektrum reichte von einem tiefen Blau bis zu einem beinahe fluoreszierenden Türkis.

„Hevenu shalom alechem,

Hevenu shalom alechem,

Hevenu shalom alechem,

Hevenu shalom alechem,

Shalom alechem."

Die tiefe Stimme eines Mannes drang durch die Ansammlung an Pflanzen. Elias drehte und wendete sich, um die Quelle des Gesangs ausfindig zu machen. Inzwischen wiederholte sich das hebräische Lied, das er bereits in einem anderen Zusammenhang gehört hatte. Elias ging langsamen Schrittes durch Bäume, Farne und Palmen. Dann sah er einen älteren

Mann in einem grünen Arbeitsoverall. Er umsorgte einige Kakteen, die in karger Erde standen. Er bemerkte nicht, dass er beobachtet wurde.

Elias verirrte sich in Erinnerungen unterschiedlicher Abschnitte seines Lebens. Dabei durchschritt er das Gewächshaus, bis er vor einem exotischen, noch sehr jungen Baum stand. Vor dem Stamm der Birke lagen einige Gegenstände, als hätte jemand sie vergessen. Es war ein schwarzer, faltiger Mantel, dunkle Lederhandschuhe und eine Schnabelmaske, wie sie im Mittelalter gebräuchlich war. Elias erschütterte der Anblick und erneut fragte er sich, wie er ohne es zu bemerken in den botanischen Garten Ulmenaus gelangt war. In direkter Nähe stand eine hölzerne Bank, auf der eine ältere Dame saß. Sie schnaubte, legte ihre Zeitung zur Seite und erhob sich. Sie schien empört und verließ eiligen Schrittes das Gewächshaus. Elias zögerte, dann ging er zu der Bank und betrachtete die erste Seite der Tageszeitung. Ein langer Artikel behandelte die Gefahr, die von neu entdeckten Virenstämmen für die westliche Welt ausginge. Neben der Zeitung lag eine Broschüre des Klinikums Ulmenau. Darin gab die psychiatrische Abteilung einen Überblick über das Angebot neuartiger Behandlungsformen schwerer seelischer Erkrankungen.

Dr. Petull suchte den Augenkontakt seines Patienten und legte den Kopf dabei schief. Elias kehrte langsam aus seiner Erinnerung zurück. Das Kunstobjekt im Hintergrund des Arztes veränderte sich wieder. Zwei kleine Kugeln rollten einen Abhang herab und lösten die Drehung mehrere Elemente aus. Gleichzeitig ertönten Glockenschläge und leise Klicklaute. Dann geschah etwas Ungewöhnliches. Eine größere Kugel rollte scheinbar eine schiefe Fläche nach oben, die Gesetze der Schwerkraft missachtend. Sie rollte gegen einen Zylinder, dann änderte sie ihren Lauf und glitt einen gebogenen Abhang herab.

„Dieser Mechanismus ist zu 32 Veränderungen fähig, die in einer unregelmäßigen Reihenfolge stattfinden. Erst nach 96 Verwandlungen befindet er sich in seinem Ursprungszustand. Das nimmt mehr als 2 Stunden in Anspruch.", sagte Dr. Petull. Wieder gewährte er Elias eine längere Pause, dann fragte er: „Was hat Sie gerade in Anspruch genommen? Woran haben Sie gedacht?"

Elias fixierte immer noch den Hintergrund des Arztes und antwortete: „Erinnerungen. Sie sind in letzter Zeit sehr lebhaft. Insbesondere wenn sie verwirrende Elemente enthalten, der Vernunft widersprechen. In den letzten Monaten sind solche Situationen häufig aufgetreten."

„Wir werden uns in den nächsten Tagen häufiger sehen.", sagte Dr. Petull und fügte an: „Vielleicht empfiehlt es sich jetzt, nicht weiter in die Tiefe zu gehen. Nur eine Frage möchte ich noch stellen: Wie steht es um Ihre Empfindungen? Fühlen Sie sich niedergeschlagen oder verzweifelt?"

Einen Moment war Elias voller Erleichterung und Freude, endlich preisgeben zu können, wie es um sein Innenleben stand. Dann stellten sich Zweifel ein. Dennoch sagte er: „Ich fühle mich oft überwältigt, unfähig zu einer sinnvollen Handlung. Es bereitet mir großes Unbehagen, an einer Geisteskrankheit zu leiden. Es stellt alles in Frage. Emotionale Leere und Traurigkeit wechseln sich ab oder gehen ineinander über. Und ich schäme mich für meine Situation und dafür anderen Schwierigkeiten zu bereiten, von der Normalität abzuweichen."

Erneut setzte sich der Mechanismus in Bewegung. Zylinder und Stäbe veränderten Winkel und Positionen und zwei Scheiben verformten sich. Kleinere Zylindersegmente traten hervor, so dass ein gestufter Kegel entstand. Ein Glockenspiel spielte wenige Noten einer Melodie.

Eine Pause entstand. Elias sah aus dem Fenster. Regen breitete sich über den Hochhäusern und den Strukturen von Ulmenau aus. In einiger Entfernung trieben kleine Objekte durch den dunkelgrauen Himmel. Sie bewegten sich auf das Klinikum zu.

Schließlich sagte Elias: „Ich habe eine Angewohnheit in Krisenzeiten. Es findet sich immer eine Frau, die einen Reiz auf mich ausübt. Ich verliere mich in der Betrachtung dieser Frau, begehre sie sehr und entwickle im schlimmsten Fall eine ausgeprägte Anhänglichkeit und komplexe Gefühle. Mich beherrscht nur noch der Gedanke, so viel Zeit wie nur möglich mit ihr zu verbringen."

Dr. Petull drehte sich den Fenstern zu, wartete einen Augenblick, wendete seinen Kopf Elias zu und fragte: „Und dieses Schema hat sich auch dieses Mal wiederholt?"

Elias nickte und stand verwirrt und grundlos auf. Er trat näher an die Fenster heran. Was er vor wenigen Momenten noch für Vögel gehalten hatte, die dem Regen zu entkommen suchten, entpuppte sich als Absonderlichkeit. An aufgespannten Regenschirmen flogen nackte Frauenkörper langsam auf Elias zu. Sie waren üppig geformt, wie man es im Barock oder Rokoko als ideal empfunden hätte. Ihre weiblichen Formen waren ausgeprägt. Ihr Haar war gelockt und lang. Sie kamen stetig näher, sodass Elias mehr Details erkennen konnte. Dann bemerkte er, dass das Aroma von frischen Zitronen in der Luft lag. Elias zweifelte, ob er Dr. Petull herbeirufen sollte, damit dieser seine Wahrnehmung überprüfen könnte. Die altmodischen, schwarzen Regenschirme und die daran hängenden Frauenkörper waren inzwischen sehr nahe. Elias sah zu dem Arzt. Dieser hatte das rote Buch mit dem Titel „Erscheinungsformen und Wege des Teufels" genommen, das Elias achtlos auf den Tisch gelegt hatte. Er blätterte die letzten Seiten durch und sagte: „Das ist eine Kostbarkeit. Es sind nur wenige Exemplare im Umlauf. Dieses hat 357 Seiten, die meisten nur 328. Das bedeutet das letzte Kapitel ist vorhanden."

Elias richtete seine Aufmerksamkeit wieder auf die dahintreibenden, nackten Frauen. Sie waren nur noch wenige Meter entfernt. Ihr koketter Gesichtsausdruck irritierte Elias. Sie schienen einander Worte zuzurufen. Dann kam ein starker Wind auf und innerhalb weniger Momente waren sie außer Sicht.

Elias spürte den Wunsch sich zu öffnen, sich all die verstörenden Situationen der letzten Monate ins Gedächtnis zu rufen und dem Arzt in allen Einzelheiten zu schildern. Ein vollständiger Bericht würde ihm helfen, Ordnung in das Chaos zu bringen. Einige Sekunden stand er unschlüssig im runden Erker des Raumes. Inzwischen begutachtete Dr. Petull das rot gebundene Buch und erklärte: „Ich sehe auch keine geschwärzten Stellen. Nur die Widmung ist unleserlich gemacht."

Dr. Petull stand auf, ging zu dem überdimensionalen Bücherregal und machte sich an mehreren Ordnern zu schaffen, die in einem Fach aufgereiht waren. Er hatte große Mühe, da die Ordner in einiger Höhe über seinem Kopf standen. Er reckte sich und bekam schließlich einen zu fassen. Mit einem erleichternden Seufzen öffnete er ihn und blätterte durch eine Unzahl an Dokumenten. Er hielt inne, nahm eines der Papiere aus dem Ordner und kehrte damit zu seinem Stuhl zurück. Zugleich sagte er: „Das ist die Fotokopie einer noch existierenden, nicht geschwärzten Widmung."

Er kramte ein kleines Stück Papier aus einer Schublade des Tisches, fand einen schmucklosen, schwarzen Kugelschreiber und übertrug die Worte. Dann legte er die Abschrift vor die erste Seite des roten Buches.

Der Geruch von eben geernteten Zitronen war verflogen und vor den Fenstern des Arztzimmers spielte sich nichts Ungewöhnliches ab. Elias ging zum Tisch, nahm das rot gebundene Schriftwerk und las die Widmung. In einer schönen, geschwungenen Schrift stand auf dem Papier: „Für den lauernden Widersacher in seiner übernatürlichen Pracht."

Ein lautes Klicken ertönte und das Kunstobjekt setzte sich wieder in Bewegung. Doch dieses Mal waren nur Rotationen der Kegel, Kugeln, Scheiben, Flächen und Stäbe zu sehen. Elias Neugier war geweckt und er fragte: „Ist der Autor bekannt? Und gibt es Ausgaben mit einem Impressum, das vielleicht verrät, wann das Buch publiziert wurde?"

„Von einem Impressum habe ich nie gehört. Aber es gab ein einziges Exemplar mit dem Namen des Autors. Es lag lange im Archiv des Klinikums, ging aber verloren, noch bevor ich meine Tätigkeit hier aufnahm."

Dr. Petull lehnte sich zurück und ergänzte: „Wir schweifen ab. Morgen habe ich keine Termine mehr frei. Aber für den folgenden Tag werde ich eine Dreiviertelstunde für Sie eintragen."

Er deutete auf die Tür, stand auf und beide gingen zu der schwarz lackierten Tür. Auf dem schwarzen Grund lauerte eine, aus einem silbrigen Metall geformte, Kröte mit starrem, erschreckenden Blick. Dr. Petull bemerkte Elias Überraschung. Er öffnete die Tür und sagte: „Sie haben sich vorhin verzählt. Es sind 10 Kröten im Raum verteilt, die aus Holz gearbeitet sind. Dies ist die elfte Kröte. Ihr kommt eine besondere Bedeutung zu, die aber vergessen ist, seit Wilhelm Page hier nicht mehr arbeitet."

Elias trat durch die inzwischen geöffnete Tür und fragte sich, ob er den Rückweg finden würde. Er sah den Arzt mit unsicherem Blick an. Dr. Petull erläuterte: „Gehen Sie hier zu ihrer Rechten den Gang entlang. Er biegt nach ein paar Metern ab. Folgen Sie ihm, dann stehen sie nach kurzer Zeit vor der Tür mit der Nummer 19." Eine Pause entstand, dann fuhr Dr. Petull fort: „Der Grundriss dieser Station kann verwirren. Ich schicke zu einer passenden Gelegenheit einen Pfleger vorbei, der Ihnen die wichtigsten Räume und Wege zeigt."

Eine unwiderstehliche Müdigkeit überkam Elias. Die Tür schloss sich und Elias ging den Gang entlang in Richtung des Musikzimmers und dem Raum mit der Nummer 19. Sein Buch trug er in der linken Hand. Eines der Gemälde an einer Wand des Flurs erregte seine Aufmerksamkeit. Es zeigte die Straßenszene einer Stadt des 19. Jahrhunderts. Modisch gekleidete Menschen eilten vorbei. Im Vordergrund stand ein Mann in Anzug und Mantel. Er trug einen Hut und Handschuhe und war in das Gespräch mit drei Frauen vertieft. Sie waren in aufreizende, bunte Kleider gehüllt. Elias hatte den Eindruck, es müsse sich um Prostituierte handeln. Das Gemälde war in jedem Fall ein Original und kunstvoll gearbeitet. Nur wenige Schritte weiter hing ein weiteres Werk in einem größeren Format. Ein Boot fuhr am Ufer eines Sees durch hohes Schilf. Ein Mann mit wirrem Haar, in altertümlicher, dunkler Kleidung, lenkte mit einem langen Stab das Boot durch die Szene. Am Ende des Bootes saß ein Passagier. Er war in ein leuchtend rotes Gewand gehüllt und trug eine ebenso rote Mitra. Sein Leib war sehr füllig und sein Gesichtsausdruck machte einen rohen Eindruck. Er hielt einen Stab in den Händen, an dem sich eine geschnitzte Schlange entlang wand. Die liebliche Natur war in das Licht eines Sonnenaufgangs oder -untergangs getaucht. Elias eilte zum nächsten Gemälde. Es zeigte einen ärmlichen Raum, in dem große Unordnung herrschte. Zahllose Objekte standen um einen altmodischen Fernseher, wie er in den 50er Jahren gebräuchlich war, und ein abgenutztes Sofa. Die Wände waren in einem stichigen Grün gestrichen. Fetzen einer gemusterten Tapete klebten an einigen Stellen. Der Boden war in einem schwarzweißen Schachbrettmuster gefliest. Das ungewöhnlichste Detail war ein knappes Dutzend Krähen, die sich an verschiedenen Orten niedergelassen hatten, und teils ihre Köpfe drehten, um den Betrachter anzusehen. Elias wollte bereits weitergehen, als ihm die Andeutung eines Objekts auffiel. Vor dem abgebildeten Sofa lag eine schwarze Pestmaske.

Elias kam an der Tür des Musikzimmers vorbei. Sie stand offen und der Raum war verlassen. Der Flur machte einen Knick. Elias Blick fiel auf ein weitere Gemälde. Es zeigte eine alte Frau in der Kleidung einer Bäuerin vergangener Jahrhunderte. Sie war vor einem herbstlichen Wald abgebildet. In einer Hand trug sie einen Korb und sie bückte sich nach einem Steinpilz zu ihren Füßen. Ihr Kopf war nicht zu erkennen, da sie einen ungewöhnlich gebogenen Hut trug. In geringer Entfernung zum Betrachter standen zwei Fliegenpilze. Einer hatte seine Kappe bereits geöffnet, der andere war noch kugelförmig und mit weißen Tupfen bedeckt.

Während er die Ausarbeitung des Ölgemäldes studierte, bemerkte er, dass jemand ihn beobachtete. In der Tiefe des Flurs stand eine Frau in einem schwarzen Kleid. Sie sah ihn mit klugen, aber verzweifelten Augen an. Ihr Haar war lang, schwarz und nur andeutungsweise gelockt. Ihr Gesicht war außergewöhnlich rund und die dunkelbraunen Augen groß. Es war schwer auszumachen, ob es sich um eine junge Frau mit früh gealtertem Gesicht oder eine jugendlich wirkende Frau in den 40ern oder 50ern handelte. Sie war nicht groß und zierlich. Das schwarze Kleid fiel gerade an ihrer knabenhaften Figur herab. Sie machte einen sehr zerbrechlichen Eindruck.

Während Elias sie ansah veränderte sie ihre Position. Sie suchte offensichtlich nach Hilfe, also ging Elias auf sie zu. Sie stand vor der Tür des Zimmers mit der Nummer 23 und schien von Elias Auftauchen irritiert. Mit heller Stimme sagte sie: „Sie tragen nicht die Kleidung eines Pflegers oder Arztes und ich kenne alle Ärzte und Pfleger dieser Station."

Die Patientin legte den Kopf schief, dann zeichnete sich Erstaunen auf ihrem Gesicht ab und sie sagte: „Sie sind ein Patient. Wir hatten seit vielen Wochen keinen neuen Patienten mehr."

Elias lächelte, nannte seinen Namen und erklärte in groben Zügen, wie er an diesem Tag auf die Station verlegt wurde. Die Patientin stellte sich als Clara Mohlen vor und trat an Elias heran. Sie griff nach seinem linken Arm und sagte in traurigem Tonfall: „Vielleicht wärst Du geeignet mir zu helfen."

Sie sah ihn hoffnungsvoll an und ergänzte: „Ich sollte schon vor einer Viertelstunde im Musikzimmer meine Spielstunde beginnen, aber ich stecke hier fest. Die Frau mit dem Korb lässt mich nicht passieren. Sie tut als würde sie Pilze suchen, aber in Wahrheit macht sie sich über mich lustig. Sie beschimpft mich und lässt mich nicht an ihr vorbei."

Sie musste das Bild der Pilze suchenden Bäuerin meinen, das nur wenige Schritte von der Tür des Musikzimmers entfernt an der Wand hing. Elias sicherte ihr seine Hilfe zu und beide gingen langsam den Flur hinab. Clara klammerte sich an Elias Arm und fixierte das Gemälde, mit dem sie eine Auseinandersetzung hatte. Schließlich erreichten sie die halboffene Tür und traten hindurch. Clara bat Elias die Tür zu schließen und setzte sich an das Klavier. Sie öffnete das Instrument und platzierte ihre Hände auf den Tasten. Elias glaubte leises Murmeln zu hören, konnte aber keine Quelle dafür finden. Clara wartete einige Augenblicke, dann begann sie ihr Spiel. Sie spielte frei und benötigte scheinbar keine gedruckten Noten. Die Sonate erinnerte zuerst an ein Werk von Bach, aber Clara ließ immer wieder vom Zuhörer erwartete Noten aus. Dissonanzen wurden häufiger und dominierten die Komposition. Die Melodie durchlief eine Reihe an Transformationen, die herkömmlichen Regeln widersprachen. Das Spiel wurde aufgeregter und schneller. Dann folgten mehrere Takte, in denen Clara bei einem einzigen Akkord verharrte. Es folgte ein Takt Pause, dann begann sich ein komplexes Konstrukt aus Sekunden, Terzen und Septimen zu bilden. Bald entfaltete sich ein Dialog zweier musikalischer Stimmen. Die Komplexität nahm erneut zu und eine dritte Stimme kam hinzu. Sie störte die beiden anderen und veränderte die Stimmung. Ein bedrohliches Element hielt Einzug. Das Motiv verklang und eine Variation des bisherigen Materials skizzierte eine entrückte, übernatürliche Stimmung. Einfache aber eindrückliche musikalische Ideen umspielten ein Motiv, das mehrmals wiederholt oder variiert wurde. Dann wurde eine Brechung hörbar und die Komposition zerfiel in hässliche, dissonante Versatzstücke. Einige Sekunden bildete Claras Spiel den verzweifelten Irrsinn eines Wahnsinnigen wieder. Dann brach das Stück plötzlich ab.

Clara legte die Hände auf ihre Knie. Elias erschrak, als Applaus aufbrandete. Aus den schwarzweißen Fotografien drang lautes Händeklatschen und Beifallsrufe. Einige der Abgebildeten hatten sich Clara und dem Klavier zugewendet und ihre Bewegungen waren deutlich zu sehen. Elias bemerkte den starken Geruch von Zitronen, der in den letzten Sekunden an Deutlichkeit gewonnen hatte. Er trat an die Fotografien heran. Clara hatte sich erhoben, neben das Klavier gestellt und verbeugte sich mehrmals. Elias schien es, als würden auch nicht sichtbare Personen auf den Fotos ihren Beitrag zum Applaus leisten. Es klang, als würde ein ganzer Konzertsaal applaudieren. Sein Blick fiel auf das Portrait von Wilhelm Page und Marie J. Narrenschuh. Diese hatte sich erhoben und rief einige Male: „Meine Clara. Mein Mädchen."

Clara wartete, verbeugte sich nochmals und setzte sich wieder vor die Tastatur. Der Applaus endete und einige undeutliche Gesprächsfetzen waren zu hören. Als Clara die nächste Klaviersonate begann, verließ Elias den Raum.

Aus einer der Türen drangen Weinen und Wimmern einer Frau. Es wurde immer wieder lauter und hoffnungsloser, ebbte dann ab und pausierte manchmal für wenige Sekunden. Dann begann der Zyklus erneut. Elias hielt sein rechtes Ohr an eine der drei rot lackierten Türen. Er stand in einem schmucklosen, kurzen Flur. An drei der vier Wänden führten Türen in ihm unbekannte Räume. Auf allen waren in goldenen Ziffern Zimmernummern angebracht. Darunter die Zahlen 33, 8 und 19. Eine der Türen stand ein wenig offen. Während sich das Wehklagen wieder in Lautstärke und Intensität steigerte, fragte sich Elias, ob er durch die geöffnete Tür den Flur betreten hatte. Er war sich nicht sicher, ging aber einen Schritt auf die zur Hälfte geöffnete Tür zu. Eine Hand in einem schwarzen Handschuh war kurz zu sehen. Sie griff nach einem Türknauf in der Farbe der Zimmernummern und schloss die Tür schnell. Dann war das Geräusch eines sich drehenden Schlüssels hörbar.

„Die Ungeraden werden verdoppelt."

„Eine 7. Die 9 gewinnt."

„Der Würfel ist gefallen. Die nächste Runde ist eine blaue."

„19, 23, wieder eine 7 und eine weitere 19."

„In der Summe sind das 68. Quersumme 14. Der höchste gerade Wert gewinnt."

„Es fiel keine gerade Summe. Der Gewinn wird in die nächste Runde übertragen."

Elias trat an die Tür, die vor wenigen Momenten von unbekannter Hand geschlossen wurde, drückte den Türgriff und rüttelte an der Tür. Sie war fest verschlossen. Zugleich schrie eine Frauenstimme wüste Beschimpfungen. Danach setzte bitteres Weinen und heftiges Schluchzen ein.

„12, 32, 27 und eine 3."

„Und eine rote Königin. Die rote Königin gewinnt."

„Die Farbe der nächsten Runde ist Grün."

„Zweimal eine 4. 31, 6."

Elias orientierte sich. Er fand keinen rationalen Grund, welche der beiden verbliebenen roten Türen er wählen sollte. Er entschied sich für die mit der Nummer 33. Er öffnete sie vorsichtig und fand einen weiteren Gang. Einen Moment überlegte er seine Entscheidung zu korrigieren, dann trat er durch die Tür und schloss sie hinter sich. Wieder wurde ein Schlüssel im Schloss gedreht. Der Rückweg war Elias versperrt. Seine Verwirrung steigerte sich. Wie war er an diesen Ort gelangt? Hatte er ein bestimmtes Ziel verfolgt, eine Absicht gehabt? Er ging einige Schritte in den Flur und bemerkte eine Blumenvase, die auf einem hölzernen, weiß lackierten Tisch stand. Die Vase war mit einem auffälligen, schwarzweißen Muster versehen. Elias berührte die Blüte einer vertrockneten Tulpe, von denen vier aus der Vase ragten. Sie war so trocken, dass sie unter der Berührung zerfiel. Am Ende des Flurs fanden sich zwei weiße Türen. Direkt neben den Türen hatte man zwei schwarzweiße Fotografien in Rahmen angebracht, aber die Abzüge waren so dunkel, dass Elias keine eindeutigen Formen oder Strukturen erkennen konnte. Er konzentrierte sich auf sein Gehör und trat durch die Tür, durch die das Weinen und Wimmern deutlicher zu hören war.

„Wieder eine 39. Zusätzlich eine 4, zweimal die 11."

„Eine rote Runde. Die 39 gewinnt."

„Ein Spieler verlangt einen erneuten Wurf."

„Eine 41. Die 41 gewinnt."

„27, 5 und 32. Bitte noch der letzte Wurf."

„Ein Joker. Der Joker gewinnt."

Elias achtete darauf, die Tür nicht zu schließen. Krächzende, wütende Schreie durchdrangen den Flur. Ein Windstoß ließ die Tür ins Schloss fallen. Elias wartete einen Augenblick, aber es war kein Schlüssel und keine Umdrehung eines Mechanismus zu hören. Er legte die Hand an den Türgriff und stellte mit Entsetzen fest, dass auch diese Tür verschlossen war. Der Gang in dem er stand war nicht vollständig einzusehen. Eine Biegung nach rechts verbarg den weiteren Verlauf. Elias folgte dem Verlauf des Flurs. Er kam an mehreren blau lackierten Türen vorbei, die weder Griff noch Schlüsselloch hatten. Stattdessen waren mit einem Stift Daten und Uhrzeiten auf den Türen vermerkt. Elias bemerkte, dass Stille herrschte und sah, dass der Flur erneut abknickte. Er folgte ihm und stolperte beinahe über einige Farbtöpfe und Malutensilien, die achtlos auf dem Boden verteilt waren. An den Wänden war eine surreale Szene skizziert und zu einem geringen Anteil ausgeführt. Es folgten zwei weitere blau lackierte Türen mit Datum und Uhrzeit. An beiden war ein Türknauf angebracht. Weinen und Schluchzen drang durch eine der Türen. Elias öffnete sie, trat hindurch und stand in einem sehr langen, geraden Flur.

„29. Quersumme 11."

„Zusätzlich eine 13, 34 und 12. Die 29 gewinnt."

„Der Multiplikator der nächsten Runde ist 3."

„36, 9, 14 und 28."

„Die höchste Ungerade gewinnt."

Am Ende des Gangs kauerte eine absonderliche Gestalt. Ein älterer Mann in dunkler, abgenutzter Kleidung hatte sich neben einer metallenen Tür niedergelassen. Sein Haar war weiß und halblang. Sein Kopf war ungewöhnlich rund und an der Stirn der Verlauf einer Ader sichtbar. Elias trat näher an ihn heran und betrachtete ihn genauer. Es war eine sehr viel ältere Version seiner selbst. Die Ähnlichkeit war unverkennbar. Sogar der Kleidungsstil entsprach seinem Geschmack. Der ältere Mann sah ihn mit trüben Augen an. Er veränderte seine Position und sagte: „Du hörst doch, wie sehr sie leidet. Und ich kann nicht zu ihr."

Er machte eine wirre Geste und fuhr fort: „Hier gibt es nur Türen und Gänge. Immer klingt es, als wäre sie im Nebenraum, aber sie bleibt unauffindbar."

Er machte Anstalten aufzustehen, stockte aber und sank wieder auf den Boden des Flurs. Er forschte in Elias Gesicht und sagte: „Ich erinnere mich an die Einrichtung ihres Raumes, auch wenn ich ihn seit Jahren nicht gesehen habe. Die Wände waren in einem geschmackvollen Rot gestrichen und die Möbel weiß. An den Wänden hing eine schöne Auswahl an Kunstdrucken und mehrere Statuen standen an mit Bedacht ausgewählten Orten."

Er hielt inne. Wieder waren Schreie und Flüche zu hören. Dann ein leidvolles Stöhnen und heftiges Schluchzen. Der ältere Mann fuhr fort: „Ich fürchte sie misshandeln sie. Und ich finde nicht den richtigen Raum."

Elias erwachte in dem Sessel seines Zimmers. Ein Blick auf die Uhr verriet ihm, dass es wenige Minuten nach 6 Uhr Nachmittags war. Elias richtete sich auf und sah aus dem Fenster. Das Tageslicht schwand und nur an wenigen Stellen war der sich dunkelblau färbende Himmel durch Wolkenlücken zu sehen. Ein feiner Regen fiel und an der Fensterscheibe rannen kleine Tropfen herab. Die Straßenbeleuchtung hatte sich eingeschaltet und in immer mehr Räumen der Hochhäuser ging das Licht an. Vor gelblichem und grünem Licht zeichneten sich Einrichtung und menschliche Schemen ab. Auf dem Flur wurde gespielt. Zahlenreihen, Rufe und Anmerkungen drangen durch die Tür.

Es klopfte dreimal und die Tür öffnete sich langsam. Aus dem beleuchteten Flur drang Licht in das Zimmer. Clara stand in der Tür. Sie hatte sich umgezogen und trug jetzt ein langes, hellblaues Kleid. Ihr Haar war zu zwei Zöpfen geflochten. Sie sah Elias an und sagte: „Die Anderen möchten dich kennenlernen. Um diese Uhrzeit treffen wir uns im Lesezimmer oder Aufenthaltsraum."

Elias fühlte sich durch den Traum erschöpft und ihm war nicht nach Gesellschaft. Dennoch sagte er: „Ja, natürlich."

Die Traurigkeit in diesen Worten war Clara nicht entgangen. Sie studierte die Einrichtung und all die versteckten Details aus der Nähe. Sie befühlte die geschnitzte Kröte auf dem Bett und erklärte: „Diesen Raum kenne ich noch nicht."

Sie wandte sich Elias zu, der sich vor das Fenster gestellt hatte, und fragte: „Du hattest intensive Träume, nicht wahr?"

Sie wartete nicht auf eine Antwort, sondern fügte an: „Diese Station hat diese Wirkung. Die anderen Patienten werden es Dir bestätigen. Vielleicht geht es auf die Einrichtung oder die Gemälde zurück. Die genaue Ursache kenne ich nicht. Die Psychiatrie von Ulmenau ist einzigartig und das zeigt sich besonders in den oberen Stockwerken. Ähnliches wirst Du nirgendwo finden."

Seit seinem lebhaften, unangenehmen Traum war ein Tag vergangen. Das Frühstück nahm Elias sehr spät ein. Er war sehr erschöpft eingeschlafen und wachte erst gegen 8 Uhr auf. Eine Stunde später erschien eine

Pflegerin auf seinem Zimmer. Eine kleine, untersetzte Frau mit kurzem, blondem Haar. Sie führte Elias durch die Station C3. Der Grundriss war verwirrend. Aber anhand von Gemälden, Statuen, Büsten und anderen Kunstobjekten war eine Orientierung möglich. Die Station bot Platz für 11 Patienten. Aktuell waren aber nur 6 der 11 Zimmer belegt und Fluktuationen waren selten. Zur Ausstattung gehörten ein Gruppenraum, ein Speisesaal, ein Aufenthaltsraum, ein Lesezimmer, ein Musikzimmer und ein selten genutzter Raum mit einem Fernseher. Zusätzlich war ein großer Raum für die tägliche Ergotherapie vorhanden. Die Pflegerin erklärte, Elias könne bereits am folgenden Tag an der Ergotherapie teilnehmen. Sie erwähnte, dass die Station C3 mit einer eigenen Küche und Küchenpersonal ausgestattet war, und die Qualität des Essens deutlich den Standard des Klinikums übertraf.

Auf Elias Nachfrage erzählte sie einige Details zur Geschichte des Klinikums und insbesondere der Psychiatrie. Sie skizzierte, welche Rolle Wilhelm Page und Marie Narrenschuh bei der Gestaltung der Stationen und der Abläufe spielten. Die Pflegerin vertrat enthusiastisch die Eigenarten der Institution und zeigte großen Stolz, ein Teil ihrer zu sein.

Im Vorbeigehen erklärte die Pflegerin, dass viele der Gemälde und Objekte von ehemaligen Patienten stammten. Einige hatte sie selbst betreut. Andere Kunstwerke waren schon Jahrzehnte alt und in einem Archiv fand sich noch eine Unzahl interessanter Stücke. Viele der Patienten zeigten gesteigerte Kreativität und einen feinen Sinn für Ästhetik.

Sie erklärte, die Station wäre zu jeder Tageszeit mit 3 Pflegern oder Pflegerinnen besetzt. Dr. Petull betreue die meisten Patienten. In seltenen Fällen helfe Frau Dr. Käferstrauch aus. Außer in außergewöhnlichen Situationen wäre das Stationszimmer immer besetzt. Nach ihren Worten hatte Dr. Petull für Elias ein Bedarfsmedikament eingetragen, das helfen sollte, wenn Elias unter Ängsten oder Furcht einflößenden Visionen litt.

Freundlichkeit und Wärme der Pflegerin waren eine Wohltat. Erinnerungen an eine alte Liebe kamen in Elias auf. Vor etwas mehr als 2 Jahren pflegte er eine Bekanntschaft mit einer Architekturstudentin, die ihm besonders durch ihr Einfühlungsvermögen aufgefallen war. Elias hatte es verstanden, sich geschickt zu inszenieren und Julia Schroben war beinahe gewonnen gewesen. Dann brach sie den Kontakt unvermittelt ab und Elias erfuhr nie, welcher Fehler, welches abweichende Verhalten ihm zum Verhängnis geworden war.

Nach beinahe einer Stunde verabschiedete sich die Pflegerin. Elias verbrachte einige Stunden auf seinem Zimmer, streunte ein wenig durch die Station und versuchte sich deren Aufbau einzuprägen. Für die Gemälde und Skulpturen zeigte er wenig Interesse. Er begegnete Johanna und Lucas auf dem Flur, störte aber deren Gespräch nicht. Im Lesezimmer wählte er einige Bücher aus und brachte sie auf sein Zimmer, fühlte sich aber außerstande zu lesen. Sogar das rot gebundene Buch fasste er nicht an. Stattdessen studierte er die Details der Schnabelmaske, deren Fund ihn erst in diese Situation gebracht hatte. Sie verströmte den angenehmen Geruch von Leder und machte den Eindruck erst vor kurzem gefertigt zu sein. Bei seiner Untersuchung fiel Elias eine Plakette im Inneren der Maske auf. Er musste die Maske in einem günstigen Winkel halten, um die Aufschrift zu lesen. Mit schwarzen Buchstaben stand auf der Plakette: „Für Elias Jakobus Wendelin." Und in der Zeile darunter: „MORS CERTA, HORA INCERTA."

Die Übersetzung des lateinischen Spruchs gelang Elias leider nicht. Ebenso rätselhaft blieb eine Zeile in hebräischen Buchstaben unterhalb der lateinischen Aufschrift. Darunter war ein Spruch in griechischen Lettern. Elias überlegte, wer ihm bei der Übersetzung behilflich sein konnte. Dr. Petull könnte über Latein- und Griechischkenntnisse verfügen. Ob ein Patient, Arzt oder Pfleger des Hebräischen mächtig war, war fraglich.

Elias bemerkte, dass das Tageslicht verging. Der Regen, der beinahe 10 Stunden angedauert hatte, war deutlich schwächer geworden. Ulmenau zeigte sein nächtliches Lichterspiel. Elias betätigte einen Lichtschalter, als es an der Tür klopfte. Elias öffnete die Tür und sah sich Clara gegenüber. Sie war in ein weißes Kleid mit Spitze gehüllt. Ihr Haar fiel ihr lang und glatt auf die Schultern. Ihre Haut wirkte besonders blass. Auf den Wangen trug sie ein wenig Rouge und einen dunkelblauen Lidschatten. Ihre Lippen waren zurückhaltend gefärbt und ihre Wimpern mit Tusche versehen. Offensichtlich gefiel ihr Elias Reaktion auf ihre Verwandlung und sie sagte: „Johanna hat mich zurecht gemacht. Es ist ihr sehr gut gelungen."

Dann zeigte sie einen erstaunten Gesichtsausdruck, griff in ihr Kleid und holte aus einer Falte einen beschriebenen Zettel hervor. Sie erklärte: „Ich habe genaue Anweisungen, an die ich mich halten werde."

Sie nahm eine aufrechte, stolze Pose ein und las: „Herr Elias Wendelin, wir laden Sie ein in unseren Hain des Wunderlichen. Besondere Kleidung ist nicht notwendig, dies erledigt sich von selbst. Wer nur Normalität sucht, der bleibe fern. Jeder Wagemutige folge dem Flügelwesen."

Während sie die letzten Worte sprach, drehte Clara sich und gab den Blick auf ein Paar Flügel frei, die ihr aus den Schultern ragten. Sie waren nicht länger als 30 Zentimeter und von satter, blauer Farbe. Die Federn waren weich und seidig. Manche schienen beinahe schwarz. Clara sah Elias fragend ins Gesicht und erläuterte: „Ich kann es nicht erklären, aber sie sind echt."

Sie griff nach Elias Hand und führte ihn den Gang entlang. Inzwischen verbreitete sich ein Duft von frischen Zitronen. Clara schnupperte und sagte: „Du riechst es auch, nicht wahr? Das ist ein gutes Zeichen."

Sie gingen schnellen Schrittes auf den Aufenthaltsraum zu. Aus den Gemälden an den Wänden drang je nach vorherrschender Farbe des Motivs ein farbiges Licht. Elias glaubte subtile Bewegungen der Figuren und Objekte zu sehen und manchmal war leises, heimliches Gespräch zu hören. Nach kurzer Zeit standen Clara und Elias vor der Tür des Aufenthaltsraums. Clara legte die Hand an den Türgriff und sagte: „Bewahre Haltung. Ein allzu überraschtes Gesicht wird nicht gerne gesehen."

Sie öffnete die Tür und gab den Blick auf die anderen Patienten frei. Lucas, Marc, Johanna und Magda waren ins Gespräch oder andere Beschäftigungen vertieft. Ihre Körper waren verwandelt. Lucas Oberkörper ging nahtlos in den Leib eines Pferdes mit beinahe schwarzem Fell über. Sein Schweif zuckte von Zeit zu Zeit und die Hinterbeine des Pferdeleibes bewegten sich unruhig. Neben ihm stand Marc, der die Gestalt eines Satyr angenommen hatte. Unterleib und Beine glichen denen eines Ziegenbocks und er hatte Hufe. Sein Haar war lockig und wirr. Aus dem Kopf wuchsen ihm kurze, braune, gedrehte Hörner und seine Gesichtszüge schienen überzeichnet. Zentaur und Satyr hatten bei Elias Eintreten ihr Gespräch unterbrochen. Nach einer gespannten Pause sagte Marc: „Erinnert ihr euch an den Ausdruck auf Johannas Gesicht, als sie uns zum ersten Mal verwandelt sah?"

Magda lachte auf. Sie hatte es sich in einem der Sessel bequem gemacht. Sie trug eine weite, weiße Bluse, die ihren Oberkörper verhüllte. Darunter kam ein langer, in Windungen liegender Schlangenleib zu Vorschein. Er wand sich um ihren Sessel und ragte in die Mitte des Raumes. Blaue und rote Schuppen wechselten sich ab und reflektierten auf faszinierende

Weise das Licht, beinahe als würden sie glühen. Sie lachte erneut und antwortete: „Als hätte sie den Teufel gesehen. Sie war so schockiert."

Johanna hatte die zurückhaltendste Verwandlung erfahren. Elias erinnerte sie an Darstellungen antiker Nymphen. Sie trug ein antikes Gewand in hellem Beige, das nur eine ihrer Brüste verdeckte. Ihr Haar war zu einer komplizierten Steckfrisur geformt und in ihrem linken Arm trug sie einen tönernen Krug. Sie bemerkte, dass Elias ihre frei liegende Brust betrachtete. Sie war üppig und auf natürliche Art geformt. Schamröte zeichnete sich auf Johannas Gesicht ab. In diesem Augenblick trat Clara an Johanna heran und sprach: „Sie ist sehr schön, nicht wahr? Sie hat sogar für mich einen erotischen Reiz."

Johanna fuhr Clara durch das Haar und sagte: „Wenn ich nur wüsste, aus welchem Grund ich ständig diesen Krug tragen muss. Ständig habe ich den Wunsch, einen verzauberten Bach oder See zu finden und den Krug zu entleeren."

Clara sah Elias mit wachen Augen an und ergänzte: „Er hat noch nichts bemerkt. Er ist sehr schön, wie ich finde. Eine hervorragende Ergänzung."

Clara flüsterte Johanna einige Worte ins Ohr. Lucas und Marc führten ihren Wortwechsel fort, lachten mehrmals laut auf. Der Schlangenleib wand sich in eine neue Position und Magda sagte: „Wir spielen keine grausamen Spiele. Zeigt es ihm gleich. Je schneller er sich daran gewöhnt, umso besser."

Die Andeutungen mehrten Elias Unruhe. Ihm schwindelte ein wenig und der Geruch nach Zitronen war überdeutlich. Die absurde, aber prachtvolle Szene verwirrte seine Sinne und regte seine Imagination an. Ihn überfielen Erinnerungen an Evelyn und Ann-Marie. Er fragte sich, welche Form sie in diesem Raum annehmen würden. Er spekulierte, was sie in diesem Moment taten, womit sie sich die Zeit vertrieben. Bittere Einsamkeit und eine überwältigende Traurigkeit wuchsen in seinem Inneren. Etwas davon musste an seinen Gesichtszügen ablesbar sein. Johanna trat an ihn heran, legte ihre Hand an seine Wange und sagte: „Ich glaube er ist liebeskrank. Das tritt auf dieser Station häufig auf."

„Zeigt ihm endlich sein Spiegelbild.", rief der Zentaur.

Auf diese Worte hin ging der Satyr durch eine Tür in einen Nebenraum. Nach wenigen Augenblicken kam er mit einem altmodischen, ovalen Spiegel zurück und platzierte ihn in der Mitte des Raumes. Auf der Spitze des Ovals thronte eine starrende Kröte. Der Satyr winkte Elias herbei. Dieser trat vor den Spiegel und erschrak. Auch er hatte eine Verwandlung erlebt. Seine Haut war schwarz wie Ruß und seine Augen hatten einen kräftigen Rotton angenommen. Die Veränderung seiner Gesichtszüge war subtil. Sie waren ausgeprägter als üblich. Aus seinem Kopf wuchsen zwei große, weiße, gewundene Hörner. Sein Haar war ebenfalls von weißer Färbung und länger und gelockter als gewöhnlich. Aus seiner Kleidung ragte dichtes, schwarzes Haar. Er trug scheinbar ein Fell dunkler Ausprägung.

Innerhalb weniger Momente verwandelte sich Elias Schrecken in Faszination. Er betrachtete die Kreatur im Spiegel aus verschiedenen Perspektiven. Diese Form drückte sein Innenleben besser aus, als seine gewöhnliche, menschliche Erscheinung. Clara stellte sich neben ihn und erfreute sich an Elias Nähe. Ein Gedanke nahm in Elias Bewusstsein Form an. Schließlich fragte er: „Ist diese Verwandlung von Dauer?"

Magda antwortete: „Nein. In wenigen Stunden ist alles wieder vorbei. Die Verwandlung tritt in unregelmäßigen Abständen auf und wir konnten noch kein System erkennen."

Der Satyr hatte sich neben Johanna gestellt und die beiden tauschten vertrauliche Worte aus. Dabei berührte der Satyr Johannas nackte Brust. Clara hatte eine antike Flöte gefunden und spielte einige unsichere Töne. Elias war noch immer in sein Spiegelbild vertieft und Magda griff nach einem aufgeschlagenen Buch, das sie auf einen Tisch neben ihren Sessel gelegt hatte.

6

Der Mechanismus gab einen betörenden, perkussiven Klang von sich, während sich mehrere Rädchen drehten und ineinander griffen. Das Zahlenschloss zeigte jetzt die Kombination 198. Elias wartete kurz, dann drehte er erneut an dem metallenen Hebel, bis das Schloss die Reihenfolge 199 zeigte. Er hatte einige einfache Kombinationen erprobt, aber es war keine Reaktion sichtbar. Darunter 123, 456 und 789. Zusätzlich alle Reihen identischer Zahlen und alle Kombinationen beginnend mit der Zimmernummer 19. Elias hatte im Zimmer nach Hinweisen auf die richtige Zahlenfolge gesucht. Er hatte auf eine Notiz oder zumindest einen verschlüsselten Hinweis gehofft, aber Raum und Inventar enthielten nichts in dieser Richtung. Abgesehen vom Kleiderschrank hatte Elias alle Möbelstücke entleert und genau untersucht. Er öffnete den Kleiderschrank und machte sich daran, seine Kleidung auf das Bett zu werfen. Er untersuchte die beiden Türhälften des Schranks. Auch der Innenraum enthielt keinerlei Aufschrift oder Hinweis. Elias hatte noch eine letzte Idee, trat an den Zahnrad-Mechanismus und drehte an den Hebeln, bis das Zahlenschloss die 319 zeigte. Er wartete einen Moment, aber nichts geschah.

Vor weniger als einer halben Stunde war er von einem Gespräch mit Dr. Petull zurückgekehrt. Dieser hatte ihn nach seinem Befinden gefragt und ihn gebeten, über ein Thema seiner Wahl zu sprechen. Elias war unschlüssig und fühlte sich überfordert, ein geeignetes Thema auszuwählen. Aktuelle Geschehnisse wollte er nicht schildern, weswegen er vorsichtig von seiner Kindheit erzählte. Er berichtete von seinem Vater, der sich wenige Jahre nach Elias Geburt von seiner Frau und Elias selbst distanziert und eine neue Familie gegründet hatte. Er beschrieb den Alltag mit einer Mutter, die an ihrer Eignung als Mutter zweifelte und oft kalt und abweisend auftrat. Zu anderen Zeiten überschüttete sie Elias mit Liebe und erfüllte ihm jeden Wunsch. Er erwähnte auch die konservativen Großeltern, die in seiner Erziehung eine große Rolle spielten. Erst in späteren Jahren wurden Elias die rassistischen, sexistischen und pseudo-religiösen Züge in deren Weltbild bewusst. Je älter er wurde, desto unangenehmer wurde ihm der Kontakt zu den Eltern seiner Mutter. Nach seinem 10. Lebensjahr wurde der Kontakt zu seinem Onkel Konstantin wichtiger. Er war ein erfolgloser Designer für Alltagsgegenstände. Kaum einer seiner Entwürfe wurde realisiert. Stattdessen hielt er sich mit Illustrationen für Zeitschriften und Werbung über Wasser. Konstantin ermöglichte Elias einen Blick in eine kreative Welt, zeigte ihm den Umgang mit verschiedenen Malmitteln und vermittelte ihm Grundkenntnisse in Kunstgeschichte, Design und Architektur. Elias stöberte oft in der großen Sammlung an Bildbänden und kunsthistorischen Schriften, die Konstantin in einem schmucklosen aber geräumigen Bücherregal aufbewahrte. Besonders Stiche und Bleistiftskizzen architektonischer Elemente aus dem 18. und 19. Jahrhundert übten eine eigentümliche Wirkung auf ihn aus, zogen ihn in ihren Bann.

Elias untersuchte den Bezug und die Beine des Sessels mit Zahnräder-Mechanismus. Es gab keinen Hinweis auf ein verborgenes Fach oder ein bewegliches Element irgendeiner Art. Elias ließ von seiner Untersuchung ab und räumte die Kleidung wieder in den dafür vorgesehenen Schrank. Immer wieder warf er einen Blick durch das Fenster. Etwas an der sich darbietenden Szene irritierte ihn. Schließlich schloss er die Türen des Kleiderschranks und trat an das Fenster. Eine der Weiden im Vordergrund schien nicht ganz an ihrem gewöhnlichen Platz zu stehen. Zusätzlich hatte sich die Farbe der Dachschindeln einer Villa verändert. Elias hatte sie bisher als blau wahrgenommen, jetzt erschienen sie schwarz. Ein Weg unter Birken, der bisher gerade verlaufen war, wand sich nun in den Hintergrund. Elias suchte in seinem Gedächtnis und betrachtete alle sichtbaren Details, um weitere Abweichungen zu finden. Er entdeckte das Schild eines Cafés, das er mit großer Anstrengung lesen konnte. Es zeigte die Aufschrift „Schwarzer Tee". Elias war sich sicher, der Name des Cafés war noch vor Kurzem „Grüner Tee". Es gab noch eine Reihe weiterer Veränderungen, aber ihrer war sich Elias nicht sicher.

In den letzten Stunden kehrten seine Gedanken immer wieder zu Julia Schroben zurück. Elias erinnerte sich an ihr blumiges Parfum und ihr Auftreten. Er hatte sehr schnell realisiert, dass sich hinter Heiterkeit und Freundlichkeit ein an Melancholie leidender, sehr ernsthafter Mensch verbarg. Ihre großen, grünen Augen gaben ihren inneren Zustand preis. Wenige Wochen war ihr Kontakt sehr eng, bevor er unvermittelt abbrach. Von einer geliebten Person getrennt zu werden, war ein wiederkehrendes Schema in Elias Leben. Es schmerzte ihn sehr Eva Nelke nicht sehen zu können. Er hatte ihre Kontaktdaten, aber die Vorstellung sie in einer Psychiatrie zu treffen, war Elias mehr als unangenehm. Er schämte sich für seinen Zustand und die Wendung, die sein Leben genommen hatte. Zumindest vor Evelyn und Ann-Marie musste er nichts verbergen. Nur waren sie seiner Realität entzogen. Er beschloss einen Teil seiner Zeit mit Johanna zu verbringen. Er erinnerte sich an ihren Auftritt als Nymphe und ihre nackte Brust. Sie übte auf eine unschuldige Art einen erotischen Reiz auf ihn aus, ohne tiefere Gefühle hervorzurufen.

Elias setzte sich an den Tisch, ohne genau zu wissen warum. Er öffnete das Buch mit dem Titel „Erscheinungsformen und Wege des Teufels". Dabei fiel ihm die handschriftliche Widmung auf den Boden. Er legte sie zwischen Frontdeckel und erster Buchseite und schlug dann die Stelle auf, die er mit Evelyns Abbild markiert hatte.

Warum assoziieren wir mit der Figur des Teufels ein Wesen männlichen Geschlechts? Warum wird er in der Mythologie und auf Illustrationen als Mann dargestellt? Was lässt sich über die weibliche Seite des Teufels sagen?

Ähnlich wie der Gottesdarstellung im alten Testament haften auch der Gestalt des Teufels männliche Züge an, auch wenn sich das Verhältnis des Judentums zur Figur des Teufels von der christlichen Tradition unterscheidet. Mara, das östliche Äquivalent zu dem westlichen Teufel, tritt ebenfalls als Mann in Erscheinung, wird aber von drei Töchtern begleitet, die die Prinzipien Lust, Gier und Unzufriedenheit verkörpern. Der Taoismus kennt eine Hölle und diese verwaltende Beamte, aber keine Figur, die dem Teufel ähnelt. Im Islam kennt man eine dem Teufel vergleichbare Figur und die zugehörige Mythologie ist der des Christentums verwandt. Die westliche, überkommene Vorstellung von der Gestalt des Teufels mit schwarzen Flügeln, dem Unterleib eines Tieres, Hörnern und einen langen, manchmal spitzen Schwanz, ist eine Schöpfung des Mittelalters. Sie vereint Attribute heidnischer Gottheiten in einer Figur. Sie ist an Naivität kaum zu übertreffen und Naivität ist auch der wesentliche Grund, weswegen der Teufel als männliches Wesen gedacht wird.

Mit der Figur des abgefallenen Engels wird Aggression und auch sexuelle Aggression assoziiert. Gewalt und Folter sind leichter mit einer männlichen Kreatur zu verknüpfen, da wir der Frau einen heilenden, wohltuenden, sorgenden Charakter zuschreiben. Auch Herrschaftsanspruch und Machtausübung assoziieren wir generell mit männlichem Verhalten.

Diese naive Zuordnung ist in mehrfacher Hinsicht falsch. Das Konzept des Engels beinhaltet oft Geschlechtslosigkeit. Auch dem Teufel muss eine Geschlechtslosigkeit oder eine doppelte Existenz, als Mann und Frau, zugeschrieben werden. In diesem Punkt ähnelt er sehr dem Konzept eines Gottes, der alles in sich vereinigt, also auch männlichen, weibliche und geschlechtslose Eigenheiten. Durch metaphysische Forschung ergab sich die Erkenntnis, dass der weibliche Anteil Gottes vor den Menschen meist verborgen ist. Genauso verbirgt der Teufel seine weibliche Natur. Der Kontakt zu ihr ist ein seltenes Ereignis und eine Auszeichnung.

Die Tür in Elias Rücken öffnete sich. Johanna stand in aufreizender, aber eleganter Kleidung im Türrahmen und beäugte die Details der Einrichtung. Sie trat an das Bett, wies auf die Kröte auf dem geschnitzten Flügel und sagte: „Davon habe ich zwei in meinem Zimmer."

Nach wenigen Momenten trat sie an den Tisch heran und nahm die Pestmaske in die Hand. Sie betrachtete sie aus verschiedenen Perspektiven und erklärte: „Das ist ein sehr schönes Exemplar. Die Ausarbeitung mit buntem Leder erinnert mich an Werke der Popart."

Sie hielt inne und studierte die Innenseite der Maske. Sie sah Elias mit erstauntem Ausdruck an und fragte: „Hast du die Schrift auf der Plakette schon entdeckt?"

Elias antwortete: „Ja. Nur reicht mein Latein nicht, um den Spruch zu übersetzen. Und was Griechisch und Hebräisch betrifft, habe ich keinerlei Kenntnisse."

„Der lateinische Spruch bedeutet: Der Tod ist gewiss, die Stunde nicht. Ich finde es etwas makaber, diesen Spruch an diesem Objekt anzubringen. Er findet sich häufig auf Grabsteinen."

In ihrer Stimme klang eine Verunsicherung mit. Sie konzentrierte sich einige Zeit auf die Plakette und ergänzte dann: „Ich kann auch das Griechische entziffern. Es bedeutet: Arzt, heil dich selbst!"

Elias nahm ihr die Maske aus der Hand und beäugte die hebräische Aufschrift. Er murmelte die beiden von Johanna übersetzten Sprüche und überprüfte, ob ihm ein weiteres Detail des Objekte bisher entgangen war, konnte dergleichen aber nicht finden. Er wandte sich Johanna zu und sagte: „Woher hast Du diese Kenntnisse?"

„Ich habe eine Zeit lang als Übersetzerin gearbeitet."

Elias zögerte, dann fragte er: „Du sprichst nicht zufällig Hebräisch? Dann wäre das Rätsel gelöst."

Mit mildem Lächeln schüttelte Johanna den Kopf. Aus den Augenwinkeln gewahrte Elias eine Veränderung in der Stadtansicht von Ulmenau. Vor dem Kaffeehaus mit dem Namen „Schwarzer Tee" hatten sich zwei Gruppen versammelt. Nicht weniger als 10 Männer in dunklen Anzügen diskutierten und begrüßten einander. Immer wieder verbeugte sich einer aus der Gruppe und hob dabei den dunklen Panama Hut. Dabei trugen sie schwarze Masken, die entfernt an Eulen erinnerten, sich aber durch lange, spitz zulaufende Nasen auszeichneten. Nur wenige Schritte entfernt stand eine Gruppe Frauen in weißen, manchmal grauen Hosenanzügen und zeigte ganz ähnliche Verhaltensweisen. Sie hielten sich weiße Masken vors Gesicht, die ein rundliches, stark geschminktes Frauengesicht zeigten. Es erinnerte Elias an die Matrjoschka, die er zu Beginn seines Klinikaufenthalts gefunden hatte. Über der Menschenansammlung öffnete sich plötzlich ein Fenster und eine Frau neigte sich heraus. Sie hatte ein üppiges Dekolletee und trug eine rote Bluse. Sie rief der Gruppe an Männern einige Worte zu und diese ließen von ihren Verbeugungen ab. Die Frau im Fenster verschwand kurz und tauchte dann mit einer roten Maske wieder auf. Deren Form orientierte sich an der eines Raubvogels. Nur wenige Momente später öffnete sich ein Stockwerk über der rot Gekleideten ein weiteres Fenster und eine Frau mit blauer Maske, in der Form einer Krähe gearbeitet, lehnte sich über das Fensterbrett. Sie fluchte und beschimpfte die Männer in dunklen Anzügen. Zuletzt deutete sie auf eine Figur, die sich der Menschenansammlung näherte. Es war der Mantelträger mit Pestmaske, der Elias schon mehrmals begegnet war. Elias trat näher an das Fenster und war sich nicht sicher, ob er die Andeutung eines Gesangs hörte. Sowohl Frauen, als auch Männer vor dem Kaffeehaus ergriff Hektik. Sie eilten in alle denkbaren Richtungen davon. Innerhalb eines Augenblicks war auch die unheimliche Kreatur mit der Pestmaske verschwunden. Die Fenster schlossen sich und an der Stadtansicht war nichts Ungewöhnliches mehr.

Johanna beobachtete Elias, unfähig zu erkennen, was ihn beschäftigte. Nach einer längeren Pause sagte sie: „Ich könnte Dir vielleicht das hebräische Alphabet aufsagen. Ich weiß, dass jeder hebräische Buchstabe mit einer Zahl verknüpft ist und erinnere mich an das eine oder andere Detail aus der jüdischen Mystik. Aber diesen Spruch lesen kann ich nicht."

Ihr Blick fiel auf das geöffnete Buch und das auf der rechten Buchseite liegende Foto von Evelyn. Sie nahm die Fotografie zur Hand und sagte: „Das ist auf der Station C1West aufgenommen, nicht wahr?"

Elias löste sich von der Szenerie vor dem Fenster und antwortete: „Das ist richtig. Ich war einige Tage auf C1West."

Auf Johannas Gesicht spiegelte sich eine Empfindung, die Elias nicht deuten konnte. Nach einer kurzen Pause sagte sie: „Habe ich Dir schon gestanden, dass ich auch Frauen anziehend finde? Sie ist sehr schön."

Sie sah Elias an. Dieser schlug die Augen nieder. Verlassenheitsgefühle und eine große, überwältigende Traurigkeit machten sich in ihm breit. Dabei war ihm nicht einmal klar, wessen Gegenwart er tatsächlich vermisste. Er hätte den Tag gelobt, an dem er Eva Nelke oder Julia Schroben hätte treffen können. Erinnerungen an Julia Schoben traten wieder in den Vordergrund, während Johanna fragte: „Ist sie das? Sie verwirrt Deine Gefühle?"

„Sie war eine Patientin auf C1West und ich tat alles, um einen geringen Anteil des Tages mit ihr zu verbringen. Sie war sehr verschlossen und ich habe mir keine unnötigen Hoffnungen gemacht."

Der Himmel vor dem Fenster durchlebte eine schnelle Veränderung. Dunkle, wülstige Wolken zogen auf und ein kräftiger Regen setzte ein. Elias setzte sich wieder an den Tisch und bat Johanna nach dem Foto. Diese verweigerte es ihm mit den Worten: „Nur noch einen Augenblick."

Elias kämpfte einen Moment mit seinem nach innen gerichteten Charakter, dann sagte er: „Meine Verwirrung ist noch viel schlimmer. Die letzten Stunden habe ich mit Erinnerungen an eine Frau verbracht, die ich seit Monaten nicht gesehen habe. Und je länger ich darüber nachdenke, desto mehr alte Liebschaften fallen mir ein. Wenn ich wählen müsste, ich wäre unfähig eine Entscheidung zu treffen."

Johanna legte das Foto in das geöffnete Buch, fuhr Elias vorsichtig durch das Haar und sprach: „Diese Frau ist ein verwunschener Wald. Wer weiß schon, was man in ihm findet."

Mit Erstaunen in der Stimme antwortete Elias: „Das hat mir bereits jemand gesagt. Ich entsinne mich nur nicht wer."

Wieder misslang es Elias, Johannas Gesichtsausdruck zu deuten. Diese nahm seine rechte Hand und legte sie an ihre Brust in der Nähe ihres Herzens. Sie sah ihn vorsichtig abwägend an und sagte: „Vergiss nicht, dass es einen Grund gibt, weswegen sie Patientin einer psychiatrischen Klinik ist. Du siehst nur eine Oberfläche. Das gilt auch für mich und die anderen Patienten auf C3."

Sie drückte seine Hand noch stärker gegen ihre Brust und ergänzte: „Es würde mich sehr freuen, wenn Du Dich ein wenig in mich verliebst. Das kann Dir nicht viel Mühe bereiten."

Inzwischen hatte sich ein zurückhaltender Geruch nach Zitronen verbreitet. Elias zog sich zurück, schloss das Buch und ging gedankenverloren zum Stillleben des Zimmers. Eine der Zitronen hatte ihre Position verändert. Elias fürchtete wieder eine erschreckende Vision erdulden zu müssen. Es schien ihm das Beste den Raum zu verlassen. Er tat alles um seine Fassung zu bewahren und fragte mit künstlicher Heiterkeit und einer ebenso unechten Unbekümmertheit: „Wie wäre es mit einer Partie Schach oder Dame?"

Einen Moment war Elias, als könnte er durch Johannas Augen in die Tiefe ihrer Seele sehen. Kaltes, grausames Leid mischten sich mit kindlicher Spielfreude und einer besonderen Vorliebe für alles, was Lust bereitet. Allem haftete etwas düsteres und fremdartiges an, das der menschliche Geist nicht ganz fassen und beschreiben konnte. Johannas Seele barg einen subtilen aber allumfassenden Schrecken. Johanna schlug die Augen nieder und sagte: „Meine Konzentration ist angegriffen. Zu einer Partie Schach oder Dame fühle ich mich nicht in der Lage. Aber vielleicht finden wir ein anderes, weniger anstrengendes Spiel."

Elias öffnete die Tür und sie traten in den Flur. Das Aroma von Zitronen erfüllte die Station. Sie gingen langsam den Gang hinab, in Richtung des Aufenthaltsraums, in dem sich verschiedenste Spiele, Spielkarten und andere Mittel zum Zeitvertreib fanden.

Schon bei den ersten Schritten auf dem Flur hörten Elias und Johanna Claras Spiel aus dem Musikzimmer. Als sie daran vorbeikamen hielten sie inne. Die Tür stand ein wenig offen. Johanna und Elias öffneten die Tür bis sie zur Hälfte geöffnet war. Lucas saß in einem Sessel und lauschte der Klaviersonate. In Elias Ohren klang sie wie das Werk eines Romantikers. Ein wiederkehrender Akkord und eine Quinte störten die ansonsten perfekte und in erstaunlichen Variationen auftretende Harmonie. Das Stück wurde zyklisch leiser und langsamer, um dann an Ausdruck und Geschwindigkeit wieder zuzunehmen. Ein guter Teil Wahn klang in der Abfolge von Melodien und Harmonien mit. Elias war aber nicht sicher, ob das an der ursprünglichen Komposition oder Claras Interpretation lag.

Lucas knetete seinen dunkelbraunen Bart. Mit seinen klugen, dunklen Augen fixierte er die gerahmten Fotografien. Er nickte Elias und Johanna zu und sagte halblaut, um Claras Spiel nicht zu stören: „Es ist ganz erstaunlich. Es ist der 29. September 1893 in einer der großen europäischen Metropolen. Ich denke es ist Paris, aber es spielt kaum eine Rolle. Das ganze menschliche Schicksal tut sich vor meinen Augen auf. So viele Verwicklungen, Wendungen und Irrwege."

Nach einer Nacht, in der er nur 2 Stunden geschlafen hatte, entschied Elias ein wenig Geld für Künstlerbedarf auszugeben. Seine Rötelstifte waren in einem erbärmlichen Zustand, seine Beistifte mittlerweile kurz und er hatte die letzte Seite seines Notizbuches gefüllt. Auch die großformatigen Blöcke waren fast verbraucht. Elias verließ seine Wohnung und machte sich zu einem kleinen Laden für Künstlerbedarf auf, den er größeren Geschäften vorzog.

Er war einige Minuten durch einen heftigen Wind und dünnen Regen gelaufen, als ihm eine Veränderung auffiel. Er blieb vor dem Schaufenster einer Buchhandlung stehen und betrachtete die Auslage. Statt einer Auswahl aktueller Literatur und Klassiker, lagen dort Hüte aller Art für Männer und Frauen. Über den Hüten prangte noch der Name der Buchhandlung in roten Lettern: „Buchhandlung Peter Ullen".

Elias war mit dem Eigentümer der Buchhandlung gut bekannt, hatte sogar als Jugendlicher dort ausgeholfen. Er konnte sich nicht erklären, was zur Aufgabe des Buchgeschäfts geführt haben konnte. Eine weitere Beobachtung drängte sich Elias auf. Er war bereits an 3 neuen Hutgeschäften vorbeigelaufen, ohne ihnen Beachtung zu schenken. Er drehte sich und sah direkt auf der anderen Seite der Straße einen ihm bisher unbekannten Laden mit dem Namen: „Neue Galerie für Hutmode". Er überquerte eilig die enge Einbahnstraße und beäugte die Auslage in einem Schaufenster. In großem Farben- und Formenreichtum lagen Damenhüte und Kopfschmuck aus. Eine Angestellte tauschte gerade mehrere Exemplare und stellte zwei weibliche Büsten mit einer abstraktem Konstruktion aus Kugeln und Kegeln an einen exponierten Platz in der Auswahl.

Elias ging einige Schritte weiter und stand vor einer Auswahl an Männerhüten in einem etwas schmaleren Schaufenster. Die Modelle unterschieden sich nur unwesentlich. Grau und Schwarz dominierten. Wenige Herrenhüte zeigten ein elegantes, dunkles Blau. Nach einigen Momenten löste sich Elias von dem Anblick und sah sich um. Nur wenige Passanten waren unterwegs. Ein Pärchen mittleren Alters ging an ihm vorüber. Sie unterbrachen ihr Gespräch und der Mann warf Elias einen verächtlichen Blick zu. Er trug zu einem dunklen Mantel einen dunkelgrauen Hut mit schwarzem Band. Sein weibliches Gegenstück stellte einen komplizierten, überladenen Kopfschmuck zur Schau. In einiger Entfernung diskutierten einige Männer, vor einem Kaffeehaus stehend. Sie alle hatten ihre Kleidung an den beginnenden Herbst angepasst und alle waren mit Hüten ausgestattet. Elias konnte niemanden sehen, der auf Hut oder Kopfschmuck verzichtete. Einzig ein altes Mütterlein zeigte ihr weißes Haar unverhüllt, während sie in einem Hauseingang verschwand.

Verunsichert setzte Elias seinen Weg zu seinem bevorzugten Laden für Künstlerbedarf fort. Er verließ den Maiweg und bog in die Rothengasse ein. Sie war wesentlich schmaler und verlief in einem langen Bogen. In diesem Abschnitt der Gasse waren mehrere Antiquariate und ein kleiner Laden für handgefertigten Schmuck. Eine wunderliche Wandlung hatte stattgefunden. Alle Läden waren an neue Eigentümer übergegangen und es dominierten Hutgeschäfte. Elias ging langsamen Schrittes an den Schaufenstern vorbei und entzifferte die Namen der Hutläden; „Der blaue Hut", „Hut-Importe für Sie", „Handelskompanie für Hutmode", „Hören und Sagen. Unkonventionelle Hutmode für Sie und Ihn".

Manche der Läden konnten noch nicht lange an diesem Ort sein, da die Angestellten emsig an der Inneneinrichtung und den Schaufenstern arbeiteten. Elias ging an der verwirrenden Szene vorbei und stand nach kurzer Zeit vor dem Geschäft mit dem Namen: „Künstlerallerlei Jonathan Urban". Mit großer Erleichterung betrachtete Elias Schild und Schaufenster des Ladens. Kaum etwas war ihm lieber, als eine große, wohlgeordnete Auswahl an Materialien für Künstler. Er trat ein und hörte den vertrauten

Klang einer Glocke. Der Inhaber Jonathan Urban war mit einem teils leer-geräumten Regal beschäftigt. In einem Teil des Geschäfts herrschte Chaos. Der Ladenbesitzer räumte selten nachgefragte Artikel in Boxen und Kartons und versuchte eine viel zu große Anzahl an Hüten in dem Regal unterzubringen.

Er hielt inne, sah seinen Kunden und sagte: „Herr Wendelin, Sie sind der erste Kunde an diesem Vormittag, der sich in meinen Laden verirrt."

Elias machte eine ungenaue Geste und fragte: „Was hat es mit all den Hüten auf sich?"

„Es ist eine neue Mode. Besser gesagt die neue Mode. Jeder Mann in Ul-menau benötigt von einem auf den anderen Tag einen Hut. Es gilt als obszön sich ohne Hut in der Öffentlichkeit zu bewegen. Viele der neuen Ladeninhaber berichten, dass Kunden nicht einen sondern 3 oder 4 Hüte kaufen."

Jonathan Urban legte die Melone, die er in der linken Hand hielt auf das Regal und ging zu einem zur Hälfte befüllten Karton. Er nahm einige Ge-genstände aus der Box und erklärte: „Seit Monaten hat sich niemand mehr für Linolschnitt und das zugehörige Zubehör interessiert. Ich kann mich nicht entsinnen, wann zuletzt eines der Kalligrafie-Sets verkauft wurde."

Er griff nach einer Rolle Klebeband, verklebte 2 der umher stehenden Boxen und wendete sich dann wieder den Hüten zu. Dann sagte er: „Nur keine Sorge. Blöcke und Stifte jeglicher Art stehen noch an der gewohn-ten Stelle."

Elias löste sich von dem absurden Anblick und wählte Ersatz für die Ma-terialien aus, die ihm in nächster Zeit ausgehen würden. Seine missliche finanzielle Lage schmerzte ihn, während er all die ausgewählt schönen Hilfsmittel in Augenschein nahm. Er trat an die Kasse. Jonathan Urban unterbrach sein Tun und begab sich ebenfalls zur Kasse. Elias legte die Ware auf den schmalen Tisch und fragte: „Wie konnte das an mir vo-rübergehen? Ich habe nur drei Tage in meiner Wohnung verbracht."

Der Ladeninhaber nickte und erwiderte: „Das alles hat sich in nur zwei Tagen abgespielt. Noch vorgestern ging ich an einem gewöhnlichen Mor-gen an Buchläden und Antiquariaten vorbei. Einen Tag später hatten bei-nahe alle Geschäfte einen neuen Besitzer und es wurden eilig die verfüg-baren Hüte und der Kopfschmuck präsentiert."

Elias zahlte den fälligen Betrag und wollte den Laden bereits verlassen, als Jonathan Urban ihn zurückhielt und mit gedämpfter Stimme sagte: „Sicher klingt es absurd, aber ich empfehle ihnen bei nächster Gelegenheit einen Hut zu erwerben. Ich wurde heute morgen sehr feindselig behandelt und gehe seitdem nicht mehr ohne meinen Stetson aus dem Haus. Man stelle sich vor, eine junge Dame spuckte mir voller Widerwillen vor die Füße."

Mit trübem Blick sah Jonathan Urban seinem Kunden nach, als dieser den Laden für Künstlerbedarf verließ. Elias ging ein paar Schritte, wehrte dabei den feinen Regen ab und bemerkte dann einen Mann mittleren Alters vor einem der Hutgeschäfte. Er war elegant gekleidet und trug einen schwarzen Hut. Während sich Elias näherte machte er eine Verbeugung und zog seinen Hut. Unter diesem kam krauses, schwarzes Haar zum Vorschein. Elias fiel an ihm besonders eine lange, gekrümmte Nase auf, und zahlreiche Falten um die Augen und auf der Stirn. Seine dunklen Augen zeigten Intelligenz und die Andeutung von Hinterlist. Elias entschied sich, ihn zu ignorieren und seinen Weg fortzusetzen. Aber der Passant ließ es nicht zu. Er packte Elias unsanft an der Schulter und sagte: „Es muss Ihnen sehr unangenehm sein, sich ohne adäquate Kopfbedeckung in der Öffentlichkeit zu zeigen."

Elias riss sich los und erwiderte: „Nicht im Mindesten. Ich gebe nichts auf Mode oder gesellschaftlichen Zwang."

Der Dunkelhaarige verbeugte sich erneut, legte die Hand auf Elias Schulter und sagte halblaut: „Ich werde Ihnen behilflich sein."

Einen Augenblick war Elias, als wäre sein Gewicht aufgehoben. Der Hutträger eilte mit ihm zu einem Eingang und die wenigen Stufen hinauf zum Eingang des Geschäfts mit dem Namen: „Eine Mode der neuen Zeit. Hüte und mehr." Schon standen sie vor einem Regal voller schwarzer Hüte unterschiedlicher Form und Machart. Der Dunkelhaarige nahm verschiedene Ausführungen zur Hand und schüttelte dabei den Kopf. Er führte Elias einige Meter weiter und untersuchte Hüte in unterschiedlichen Grautönen. Einen der Hüte betrachtete er ausgiebiger und setzte ihn schließlich auf Elias Kopf. Er veränderte geringfügig die Position und Neigung und sagte: „Sorgen Sie sich nicht. Es ist ein glücklicher Tag. Ich werde Ihnen diesen Hut kaufen."

Er rief eine Verkäuferin herbei, nahm den Hut von Elias Kopf und bezahlte ihn mit Bargeld, das er aus einer Tasche seines Mantels hervorholte. Er kehrte zu Elias zurück und setzte ihm mit großer Geduld und Präzision den Hut auf. Dann führte er den völlig sprachlosen und verwirrten Elias auf die Straße. Er grüßte zwei Passanten und eine junge Frau in roter Kleidung und wartete, bis sich kein Fremder in ihrer Nähe aufhielt. Dann sagte er: „Meine ursprüngliche Absicht war eine andere. Aber wir konnten Sie nicht der Gefahr aussetzen, sich in diesen Tagen ohne Hut zu zeigen."

Es war empfindlich kalt und der Regen hatte an Intensität gewonnen. Der Hutträger bemerkte Elias Unwohlsein und deutete in Richtung einer abzweigenden Gasse. Elias hatte inzwischen alle Widerstände aufgegeben und folgte der Aufforderung. Etwas an der Situation verwirrte seine Sinne und er fühlte einen leichten Schwindel. Der Dunkelhaarige kam seinem Ohr etwas näher und sagte mit gedämpfter Stimme: „Als ich Sie sah, dachte ich mir: Hier ist ein unkonventioneller, junger Mann, wahrscheinlich mit künstlerischem Talent gesegnet. Vielleicht wäre er in der Lage meine Überlegungen nachzuvollziehen, meine Entdeckung zu würdigen."

Während er diese Worte sprach, führte er Elias durch einen dunklen, kleinen Hinterhof. Dann bog er in eine kleine Gasse ein. Sie folgten dem gepflasterten Weg wenige Minuten, dann standen sie vor einem Laden mit dem Namen: „Venezia Occulta – Maskenatelier". Der Hutträger hatte Elias in einen verborgenen Teil Ulmenaus geführt, der scheinbar nur von wenigen Bewohnern der Stadt aufgesucht wurde. Es gab außer einem gelegentlichen Geräusch oder wenigen gerufenen Worten keinen Hinweis darauf, dass der Ort belebt war. Auch schien er aus der Zeit gefallen. Elias sah keinen Hinweis darauf, in welchem Jahrhundert er sich befand. Der Dunkelhaarige lenkte Elias Aufmerksamkeit auf die Auslage im Schaufenster des Maskenladens. Eine große Zahl unterschiedlichster, meist aber klassischer Masken wurde angeboten. Viele der Modelle hätten sich für den Karneval von Venedig geeignet. Manches Stück wirkte wie aus einem fiebrigen, unheimlichen Traum oder dem Geist eines Surrealisten entnommen. Oft fanden sich kräftige Farben und die Masken waren kunstvoll und sorgfältig gearbeitet.

Der Hutträger ließ Elias eine Weile, um sich einen Eindruck der Masken zu verschaffen, dann sagte er: „Was ist schon ein Hut im Vergleich zu einer Maske?"

Er forschte in Elias Gesicht und fügte hinzu: „Schon in wenigen Tagen, vielleicht einer Woche, wird jedermann auf eine Maske angewiesen sein. Ich kann nicht enthüllen, wie ich zu dieser Erkenntnis kam. Aber mein Gedankengang ist folgerichtig und vollständig. Ich habe alles genau abgewogen. Und Ihnen präsentiere ich den erlesensten Laden für Masken in ganz Ulmenau. Sie dürfen nicht denken, dies wären nur hochwertige Masken klassischer Machart. Diese Werke verfügen über Eigenheiten. Es ist eine feinstoffliche Angelegenheit."

Elias kehrte aus einer Erinnerung in die ihn umgebende Realität zurück. Clara hatte ihre Sonate beendet, stand neben dem Klavier und verbeugte sich zweimal vor Lucas, der laut, mit starrem Blick klatschte. Clara nahm wieder vor der Tastatur Platz, wartete beinahe 10 Sekunden und begann dann ein jiddisches Stück, das atonale Elemente enthielt.

Zahlenreihen und Rufe drangen an Elias Ohr. Er trat einen Schritt in das Musikzimmer und fand die Quelle der Rufe. Eine der Fotografien zeigte einen spärlich erleuchteten Raum, in dessen Mitte ein altmodischer Spieltisch stand. Am Kopf des Tisches stand ein Mann in elegantem Anzug. Vier Spieler saßen am Tisch verteilt.

„33, 33, 31, 9."

„Eine jiddische Runde. Die 9 gewinnt."

„Die Farbe der neuen Runde ist Violett."

„14, 3, 29, 41."

Der Spielleiter gab den Spielern ein Signal und sie wendeten sich Elias zu. Eine Frau im Abendkleid einer früheren Epoche flüsterte mit dem neben ihr sitzenden Spieler. Die Szene geriet in Bewegung. Aus dem nicht sichtbaren Bereich trat ein Mann im Livree und zog einen Vorhang vor Tisch und Spieler. Wieder waren fallende Würfel und Kommentare zu hören.

Johanna griff nach Elias Hand und sagte: „Kümmer Dich nicht um die beiden. Das spielt sich beinahe täglich ab." Sie führte Elias aus dem Musikzimmer und in Richtung des Aufenthaltsraum. Sie schilderte eigentümliche Angewohnheiten der anderen Patienten und gab zu, selbst nicht frei von absonderlichem Verhalten zu sein. Als sie den Aufenthaltsraum betraten, sagte sie: „Wer weiß, was Lucas halluziniert. Er hat eine Vorliebe für Alltagsszenen aus dem 19. Jahrhundert. Insbesondere für solche aus dem späten 19. Jahrhundert."

Zwei Tage später hielt sich Elias im Ergotherapie-Raum der Station C3 auf. Mit überwältigender Frustration legte er eine azurblaue Pastellkreide neben die begonnene Illustration. Er nahm das Buch mit dem Titel „Erscheinungsformen und Wege des Teufels", schlug die Seite 231 auf und legte das Foto von Evelyn behutsam an eine freie Stelle des Tisches.

Wann und unter welchen Umständen tritt eine Identifikation mit dem Teufel auf? Welchem Zweck dient sie? Was löst sie im Betroffenen aus?

In einem gewöhnlichen Leben, das keine abstrakten Inhalte und keine metaphysische Suche kennt, wird kein Kontakt zum Teufel entstehen. Manchmal entwickelt sich eine vage Faszination für die Figur des Abgefallenen, wird aber nicht vertieft. Vorstellungen und Konzepte dieser Gruppe bleiben naiv, ungenau und teils von Klischees geprägt.

Meist hat der Suchende ein fortgeschrittenes Stadium seiner Wandlung erreicht, bevor eine erste Identifikation mit dem Teufel auftritt. Eine Beschäftigung mit mythologischen Figuren jeglicher Art, auch mit der Figur des Widersachers, hat sich in vielen bekannten Fällen ereignet. Der Suchende hat den Teufel als Einflussnahme und belebtes Wesen bereits erlebt. Dann geschieht, auf einen individuellen Anlass hin, das Unbegreifliche und er sieht sich selbst als Verkörperung der dem Teufel zugeschriebenen Eigenschaften. Darunter Narzissmus, Eitelkeit, Neigung zu Gewalt und Grausamkeit, Perversion, Gotteslästerung und viele andere. Diese umfassende Identifikation, in der die Figur den Menschen vollständig erfüllt, kann nur kurz währen oder einen längeren Zeitraum andauern. Dabei begreift der Betroffene seine Natur, die auch alles Schändliche, Verwerfliche und Abartige enthält. Dieser Zustand ist für ein Fortschreiten der Entwicklung unerlässlich. Er wird mitunter auch als lustvoll erlebt. Subtile Weisheit, Macht und absurde Schönheit erfüllen von Zeit zu Zeit denjenigen, der sich mit dem Teufel identifiziert.

Aus vielen Gründen bildet bei vielen Suchenden die Beschäftigung mit dem Abtrünnigen einen wesentlichen Bestandteil ihres Weges. Manchmal gelingt die Integration der verkörperten Eigenschaften in einen menschlichen Geist. Ich muss an dieser Stelle wiederholen, die Theosophie ist ohne Kenntnis der Eigenheiten des Teufels nicht denkbar.

Die Einrichtung des Ergotherapie-Raums variierte das vorherrschende Thema der Station C3, fügte sich aber erstaunlich gut in das Gesamtbild ein. Es war zurückhaltend, um die Einbildung der Patienten während kreativer Arbeit nicht zu stören. Geschnitzte oder aus anderen Stoffen geformte Tierwesen suchte man vergeblich. Die Möbel zeigten ein neutrales Weiß und nur sehr verhalten Ornament. Für die Patienten standen vier große Tische und mehrere Staffeleien bereit. An den Wänden standen Regale, Kommoden und Schränke mit Materialien. In einer Ecke des Raums war ein großes Waschbecken angebracht. In Rahmen fanden sich neue Werke der Patienten und auf einem hohen Regal standen einige Skulpturen. Sie zeigten Mischwesen aus Tieren und menschlicher Körperformen. An einem kleineren Tisch saß die Ergotherapeutin Sylvia Trug und brachte mit einem feinen Pinsel Ölfarbe auf eine kleinformatige Leinwand auf.

Lucas und Marc trugen blaue Schürzen und waren in ihre eigene Tätigkeit vertieft. Marc bearbeitete seit Tagen verschiedene Specksteine und langsam wurde die Form sichtbar, die er aus dem Material herausarbeitete. Nicht weniger als 4 Zylinder unterschiedlicher Größe und Färbung des Steins lagen vor Marc auf seinem Arbeitsplatz. Am Nebentisch erprobte Lucas die möglichen Kombinationen von bemalten Holzquadern, deren Seiten leicht gekrümmt waren. Neben den Quadern lagen in ihrer Größe ähnliche Kugeln und eiförmige Objekte.

Der letzte Entwurf schien Elias genauso misslungen, wie die vorherigen 3. Er legte das große Blatt auf den Stapel an Fehlversuchen neben seiner Arbeitsfläche. Er begann stets mit einfachen, geometrischen Formen und suchte nur eine ästhetische, abstrakte Komposition. Nach und nach fügte er Details und Ausschmückungen hinzu. In diesem Stadium fiel ihm auf, dass Inhalte an die Oberfläche drangen, die er nicht beabsichtigte zu bearbeiten. Auf jedem Versuch bildete sich nach einiger Zeit ein weiblicher, unbekleideter Körper ab. Verfremdet und in der Form nicht der Natur entsprechend, aber eindeutig erkennbar.

Elias sortierte die Stifte und Pastellkreiden, stand dann auf und ging zu einer der Kommoden. Er öffnete eine Schublade und suchte nach einem Künstlerblock kleineren Formats. Er kehrte zu seinem Tisch zurück und bemerkte, dass Frau Trug seine bisherigen Entwürfe durchsah. Sie sah ihn mit einem Ausdruck von Unvoreingenommenheit an und sagte: „Die Versuchung war zu groß. Gestern haben Sie auch einiges an Vorbereitungen gebraucht, nur um dann eine hervorragende, abstrakte Tierdarstellung zu schaffen. Die Idee, den Krähen ein blaues Gefieder zu geben, gefiel mir besonders."

Elias antwortete zögernd: „Es will mir heute nicht gelingen. Etwas dringt an die Oberfläche."

„Alle 4 Entwürfe haben Ähnlichkeit mit einem Akt. Vielleicht ist es an der Zeit für eine erotische Szene. Und ich habe noch nie einen Akt im Stil des Konstruktivismus gesehen. Die Idee ist reizvoll."

Elias erwiderte: „Ich bin mir nicht einmal sicher, welches Malmittel ich verwenden möchte oder welches Format das Richtige ist."

„Vielleicht kann ich Ihnen helfen."

Die Ergotherapeutin ging zu ihrem Arbeitsplatz und suchte etwas in den Schubladen eines Schranks unter der Arbeitsfläche. Sie kam mit einer Holzschatulle zu Elias zurück. Sie legte sie ab und holte noch einen Künstlerblock. Dann trat sie an Elias rechte Seite und öffnete die Schachtel. 36 Ölkreiden kamen zum Vorschein. Sie hatten einen eigentümlichen Glanz und waren hochwertiger als die Pastellkreiden, die Elias bisher verwendet hatte. Elias betrachtete die Auswahl an Farbabstufungen und nahm ein Kupferorange in die Hand. Sylvia Trug beobachtete seine Reaktion und sagte: „Gewöhnlich lasse ich Patienten nicht mit meinen Materialien arbeiten. Wir machen eine Ausnahme, wenn Sie Stillschweigen wahren."

Elias erprobte das Orange auf einer Rückseite eines Versuchs und sagte: „Das ist der Farbton, den ich gesucht habe."

Die Ergotherapeutin rückte Elias Auswahl an Blöcken zur Seite und legte ihm ein mittleres Format vor. Dann sagte sie: „Ich will nicht in Ihren Prozess eingreifen, aber wie wäre es mit einem Versuch auf einem Zwischenformat. Auch die quadratische Form könnte hilfreich sein."

Elias nahm verschiedene der Ölkreiden zur Hand und erprobte sie auf dem Block. Dann stand er ruckartig auf und räumte alle nutzlos gewordenen Malmittel und die Blöcke an ihren Ort. Er wendete sich wieder den Ölkreiden zu und begann eine Abstraktion mit ovalen Flächen und geschwungenen Linien. Das Kupferorange bildete den Grundton der Komposition. Langsam fügte er Elemente in strahlenden Farben hinzu. Nach und nach wurde der Akt zweier Frauen sichtbar, von denen eine stand und eine andere auf einem abstrahierten Sofa lag. Je länger Elias an dem Motiv arbeitete, desto schneller und sicherer fügte er neue Formen und Details hinzu. Nach weniger als 20 Minuten war das Motiv vollständig ausformuliert und Elias fand keine sinnvollen Ergänzungen mehr.

In den letzten Minuten hatte intensiver Regen eingesetzt. Dicke Regentropfen rannen an den Fenstern des Ergotherapie-Raums herab. Elias war unschlüssig, ober er einen weiteren Versuch mit den Ölkreiden wagen sollte. In diesem Augenblick trat Magda in die Tür des Raumes und sah Elias dringlich und auffordernd an. Sie winkte ihn herbei.

Er stand auf und wendete sich an die Ergotherapeutin mit den Worten: „Ich unterbreche für ein paar Minuten." Er ging zu Magda und sie lockte ihn auf den Flur der Station. Sie gingen den Flur hinab. Magda blieb an einer Tür stehen, an der weder eine Zimmernummer, noch eine Bezeichnung angebracht war. Sie holte einen Schlüssel aus einer Hosentasche und sagte: „Es soll dich erfreuen. Nur darf es sonst niemand bemerken."

Mit dem altmodischen, langen Schlüssel öffnete sie die Tür, nachdem sie sich versichert hatte, dass niemand sie beobachtete. Dann führte sie Elias in einen hinter der Tür liegenden Gang. Überall hingen Darstellungen von Mohnblumen an den Wänden des Gangs. Von einer Arbeit in Aquarellfarben, bis zu einer flächigen Abstraktion in einem großen Format, waren alle denkbaren Spielarten vertreten. An einer exponierten Stelle stand eine weiße Vase mit frischen Blüten des Schlafmohns. Der Gang bog nach rechts ab und endete vor einer schweren Metalltür. Sie war aus dunkler Bronze gearbeitet und zeigte eine komplexe Anordnung an abstraktem Ornament. In der oberen Mitte ragte ein Löwenkopf aus einer komplexen Struktur aus konzentrischen Kreisen und ineinander verschlungenen Ovalen heraus. Der Löwenkopf und das Ornament erinnerten subtil an Vorlieben des Jugendstils oder Art deco.

Magda holte einen weiteren Schlüssel aus ihrer Hosentasche und steckte ihn in das Schloss der Bronzetür. Klicklaute ertönten, während sie den

Schlüssel im Schloss drehte und zugleich streckte der Löwe dem Betrachter seine Zunge entgegen. Dann schwang die Tür auf und gab den Blick auf ein kunstvoll eingerichtetes Bad frei. Boden und Wände waren mit formenreichen Fliesen in Weiß oder einem sehr dunklen Blau bedeckt. An einer Seite des Raums stand ein gusseisernes Waschbecken, dessen Wasserhahn ebenfalls wie ein Löwenkopf geformt war. In der Mitte des Raums stand eine Badewanne aus dunklem Metall, deren Füße die Form von überdimensionalen Pfoten eines Löwen zeigten. In ihr stand splitterfasernackt Johanna und wartete auf eine Reaktion. Der Raum wurde nur spärlich durch künstliches Licht erhellt. Magda eilte zu einem Vorhang und zog ihn mit einer entschiedenen Bewegung zur Seite. Licht fiel durch ein schmales, hohe Fenster und auf die Konturen von Johannas nacktem Körper.

„Was nützt es, wenn er nichts sieht?", fragte Magda.

Johanna verbarg ihre Brüste durch ihren linken Arm. Sie drehte und wendete sich und forschte in Elias Gesicht. Dieser empfand ein wenig Scham, war aber zugleich von Johannas Gestalt betört. Nach einigen Augenblicken wurde die Stille unangenehm und Elias sagte: „Mir ist völlig unklar, wie ich reagieren soll."

Währenddessen wendete sich Magda einer Reihe an Krügen aus weißem Porzellan zu, die neben dem Waschbecken und der Badewanne standen. Nach und nach füllte sie alle Krüge mit heißem Wasser und stellte sie in Reichweite der Nackten. Dabei fragte sie: „Gefällt sie Dir nicht?" Ohne eine Antwort abzuwarten, ergänzte sie: „Sie hat die idealen Proportionen eines Akts der Jahrhundertwende."

Johanna gab den Blick auf ihre Brüste frei und griff nach einem der Krüge zu ihren Füßen. Sie goss das heiße Wasser über sich aus. Eilig füllte Magda den geleerten Krug nach, flüsterte dann Johanna etwas ins Ohr. Johanna nickte und sagte: „Er trägt schon wieder seine grundlose Trauer zur Schau. Alles betrachtet er mit traurigen Augen. Selbst wenn es eine Verheißung ist, Genuss bedeutet und ankündigt."

Je länger Elias den nackten Körper betrachtete, desto weniger war er in der Lage sich von dem Anblick zu lösen. Johannas Form und Teint waren ausgesucht schön. In einem verborgenen Teil seiner Seele entwickelte sich ein Begehren.

Magda hantierte mit mehreren Krügen und sagte zu Johanna: „Vergiss den Apfel nicht. Er ist unabdingbar."

Eine verhaltene Freude zeichnete sich in Johannas Gesichtszügen ab. Auf eine Geste hin setzte sich die Wanne quietschend in Bewegung. Abwechselnd hoben sich die Löwenpfoten und trugen Johanna in die Nähe eines kleinen Tisches, auf dem ein weißes Kissen lag. Auf diesem lag ein tiefroter Apfel. Johanna stieg aus der Badewanne, griff nach dem Apfel und trat an Elias heran. Sie blieb stehen und drehte sich langsam, den Apfel in der rechten Hand. Dann sagte sie: „Es ist mir sehr wichtig, zu gefallen. Das ist Teil meines Wohlbefindens. Es erhöht mich auf bestimmte Art und Weise."

Sie kam Elias näher, nahm seine rechte Hand und legte sie an ihre linke Brust. Magda eilte im Raum umher, ordnete die Krüge und prüfte, ob das Wasser in ihnen noch heiß war. Sie gestikulierte und zischte die Badewanne an, woraufhin sie sich in Bewegung setzte und an ihren ursprünglichen Ort zurückkehrte.

Trauer und Schwermut überkamen Elias. Er wollte seine Hand zurückziehen, aber Johanna ließ es nicht zu. Stattdessen zog sie ihn näher an sich heran und legte ihre Hand an seine Wange. Sie reckte den Apfel Elias entgegen und sagte: „Er ist vergiftet. Das Gift macht besonders für Einflussnahme empfänglich. Manchmal löst es auch sexuelle Visionen aus. Ähnlich wie die Tollkirsche oder andere Gifte, die in früheren Zeiten beliebt waren."

Das Geräusch einer sich öffnenden Tür war zu hören. Johanna warf Magda einen entsetzten Blick zu. Diese eilte zur Bronzetür und öffnete sie. Dann verschwand sie, kehrte aber wenige Momente später zurück. Sie erklärte: „Lucas und Marc dürfen hiervon nichts bemerken. Es wäre auch besser, wenn Pfleger und Ärzte nichts davon erfahren."

Das gedämpfte Geräusch von Regen wurde lauter und einige Male rüttelte ein heftiger Wind am Klinikum. Elias sah Johanna ins Gesicht, fuhr mit einem Finger an ihrer Wange und dann an ihren Brüsten herab und fragte: „Und wenn ich den vergifteten Apfel esse?"

Johanna erwiderte: „Dann bist du mir ausgeliefert und ich werde sehen, wie du mir Lust bereiten kannst."

Mit diesen Worten schmiegte sie sich an Elias und gab Magda ein Zeichen. Magda stellte den Krug, den sie in Händen hatte, zur Seite und verließ das obskure Badezimmer.

Das Tageslicht verging, als Elias das rot gebundene Buch zur Seite legte. Den ganzen Tag hatte ihn eine unbestimmte Verärgerung begleitet. Als würde ihm ein wichtiger Wunsch nicht erfüllt. Aber was dieser Wunsch tatsächlich war, konnte er sich nicht erklären. Immer wieder drängten sich ihm Gedanken an Evelyn und Ann-Marie auf. Vormittags hatte er ein einstündiges Gespräch mit Dr. Petull, aber er war abwesend und nicht bereit sich zu öffnen. Er beobachtete wie gebannt das bewegte Kunstobjekt im Hintergrund des Arztes. Er skizzierte dem Arzt seine Mutter, seinen Vater, seinen Onkel Konstantin, seine Großeltern und wer ihm noch prägend erschien. Sehr detailliert, aber zugleich ohne jede Leidenschaft. Nach einiger Zeit bemerkte Dr. Petull die Irreführung und ging zu einem unpersönlichen Thema über. Sie diskutierten über Kunststile des 19. und 20. Jahrhunderts und Dr. Petull zeigte umfassende Kenntnisse. Letztlich gab Elias doch etwas preis, indem er über sein Verhältnis zu Frauen sprach. Dr. Petull sah ihn dabei mit sorgenvollem Blick an und beendete das Gespräch rasch. Mit großer Wärme erklärte er, ein anderer Tag, vielleicht schon einer der Nächsten, wäre für das Thema geeigneter.

In der Ergotherapie bat er Frau Trug um ihre persönlichen Ölkreiden. Zögernd und mit einem kritischen Blick wurde ihm der Wunsch gewährt. Er fertigte zwei großformatige Kompositionen an, die beinahe ausschließlich aus blauen Tönen und Abstufungen bestanden. Im Zentrum eines Bildes war eine tiefrote Fläche eingefügt. Das andere, noch etwas größere Bild bestand aus einer Anordnung gewundener Flächen. In der rechten Hälfte der Komposition ragte eine orange Ranke empor. Zum Schluss der Ergotherapie kam Frau Trug an seinen Tisch und sah seine Skizzen und Vorarbeiten und anschließend die ausformulierten Werke durch. Sie schlug ihm vor, die Ölkreiden regulär verwenden zu dürfen, wenn er dem Klinikum zumindest eine seiner Abstraktionen überlassen würde.

Johanna mied er den ganzen Tag und befürchtete zurecht, dass ihr das auffallen würde. Er sah sie mehrere Male in einiger Entfernung auf einem der Flure. Sie sah ihn mit großen, traurigen Augen an, dann folgte ein

Lächeln. Sie wagte aber nicht sich zu nähern. Später saß Elias einige Zeit im Musikzimmer und lauschte Claras Interpretationen. Johanna betrat den Raum und setzte sich rasch neben Elias. Sie suchte seine Nähe und Elias ließ es zu. Ihre körperliche Nähe hatte einen sonderbaren Effekte auf Elias. Es war als ströme sie eine lockende Versuchung und wohltuende Wärme zugleich aus. Kurz bevor Elias das Musikzimmer verließ, fragte sie ihn, ob sie ihm zu profan im Wesen sei. Er schüttelte den Kopf und sprach wirre Worte über Verwirrung und Leid.

Erinnerungen und Spekulationen drängten sich Elias auf. Gedankenverloren trat er an den Sessel mit Zahnrad-Mechanismus. Er drehte achtlos an den drei Hebeln und beobachtete, wie die Zahnräder leise klickend ineinander griffen. Ein eigenartiges Gefühl breitete sich in Elias aus, als hätte er die Lösung für ein schweres Problem gefunden. Er sah sich im Raum um. Dann fühlte er sich von dem roten Buch angezogen. Er setzte sich an den Tisch und öffnete es. Evelyns Portrait legte er zur Seite und blätterte einige Seiten zurück. Die Seitenzahl 203 war auf subtile Art und Weise mit einem Bleistift unterstrichen. Es dauerte einige Momente, bevor Elias eine Verknüpfung herstellte. Er ging zu dem Mechanismus und stellte das Zahlenschloss auf die Folge 203. Elias wartete mehrere Sekunden, aber nichts geschah. Er kehrte zu dem rot gebundenen Buch zurück und suchte einen weiteren Hinweis auf der Seite 203. Frustration breitete sich in ihm aus. Er überflog die Passage, die er bereits gelesen hatte und blätterte eine Seite weiter. Erst nach einigen Sekunden bemerkte er ein Detail. Etwa in der Mitte der Seite hatte jemand zwischen die Zeilen einen Begriff in zierlicher Schrift angebracht. Es war der lateinische Begriff „retro", der nach Elias Kenntnissen etwas wie „rückwarts" oder „umgekehrt" bedeutete.

Elias zögerte und entschied dann, einen letzten Versuch zu wagen. Würde dieser fehlschlagen, würde er jegliche Mühe, das Zahlenschloss zu öffnen, aufgeben und das Objekt nur noch als Kuriosum betrachten. Während er an den Sessel trat hörte er aus dem Nebenraum ungestümes Fluchen. Ein Spieler beschwerte sich bitterlich über einen misslungenen Wurf und der Spielleiter mahnte den Fluchenden zur Mäßigung. Elias betätigte die metallenen Hebel und stellte das Zahlenschloss auf die Reihenfolge 302. Kaum hatte er die Kombination eingestellt, ertönte ein lautes Klicken und die gepolsterte Sitzfläche schnellte ein paar Zentimeter in die Höhe. Euphorie überkam Elias. Er erlebte einen Rausch, während er den Sessel drehte und die Sitzfläche anhob. Es kam ein Fach zum Vorschein, in das jemand eine Metallschatulle gelegt hatte. Elias nahm das Objekt in die Hand und betrachtete es genau. Es war handlich und zugleich schwer. Ihre Machart verriet, dass die Schatulle schon vor Jahrzehnten gefertigt wurde. An ein paar Stellen waren Kratzer und Schäden im schwarzen Lack und das Metall schimmerte durch. Das Fach im Sessel war abgesehen von der Schatulle leer. Elias stellte die Metallschachtel auf den Tisch und legte den Kopf in seine rechte Hand. Was er auch gefunden hatte, es war zusätzlich durch ein Schloss vor seinem Zugriff geschützt. Vielleicht war ein passender Schlüssel in diesem Zimmer oder zumindest auf der Station C3 verborgen. Elias erprobte alle Schlüssel der Schränke und Regale im Zimmer 19, aber keiner passte in das Schloss. Zuletzt entschied er sich, alle persönlichen Gegenstände auszuräumen und das Zimmer gründlich zu durchsuchen. Er war sich nicht klar aus welchem Grund, aber es war von größter Wichtigkeit die Schatulle zu öffnen. Der Inhalt des Metallkästchens war einzig hier aufbewahrt worden, um von Elias gefunden zu werden. Nach intensiver Suche musste Elias erkennen, dass sich im Zimmer 19 kein passender Schlüssel fand.

Es war nicht klar auszumachen, ob sich Elias in einem Innenraum oder einem Außenbereich befand. Manchmal war der Hintergrund eine verschwommene, farbige Fläche. Zu anderen Zeiten glaubte Elias auf eine spätsommerliche Wiese voller Gräser und Blumen zu blicken. Prachtvolle Mohnblüten ragten aus Gräsern und Halmen. Von Zeit zu Zeit änderte sich der Eindruck drastisch. Dann blickte Elias auf eine illusionistische Malerei, die auf eine kostspielig wirkende Tapete aufgebracht war.

Im Zentrum seiner Wahrnehmung waren Kopf und Torso einer jungen Frau, die Elias bekannt vorkam. Sie hatte vornehme Gesichtszüge und trug ihr Haar in der Art eines Pagenkopfes. In ihren Augen war Neugier und eine verhaltene Freude, aber auch Besorgnis zu erkennen. Sie zog ab und zu an einer schwarzen Zigarettenspitze und atmete kleine Rauchwölkchen aus. Das ungewöhnlichste Detail ihres Auftretens war ihre Kleidung. Eine Vielzahl an Blumen in verschiedenen Reifestadien, Gräsern, Halmen und Weizenähren bedeckten ihren Oberkörper bis knapp über ihre Brüste. Die zierlichen Pflanzen bewegten sich fortwährend und bildeten von Zeit zu Zeit geometrische Muster, die an ein Mandala oder die Variationen eines Kaleidoskops denken ließen. Den Saum des Blütengewands, unter dem ihre blasse Haut zum Vorschein kam, bildeten strahlend rote Mohnblumen.

Elias verlor sich im Studium des belebten Gewands. Die Figur betörte ihn. Die Frau legte ihren Kopf schief und fasste Elias an die Wange. Sie führte sein Gesicht, so dass er ihr in die Augen blickte und sagte: „Es ist nur ein Gewand."

Zwei Fragen formten sich in Elias Bewusstsein. Wann und unter welchen Umständen hatte er die Frau bereits getroffen? Und hatte sie ihm zu dieser Gelegenheiten ihren Namen genannt? Verwunderung zeichnete sich auf seinem Gesicht ab. Die Frau blickte nach rechts, dann wieder in Elias Augen und sagte: „Gerade benötige ich keinen Namen. Manchmal ist ein Name schmeichelnd, aber in vielen Fällen unnötig."

In diesem Augenblick zeigte der Hintergrund eine Tapete, die in regelmäßigen Abständen mit Mohnblüten versehen war. Die Blüten öffneten sich und gaben ihre roten Blütenblätter preis. Elias bemerkte an der Wand eine gerahmte Fotografie. Mit Bestürzung erkannte er, dass es das Foto war, das ihm Ann-Marie hatte zukommen lassen. Evelyns Züge und ihre Haltung waren unverkennbar.

Das Blumengewand der Frau zeigte immer mehr Weizenähren und weiße Blüten einer Orchideenart. Sie zog an ihrer Zigarette und sagte in ernstem Tonfall: „Immer dieser traurige Blick. Denkst Du nicht, dass die Stimmung, in der Du Dich so oft befindest, andere besorgt?"

Sie vergewisserte sich, dass sie seine ungeteilte Aufmerksamkeit genoss und ergänzte: „Zu jeder Zeit gibt es etwas zu suchen. Immer fehlt ein Element. Was Dir die Realität anbietet ist nie das Richtige."

Elias schlug die Augen nieder und antwortete: „Es sind alles Illusionen. Bekomme ich einmal was ich mir wünsche, erkenne ich, dass das wirkliche Objekt oder die wirkliche Person nichts mit dem gemein hat, was ich vermutet hatte."

Der Hintergrund war jetzt eine farbige Fläche in kräftigem Violett mit grünen Einschlüssen. Durch die grünen, tropfenartigen Flächen drang Licht und an den Rändern glitzerte etwas von Zeit zu Zeit. Elias wurde die Situation immer unangenehmer. Er hatte den Eindruck nichts vor der

Frau im sich wandelnden Gewand verstecken zu können. Sie wartete einen Augenblick und sagte: „So wie ich es sehe, lässt sich alles auf eine einzige Frage reduzieren. Was wünscht Du Dir?"

Elias musste seine Augen vor der Sonne schützen, die tief am Horizont über einer ländlichen Szene stand. Wind fuhr durch die Gräser und Halme einer naturbelassenen Wiese. In einiger Entfernung wiegten sich alte Bäume im Wind. Ein gelblich-goldenes Licht gab dem Anblick etwas Unirdisches. Auf dem Blumengewand der Frau öffneten sich zahlreiche Blüten in verschiedenen Farben. Sie zeigte einen Ausdruck von erstaunter Freude und sagte: „Das ist hübsch anzusehen. Ich wusste nicht, dass Du ein solches Talent hast."

Sein Geist klärte sich und Elias erinnerte sich an die gestellte Frage. Er suchte in sich und formulierte: „Vielleicht wünsche ich mir, dass eine meiner Illusionen Wirklichkeit wird, dass sich die Realität nicht von meinen Hirngespinsten unterscheidet."

Nach kurzer Pause fügte er hinzu: „Oder die Erfüllung all meiner illusorischen Wünsche. Ist so etwas denkbar?"

„Und was würdest Du tun, wenn all Deine Illusionen gleichzeitig Wirklichkeit würden? Wärst Du nicht verloren?"

In der Ferne war ein ratterndes Geräusch. Die Szene hatte sich erneut verwandelt. Sie erschien wie die Interpretation der vorher wahrgenommenen Landschaft durch einen sehr experimentierfreudigen Impressionisten. Jetzt waren auch Spaziergänger in der Mode des späten 19. Jahrhunderts zu sehen. Manche ließen sich einfach auf der Wiese nieder. Andere gingen langsamen Schrittes, ins Gespräch vertieft.

Das Rattern kam näher und dann ertönte das Horn eines Zuges. Eine alte Dampflok, die mehrere altmodische Wägen zog, näherte sich. Elias sah, dass in wenigen Metern Entfernung Bahngleise verliefen. Die Frau im Blütengewand fasste ihm an die linke Wange und sagte etwas. In diesem Moment eilte der Zug geräuschvoll vorbei und Elias verstand nicht, mit welchen Worten sich die betörende Gestalt an ihn richtete.

Unruhig und durch die Phantastik des Traums verunsichert erwachte Elias J. Wendelin. Er richtete sich in seinem Bett auf und rief sich alle Details des Traums in Gedächtnis, um zu verhindern, dass er sie vergaß.

Das Zimmer mit der Nummer 19 wurde nur spärlich ausgeleuchtet. Dicke, regenschwere Wolken drängten sich am Himmel über Ulmenau. Elias stand auf und zog die Schuhe an, die er säuberlich neben das Bett gestellt hatte. Die Uhr des Zimmers verriet, dass es wenige Minuten nach 3 Uhr Nachmittags war.

Elias Blick fiel auf das Stillleben der Zitronen. Nicht nur war ein zusätzliches Exemplar aufgetaucht, eine der Zitronen lag aufgeschnitten im Zentrum des Bildes. Ein intensiver Geruch nach Zitronen erfüllte den Raum. Elias hatte Eindruck, das Bild verströme das Aroma. Er erinnerte sich an einen mit Clara verbrachten Moment und murmelte: „Sicher ist es ein gutes Zeichen. Wer kann es schon sagen?"

Unsicher, was als nächstes zu tun sei, trat er an den Tisch, ordnete einige Skizzen und Entwürfe, Malutensilien, das Buch mit dem Titel „Erscheinungsformen und Wege des Teufels" und seine bunte Pestmaske. Er rückte die immer noch verschlossene Metallschatulle in die Mitte der Anordnung. Er hatte keinen Anhaltspunkt, wo er nach dem Schlüssel suchen sollte. Und er wollte der Schatulle keine Gewalt antun. Er hatte mit dem Gedanken gespielt, sie mit roher Kraft zu öffnen, aber etwas in ihm riet zu Geduld. Elias nahm das rot gebundene Buch zur Hand und blätterte durch die Seiten. Er hatte bereits intensiv nach weiteren Notizen oder Hinweisen auf den bedruckten Seiten gesucht, aber nichts gefunden.

Es klopfte zweimal an der Tür und nach wenigen Sekunden öffnete sie sich. Ein junger Mann in einem weißen Livree schwenkte die Tür auf und ein etwas älterer Mann in ähnlicher Aufmachung trat in das Zimmer. Seine Uniform war zusätzlich mit goldenen Stickereien versehen. Er nahm eine aufrechte Position ein, wartete kurz und sagte dann: „Es ist an der Zeit. Wie von Wilhelm Page erdacht, feiern wir heute den Tag des erfüllten Wunsches. Das ist ein seltenes Ereignis und findet nur alle 3 Jahre, 3 Monate und 3 Tage statt. Da wir schon vor wenigen Minuten hätten beginnen sollen, bitte ich um Eile."

Der Uniformierte drehte seinen Oberkörper, deutete auf die Tür und sagte sehr förmlich: „Herr Elias Jakobus Wendelin, bitte folgen Sie mir."

Elias zögerte, dann griff er nach seiner Pestmaske. Der Uniformierte nickte und sagte: „Das ist eine hervorragende Idee. Folgen Sie mir bitte."

Beide verließen das Zimmer, der junge Mann im Livree schloss die Tür. Ansonsten war niemand auf dem Flur zu sehen. Der ältere Bedienstete ging einen Schritt vor Elias. Sie passierten das Musikzimmer, das Stationszimmer, den Speisesaal und den Aufenthaltsraum. Dabei betrachtete Elias die gestickten Verzierungen auf der weißen Uniform. Eine Vielzahl an Tiergestalten wand sich um die Arme des Jacketts und einen Teil der Vorder- und Rückseite der Uniform. Auch eine übergroße Kröte saß auf dem Rücken des Bediensteten.

Der Flur machte einen Knick nach links, dem Elias und sein Begleiter folgten. In der Mitte des einsehbaren Flurs stand ein Mann im Livree neben einem gerahmten Foto. Der ältere Bedienstete blieb neben ihm stehen und suchte etwas in seiner Hosentasche. Elias warf einen Blick auf die schwarzweiße Fotografie. Elegant gekleidete Herren standen in einem altmodisch eingerichteten Salon und zogen ihre Hüte zum Gruß. Unter der Fotografie war eine kleine Aufschrift. Elias entzifferte die Worte: „Tag des erfüllten Wunsches im Jahr 1894." Der ältere Mann im Livree holte einen Schlüsselbund hervor und suchte nach einem Schlüssel. Elias sah etwas aus den Augenwinkeln und löste sich von dem Kontaktabzug. Am Ende des Flurs stand die groteske Figur mit Mantel, Hut und Pestmaske, deren Gegenwart er schon zu verschiedenen Gelegenheiten hatte ertragen müssen. Sie verbeugte sich, öffnete eine Tür und verschwand. Der Uniformierte öffnete eine Tür, die Elias bisher nicht bemerkt hatte. Ein Teil der Wand des Flurs schwang auf und auf eine Geste hin trat Elias durch die Tür. Der verborgene Raum war beinahe quadratisch und von nur einer Art Gegenstand beherrscht. Auf dem Boden und an die Wände gelehnt lagerten hunderte Fotografien und Gemälde unterschiedlichster Machart in einem ansonsten leeren Raum. An zwei der Zimmerwände gingen weitere Türen ab. Der Uniformierte orientierte sich kurz, ging dann auf eine rot lackierte Tür zu und sagte beiläufig: „Natürlich wäre es spannend hier zu verweilen und die Sammlung zu durchstöbern. Und es gibt nur wenige Gelegenheiten dafür. Was sich am Ende unseres Weges verbirgt ist kostbarer. Schließlich ist es ein erfüllter Wunsch."

Während er das sagte suchte er einen passenden Schlüssel heraus und öffnete die rote Tür. Er winkte Elias herbei und führte ihn in einen weiteren Raum. Dieser war möbliert, aber alle Möbel waren unter weißem Stoff verborgen. An den Wänden hingen Gemälde und sowohl farbige, als auch schwarzweiße Fotografien, die alle Frauenportraits zeigten. Schnell war eine weitere Tür geöffnet und Elias stand in einer verwirrenden Anzahl an Schränken und Vitrinen. Eine ganz unglaubliche Fülle an größeren und kleineren Gegenständen befand sich in den Möbeln. Vieles davon absurd und vollkommen nutzlos. Während er die kuriose Sammlung beäugte, sah er zwei Männer im weißen Livree, die neben einem an der Wand stehenden Schrank warteten. Elias Begleiter trat an sie heran und sagte: „Das ist eine Verzögerung. Das hätte schon geschehen sollen."

Er machte eine ungeduldige Geste, woraufhin die Männer den Schrank an der Seite griffen und wenige Meter versetzten. Hinter dem Möbelstück kam eine weitere Tür zum Vorschein. Der Uniformierte öffnete sie mit einem Schlüssel und wartete geduldig, bis Elias hindurch getreten war. Elias und sein Begleiter befanden sich in einem langen Flur. Auf der rechten Seite befanden sich drei schmucklose Türen und weiter entfernt eine schwarz lackierte. Elias folgte seinem Begleiter den Flur hinab. Währenddessen geschah Vieles zugleich. Der Duft von frischen Zitronen intensivierte sich und Raunen und Rufen einer Menschenmenge erfüllte den Raum. Immer wieder waren Kommentare und Laute des Erstaunens zu hören. Manchmal ertönte etwas, das an Applaus in einem Theater erinnerte. Manche der Stimmen waren deutlicher und lauter, aber Elias war nicht in der Lage ganze Sätze zu verstehen. Auf der Mitte des Flurs blieb er stehen und sah den älteren Mann im Livree fragend an. Dieser blieb ebenfalls stehen und sagte: „Man nennt diesen Ort den Flur des Raunens. Nur Mut. Wir haben unser Ziel fast erreicht." Er deutete auf die schwarz lackierte Tür und fuhr fort: „Dies ist die letzte Tür, die ich öffnen muss."

Elias zögerte während die Menschenmenge ruhiger und erwartungsvoller wurde. Dann erinnerte er sich an seine Maske und zog sie auf, ohne den genauen Grund dafür zu kennen. Applaus brandete auf, während er mit dem Uniformierten an die Tür trat. Der Uniformierte musste mehrere Schlösser lösen und den jeweiligen Schlüssel suchen. Als die Tür aufgeschlossen war sagte er: „Ich warte an dieser Stelle, um Ihnen den Rückweg zu zeigen."

Mit diesen Worten schwang er die Tür auf und Elias trat hindurch.

Die Maske behinderte seine Sicht. Dennoch erkannte Elias, dass er sich in einem hellen, recht kleinen Raum befand. Neben dem Fenster stand ein Tisch mit einer Vase voller Mohnblumen. In der Mitte des Raums stand eine Frau in einem auffälligen Gewand. Um besser sehen zu können, nahm Elias seine Schnabelmaske ab. Der Uniformierte hatte die schwarz lackierte Tür bis auf einen Spalt geschlossen, so dass der Eindruck entstand, Elias und die Frau wären allein. Dennoch konnte Elias nicht erkennen, wem er gegenüber stand. Die Frau trug eine Schnabel-maske, die seiner ähnlich war. Sie war aus weißem Leder gefertigt und mit Pailletten und bunten Federn verziert. Ihr Kleid zeigte ähnliche Far-ben. Auf einer weißen Mischung aus Leinen und Seide waren eine Viel-zahl an Nachbildungen von Blumen, Blüten, Gräsern, Farnen, Halmen und Weizenähren appliziert. Die Ausarbeitung war kunstvoll und erinner-ten Elias an ein Traumgebilde.

Elias spürte sein Herz schnell pochen und einen leichten Schwindel. Sein Mund war trocken und eine angenehme Unruhe hatte sich in seinem gan-zen Körper ausgebreitet. Die Frau wartete wenige Augenblicke, dann nahm sie die Schnabelmaske ab. Zum Vorschein kamen die schönen und ernsten Züge von Evelyn. Eine Mischung aus verhaltener Freude und Er-staunen bildeten sich auf ihrem Gesicht ab. Sie näherte sich einen Schritt und sagte: „Aber ich dachte Du wärst auf der Station C2."

Elias rang um Fassung und antwortete; „Aus einem kuriosen Grund, den ich nicht begreife, wurde ich nicht auf die Station C2, sondern auf diese Station verlegt."

„Mir sagte man, es wären außergewöhnliche Umstände."

„Hast du außer der Maske noch einen anderen Gegenstand gefunden?"

Mit unsicherem Blick deutete Evelyn auf den Tisch mit Vase. Sie legte ihre Maske ab und nahm ein Buch zur Hand, das Elias bisher nicht be-merkt hatte. Sie reichte es Elias und sagte: „Es war in einem der Schränke der Station C1West verborgen. Es war so gut versteckt, dass kaum Hoff-nung bestand, dass irgend jemand es je finden würde."

Elias nahm das Buch in die Hand. Es hatte keinen Schutzumschlag, der Einband war ein strahlendes Weiß und es trug den Titel: „Heilig sein in der Postmoderne und späteren Epochen". Die Angabe eines Autors fehlte. Elias blätterte durch die Seiten und suchte nach weiteren Hinwei-sen. Auch ein Impressum war nicht zu finden. Stattdessen stand auf der dritten Seite ein Sinnspruch: „Du hast sehr viel Einsicht in dir, es wird aber auch viel Verständnis von dir verlangt werden."

Eine milde Scham kam in Elias auf. Zugleich überflutete ihn eine eupho-rische Freude, endlich Evelyn wieder um sich zu haben. Ihm wurde die Albernheit jeglicher Verliebtheit bewusst und er achtete sorgsam auf ein unauffälliges Auftreten. Er reichte Evelyn das Buch mit den Worten: „Bewahre es gut. Es ist eine Kostbarkeit und könnte Dir noch nützlich sein." Er überlegte einen Moment und fuhr dann fort: „Wenn Du erlaubst würde ich bei Gelegenheit gerne einige Passagen lesen."

Elias nahm die verzierte, weiße Pestmaske zur Hand und vertiefte sich in die Details des Objekts. Dann sah er Evelyn in die Augen. Wärme und Zuneigung waren deutlich abzulesen. Sie kam einen Schritt näher und sagte: „Ein ganz seltsamer Bediensteter hat mich in dieses Stockwerk geführt. Er trug eine Uniform und sprach sehr förmlich. Er erwähnte etwas von einem erfüllten Wunsch. Aber ich war nicht sicher, ob mir ein Wunsch erfüllt wird oder ich der erfüllte Wunsch eines anderen bin."

„Es ist eine große Freude Dich zu sehen."

„Vielleicht wird mir ein Wunsch erfüllt, indem ich der erfüllte Wunsch eines anderen bin."

In diesem Augenblick öffnete der ältere Mann im Livree die schwarze Tür. Er lächelte und erklärte: „Ich begleite Sie beide wieder in die öffentlichen Bereiche der Station C3. Bitte vergessen Sie keinen der Gegenstände, die Sie bei sich haben."

7

Eine Pause entstand. Dr. Petull hatte sich dem Kunstobjekt hinter sich zugewandt und beobachtete das Rollen einer Kugel an einer gewundenen Fläche hinab. In diesem Moment schob sich eine Wolke vor die Sonne und das Licht im Arztzimmer ließ nach. Bei genauer Betrachtung des Himmels wurde klar, dass Regen wieder einsetzen würde. Vielleicht drohte sogar ein Unwetter.

„Das war die 27. Variation, wenn ich mich richtig erinnere.", sagte Dr. Petull und drehte sich wieder Elias zu. Er sah Elias wohlwollend aber ernst an und fuhr fort: „Ärzten und Pflegern bleibt auf dieser Station nicht viel verborgen. Wie hat sich die Nähe zu Evelyn und Johanna auf Ihre Stimmung ausgewirkt?"

Elias fühlte sich ertappt und antwortete: „In manchen Momenten erlebe ich tiefes, umfassendes Glück. Das ist für mich ein seltenes Erlebnis. Aber der Grundton von unbestimmbarer Schwermut bleibt erhalten."

Dr. Petull wartete geduldig. Schließlich fuhr Elias fort: „Manchmal habe ich den Eindruck, dass ich mir mit Frauen nur die Sinne verwirre, mich betäube. Ich hatte nicht erwartet, dass ich in dieser Einrichtung wieder ähnliche Situationen erlebe. Ich hatte gedacht, etwas völlig Andersartiges zu finden."

Das belebte Objekt im Hintergrund des Arztes zeigte eine neue Variation, gab klickende und ratternde Geräusche von sich. Regen setzte ein und in einer der Wolken zuckte ein Blitz. Nach wenigen Sekunden war rollender Donner zu hören.

Dr. Petull suchte in sich und fragte dann: „Wie steht es um die Klarheit Ihres Denkens?"

Elias antwortete: „In manchen Momenten fühle ich mich klar und kon-zentriert. Doch das hält nicht lange an. Ich halluziniere viel. Wobei mir die Definition des Begriffs Halluzination Schwierigkeiten bereitet. Ich erlebe Situationen, von denen man erwartet, dass ich sie als Halluzinationen ansehe. Sie sind mir aber so real wie dieses Gespräch."

Der Regen nahm an Intensität zu und der Wind rüttelte zornig an Fenstern und Türen des Klinikums. Beinahe schwarze Wolken ragten drohend auf und von Zeit zu Zeit zuckten Blitze. Wenige Sekunden danach war wütender Donner hörbar. Elias und Dr. Petull beobachteten das Unwetter durch die Fenster. Schließlich sagte Dr. Petull: „Auch auf dieser Station ist die Realität Veränderungen unterworfen. Ihre Liebschaften sind ebenfalls keine statischen Zustände."

In Elias Bewusstsein formte sich eine Frage. Er konnte es sich nicht erklären, war aber sicher, dass Dr. Petull ihm Auskunft geben könnte. Er zögerte, dann fragte er: „Kennen sie den Begriff transzendenter Faschismus?"

Dr. Petull zeigte einen ernsten Gesichtsausdruck und antwortete: „Ich kenne den Begriff. Wer hat ihn Ihnen gegenüber genannt?"

„Ein Patient auf C0West. Nur hatte er nie die Gelegenheit, ihn zu erklären."

„Der Begriff geht auf einen Patienten von Wilhelm Page zurück. Es existiert eine Fallbeschreibung, die auch in unserem Archiv zu finden ist. Ich erinnere mich nicht mehr an seinen Namen. Die Fallbeschreibung habe ich tatsächlich gelesen, aber das war vor mehr als 20 Jahren."

Das Unwetter befand sich nun direkt über dem Klinikum. Mehrere beeindruckende Blitze erhellten das Arztzimmer. Markerschütternder Donner folgte den Blitzen und der Regen prasselte mit Gewalt gegen die Fensterscheiben. Dr. Petull fuhr fort: „Der Patient war in mehreren Bereichen sehr talentiert. Und er hatte eine umfassende Bildung in der Philosophie, der Mythologie und der Metaphysik. Als Summe seiner Forschungen, die deutlich wahnhafte Züge zeigten, erdachte er den Begriff des transzendierten Faschismus. Seine Ausführungen sind sehr komplex. Ich könnte nicht mehr, als einen oberflächlichen Eindruck vermitteln."

Elias bedeutete ihm die Erklärung fortzusetzen. Dr. Petull sagte: „Alle Eigenschaften eines Faschismus sind in ihr Gegenteil verkehrt. Aus Ausschließlichkeit wird Vielfalt, Dogmatismus durch intellektuellen Zweifel ersetzt. Verehrt wird nicht mehr eine Person oder eine Ideologie, sondern abstrakte Ideen, Metaphern und Analogien. Nur die Intensität der Verehrung bleibt erhalten, auch wenn es dafür keine festgelegte Form mehr gibt."

Er pausierte, dann gestikulierte er und fügte an: „Es gab Einflüsse aus allen erdenklichen Religionen und spirituellen Lehren. Man könnte das

Konstrukt als eine Art Synkretismus sehen. Und die Theosophie spielte eine wichtige Rolle. Von Zeit zu Zeit mutete der transzendierte Faschismus wie eine absurde Gottesverehrung an. Sehr viel mehr kann ich nicht darüber sagen. Nicht ohne in den Quellen nachzusehen."

In den letzten Sekunden hatte der Regen nachgelassen und Blitze waren nur noch in einiger Entfernung zu sehen. Elias stand auf und begab sich zum Fenster. Er beobachtete das hektische Treiben im Freien. Dr. Petull atmete hörbar aus und sagte: „Übermorgen habe ich wieder Zeit für Sie. Seien Sie vorsichtig mit der Dosierung ihres Giftes."

Elias sah ihn verständnislos an und Dr. Petull erklärte: „Ich beziehe mich auf Ihre Liebschaften."

Zwei Männer in einem weißen Livree ohne besondere Merkmale rückten mehrere Sessel des Musikzimmers zusammen, als Elias den Raum betrat. In der Mitte des Raums stand ein der Anordnung hinzugefügtes Sofa. Die Uniformierten stellten sich an die Seiten des Sofas, griffen es und warteten auf Johannas Anweisungen. Sie dirigierte die Bediensteten, bis das neue Möbelstück an der idealen Stelle stand.

Evelyn und Clara saßen am Klavier und unterbrachen ihre Übungen. Evelyn sah Elias mit tieftraurigen Augen an, dann eilte eine Emotion über ihr Gesicht, die Elias nicht ganz deuten konnte, um kurz darauf einem Lächeln Platz zu machen. Clara sagte halblaut wenige Worte zu ihr, dann fuhr Evelyn mit Tonleitern und einfachen Abfolgen fort.

Johanna bedeutete den Männern im Livree, dass das Sofa am gewünschten Ort stand und sagte: „So habe ich es mir gewünscht. Ich danke Euch sehr." Sie ging zu Elias, griff seinen Arm und sagte: „Sieh was ich hervorgezaubert habe."

Von der Anmutung des Sofas fasziniert, trat Elias an das Möbelstück heran und betrachtete es genau. Die Rückenlehne war hoch und wie der Rest aus weiß lackiertem Holz gearbeitet. Um den Rand der ovalen Rückenlehne wanden sich kleine, schuppige Schlangen, deren Merkmale variierten. An verschiedenen Stellen zeigten sich geschnitzte Erdbeeren, Birnen und andere Früchte. Der Bezug zeigte in Abstufungen eines warmen Grün eine illusionistische Szene. Auf Halmen und Zweigen saßen Vögel und anderes schön anzusehendes Getier. Der Stoff schimmerte stark, sodass Elias vermutete, es handele sich um Seide. In der rechten Hälfte des gewebten Bildes saß eine stilisierte, nackte Frau, wie man sie zu Zeiten der Renaissance als ideal empfunden hätte, und hielt ihre Füße in fließendes Wasser. Neben ihr stand ein großer Krug, auf dem sich eine Krähe niedergelassen hatte. Elias befühlte den Stoff, dann zog ihn Johanna, die sich bereits gesetzt hatte, zu sich.

„So. Und nun noch einmal von vorne.", sagte Clara mit Entschiedenheit und Evelyn begann erneut Tonleitern zu üben. Immer wieder sah sie in Elias Augen. Die sich in ihren Gesichtszügen spiegelnden Emotionen änderten sich in rascher Reihenfolge.

Johanna schmiegte sich an Elias. Sie nahm seine Hand und führte sie an ihre Brust. Dann drehte sie sanft seinen Kopf, so dass er ihr seine Aufmerksamkeit widmete. Sie forschte in seinem Blick und sagte: „Mir ist aufgefallen, dass Du jeden Tag einen Teil Deiner Zeit im Musikzimmer verbringst. Du lässt kaum eine Gelegenheit aus, um Claras Spiel zu hören."

Elias umfasste Johanna und antwortete: „Ihre Interpretationen sind außergewöhnlich. Und sie haben eigentümliche Effekte. Als würde Clara in das Gewebe der Realität eingreifen und es durch ihr Spiel verändern."

Er deutete auf die gerahmte Fotografie von Wilhelm Page und Marie J. Narrenschuh und ergänzte: „Dieses Foto ist stets in Bewegung, wenn Clara spielt. Ich habe schon deutlich vernehmbare Worte der beiden gehört."

Clara hatte sich erhoben und kündigte mit wenigen Worten ein sehr einfaches Stück an, eine Variation eines Kinderliedes. Sie setzte sich und begann mit wenigen, getragenen Noten, die einem sehr einfachen Schema folgten. Nach einigen Takten wurde die Melodie und das harmonische Gewebe komplizierter. Evelyn, Johanna und Elias lauschten dem Stück, das weder reine Freude, noch ausschließliche Trauer ausdrückte. Während sie ihr Klavierspiel fortsetzte öffnete sich die Tür des Raumes und die Männer im Livree kehrten zurück. Sie trugen ein gutes Dutzend großer Vasen in das Zimmer, gefüllt mit frischen Schnittblumen, und verteilten sie nach Möglichkeit. Gerade als Clara ihr Spiel beendete schloss sich die Tür und die Patienten der Station C3 waren wieder allein. Im Hintergrund war verhaltener Applaus zu hören. Evelyn beobachtete Johanna und Elias schon seit einigen Sekunden. Elias setzte sich etwas aufrechter auf das Sofa und sagte: „Evelyn hat manchmal die traurigen Augen eines Kindes. Ich will sie nicht verstimmen. Was, wenn es ihr nicht gefällt, uns so zu sehen?"

Johanna erwiderte: „Wir haben miteinander gesprochen. Es gibt keinen Grund zur Eifersucht."

Clara war aufgestanden und hatte sich mehrfach verbeugt. Sie setzte sich wieder und sagte zu Evelyn: „Noch ein paar Tonleitern, dann ist es genug für heute."

Johanna öffnete drei Knöpfe ihrer Bluse und lehnte sich derart an Elias, dass er einen Großteil ihrer üppigen Brust sehen konnte. Dann fragte sie: „Ist es nicht viel komfortabler mit diesem Sofa?"

Elias antwortete: „Es ist eine wundervolle Arbeit. Sind dir die Verzierungen aufgefallen? Erzähl mir, worüber ihr gesprochen habt."

Johannas Reaktion war intensiv und für sie ungewöhnlich kaltherzig. Sie erwiderte: „Es wäre klug nicht viel zu erwarten. Eine Liebkosung, ein nettes Wort. Mehr wirst Du von ihr nicht bekommen."

Johanna wartete kurz, dann fügte sie an: „Ich kann ertragen, dass sie den größeren Effekt auf Dich hat. Evelyn ist ein Rätsel, das auch Du nicht lösen wirst. Sie schützt Dich, indem sie Dich von ihrem wahren Wesen fernhält."

Das Klavierspiel war verklungen. Evelyn wechselte einige Worte mit Clara und kam dann zu Elias und Johanna. Sie setzte sich neben Elias und fuhr ihm mit der Hand durch das Haar. Johanna und Elias sahen sie mit Neugier an. Schließlich sagte Evelyn: „Es freut mich, Euch so zu sehen."

Clara hatte sich erneut neben das Klavier gestellt und verkündete: „Das folgende Stück basiert auf einem Werk von Franz Liszt, einem meiner liebsten Komponisten. Dennoch habe ich mir einige Freiheiten erlaubt." Sie wartete einen Augenblick, dann setzte sie sich, pausierte nochmals und begann ihr Spiel.

Während Elias der klanglichen Entwicklung der Klaviersonate folgte, sah er in Evelyns Augen. Sie erwiderte seinen Blick mit trüber Undeutbarkeit. Johanna seufzte und sagte: „Platonisch Liebende. Wie langweilig."

Evelyn zögerte, dann griff sie über Elias hinweg und öffnete langsam Johannas Bluse, unter der ihr nackter Busen zum Vorschein kam. Sie schob die Bluse zur Seite, betrachtete den nackten Oberkörper und sagte: „Elias steigt immer ein wenig Schamröte ins Gesicht, wann immer Du ihn umgarnst. Es ist hübsch anzusehen."

In diesem Augenblick nahm die Sonate eine Wendung und ein bisher geordnetes Ganzes zerfiel in viele, gegensätzliche Elemente die einander störten und zu vernichten suchten. Elias lauschte dem zunehmenden, klanglichen Chaos, wendete sich Johanna zu und sagte: „Vielleicht irrst Du Dich. Vielleicht lehnt Evelyn das Körperliche nicht so ausschließlich ab, wie es Dir scheint."

Mit kokettem Blick knöpfte Johanna ihre Bluse wieder zu und sagte an Evelyn gerichtet: „Wir sind überzeugt, dass Du ein Mysterium bist, das weder ich noch Elias lösen können. Und wir haben bemerkt, dass Du etwas verbirgst. Nur können wir den Grund dafür nicht erraten."

„Beinahe alles an mir ist verborgen.", erwiderte Evelyn und fuhr fort: „Nur bin ich in einer so sonderbaren Stimmung, die mich verleitet, mich preiszugeben. Ich scherze nicht. Ich fühle mich wie vergiftet."

Elias veränderte seine Position auf dem Sofa und sagte: „Es ist Claras Klavierspiel. Ich habe das schon bei meinem ersten Erlebnis in diesem Zimmer bemerkt. Aber sei unbesorgt. Die Wirkung vergeht wieder. Habt ihr den Geruch nach frischen Zitronen bemerkt?"

Ihr Blick verriet, dass Evelyn in sich suchte. Ihre Augen nahmen wieder einen traurigen Ausdruck an. Nach einer Pause sagte sie: „Ich hatte einen Einfall, der mir ratsam erscheint. Wir sollten auf mein Zimmer gehen. Ich möchte gerne Johanna nackt sehen und spüren, wie sich ihr Körper anfühlt. Zusätzlich werde ich mich entkleiden, so dass ihr einen Blick auf mich werfen könnt. Und Elias muss ein Urteil treffen, wer die Schönere von uns beiden ist. Oder zumindest, welches Detail ihm an welchem Körper besser gefällt, oder aber, wer den größeren erotischen Reiz hat. Ich freue mich sehr ihn erröten zu sehen und wäre gern selbst einmal der Grund."

Claras Spiel nahm an Lautstärke und Intensität zu. Die bisher konträren Elemente fügten sich zu einem unglaublichen Ganzen. Ein komplexes Motiv trat in den Vordergrund. Clara wiederholte es mit leichten Variationen in der Rhythmik, dann endete die Sonate. Applaus brandete auf.

Auch die Abbildungen von Wilhelm Page und Marie Narrenschuh klatschten in die Hände und riefen: „Unser Mädchen. Unsere Clara."

Das Radio spielte belanglose, englischsprachige Popmusik. Frau Trug seufzte und änderte den Sender erneut. Mehrere Stimmen rangen um das Recht zu sprechen.

„In anderen Zeiten wird uns Tatenlosigkeit und Entscheidungsschwäche vorgeworfen."

„Das klingt bereits wie ein populistischer Standpunkt."

„Jetzt heißt es wir würden hektisch und kopflos handeln."

Ein kurzes Rauschen ertönte, dann war experimenteller Jazz zu hören. Es folgten Sender für Volksmusik, religiöse Botschaften, elektronische Musik und neuere Musikstile. Unvermittelt war Zarah Leanders Stimme zu hören, den Refrain des Liedes „Ich weiß es wird einmal ein Wunder geschehn" singend. Ein Chor setzte ein und unterstützte die Sängerin. In diesem Moment stand Evelyn in der Tür des Ergotherapie-Raums und begrüßte Frau Trug. Sie trug ein enges, beiges Kleid aus Leinen, auf dem dunkelblaue Blüten prangten. Ihr braunes Haar hatte sie zu einer komplizierten Hochsteckfrisur geformt. Wünsche und Illusionen durchfluteten Elias, während er Evelyn betrachtete. Sein Herz pochte schnell und heftig. Er schallt sich einen Narren und kehrte zu seiner Beschäftigung zurück, genoss aber Aufregung und Verzückung, die Evelyn bei ihm auslöste.

Die Tür des Ergotherapie-Raums hatte sich erst vor wenigen Minuten geöffnet, sodass die Patienten entweder noch nicht erschienen, oder mit Vorbereitungen beschäftigt waren. Lucas und Marc standen in einer Ecke des Raums und zogen ihre blaue Schürzen an. Dabei unterhielten sie sich und Lucas lachte mehrmals laut auf. Johanna traf Vorbereitungen einen Korb zu flechten und wählte dafür einen in Form und Größe geeigneten Boden aus Holz aus. Sie nahm mehrere Holzbretter in die Hand und schien mit der Entscheidung überfordert. Elias hatte die kurze Zeit dazu verwendet, aus den Blättern eines Künstlerblocks verschiedene Formate herauszuschneiden. Dazu nutzte er ein langes Lineal und ein scharfes Skalpell. Nachdem er 6 Variationen angefertigt hatte, hielt er inne.

Evelyn und Frau Trug waren ins Gespräch vertieft. Evelyn interessierte sich für die kleinformatige Ölmalerei, an der Frau Trug arbeitete, seit Elias auf die Station C3 verlegt worden war. Zurückhaltend lachend stand Frau Trug auf und holte eines von Elias Werken aus einer Schublade einer Kommode. Sie legte das Bild Evelyn vor und erläuterte verschiedene Aspekte. Die gesprochenen Worte waren gerade so leise, dass Elias sie nicht verstehen konnte. Evelyn beugte sich vor und zeigte einen kritischen, angestrengten Gesichtsausdruck. Frau Trug sah Elias an und winkte ihn herbei. Er stand auf und näherte sich den beiden Frauen. Frau Trug sah ihn an und sagte heiter: „Wir begutachten gerade das Werk, das Sie gestern angefertigt haben."

Auf dem Blatt im Format 70 cm x 90 cm fand sich eine abstrahierte Darstellung eines Zirkus oder Rummels. Mehrere Personen traten durch einen Einlass in ein gestreiftes Zelt. Zu beiden Seiten des Eingang standen weitere Attraktionen. Kinder und Eltern flanierten über den Platz und ein junges Paar tauschte Zärtlichkeiten aus. Im Vordergrund war ein bärtiger Mann mit starrem, irritierenden Blick zu erkennen.

Frau Trug öffnete die Schublade, aus der sie das Blatt geholt hatte, und erläuterte: „Und das ist eine von mehreren Kompositionen, die ich sorgsam hier aufbewahre. Übrigens nicht, um sie Ihrem Zugriff zu entziehen, sondern um sie vor Verlust oder Beschädigung zu bewahren."

Seit einigen Augenblicken forschte Evelyn in Elias Gesicht und fuhr ihm sanft durch das Haar. Frau Trug betrachtete das Paar mit hintergründigem Lächeln und sagte: „Ich habe hier noch etwas, worüber wir aber Stillschweigen bewahren müssen. Ich verstoße gegen mehrere Regeln der Station und des Klinikums, aber die Versuchung war zu groß."

Sie räumte einen Teil des Chaos auf ihrem Arbeitsplatz zur Seite. Unter einigen Skizzen und Versuchen kam eine Holzschachtel zum Vorschein. Sie rückte sie in die Mitte des Tisches und sagte: „Es ist kurios, aber wahr. Diese Ölkreiden werden in einer Manufaktur in Ulmenau gefertigt und ich wage zu behaupten, es gibt nichts Vergleichbares. Der Glanz ihrer Farben und die Konsistenz sind beinahe unirdisch."

Sie öffnete die Schachtel und es kamen 96 Ölkreiden zum Vorschein. Elias trat näher an das Malmittel heran, griff schließlich ein leeres Papier und erprobte ein dunkles Rot mit wenigen Strichen. Währenddessen sagte er: „Als hätten sie ein eigenes Licht, das matt durch den Farbauftrag schimmert."

Nach kurzer Bedenkzeit griff er nach zwei Blautönen und stellte eilig einen Farbverlauf her. Daneben setzte er ein kräftiges Orange und eine gewundene Fläche in einem Maigrün. Er sah Frau Trug entzückt an und fragte: „Mit diesen Ölkreiden darf ich arbeiten?"

„Sie sind ihre.", erwiderte die Ergotherapeutin.

Evelyn war an eine Kommode getreten, hatte eine Schublade mit Blöcken und Aquarellstiften gefunden und verglich die Formate der Blöcke und die Qualität des Papiers. Sie legte eine Auswahl an Blöcken auf die Kommode und schloss die Schublade. Währenddessen legte Elias die Ölkreiden wieder an ihren Platz, schloss die Holzschachtel und trug sie an seinen Arbeitsplatz. Er zögerte, dann ging er zu dem Schrank, in dem Stifte aller Art aufbewahrt wurden. Er suchte sich drei Bleistifte in unterschiedlichen Härtegraden heraus und bemerkte, dass Evelyn hinter ihm stand. Sie hielt Block und Aquarellstifte in den Händen und erklärte: „Ein kräftiges Blau fehlt mir noch." Elias suchte einen passenden Stift heraus und reichte ihn Evelyn. Dann kehrte er an seinen Platz zurück. Evelyn setzte sich ihm diagonal gegenüber, achtete aber darauf, dass ihnen beiden genug Freiraum für die kreative Arbeit blieb.

Der Radiosender spielte inzwischen deutsche Schlager der 1920er Jahre. Frau Trug trat an das Radio und suchte erneut einen erträglichen Sender. Wieder erklangen die Stimmen diskutierender Experten, Journalisten und Politiker.

„Ich halte das für eine bewusste und schändliche Täuschung."

„Niemand versucht zu täuschen. Das wäre zum Scheitern verurteilt und würde mir persönlich schaden. Glauben Sie mir, ich bin Egoist genug, um das nicht zuzulassen."

„Es kann nicht nur mir klar sein, wie absurd diese Situation ist. Es ist der reinste Irrsinn. Und wir sind selbst dafür verantwortlich, dass es soweit gekommen ist."

„Ich zweifle an der seelischen Gesundheit unserer Verantwortlichen."

Frau Trug wechselte den Sender und als Folge breiteten sich gedämpfte Töne eines Klaviers im Raum aus. Sie stand gedankenverloren vor ihrem

Arbeitsplatz, dann ordnete sie ihre Palette, die Ölfarben in Tuben, mehrere Lappen, Terpentin in gläsernen Flaschen und Blöcke, die dazu dienten Farbtöne und Schattierungen zu erproben. Einstweilen hatte Evelyn eine Auswahl an Aquarellstiften neben einen Block ungewöhnlichen Formats gelegt. Elias trug mit einer harten Bleistiftmine erste Konturen auf. Er umgrenzte auf einem sehr hohen Format einige Flächen, dann wendete er sich einem anderen der vorbereiteten Papiere zu und skizzierte grundlegende Proportionen und Windungen. Er wechselte teils im Minutentakt das Bildwerk. Nach einiger Zeit sah er die Gelegenheit gekommen, die skizzierten Abstraktionen mit den Ölkreiden auszuformulieren. Er betrachtete eine Weile die verfügbaren Farben und entschied, sich keine Beschränkungen aufzuerlegen, also auch keine Vorauswahl zu treffen. Er begann mit gedecktem Rot und Orange. Bald darauf fügte er Flächen in einem warmen Grünton hinzu. Dabei arbeitete er in wirrer Folge an allen 6 Bildwerken gleichzeitig. Eine Änderung an einem Bild ergab sogleich eine Abwandlung in einem anderen Werk. Nach kurzer Zeit geriet er in einen Rausch. Anordnungen, Farbigkeit und Details ergaben sich von selbst. Nach und nach wuchsen 6 abstrakte Illustrationen von Zirkusvolk. Elias war, als bräuchte er mit den Ölkreiden nur die schon vorhandene Natur der Bilder freilegen und manchmal, als würde seine Hand geführt.

Sorgen und Verwunderung zeichneten sich zu gleichen Teilen auf Evelyns Gesicht ab. Sie hatte erste Details einer expressiven Landschaft oder einer Waldszene aufs Papier gebracht. Als sie Elias absonderliche Arbeitsweise bemerkte, stellte sie sich hinter ihn und beobachtete die gleichzeitige Entwicklung der Illustrationen. Elias benötigte etwas mehr als eine Stunde, dann stellte er fest, dass weitere Änderungen die Bildwerke nicht mehr wesentlich verbessern konnten. Die Ausformulierung war abgeschlossen. Er legte die Bilder nebeneinander vor sich und sortierte die Ölkreiden in sinnvoller Reihenfolge in die zugehörige Holzschachtel. Eine angenehme Erschöpfung und ein Gefühl der Leere breitete sich in Elias aus.

Evelyn legte ihm die Hand an den Kopf und fragte: „Sind das die Artisten des Zirkus?"

Elias erwiderte: „Das ist eine interessante Beobachtung. Natürlich bin all das Ich. Sicher spricht hier die Schizophrenie aus mir."

Er wendete sich Evelyn zu und umfing ihre Hüfte. Er betrachtete das aus Leinen gewebte Kleid. Er war sich sicher, dass die blauen Blüten darauf eine Veränderung erfahren hatten. Sie waren jetzt viel größer und zeigten ein helles Blau. Grüne Halme und eine Weizenähre waren hinzugekommen.

Eine Stunde war vergangen, seit Elias die Arbeit an den Bildwerken abgeschlossen hatte. Frau Trug hatte sich die Illustrationen angesehen und Elias verschiedene Fragen gestellt. Evelyn war zu ihrem Motiv zurückgekehrt. Das weiß gebundene Buch mit dem Titel „Heilig sein in der Postmoderne und späteren Epochen" hatte sie neben sich gelegt.

Einige Augenblicke starrte Elias das Buch an, das das Gegenstück zu „Erscheinungsformen und Wege des Teufels" zu sein schien. Mit einer Geste machte er Evelyn auf sich aufmerksam und fragte: „Leihst Du mir Dein Buch für eine kurze Weile?"

Ihre Augen zeigten einen schmerzlich traurigen Ausdruck, dann lächelte sie und reichte ihm das Buch. Elias öffnete es an einer beliebigen Stelle und las einen Abschnitt.

Nur wenige, die sich der Seele und dem Göttlichen zuwenden, leben in heiterem Wissen und friedvoller Gottesnähe. Sie sind schon im Leben in ein Paradies eingegangen. Viele, die in ihrer Existenz mehr als das Gewöhnliche suchen, sind Anfeindungen ausgesetzt. Sogar ihre Liebsten verkennen sie, verurteilen ihren Lebensweg und schätzen ihre Erkenntnisse gering. Viele sind Abscheu, Verachtung, Geringschätzung und offener Feindschaft ausgesetzt. Es ist nicht selten, dass sich Einzelne oder Gruppen finden, die keine Mühe scheuen, die Unglücklichen zu quälen und in ihren Bestrebungen zu hindern. Hier offenbart sich die ganze Verderbtheit und Perversion der Gesellschaft, in der wir unser Leben fristen. In vielen Schriften wird in unangenehmen Situationen zu Geduld und Gottesvertrauen geraten. Auseinandersetzungen, die oft in finstere Tiefen der menschlichen Natur führen, sind eine Gelegenheit Verdienste zu erwerben. Der Angefeindete überwächst seine Widersacher und zerschlägt Tücke und Hinterlist. Im Lauf der Zeit entwickelt derjenige, der sich solchen Prüfungen aussetzen muss, inneren Frieden und eine große Gelassenheit. Seine verwandelte Natur verhindert jeden erfolgreichen Angriff und diejenigen seiner Feinde, die seine Wandlung begreifen, fürchten und meiden ihn.

Um die Not des Suchenden völlig zu beschreiben, muss noch auf ein weiteres Element hingewiesen werden. Hier bitte ich den Leser, der mit dem Beschriebenen noch keine Erfahrungen gemacht hat, um große Offenheit. In unserer aufgeklärten Gesellschaft tritt der Teufel nur noch als mythologisches Wesen auf. Viele, die sich in einem Umwandlungsprozess befinden, erleben ihn jedoch als real und belebt. Er ist ein deutlich spürbarer Einfluss und in beinahe jeder Situation ein Widersacher. Er wird als überaus bedrohlich, grausam, intelligent und trickreich empfunden und versucht auf jede erdenkliche Art und Weise, eine weitere Hinwendung zu Gott zu verhindern. Auch der Konflikt mit dieser nicht-menschlichen Kreatur bietet die Möglichkeit zu wachsen und einen gewaltigen Feind zu überwinden. Zum Kontakt mit dem Teufel, seinen Eigenheiten und Handlungsweisen existiert Literatur von Autoren, die aus tieferer Einsicht schöpfen können.

Regen prasselte auf Elias herab, während er Gräser und Halme und ihre Bewegung im Wind beobachtete. Zahlreiche Blumen wuchsen auf der Wiese, die bis an den Horizont reichte. Darunter vor allem eine große Zahl an knallroten Mohnblüten. Elias ging einige Schritte, näherte sich einer einsamen Weide und stellte fest, dass er nicht allein war. Neben ihm ging eine junge Frau, nur wenige Zentimeter kleiner als er, und hielt sich eine weiße Maske in der Form einer Eule vors Gesicht. Elias griff nach der Hand der Maskierten. Sie wendete sich ihm zu und fragte: „Dies ist ein Ort im Äußeren. Was suchst Du hier?"

Elias antwortete: „Ich wüsste gerne wer Du bist, aber ich glaube es spielt keine Rolle. Siehst Du das kräftige Grün der Wiese? Das wollte ich Dir zeigen. Und dazu all den hübschen Mohn."

„Es ist hübsch anzusehen. Nur warum der Regen?"

„Es regnet in letzter Zeit beinahe zu jedem Zeitpunkt. Also dient der Regen dem Realismus. Und er verhindert, dass die Komposition zu Kitsch verkommt."

Die junge Frau sah irritiert zu Elias auf. Sie hatte nur noch die Größe eines Kindes. Dann wurde Elias bewusst, dass nicht sie geschrumpft, sondern er gewachsen war. Er musste inzwischen beinahe 3 Meter groß sein. Die junge Frau stöhnte und fragte: „Was tust Du?"

Scham stieg in Elias auf. Es war sehr eigensüchtig alles andere zu überwachsen. Dennoch bereitete ihm die Veränderung auch Freude. Eine passende Antwort auf die Frage fiel ihm nicht ein. Es dauerte nur wenige Augenblicke, dann hatte er bereits die Größe der nahestehenden Weide erreicht. Elias war, als könnte er Zorn und Abscheu an der Maske der jungen Frau ablesen. Sie stand an Größe unverändert im Gras und rief ihm zu: „Das mache ich Dir nicht mit. Da musst Du Dir eine andere suchen."

Mit diesen Worten drehte sie sich in die andere Richtung und ging eiligen Schrittes davon. Es dauerte einige Sekunden, dann wuchs er erneut. Inzwischen überragte er die Weide bei weitem. Unschlüssig stand er in der vom Wind bewegten Wiese und fragte sich, weshalb man sein Wachstum ablehnte und ob es eine Möglichkeit gab, der Einsamkeit zu entfliehen. Die junge Frau blieb stehen und rief ihm zu: „Es ist sehr selbstverliebt so zu wachsen. Wohin soll ich Dich noch mitnehmen? Ist dir nicht klar, dass das alles sehr umständlich oder sogar unmöglich macht?"

Mit Schrecken erwachte Elias auf seinem Bett im Zimmer 19 der Station C3. Die Traumgebilde waren so lebhaft und realistisch, wie er es nur selten erlebte. Es herrschte beinahe völlige Dunkelheit. Er zog seine Schuhe an, betätigte den Lichtschalter und warf einen Blick auf die Uhr an einer der Wände des Zimmers. Es war wenige Minuten nach 7 Uhr an einem Donnerstag Abend. Ein intensiver Geruch von Zitronen beherrschte den Raum. Einer Angewohnheit folgend trat er an den Tisch des Zimmers, betrachtete die Pestmaske, das rot gebundene Buch und die immer noch verschlossene Metallschatulle. Wo würde er jemanden mit Kenntnissen in Hebräisch finden, um die Aufschrift in der Innenseite der Maske zu übersetzen? Und wo verbarg sich der Schlüssel für die Metallschachtel, von dessen Existenz Elias überzeugt war?

Es klopfte mehrmals und Elias eilte zur Tür. Er öffnete sie und sah Clara im Flur stehen, ein Blatt Papier haltend. Sie drehte sich kindlich lächelnd und präsentierte ihre blauen Flügel. Elias wollte etwas sagen, aber Clara legte den Finger an den Mund und sagte: „Herr Elias Jakobus Wendelin, Ihre Anwesenheit ist erwünscht. Eine illustre Gesellschaft trifft sich in einem ansonsten unzugänglichen Raum, zu dem Clara sie führen wird. Dieses Treffen verspricht besonders interessant zu werden, da wir eine neue Patientin in uns unbekannter Form erwarten."

Mit trüben, aber fragenden Augen sah Elias Clara an. Er drehte sich um und trat vor die Fensterscheibe des Zimmers, die wegen der künstlichen Beleuchtung sein Bild reflektierte. Seine Haut war schwarz und seine Gesichtszüge leicht überzeichnet. Zwei gewundene Hörner wuchsen aus seinem Kopf. Er griff nach einem der Hörner und spürte das widerstandsfähige Material, das einen knochenartigen Eindruck auf ihn machte. Sein Haupthaar war weiß und gelockt. Aber es gab einen Unterschied zur letzten Verwandlung. Ihm wuchs ein gelockter Bart, der an seinem Kinn deutlich länger als an den Wangen herabhing. Seine Augen funkelten in einem intensiven Rot.

Clara wartete mit heiterer Geduld. Nach einigen Augenblicken trat Elias an sie heran und fragte: „Werde ich Evelyn nicht erschrecken, in meiner jetzigen Gestalt?"

„Es ist eine ausgesprochen schöne Gestalt.", antwortete Clara.

Elias zögerte, sah in sich und fragte: „Dich erschrecke ich nicht?"

„Dafür ist mehr notwendig. Ich für meinen Teil finde Deine Erscheinung ungewöhnlich und ausgewählt. Und wer sagt Dir, in welcher Form Evelyn erscheinen wird? Vielleicht erschreckt Dich ihre Verwandlung."

„Es ist für mich unvorstellbar, dass Evelyn etwas Abnormes oder Widerwärtiges an sich haben könnte."

„Weil sie eine Frau ist? Oder weil Du sie idealisierst?"

Clara wartete eine kleine Weile, dann nahm sie Elias an der Hand und führte ihn den Gang entlang. Auch im Flur der Station war der Geruch von frischen Zitronen intensiv. In allen Bildern zeigte sich Bewegung und Veränderung und leises Gespräch war aus den Motiven zu hören. Während sie einen Flur hinabgingen sagte Clara: „Ich habe gehört ein Teil der Gemälde wird ausgetauscht in den kommenden Wochen und ich begrüße das. Vielleicht entfernen sie sogar die alte Bäuerin in der Nähe des Musikzimmers. Sie ist sehr unfreundlich und mir unangenehm."

Sie orientierte sich, dann ging sie zu einem Zimmer mit der Nummer 91, kramte einen Schlüssel hervor und öffnete die Tür. Künstliches Licht beleuchtete eine absurde Sammlung an Skulpturen, die den gesamten Boden des Raums bedeckten. In zwei Regalen an einer Wand, die mit interessanten Verzierungen versehen waren, standen weitere Büsten, Torsos,

143

Götter und Halbgötter, Abstraktionen und moderne Werke. Clara bahnte sich einen Weg zu einer weiteren Tür. Elias folgte ihr.

Hinter der Tür fand sich ein Salon, der einen sonderbaren Sinn für Ästhetik illustrierte. Der Boden war gefliest. Rote und blaue Fliesen, teils mit floralen Mustern in weißer Farbe versehen, bildeten ein Schachbrettmuster. Die Wände waren mit weißer Holztäflung versehen. Über den hölzernen Elementen fand sich eine Tapete in hellem Grau, die Bäume, Sträucher und andere Details eines Waldes zeigte, in einer stilisierten Art, wie man sie von antiken illusionistischen Malereien kannte. In einem Halbrund standen bequeme Stühle aus schwarz lackiertem Holz, reichlich mit rätselhaften Verzierungen versehen. Die Bezüge waren strahlend blau und die Rückenlehnen kreisrund. Zwei römische Sofas in ähnlicher Machart vervollständigten die Ausstattung mit Sitzmöbeln. An den Wänden standen zwei Schränke in sehr unpraktischer, ebenfalls kreisrunder Form. Auf dem höchsten Punkt des Kreises saßen zwei bizarre Dämonen, die teils aus Körperteilen verschiedener Tiere zusammengesetzt waren. Die Schränke waren in chaotischer Form mit Büchern gefüllt und Elias spürte einen großen Reiz die Auswahl an Schriftwerken zu untersuchen. Er trat in die Mitte des Raums, grüßte die anderen Patienten und begutachtete die Eigenheiten des Salon. An einer Wand hing eine Anordnung von Spiegeln unterschiedlichster Größe und Form. Sie gaben dem Raum eine weitere Illusion, nämlich die zusätzlicher Tiefe. Auch einige Malereien hingen in altmodischen Rahmen an ansonsten ungenutzten Wandflächen.

Clara öffnete einen Instrumentenkoffer und holte eine Querflöte hervor. Sie setzte sich das Instrument an die Lippen und spielte unzusammenhängende Tonfolgen. Clara und die anderen Patienten hatten ihre verwandelten Gestalten angenommen. Lucas stand, in einen Zentaur verwandelt, hinter einem Sofa und blätterte durch ein vergilbtes Buch. Seine schönen, strengen Gesichtszüge illustrierten große Konzentration. Auf dem Sofa vor ihm lag Magda, deren Schlangenleib sich um die Möbelstücke des Raumes wand. Sie strickte und hielt einen Monolog, in der Auffassung Lucas würde ihr zuhören. Der Satyr und Johanna, in der Gestalt einer Nymphe, hatten sich in einen schwer einsehbaren Winkel des Saals begeben. Marc hatte ihren Oberkörper freigelegt und beide genossen eine unverfängliche Form körperlicher Nähe.

In diesem Moment trat Clara in die Mitte des Raumes und sagte: „Mehr als ein einfaches Lied kann ich noch nicht vortragen. Ich erhalte Unterricht, aber das noch nicht lange. Dennoch will ich gerne sehen, was ein wenig Spiel hervorruft."

Sie begann ihr Lied, das wie ein Werk eines Romantikers klang, und für einige Augenblicke verstummte jedes Gespräch. Der Duft nach Zitronen wurde beinahe unangenehm. Die Farben des Saals und seiner Ausstattung intensivierten sich. Allen Objekten war eine zusätzliche Tiefe gegeben und einige der hölzernen Tiere und Dämonen bewegten sich. Die Oberflächen der Spiegel dehnten und wölbten sich, so dass die gespiegelten Bilder absurde Züge annahmen. Elias schwindelte. Magda atmete schwer und legte ihr Strickzeug zur Seite. Ihre Blicke fanden sich und Elias trat an das Sofa, auf dem es sich Magda bequem gemacht hatte. Mit unsicherer Stimme fragte Elias: „Bei all dem Irrsinn vermisse ich Evelyn. Kommt sie noch?"

Magda deutete auf eine mit einer Lackarbeit versehene Trennwand und sagte: „Sie ist schon im Raum. Wir wollten auf einen günstigen Moment warten, ehe sie sich Dir zeigt."

Inzwischen schien sogar die Geometrie der Wirklichkeit in Unordnung geraten zu sein. Der Raum dehnte und streckte sich. Gerade Strecken verbogen sich und kehrten wieder in ihren ursprünglichen Zustand zurück. Clara beendete ihr Lied und verbeugte sich mehrmals.

Mit amüsierter Stimme sagte Magda: „Evelyn, der Moment ist gekommen. Es gibt keinen Grund zur Scham."

Nach wenigen Sekunden trat Evelyn hervor und zeigte sich Elias und den anderen Patienten. Sie trug einen engen Rock, der mit gewebten Jagdszenen verziert war. Ihr Haar war zu einem Zopf geflochten und ihr Oberkörper nackt. Hautfarbene, traubenförmige Auswüchse, die Ähnlichkeit mit Brüsten, aber keine Brustwarzen hatten, wuchsen in mehreren Reihen an ihrem Oberkörper. Elias bemerkte ihren unsicheren Blick und sagte: „Die Göttin Artemis wird in dieser Form dargestellt. Die Brüste sind eine Versinnbildlichung der Fruchtbarkeit. Genaugenommen war man sich nie sicher, was diese Objekte darstellen sollten. Es wurde auch über Trauben diskutiert."

Evelyn legte ihren Kopf schief und antwortete: „Mir ist ganz wunderlich. Ich habe seltsame Empfindungen. Beispielsweise ein Verlangen nach mir dargebrachter Anbetung und Verehrung. Auch möchte ich Menschen für schlechte Taten strafen, Wälder, Berge und Ebenen durchwandern und mich an Quellen und Bächen aufhalten."

Während dieser Unterhaltung hatte Johanna die Anwesenheit von Elias bemerkt, ihr Gewand gerichtet und näherte sich ihm. Sie betrachtete ihn genau, näherte ihre Hand seinen weißen, gewundenen Hörnern und fragte: „Darf ich?"

Elias nickte und dreht seinen Kopf leicht. Johanna befühlte die Hörner, fuhr ihm dann durch das lockige Haar und den Bart mit den Worten: „Er ist ein prachtvolles Wesen, nicht wahr? Die Hörner fühlen sich sehr widerstandsfähig an."

Auch Evelyn trat näher und nahm Elias in Augenschein. Sie legte ihre rechte Hand an seine Wange und sagte: „Was für ein leuchtendes Rot, Deine Augen."

„Zumindest muss er sich nicht mit einem Schlangenleib plagen, der kaum in diesen Saal passt.", sagte Magda mit einer Mischung aus Betrübnis und Hohn.

„Nur an den weißen Bart kann ich mich nicht erinnern.", ergänzte Clara.

Aus dem Hintergrund war die Stimme des Satyr zu hören: „Wir stellen immer wieder kleine Abweichungen fest. Der Blauton der Flügel, die Clara trägt, fällt jedes Mal ein wenig anders aus, wie auch die Farbe von Lucas Fell oder Magdas Schuppen. Die Behaarung meines Unterleibs, über die ich sehr glücklich bin, variiert ebenfalls. Und jedes Mal zeigt Johannas Krug eine andere Bemalung."

Elias fügte an: „Der Geruch nach Zitronen ist heute besonders ausgeprägt. Und die Veränderungen durch Claras Spiel waren erschreckend. Alles schien aus den Fugen geraten."

„Weswegen ich heute nicht mehr spielen werde. Mir wurde selbst ein wenig schwindlig.", sagte Clara während sie die Querflöte im zugehörigen Koffer verstaute und ihn an eine Wand des Raumes stellte. Evelyn war mit majestätischen Schritten an einen der mit Büchern beladenen Schränke getreten und studierte die Titel. Sie nahm achtlos gestapelte Bände aus dem Regal, betrachtete sie kurz und stellte sie dann ordentlich in den frei gewordenen Platz. Sie suchte Elias Aufmerksamkeit und erklärte: „Diese Sammlung ist Mythologien gewidmet. Es gibt Bände zu persischen und indischen Sagengestalten und Gottheiten, zu vorchristlichen Religionen, fernöstlicher Mythologie, antiker griechischer und römischer Mythologie und Mysterien. Verschiedene Werke zu mittel- und südamerikanischen Kulten und Glaubenssystemen, sowie zur Mystik in allen erdenklichen Religionen und spirituellen Richtungen."

Sie verschaffte sich einen Eindruck der Bücher in den oberen Fächern des Schranks und ergänzte: „Hier sehe ich Bücher zu Alchemie, Astrologie, Hermetik, jüdischer Mystik, Numerologie und anderen esoterischen Richtungen."

Aus dem Hintergrund trat Clara an das Bücherregal und sagte: „Einer der Pfleger hat mir verraten, dass dies Teil der persönlichen Sammlung von Wilhelm Page war. Wenn ihr die Bücher genauer anseht, werdet ihr feststellen, dass sie alle schon Jahrzehnte alt sind. Es sind sogar einige hebräische Werke dabei, wie auch Schriften in Latein und Griechisch."

Elias und Evelyn sahen einander in die Augen. Elias Herz fing an schnell zu pochen und er stürzte in einen Strudel von Gefühlen. Überbordende Liebe und Begehren mischten sich. Innerhalb von Sekunden durchlebte er vielfältige Variationen von Verliebtheit, wie sie gerade im Frühstadium einer Liebe auftreten. Es bereitete ihm Lust und Schmerz zugleich.

„Wir sind in unserer verwandelten Form mythologische Wesen. Evelyn hingegen ist eine Göttin.", sagte Magda und wand ihren Schlangenkörper um zwei der Stühle.

An einem Abend wenige Tage später saßen Elias und Evelyn im Musikzimmer. Sie hatten Claras Klavierinterpretationen für mehr als eine Stunde gelauscht. Vor einigen Minuten hatten Lucas und Johanna den Raum verlassen. Clara saß noch am Klavier und blätterte durch eine alte, verschlissene Sammlung an Werken für Klavier deutscher Komponisten.

In der letzten halben Stunde hatten sich dunkle Wolken aufgetürmt und Regen eingesetzt. Heftiger Wind trieb dicke Tropfen gegen die Scheiben des Musikzimmers. Blitze zuckten vornehmlich in den Wolken, aber von Zeit zu Zeit war eine leuchtende Verästelung zu sehen, die sich zum Boden wand. Rollender und polternder Donner begleitete das Schauspiel.

Evelyn löste ihren Griff um Elias Hüfte und richtete sich auf. Mit klarer, emotionsloser Stimme sagte sie: „Etwas wollte ich Dir zeigen. Ich bin mir nicht im Klaren, was es zu bedeuten hat."

Sie holte aus einer Tasche einen Schlüsselbund hervor und gab ihn Elias. Es waren 11 Schlüssel, in deren Schlüsselkopf eine Zahl eingeprägt war. Darunter war auch ein Schlüssel mit der Zahl 19.

„Das ist sehr eigenartig.", sagte Elias und fuhr fort: „Ich suche seit Tagen einen Schlüssel für eine Schatulle, die ich auf ganz ungewöhnliche Art und Weise in meinem Zimmer gefunden habe. Wie kamst Du an diesen Schlüsselbund?"

„Er lag auf einem der Schränke in meinem Zimmer. Ich untersuchte die Möbel und die darauf angebrachten Tierabbildungen. Mein Zimmer ist voller Kröten. Ich zählte sie gerade, als ich den Schlüsselbund bemerkte."

„Leih ihn mir für eine Weile. Ich verspreche gut auf ihn aufzupassen."

Mehr als eine Stunde war vergangen, seit Elias von Evelyn den Schlüsselbund erhalten hatte. Er saß an seinem Tisch, die bunte Pestmaske, das rot gebundene Buch und die abgegriffene Metallschatulle vor sich. Den Schlüsselbund hielt er in Händen. Er hatte keinerlei Zweifel, den richtigen Schlüssel gefunden zu haben, aber ihm war, als würde er eine schwerwiegende Entscheidung treffen, wenn er die Schatulle öffnete. Er hatte die Metallschachtel mehrmals geschüttelt. Dem Gefühl und den Geräuschen nach beinhaltete sie einen einzelnen, schweren Gegenstand.

In einem Nebenraum wurde scheinbar ein Würfelspiel gespielt. Zahlenreihen waren zu hören, wie auch Laute der Freude, des Erstaunens und der Enttäuschung. Immer wieder hatte Elias den Eindruck Wimmern und Weinen einer Frau zu hören. Aber das Geräusch war so weit entfernt, dass er sich nicht sicher war.

Ihn überkam die Vorstellung, in der Metallschatulle wären Ann-Marie, Eva Nelke, Julia Schroben und ältere Liebschaften verborgen. Aber er würde die ihm so bequeme Situation mit Evelyn und Johanna aufgeben müssen, um eine veränderte Wirklichkeit zu erfahren. Elias verirrte sich in Erinnerungen aller Art, kindlichen Anwandlungen, lebhaften Gefühlen, für eine Unzahl an Frauen, die ihm begegnet waren. In all den Jahren hatte er seine wahre Natur vor der Welt verborgen. Vielleicht barg die

Schatulle eine Wirklichkeit, in der dies nicht mehr nötig wäre. Er kam zu dem Schluss, Veränderung wäre ein Wert für sich und jede mutige Handlung würde belohnt werden. Bequemlichkeit wäre das Ende einer andauernden Wandlung.

Er suchte den Schlüssel mit der Zahl 19 und führte ihn in das Schloss der Metallschachtel. Mit einer leichten Drehung war das Schloss geöffnet. In diesem Augenblick flog die Zimmertür auf und eine eindrückliche Stimme sang ein hebräisches Lied. In der Tür stand der Maskierte im faltigen Mantel. Er trug wie bei jeder Begegnung eine schwarze Pestmaske und einen schwarzen Hut. Der Mantel fiel in Falten bis zu seinen Knöcheln und seine Füße steckten in schwarzen Schuhen. Er pausierte zwei oder drei Takte, dann sang er noch lauter sein Lied. Elias fand seine Fassung wieder, wendete sich von dem Anblick ab und öffnete die Schatulle. Darin befand sich ein etwa 12 Zentimeter langer Stab aus einem silbrigen Metall. An einem Ende des Stabs war ein metallener Kopf angebracht, der sehr detailliert ausgearbeitet war. Mit Staunen erkannte Elias, dass das Objekt seine eigenen Gesichtszüge trug. Wie bei einer Karikatur waren die Eigenheiten des Gesichts überzeichnet, aber die Übereinstimmungen waren nicht zu leugnen, Die Augen der Abbildung waren geschlossen und die Gesichtszüge wirkten entspannt. Unterhalb des Kopfes war ein Stoffkragen und mehrere Stoffbahnen, die ein Gewand aus einem bunten Schachbrettmuster formten. Farbe und Machart erinnerten an Elias Schnabelmaske. Die beiden Gegenstände schienen verwandt beziehungsweise zusammengehörig.

Elias legte den Gegenstand beiseite und drehte sich dem Maskierten zu. Dieser pausierte, dann führte er seinen Gesang in Latein fort. Innerhalb einiger Augenblicke fielen weitere Stimmen in den Gesang ein. Eine komplexe harmonische Struktur ergab sich. Nach kurzer Zeit waren dutzende unterscheidbare Sänger in einem entrückenden Gesang vereint. Unbeeindruckt studierte Elias die Gestalt in seiner Tür. Er wartete geduldig, bis das Lied verklungen war, dann fragte er: „Das ist eine sogenannte Marotte, nicht wahr? Etwas ähnliches habe ich schon einmal gesehen."

Der Maskierte machte keinerlei Anstalten, seine Frage zu beantworten. Elias fuhr fort: „Aber auf welche Art und Weise kann dieses Objekt meinen Gesichtszügen nachgeformt sein? Ich habe den Eindruck, es wurde schon vor langer Zeit angefertigt und hier in dieser Schachtel verwahrt."

Die Kreatur mit Pestmaske griff nach der Türklinke und schloss die Zimmertür mit Eile und großer Kraft.

Im Laufe des Tages hatte sich eine friedvolle Stille auf der Station C3 ausgebreitet. Es war der erste Tag seit langem, an dem nicht der Duft von frischen Zitronen wahrzunehmen war. Elias hatte keine Termine wahrgenommen und war auch nicht in der Ergotherapie erschienen. Er verbrachte viel Zeit auf seinem Zimmer, in seinen Gedankengängen verloren. Nachmittags hatte er Lucas und Marc auf dem Flur getroffen, ihr Gespräch aber nicht gestört. Auf seinem Weg vom Speisesaal in sein Zimmer hatte ihn das Gemälde einer jungen Frau ländlichen Typs angesprochen, ihn um seine Aufmerksamkeit gebeten. Elias hatte es ignoriert.

Am frühen Abend stand Johanna in seiner Tür. Sie setzte einen besorgten Blick auf und bat ihn etwas Zeit mit ihr zu verbringen. Sie führte ihn in den Fernsehraum, in dem bereits Evelyn auf die beiden wartete. Sie trug ein Kleid in einem tiefem Blau, auf dem weiße Singvögel appliziert waren. Ihre Frisur war wie so oft überkomplex. Johanna zupfte Elias am Arm und drehte sich. Dabei wies sie auf ihre komplizierte Frisur aus hochgesteckten Zöpfen hin. Auch einige weiße Federn waren in ihr Haar eingewebt. Sie trug eine enge weiße Bluse und dazu eine weiße Hose. Auf der Bluse waren Mohnblüten abgebildet, deren Blütenblätter ein kräftiges Blau gegeben war.

„Evelyn hat mich für Dich herausgeputzt.", sagte Johanna und setzte sich neben Evelyn auf ein Sofa mit rötlich-orangem Bezug.

Der in die Jahre gekommene Fernseher lief bereits und Evelyn schaltete durch die Sender. Ein altmodisches Logo der Universal Studios wurde eingeblendet, dann erschien, ebenfalls in Schwarzweiß, der Filmtitel: „2 Uhr nachts".

„Von diesem Film habe ich gehört. Nur ist es schon viele Jahre her.", sagte Evelyn, während sich Elias neben die beiden Frauen setzte. Angesichts der Produktion in Schwarzweiß und der Kleidung der Charaktere schätzte Elias, der Film musste in den 1950er Jahren gedreht worden sein.

In den ersten Minuten wurde ein junger Mann skizziert, der in kriminelle Geschäfte verwickelt war und mit 2 Frauen zugleich eine Affäre hatte.

Er versuchte erfolglos sein Geheimnis zu bewahren und geriet in immer aussichtslosere Situationen, rettete sich aber stets für den Augenblick.

Der junge Mann und die Jüngere seiner Affären standen im Eingang eines heruntergekommenen Hotels und unterhielten sich. Die junge Frau wischte sich Tränen aus dem Gesicht und fragte mit bitterer Stimme: „Wie konntest Du mir das antun? Sag mir nicht, es gibt noch mehr als Celia und mich."

Der junge Mann packte die Frau an den Schultern und sagte: „Lydia, sag mir endlich, wo sie ist. Ich muss sie dringend sprechen."

Lydia wand sich aus seinem Griff und sagte: „Das ist doch kein Grund so brutal zu werden. Sie ist immer noch in diesem Hotel. Sie hat nur das Zimmer getauscht. Soweit ich weiß, ist sie jetzt in Raum 33."

Es folgten einige Szenen, in denen der junge Mann und seine Begleiterin sich Zutritt zu Raum 33 verschafften und erfolglos nach einer ledernen Tasche suchten. Stattdessen fanden sie in einer Schublade eine ganz außergewöhnliche Menge Bargeld. In diesem Moment überraschte Celia die beiden. Eine Szene voller Pathos und theatralischer Auftritte folgte. Dann bereitete Celia für ihre Gäste Tee zu und sagte beiläufig: „So ungewöhnlich ist es auch nicht. Wir werden eine Vereinbarung treffen."

Sie verschwand erneut und der junge Mann und Lydia tauschten ihre Tassen, da sie versehentlich Zucker in ihren Tee geschüttet hatte. Lydia erklärte im naiven Ton: „Du weißt ich vertrage keinen Zucker in meinem Tee. Das hat mir auch Doktor Bloom bestätigt. Und ich weiß Du nimmst mindestens 6 Stück Zucker."

Celia kehrte zurück und beobachtete den jungen Mann sehr aufdringlich. Lydia trank gerade ihre Tasse aus, als ihr ganzer Körper krampfte. Sie fiel zu Boden und wand sich in heftigen Schmerzen. Celia stand erschrocken auf und stellte zitternd ihre Tasse zur Seite. Sie rief: „Was habt Ihr getan? Das Gift war für Dich bestimmt, Scot."

Mit entsetztem Gesichtsausdruck stürzte Scot zu der sich windenden Lydia, packte sie und schrie verzweifelt. Celia stand ungerührt daneben und sagte: „Die Menge Blausäure in der Tasse würde einen Elefanten töten."

Scot nahm die junge Frau in den Arm. Ihr Lebenslicht verlöschte. Tränen rannen über seine Wangen herab, als er sagte: „Jetzt begreife ich es endlich. Hinter all dem steckt Flynn die Maske. Er hat Dich beauftragt mir die Tasche zu stehlen. Ich sollte denken, ich hätte es selbst zu verantworten."

Celia durchquerte den Raum, blieb dann in theatralischer Haltung stehen und sagte: „Was hilft es Dir, das zu wissen? Es würde mich wundern, wenn Du den nächsten Tag überlebst."

In diesem Augenblick klingelte ein Telefon. Celia nahm den Hörer und bejahte mehrere Fragen. Dann sagte sie: „Schicken Sie ihn zu mir. Und sagen Sie ihm, ich habe einen Gast."

Schrecken zeichnete sich auf Scots Gesicht ab. Er suchte etwas in seinem Mantel. Eine Rückblende zeigte, dass er seinen Revolver vergessen hatte. Celia zeigte ein abfälliges Lächeln und sagte: „Niemand hat neben mir straflos eine Affäre. Wie konntest Du so naiv sein?"

Scot orientierte sich, dann öffnete er ein Fenster und flüchtete auf einer Feuerleiter das Gebäude herab. In einer Seitengasse angekommen realisierte er, dass Flynns Männer vor dem Hotel warteten. Ein Wagen fuhr vor und Scot erkannte seine Chance. Er stürzte zu dem Wagen, nahm dem Fahrer, der das Fahrzeug verlassen hatte, die Schlüssel ab und floh mit dem altmodischen Automobil. Flynns Entourage folgte ihm und feuerte mehrmals mit einer Thompson-Maschinenpistole auf das flüchtende Gefährt. Durch ein tollkühnes Manöver entkam Scot.

In der folgenden Szene war er in seiner Wohnung zu sehen. In einer Schublade fand er seinen Revolver und ein wenig Bargeld, sowie ein Adressbuch mit Kontakten. Er steckte alles in die Taschen seines Mantels und wollte den Raum verlassen, als sich im Nebenraum ein Schatten bewegte. Mit gezogener Waffe betrat Scot den Nebenraum und erkannte seinen alten Freund George. Dieser holte eine lederne Tasche hervor und sagte: „Die habe ich gefunden. Ich hatte sie bei Dir gesehen und war der Meinung, Du hättest sie verloren."

Hektisch durchsuchte Scot die Tasche und erwiderte: „Gottverdammt, sie ist leer. So ist sie für mich nutzlos." Er zögerte einen Moment, dann versteckte er die Ledertasche in einem unordentlichen Kleiderschrank. In diesem Moment waren Geräusche mehrerer Autos und Rufe zu hören. Scot trat an ein Fenster und sah mehrere von Flynns Männern. Es folgte eine wilde Flucht, bei der George immer wieder seinen Unmut darüber äußerte, die Situation nicht zu begreifen.

Nach weiteren Verwicklungen, Fluchten, klischeehaften Äußerungen und Gesprächen war Scot erneut im Zimmer 33 des Hotels zu sehen. Celia bereitete sich einen Cocktail zu, nur von einem halbdurchsichtigen Negligee bedeckt. Sie holte ein Messer aus einer Anrichte und griff nach einer von zwei Zitronen, die auf einer silbernen Schale lagen. Sie schnitt sie auf, dann änderte sich ihr Gesichtsausdruck und sie sagte: „Beeindruckend, dass Du es soweit geschafft hast. Aber sei nicht albern. Du wirst mich nicht erschießen."

Scot senkte den Blick und nickte. Er senkte den Revolver, den er in der rechten Hand hielt. Währenddessen ging Celia zu einer Tür, klopfte mehrmals und sagte: „Er ist hier."

Die Tür öffnete sich und Flynn die Maske trat in Begleitung eines Leibwächters in den Raum. Beide hielten Waffen in ihren Händen. Unruhig blickte sich Scot um. Es gab keinen Ausweg aus der Situation. In diesem Augenblick holte Celia eine damenhafte Pistole aus der Anrichte. Ein Schuss war zu hören, dann sah man das erstaunte Gesicht des zitternden Scot. Celia brach zusammen. Sie blutete aus der Brust und es war klar, dass sie in den nächsten Minuten sterben würde. Flynn trat näher, steckte seine Waffe weg und sagte: „So ein Pech aber auch." Er lachte und fügte an: „Keine Sorge Scot, wir haben beide gesehen, dass es in Notwehr geschah."

Flynn deutete auf die Ledertasche, die Scot bei sich hatte und sagte: „Gib mir die Tasche. Es macht keinen Sinn zu streiten."

Scott erwiderte: „Nimm sie. Ich bin froh, wenn ich sie los bin."

Er übergab Flynn die Tasche und ergänzte: „Sie ist leer. Ich bin der Überzeugung, das war sie immer."

„Du hast die Regeln des Spiels noch nicht verstanden.", sagte Flynn und holte eine weiße Maske aus der Tasche. Er legte sie sorgsam zur Seite, dann trat er an einen Tisch und schüttelte die lederne Tasche darüber aus. Eine Unzahl an Diamanten fiel auf den Tisch. Der vermutliche Wert der Ansammlung an Edelsteinen war überwältigend. Scot trat ungläubig näher und murmelte: „Ich hatte die Tasche durchsucht."

Eine Tür öffnete sich und Lydia trat in eleganter Kleidung in den Raum. Sie genoss sichtlich Erstaunen und Verwirrung, die sich in Scots Gesicht zeigten. Sie ging zu Flynn, schmiegte sich an ihn und sagte: „Wie gewöhnlich, zu denken eine Tasche könnte nur einen einzigen Inhalt haben."

Flynn löste sich von Lydia, ging zu Celias Körper und fühlte ihren Puls an ihrem Hals. Er richtete sich wieder auf und sagte: „Sie hat mich mehrmals bestohlen. Und sie war mir so oft untreu, wie sie nur konnte. Sie wusste nicht, dass was ich ihr als Blausäure übergab, nur blau gefärbtes Wasser war. In diesem Augenblick dachte ich noch, sie würde versuchen mich zu vergiften."

Einen Moment zögerte er, dann fügte er an: „Du sollst nicht ganz leer ausgehen." Er holte ein Bündel Scheine hervor und warf sie Scot vor die Füße. Dann sagte er: „Glaub nicht, dass Du die Intrige als Ganzes begreifst. Ich habe Dir kaum etwas gesagt."

Die Situation endete und Scot war in seiner Wohnung zu sehen. Erschöpft ließ er sich in ein Sofa fallen. George kam durch eine der Türen in den Raum und sagte: „Ich sage Dir schon seit Jahren, such Dir einen anständigen Job."

Während der Abspann lief sagte Johanna: „Ich begreife nicht, was an diesem Film außergewöhnlich sein soll. Es war eine Aneinanderreihung von Klischees. Auch die Pointe fand ich nicht sehr gelungen."

Sie veränderte ihre Position und streichelte mit ihrer Hand Evelyns rechte Wange. Diese sah ihr in die Augen und antwortete; „Dann hast du nur die Oberfläche gesehen. Ist dir aufgefallen, dass die Zahl 3 immer wieder auftritt. Sie war auf einer Spielkarte zu sehen. Im Eingang des Hotels war ein Gast mit drei Regenschirmen und eine Zeitung zeigte als Datum den 3.3.1953. Zusätzlich tauchte immer wieder ein asiatisch anmutender Drache auf. In Celias Hotelzimmer stand die Skulptur eines Drachen und Lydia trug einen als Tätowierung auf ihrem Rücken. Ein Koch mit weißer Schürze war absurd häufig im Hintergrund der Szenen auf öffentlichen Straßen und Plätzen zu sehen. Flynns Hemd war je nach Einstellung schwarz oder weiß. Ich bin mir sicher, dass mir einige Details entgangen sind."

Verwundert stand Elias vor dem Objekt, das gerade in seinem Zimmer erschienen war. An einen Stuhl des Tisches gelehnt stand ein altmodischer, dunkelblauer Regenschirm. Elias war sich sicher, nie eine derartige

Ausführung besessen zu haben. Noch während er den Regenschirm ungläubig beäugte, sah er aus den Augenwinkeln eine weitere Veränderung. Auf dem Stillleben türmten sich angeschnittene Zitronen, die einen beinahe unangenehmen Duft verströmten. Elias sah sich im Raum um. Drei weitere Regenschirme waren aufgetaucht. Zwei lagen auf dem Sessel, in dem er die Metallschatulle gefunden hatte und einer lehnte an einer Wand. Er ging zu dieser Ausführung und begutachtete sie. Es war ein aufklappbares Modell aus schwarzem Stoff mit weißen Punkten in regelmäßigen Abständen.

Es klopfte an der Tür und eine männliche Stimme rief: „Nach Ihnen wird verlangt, Herr Wendelin."

Inzwischen war die Anzahl der Schirme in Elias Zimmer auf 9 angewachsen. Er zögerte, dann trat er zur Tür und öffnete sie. Er betrat den Flur und sah, wie zwei Männer in weißem Livree in einer Tür verschwanden. In einiger Entfernung stand ein Uniformierter, der ein weißes Livree mit zusätzlichem Zierrat trug. Er vergewisserte sich, dass Elias sein Zimmer verlassen hatte, dann nahm er einen Schlüssel aus einer Hosentasche, öffnete damit eine Tür und verschwand ebenfalls.

Nicht weniger als 10 Regenschirme standen an die Wände gelehnt, in dem für Elias einsehbaren Abschnitt des Flurs. Wann immer er ein Exemplar betrachtete, tauchte an einer anderen Stelle ein weiterer Schirm auf. Eines der Gemälde des Flurs, in direkter Nähe zu seiner Zimmertür, sprach Elias an: „Wenn es seit Tagen zum ersten Mal nicht regnet, fällt ihnen ein alles mit Regenschirmen zu dekorieren."

Elias trat an das Gemälde heran. Es zeigte eine modisch gekleidete Frau vor einem Hutgeschäft. Sie war über und über mit Einkaufstaschen und Schachteln beladen und zeigte einen unglücklichen Gesichtsausdruck. Sie sah Elias frech ins Gesicht und sagte höhnisch: „Und sieh sich einer diese albernen Neonschilder an. All der Aufwand, nur damit ein Irrer seinen Weg zu einem wichtigen Ereignis findet."

Noch während sie diese Worte sprach fiel Elias ein Neonschild in der Form eines Pfeiles auf. Es leuchtete in einem kräftigen Orange und tauchte einen Teil des Flurs in ein entrücktes Licht. Nur wenige Meter weiter, an der gegenüberliegenden Seite des Flurs angebracht, war ein weiterer Neonpfeil. Er war ein wenig größer, seine Form geschwungener und er leuchtete in einem giftigen Grün.

Das Gemälde der Frau regte sich. Sie streckte sich, legte mehrere Taschen ab und schrie beinahe: „Es ist ein seltenes Ereignis, das ich jemanden anspreche. Ich erwarte mir etwas mehr Aufmerksamkeit und Respekt."

Elias folgte bereits den Pfeilen und beachtete Regungen und gesprochene Worte der Gemälde nicht, an denen er vorbeiging, Der Flur machte einen Knick und Elias sah das nächste Neonschild. Es leuchtete in einem stichigen Rot und deutete, leicht schräg angebracht, auf eine Tür. Vor dieser stand Dr. Petull, mehrere Karteikarten in der Hand. Er winkte Elias herbei und sagte: „Ihre Stunde ist gekommen."

Er öffnete die Tür und führte Elias durch einen nur spärlich ausgeleuchteten Raum. Ein Mann in einem weißen Livree trat durch eine Glastür in den Raum. Durch die geöffnete Tür war das Raunen einer Menschenmenge zu hören. Dr. Petull lauschte und forschte in Elias Gesicht nach einer Reaktion. Nach einer Pause sagte er: „Dieses Ereignis ist ein Schlüssel. Wir leben in glücklichen Zeiten. Dergleichen habe ich seit Jahren nicht mehr erlebt. Und es wird für Sie ganz unglaubliche Konsequenzen haben." Elias ging einen Schritt auf die Glastür zu. Sie führte auf einen schmucklosen Balkon oberhalb einer Rasenfläche. Auf dem Balkon war ein Rednerpult und zu dessen Seiten zwei große Lautsprecher aufgebaut.

„Wir haben noch wenige Augenblicke Zeit. Ich habe Ihnen die Rede aufgeschrieben. Sozusagen als Gedächtnisstütze.", sagte Dr. Petull und streckte Elias eine Reihe an Karteikarten entgegen. In Elias ging eine eigenartige Wandlung vor sich. Er spürte keine Angst vor die Menge zu treten und in seinem Geiste bildeten sich klare Worte, die er endlich würde sprechen können. Zu Entrückung mischte sich eine milde Verzückung.

Er sah Dr. Petull in die Augen und sagte: „Oskar, wenn ich nur sagen könnte, wie mir zumute ist. Ich kenne meine Rede, benötige also keine Gedächtnisstütze."

Es fühlte sich an wie in einem absurden, aber genussvollen Traum, als Elias auf den Balkon und an das Rednerpult trat. Vor dem Klinikum drängte sich eine gewaltige Menschenmenge. Die Rasenfläche, die Wege und sogar die angrenzenden Straßen waren mit Menschen angefüllt. Ein gespanntes Raunen ging durch die Menschenansammlung, als sich Elias auf dem Balkon zeigte. Um die Spannung noch zu steigern, wartete Elias eine Weile. Eine einzelne Stimme schrie: „Heil Elias Jakobus Wendelin!"

Elias verringerte den Abstand zum Mikrofon und sprach: „Was ich Euch sage, hat sich lange in mir geformt und ist glücklich, endlich geboren zu werden."

Wiese und angrenzende Wege und Straßen füllten sich immer noch. In der Mitte der Menschenmenge war kaum noch eine Bewegung möglich. Fenster öffneten sich und Menschen lehnten sich hinaus. Auf Balkonen standen Zuschauer. Eine Gruppe Männer in gepflegter Kleidung nahmen ihre Zylinder vom Kopf und winkten Elias zu. Vereinzelt wurde sein Name gerufen.

Elias ließ noch einen Moment verstreichen, dann sagte er: „Lasst Euch nicht täuschen vom Begriff Transzendenter Faschismus. Mit gewöhnlichem Faschismus hat er nichts gemein. Die Transzendierung kehrt alle Eigenschaften in ihr Gegenteil und gibt ihnen neue Bedeutung."

Er spürte einen leichten Schwindel. Die Rede vor der Menge wirkte auf Elias wie ein Rauschmittel. Dabei war er klar und konzentriert, wie schon lange nicht mehr. Er fügte an: „Der Transzendente Faschismus ist ein Anti-Faschismus. Er befreit uns von allen Ideologien, Religionen, überkommenen Ideen und all den anderen Irrwegen, denen der Mensch gefolgt ist. Wir erlösen den Menschen aus der Knechtschaft altmodischer Muster und geben ihm die Freiheit seines eigenen Gedankens."

An verschiedenen Stellen der Menschenmenge wurde Beifall geklatscht. Rasch trat Stille ein und Elias fuhr fort: „Wir definieren uns auch über das, was wir ablehnen. Einmischung jeglicher Art, die Absicht den Einzelnen nicht wachsen zu lassen, den Versuch ihm irrsinnige Ideen einzupflanzen. Wir streben eigene Erkenntnis an, nicht eine absurde Form von Glauben."

Ein Teil der Menschenmenge applaudierte. Einige Rufe waren zu hören. Elias pausierte, dann sagte er: „Wir sind vereinigt in einer aufgeklärten Welt. In einer Aufklärung, die nicht die Metaphysik wie ein ungeliebtes Kind verstößt, sondern sie hegt und in sich trägt."

Elias drehte sich um. In einem verborgenen Winkel stand Dr. Petull und beobachtete die Geschehnisse aufmerksam. Elias schwindelte sehr, so dass er sich an dem Rednerpult festhalten musste. Dann sagte er: „Wir sehen die Welt in einem neuen Licht. Mit größter Klarheit wird uns bewusst, welchen Irrwegen wir bisher gefolgt sind."

Er machte eine dramatische Geste und fuhr fort: „Ich erhebe mich nicht über euch. Ich bin nicht bedeutender als irgend einer von Euch. Macht strebe ich nicht an und es ist mir gleich, wen ich überzeuge und wen nicht. Wahrheiten werde ich Euch nicht diktieren. Höchstens Euch auffordern sie selbst zu finden. Der Irrglaube es gäbe eine einzige Wahrheit, eine einzige Wirklichkeit, eine einzige richtige Haltung muss ein Ende haben."

Hüte wurden gezogen, Einzelne streckten ihr Hände in die Höhe und es wurde applaudiert. Die Menge schrie Elias Namen in immer neuen Variationen.

„Heil Wendelin!"

„Heil Elias!"

„Heil Elias Wendelin!"

„Heil Elias Jakobus Wendelin!"

Elias sammelte sich, dann sagte er zur Menge: „Wie Kinder erlernen wir erst die Fähigkeiten, die wir in der neuen Zeit benötigen. Umarmt die Wandlung. Zögert nicht das Unerforschte zu ergründen. Lasst nicht Luststreben euer Handeln diktieren. Seid nicht kleinmütig."

Rausch und Schwindel waren verflogen. Elias atmete einige Male, dann sagte er: „Lebt in Umarmung mit den wunderlichen Eigenheiten des Transzendenten Faschismus. Ihr seid meine Hoffnung. Es würde mich sehr wundern, wenn ich in meiner Lebenszeit ein zweites Mal eine Rede halten würde."

Mit diesen Worten trat er einen Schritt zurück und verschränkte die Arme im Rücken. Applaus brandete auf und zahlreiche Rufe waren zu hören. Die Menschenmenge skandierte: „Ein Ende aller Irrwege."

Dr. Petull winkte ihm, woraufhin Elias den Balkon verließ. Sofort traten Männer im weißen Livree aus einem Schatten des Raumes und demontierten das Rednerpult, die Lautsprecher und die nötige Elektronik. Dr. Petull führte ihn auf einen Flur der Station und sagte: „Die Menge wird noch eine Weile versammelt sein und ihren Namen rufen. Gut gesprochen. Wie hat es sich angefühlt, vor einer solchen Menschenmenge zu sprechen?"

Elias erwiderte: „Es war ein Rausch. Er dauert immer noch an, wenn er auch weit weniger intensiv ist."

„Entspannen Sie Sich. Tun Sie den restlichen Tag, wonach Ihnen der Sinn steht. Johanna und Evelyn finden Sie wahrscheinlich im Musikzimmer."

Elias ging langsamen Schrittes in Richtung des Zimmers mit der Nummer 19. Nach kurzer Zeit fiel ihm auf, dass keine Regenschirme mehr im Weg standen. Kein einziger war mehr zu sehen.

Nach einer unruhigen Nacht voller absurder und teils beängstigender Träume nahm Elias ein kleines Frühstück zu sich. Mehrmals in der vergangenen Nacht hatte er den Eindruck gehabt, nicht alleine im Zimmer zu sein. Objekte schienen ihre Position zu variieren und wie so oft wurde im Nebenraum ein Würfelspiel kommentiert. Er war allein im Speisesaal und erfreute sich daran, dass die ihn umgebende Wirklichkeit keine ungewöhnlichen Züge zeigte. Unbelebte Objekte blieben unbelebt, es waren keine Kommentare aus einem Nebenraum zu hören und es hing kein Duft von Zitronen in der Luft. Mit großer Mühe aß er eine akzeptable Menge und verließ dann den Speisesaal.

In Gedanken bereitete er sich auf die Ergotherapie vor, spann Pläne für einen Zyklus an Illustrationen, den er bereits vor zwei Tagen begonnen hatte. Er würde Szenen eines Stadtparks am Ende des 19. Jahrhunderts mit mythologischen Figuren diverser Kulturen mischen. Dabei war seine Stimmung getrübt. Nur konnte er sich diese Verstimmung nicht vollständig erklären. Er hatte das unbestimmte Gefühl, dass ihm die Kontrolle über sein Leben und seine Situation entglitt. Er konnte keine Aussage treffen, wo er sich in wenigen Stunden oder Tagen aufhalten, was er tun würde.

Gedankenverloren stieß er beinahe mit Clara zusammen. Sie stand, in ein dunkelgraues Kleid gehüllt, vor einer gerahmten Fotografie und zischte sie an. Während sie sich zu Elias umdrehte sagte Clara: „Nur zu besonderen Gelegenheiten. Das habe ich Euch doch gesagt."

Sie lächelte Elias an und wartete geduldig auf ein gesprochenes Wort. Elias betrachtete sie genau, dann drehte er sie sanft. Sie trug dunkelblaue Flügel, die ein wenig größer als zu Zeiten der Verwandlung üblich erschienen. Elias fuhr sich durch das Haar und überprüfte seine Spiegelung im Glas eines gerahmten Gemäldes. Er hatte seine gewöhnliche Gestalt.

„Vor zwei Tagen stellte ich fest, dass ich meine verwandelte Gestalt angenommen hatte.", sagte Clara und ergänzte: „Voller Vorfreude lief ich zum Aufenthaltsraum und fand ihn leer. Wie auch das Musikzimmer und alle anderen Ort, an denen wir uns in verwandelter Form treffen. Es lag auch kein Geruch von Zitronen in der Luft. Seitdem trage ich meine Flügel. Und ich habe den Eindruck sie wachsen."

„Hast du schon mit den Anderen oder einem Arzt gesprochen?", fragte Elias.

„Pfleger und Ärzte ignorieren sie hartnäckig.", antwortete Clara und setzte ein betrübtes Gesicht auf. Dann huschte ein Lachen über ihre Züge und sie sagte: „Manchmal glaube ich sie bewegen zu können. Glaubst Du ich erhebe mich irgendwann in die Lüfte und fliege davon?"

Elias schüttelte den Kopf und antwortete: „Ich denke sie sind nur Symbol und Zierrat. Dennoch erfreut es mein Herz, dass ich mich um Dich nicht sorgen muss."

„Vergiss nicht, ich bin wie Du Patient einer psychiatrischen Klinik. Und das nicht ohne Grund."

Am Ende des einsehbaren Flurs öffnete sich eine Tür und zwei Patientinnen traten auf den Flur. Es dauerte einen Moment, dann erkannte Elias Johanna und Evelyn. Sie trugen beide Kleidung in strahlendem Rot, mit abstrakten und geometrischen Elementen und Mustern versehen. Sie hielten sich an den Händen und ihre Vertrautheit war deutlich zu sehen. Evelyn sah Elias kurz in die Augen, dann verschwanden beide in einem anderen Zimmer.

Clara machte auf sich aufmerksam und sagte: „Es endet, wie es begonnen hat."

Elias sah sie verständnislos an. Clara ergänzte: „Erinnerst Du Dich nicht? Ich war Deine erste Begegnung auf dieser Station."

Sie wartete einen Augenblick, suchte in seinen Augen und sagte schließlich: „Es ist ganz deutlich in der Färbung Deiner Augen zu sehen. Du bist der Überzeugung Deine Zeit auf Station C3 endet. Und es bereitet Dir Kummer."

Clara legte ihren Kopf leicht schief und öffnete ihre Arme. Elias ging einen Schritt auf sie zu und umarmte sie.

8

„Schwarz ist gefallen. Schwarz gilt für die nächsten 3 Runden. Der niedrigste Wert gewinnt."

„19, 41, 3, 18"

„Die 3 gewinnt. Die Farbe der Runde ist weiterhin Schwarz."

„55, 3, 20, 48"

„Erneut gewinnt die 3."

„2, 39, 28, 23"

„Die 2 gewinnt."

Lateinische Sprichwörter wurden gerufen, dann verstummten die Kommentare. Elias legte einen Kohlestift beiseite und betrachtete die Skizzen, die er erarbeitet hatte. Vieles davon war nicht zu gebrauchen. Außerdem war er sich nicht sicher, wie er eine so komplexe Idee, wie sie sich in seinem Geist herausgebildet hatte, auf einem durchschnittlichen Format umsetzen sollte. Er nahm seine schwarze Künstlermappe und legte die Skizzen hinein.

Im Fenster sah er seine Spiegelung und zugleich einen Teil von Ulmenau. Es war noch sehr früh und das erste Licht des Morgens breitete sich über der Stadt aus. Einige der Fenster der Hochhäuser und der kleineren Gebäude im Vordergrund waren noch beleuchtet. Dann wandelte sich die Szene vor Elias Augen. Alle Bewegung erstarb. Was gerade noch gelebt hatte, nahm die Züge einer Miniatur an. Autos, Fahrräder und Passanten wirkten wie sorgsam angeordnetes Spielzeug. Die Gebäude waren unvollständig. Manche bestanden nur aus einer sorgfältig der Wirklichkeit nachgebildeten Fassade. Die Lichter in den Fenstern flackerten, dann gingen sie plötzlich aus. Von einem unbestimmten Ort drang künstliches Licht und offenbarte die Illusion. Ein junger Mann in Arbeitskleidung trat in die Kulissen, stellte kleine Objekte zur Seite und machte sich an der Elektrik der Miniatur zu schaffen. Er brachte die Anordnung völlig durcheinander. Nach einiger Zeit bemerkte er, dass Elias ihn beobachtete. Mit lautem Fluchen beschleunigte er seine Arbeit. Bald verließ er die Szene, rückte noch mehrere Autos und Passanten zurecht. Die zusätzliche Lichtquelle erlosch, Lichter in Häusern und Gebäuden gingen wieder an und innerhalb eines Augenblicks war wieder eine realistische Stadt voller Leben zu sehen. Ungläubig studierte Elias die sich ihm zeigenden Details. Nach einiger Zeit tat er das Ereignis ab und wendete sich dem Buch mit dem Titel „Erscheinungsformen und Wege des Teufels" zu. Er öffnete es auf der Seite 302 und las einen Absatz.

Begegnung mit und Erleben des Abgefallenen sind individuell. Universell ist die Notwendigkeit den Teufel zu überwinden, unabhängig von der Beziehung, die sich nach dieser Phase zu dem Abtrünnigen entwickelt. Es gibt mehrere dokumentierte Methoden, wie diese Überwindung geschehen kann. Hier soll nur eine angegeben werden, die in vielen Fällen das gewünschte Ergebnis erbracht hat.

Das Grundprinzip ist die Spiegelung des Teufels, seiner Haltung und Handlungen. List mit wird List erwidert, Heimtücke mit Hinterhältigkeit. Plänen und Intrigen begegnet man mit Gegenplänen und umfassenderen Intrigen. Zeigt der Abgefallene sich übermächtig und von außergewöhnlicher Intelligenz, demonstriert man das Machtpotential und die überlegene Intelligenz des Menschen. Abfälligkeit und Hohn begegnet man mit Spott und bösartigem Zynismus. Eine unendliche Anzahl dieser Aktionen und Reaktionen ist denkbar. Wichtig ist, nicht nachzulassen, keine Ermüdung zu zeigen und das Spiel bis zum letzten Zug zu spielen. Dann kann der Teufel in der Spiegelung seiner Eigenschaften überwunden werden.

Es darf nicht verschwiegen werden, dass der Versuch manchmal misslingt. Manche werden in diesem Konflikt verschlungen und fristen ein Dasein voller Verzweiflung und Düsternis. Dennoch ist kein substantielles seelisches Wachstum möglich, ohne die Begegnung mit dem Widersacher.

Elias legte die Fotografie in die aufgeschlagene Seite und schloss das rot gebundene Buch. Er trat an den Lichtschalter und schaltete ihn aus. Ulmenau erwachte. Autos und Fahrräder eilten durch enge Straßen, Passanten liefen einem unbekannten Ziel entgegen. Seit dem vergangenen Abend spürte Elias eine tiefgehende Verstimmung. Er fühlte sich gekränkt und betrogen. Nur erwuchsen diese Gefühle aus einem Ereignis, das noch nicht stattgefunden hatte. Er überlegte sich in die Pflege von

Johanna und Evelyn zu begeben. Zärtlichkeit und erotische Spiele könnten seine Verstimmung lindern. Dann wurde ihm klar, dass Zerstreuung nicht das grundsätzliche Problem seiner Existenz lösen konnte.

In kurzen, lebhaften Erinnerungen verloren, ordnete er die Gegenstände auf dem Tisch seines Zimmers neu an. Schnabelmaske und rotes Buch legte er nebeneinander. Die Metallschatulle brachte er im Sekretär des Zimmers unter, aber den Schlüssel legte er auf das rot gebundene Buch. Die Marotte nahm er in die Hand und erschrak. Der Ausdruck des in Metall gearbeiteten Gesichts hatte sich verändert. Es zeigte jetzt ein breites, schreckliches Lachen. Einen Augenblick war Elias, als würden sich Wangen und Augen unmerklich bewegen. Dann öffnete die Marotte den Mund und sagte: „Du warst Dir sicher, ich wäre ein lebloses Objekt, nicht wahr?"

Nach kurzer Pause ergänzte sie: „Wie hinterhältig von mir, tagelang den gleichen Gesichtsausdruck zu zeigen und nicht ein einziges Wort zu sprechen."

Elias schwankte und hielt sich an dem Stuhl des Zimmers fest. Die Andeutung eines Dufts von frischen Zitronen war wahrzunehmen. Die Marotte zeigte ein höhnisches Grinsen und sagte: „Das ist nicht ganz richtig. Ich bin genaugenommen keine Halluzination."

Schrecken und Verzweiflung zeichneten sich in Elias Gesichtsausdruck ab. Die Marotte legte den Kopf schief und sagte: „Vielleicht könnte man mich als Illusion bezeichnen. Hat man dich schon den Unterschied zwischen Halluzination und Illusion gelehrt?"

Elias fand seine Fassung wieder und antwortete: „Nein. Ich weiß nur, dass Objekte wie Du ein Ding der Unmöglichkeit sind."

„Das mag sein.", erwiderte die Marotte. „Es hat jedoch auf meine Existenz keine Auswirkung. Vielleicht könnte ich an keinem anderen Ort, als dem Klinikum von Ulmenau existieren. Aber was macht das für einen Unterschied?"

Der Geruch nach Zitronen war intensiver geworden. Erneut von der Situation überwältigt setzte sich Elias in den Sessel, in dem er die Schatulle gefunden hatte. Die Marotte betrachtete ihn aufmerksam, dann sagte sie: „Natürlich könnten Dir Johanna und Evelyn Freude bereiten. Aber es löst keines Deiner Probleme."

Die Marotte lachte auf und fügte an: „Das ist wahr. Johannas Körper ist mir auch bereits aufgefallen. Sie ist sehr schön, sehr weiblich."

Eine Pause trat ein. Elias studierte die belebte Marotte, fühlte den Stoff der Verzierungen und war versucht, das verkleinerte Gesicht zu erfühlen. Dieses sah ihn mit kritischem Blick an und sagte: „Dir ist doch seit Stunden schon klar, dass Du verlierst was Du zufällig gewonnen hast. Das weißt Du seit Dir Clara auf dem Flur begegnet ist. Und erinnerst Du Dich an die Intimität zwischen Evelyn und Johanna. Vielleicht schätzen sie Dich, aber ihre Liebe haben sie in ihrem weiblichen Gegenüber gefunden."

Elias fragte: „Wie kannst Du so tief in mich sehen?"

Die Marotte lächelte, zog eine Augenbraue nach oben und antwortete: „Du kannst nichts vor mit verbergen. Wir sind sozusagen identisch. Alles was Dir geschieht, nehme auch ich wahr."

Nach einer kurzen Pause fügte sie an: „Das bedeutet nicht, dass ich keinen eigenen Gedankengang habe. Und ich kann Dir nützlich sein. Vergiss nicht, ich bin ein Geschöpf dieses grotesken psychiatrischen Klinikums. Ich kenne alle Umgangsformen und sogar einige Geheimnisse. Vor allem aber begreife ich, wenn mein Aufenthalt auf einer Station des Klinikums endet."

Elias versank in enttäuschtem Zorn. Aus welchem irrsinnigen Grund sollte er aufgeben, was er auf der Station C3 gefunden hatte?

Die Marotte sah ihn verständnisvoll an und sagte: „Du hast es in Deiner Rede gesagt. Luststreben darf nicht Deiner Entwicklung ein Ende setzen. Und stelle Dir den möglichen Lohn vor, wenn Du Mut zeigst."

„Nehmen die Wandlungen zu irgendeinem Zeitpunkt ein Ende?", fragte Elias in bitterem Ton.

„Natürlich nicht. Hier kann ich dir eine einfache Wahrheit nennen. Wachstum bedeutet ein Rätsel zu lösen, nur um vor ein Neues gestellt zu sein."

„Wie soll ich den Verlust von Johanna und Evelyn verwinden? Lange Jahre habe ich nach einer solchen Situation gesucht. Jetzt soll ich alles aufgeben?"

Die Marotte zeigte einen angewiderten Ausdruck und sagte: „Es stinkt schon wieder so penetrant nach Zitronen."

„Ich rieche es auch."

Im Stillleben an einer Zimmerwand ging etwas ungewöhnliches vor sich. Hände griffen nach den Zitronen und entfernten sie aus dem Gemälde. Eine einzige Zitrone blieb übrig. Nach kurzer Zeit war eine Hand zu sehen, die ein langes Messer hielt. Eine weitere Hand fixierte die Frucht und das Messer fuhr mehrmals durch das Objekt. Dann reihte eine Hand die geschnittenen Zitronenscheiben aneinander. Während Elias dies beobachtete, wurde der Geruch nach Zitronen beinahe unerträglich. Wieder vergingen Sekunden, dann tauchten erneut Hände auf und legten Obst aller Art neben die aufgeschnittene Zitrone. Darunter Erdbeeren, Birnen, Trauben, Heidelbeeren und Aprikosen.

Zielloses Umherirren in Ulmenau hatten Elias und Eva Nelke an die Tür des Kaffeehauses „Blaue Seide" geführt. Es musste in den letzten Tagen eröffnet haben, da Elias mit Sicherheit den Namen eines anderen Cafés mit dem Ort verband. Nur konnte er sich nicht entsinnen welchen.

Die Inneneinrichtung des Kaffeehauses war hell und einladend. Viele Möbel waren weiß lackiert und die Bezüge der Sofas und Sessel leuchtend blau. An allen erdenklichen Positionen des Innenraums fanden sich asiatische Vasen, Bildnisse und Figuren, vorwiegend in der Farbe Blau. Der Raum bot nur Platz für 4 Tische. 3 waren bereits belegt. Ein junges Paar war ins Gespräch vertieft, 3 Frauen lachten und sprachen unangenehm laut und eine Frau mittleren Alters wartete allein an einem der Tische. Kellner waren nicht zu sehen und auch die Bar an der Seite des Raums war verlassen.

Eva war in ausschließlich schwarze Kleidung gehüllt und trug einen schwarzen Mantel. Elias half ihr ihn abzulegen und die beiden setzten sich an den verbleibenden freien Tisch. In einen Strudel von Gedanken versunken betrachtete Elias die Einrichtung. Schließlich sagte Eva: „Man weiß nie, wo Du Dich in Gedanken aufhältst. Es ist bedauerlich."

Elias sah in ihr Gesicht, ihre strahlend blauen Augen und erwiderte: „Diesen Vorwurf muss ich mir wirklich gefallen lassen. Es bereitet mir in letzter Zeit selbst Sorge."

In diesem Augenblick standen die drei befreundeten Frauen auf und zogen ihre warme Oberbekleidung aus, sodass sie nur noch leichte Blusen trugen. Zugleich entledigte sich auch die Wartende eines Kleidungsstücks. Der Mann am Nebentisch hingegen stand auf, zog einen weiteren Pullover an und sagte: „Ist es nicht fürchterlich kalt hier?"

Die folgenden Eindrücke waren für Elias schwer einzuordnen. Eva erklärte ausführlich, weswegen eine Beziehung nicht möglich wäre. Zugleich entledigten sich die anwesenden Frauen immer mehr ihrer Kleidung. Nach einigen Minuten saßen sie völlig nackt an den Tischen. Es war kein Anzeichen zu sehen, dass ihnen die Situation merkwürdig oder unangenehm erschien. Besonders der Körper der Wartenden übte einen Reiz auf Elias aus. Er wurde zunehmend unruhiger und war unfähig seinen Blick von der absurden Szene abzuwenden. Der einzige anwesende Mann im Café hatte inzwischen mehrere zusätzliche Kleidungsstücke angezogen und beschwerte sich bitterlich über die herrschende Kälte.

Während Elias den Körperbau der Wartenden studierte, öffnete sich hinter der Bar eine Tür und mehrere Kellner kamen in den Raum. Sie trugen große, silberne Servierplatten, auf denen sich frisches Obst jeglicher Art türmte. Jeder der Bediensteten eilte zu einem der Tische, platzierte das Tablett darauf und kommentierte sein Tun mit den Worten: „Ein Geschenk des Hauses."

Eva hatte den Kopf in ihre rechte Hand gelegt und sah Elias frustriert an. Dieser nickte und versicherte seinem Gegenüber seine Aufmerksamkeit. Ihre Schönheit, die sich in vielen Details und ihrem Gesamterscheinen ausdrückte, schüchterte Elias ein. Nach einer Pause sagte er mit unsicherer Stimme: „Es ist mir unmöglich, mich zu erklären. Jeder Versuch wäre zum Scheitern verurteilt."

Eva antwortete: „Verstehe es nicht abwertend. Ich suche bei einem Partner nach anderen Eigenschaften."

Die drei befreundeten Frauen lachten laut auf. Eine hatte sich auf den Schoß einer Anderen gesetzt und neckte sie mit Berührungen. Die Gäste des Kaffeehauses aßen unablässig das als Geschenk dargebrachte Obst, als litten sie schweren Hunger. Elias erkannte, dass es das Beste wäre, der Situation zu entfliehen. Er stand unvermittelt auf und sagte: „Ich denke nicht, dass wir noch bedient werden. Suchen wir uns einen anderen Ort."

Elias fand aus einer Erinnerung in die Situation zurück. Eine Weile hatte sich nichts an der Komposition des Stilllebens geändert. Dann erschien eine schwarze Hand im sichtbaren Ausschnitt. Sie legte mehrere Kirschen vor und auf das angehäufte Obst und verschwand wieder.

Unschlüssig stand Elias vor dem Gemälde. Die Marotte machte sich bemerkbar und sagte: „Es ist ein Symbol der Fruchtbarkeit. Auch der Fruchtbarkeit eines Unterfangens, einer Unternehmung. Dr. Petull hat Dir gegenüber geäußert, dass Deine Rede ganz unglaubliche Konsequenzen haben würde."

Die Marotte zog beide Augenbrauen nach oben, atmete aus und fuhr fort: „Und es ist ein Hinweis auf das Rätsel des Weiblichen, das auch Dein Erleben beherrscht. Mehr als Dir gut tut, meiner Meinung nach."

Während diese Worte gesprochen wurden, spürte Elias einen Regentropfen auf der linken Wange. Er warf einen Blick aus dem Fenster. Ulmenau erwachte in strahlendem Sonnenschein. Aber an den Wänden seines Zimmers liefen Wassertropfen hinab. Ein weiterer traf Elias am Kopf. Verwirrt blickte er über sich und sah, dass sich an verschiedenen Stellen der Decke Tropfen bildeten und sich lösten, sobald sie eine gewisse Größe erreicht hatten.

„Das hatte auch ich nicht vorausgesehen.", sagte die Marotte einfühlsam. Elias bemerkte einen Gegenstand, der ihm zuerst fremd erschien. Unterhalb des Stilllebens stand eine lederne Tasche. Elias nahm sie in die Hand und erschrak. In einiger Entfernung setzte ein tiefer, getragener Gesang mehrerer Stimmen ein. Eine der Stimmen gehörte zum maskierten Mantelträger. Als Reaktion verstärkte sich der Regen im Zimmer 19 der Station C3. Elias eilte an den Tisch. Zugleich sagte die Marotte: „Das ist eine gute Idee. Es sollte mich wundern, wenn diese Tasche nicht genügend Platz für die wichtigsten Deiner Gegenstände bieten würde."

Elias hielt inne und erwiderte: „Es ist die Tasche aus dem Film, den ich neulich mit Evelyn und Johanna gesehen habe. Ich erinnere mich an viele der Details, die in einer Großaufnahme gezeigt wurden."

Er öffnete die Ledertasche und fand sie erwartungsgemäß leer. Dann griff er nach dem rot gebundenen Buch, der bunten Pestmaske und dem Schlüssel mit der eingeprägten 19. Die Marotte sah ihn erschrocken an und sagte: „Das wagst Du nicht. Steck mich nicht zu dem leblosen Rest an Gegenständen. Ich kann Dir nützlich sein."

Elias antwortete: „Zu einem anderen Zeitpunkt." Er verstaute seine wichtigsten Besitztümer in der Tasche, dann öffnete er, einer Eingebung folgend, die Zimmertür und warf einen Blick auf den Flur. Auch hier tropfte es von der Decke und dicke Regentropfen rannen an den Wänden herab. Der Regen innerhalb der Station nahm unvermittelt an Intensität zu. Der Teppichboden war bereits mit Wasser durchtränkt und erste Pfützen bildeten sich. Neben seiner Zimmertür sah Elias einen altmodischen Regenschirm, der ihm nützlich sein konnte. Über die Hintergründe seines Erscheinens dachte Elias nicht nach. Er nahm ihn und spannte ihn auf. Auf weißem Grund zeigte sich eine rote Spirale. Elias umklammerte die lederne Tasche und schützte sich mit dem Schirm vor dem heftigen Regen. Nach wenigen Minuten stand das Wasser bereits handbreit im Flur und in Elias Zimmer.

Den Schirm in der Hand betrat Elias wieder sein Zimmer, zog die Tür ein Stück zu, ohne sie ganz zu schließen und orientierte sich. Er hatte vergessen, dass es noch weitere schützenswerte Gegenstände in seinem Besitz gab. Er kramte aus dem Sekretär ein vollständig gefülltes Notizbuch und ein weiteres hervor, das er erst vor kurzem begonnen hatte. Zusätzlich fiel ihm seine schwarze Künstlermappe ins Auge. Das Zimmer füllte sich immer mehr mit Wasser. Elias wusste nichts besseres zu tun, als sich mit Mappe, Notizbüchern, der Ledertasche und dem Regenschirm auf den Sessel seines Zimmers zu stellen. Erst als er auf der Sitzfläche des Möbelstücks stand, bemerkte er, dass sich der Gesang im Hintergrund verändert hatte. Eine einzelne Stimme formte eine feinsinnige, betörende Melodie. An der Aussprache glaubte Elias zu erkennen, dass die Stimme hebräisch sang.

Das Wasser stand schon mehr als einen halben Meter hoch im Raum. Elias bedauerte all die nützlichen Objekte, die nun dem Wasser zum Opfer fielen. Der Gesang näherte sich. Elias hatte den Eindruck die Quelle befände sich direkt vor seiner Zimmertür. Der Regen fiel ohne Unterlass und auch an den Wänden lief viel Wasser hinab. Innerhalb kurzer Zeit würde der Sessel Elias nicht mehr vor der steigenden Flut bewahren.

Plötzlich wurde die Zimmertür gewaltsam aufgestoßen. Vor der Zimmertür im Flur der Station C3 schwamm ein hölzernes Boot auf dem steigenden Wasser. In ihm saß der Maskenträger. Ausgestattet war er wie jedes Mal mit einem schwarzen Hut, schwarzen, ledernen Handschuhen, einem faltigen, langen Mantel, ledernen Schuhen und einer schwarzen Pest-maske. In einer Hand hielt er einen langen, hölzernen Stab, mit dem er offensichtlich das Boot steuerte.

Das kuriose Wesen löste immer noch Befremdung, Schrecken und Angst in Elias aus. Bedroht fühlte er sich jedoch in diesem Augenblick nicht.

Der Maskenträger pausierte seinen Gesang und winkte Elias herbei. Die-ser reagierte nicht, also winkte die groteske Gestalt erneut. Elias seufzte und stieg von seinem Sessel. Das Wasser war unangenehm kalt und leis-tete ihm Widerstand, während er zu dem Boot watete. Der Maskierte deu-tete auf den Platz vor sich und Elias erklomm das schwankende Boot. Der Regen hatte ein wenig nachgelassen, Dennoch versuchte Elias seine Künstlermappe und die Notizbücher zu schützen. Der Maskierte brachte das hölzerne Boot mit geschicktem Einsatz des Stabs ins Gleichgewicht und setzte es in Bewegung. Vorsichtig ließ er es den Flur hinabgleiten, während er zugleich seinen Gesang wieder aufnahm. Dieses Mal bediente er sich des Mittelhochdeutschen. Die Textzeilen erinnerten Elias an einen Minnesang, der jedoch abrupt endete. Der Maskierte benötigte alle Kon-zentration, um das Boot um einen Knick des Flurs zu manövrieren. Elias verwunderte, dass keiner der Patienten, Ärzte und Pfleger zu sehen war.

Der Knick des Flurs lag hinter ihnen und der Maskenträger steigerte die Geschwindigkeit, mit der er das Boot einen Flur hinab bewegte. Elias konnte es sich nicht erklären, aber dieser Teil der Station C3 war ihm vollkommen unbekannt. So gut es ging, versuchte er einen Eindruck der Fotografien und Gemälde an den Wänden des Flurs zu gewinnen. Er sah nicht eine einzelne Person oder Figur, die keinen Regenschirm in Händen hielt. Sogar eine altertümliche Darstellung eines blauhäutigen Krishna hielt einen gepunkteten Regenschirm über sich. Ein in schwarzweiß foto-grafiertes Mädchen vollführte einen Knicks, während das Boot an ihrem Foto vorbeiglitt. Auf einer kolorierten Fotografie des ausklingenden 19. Jahrhunderts standen drei auffällig gekleidete Frauen und winkten Elias. Ein Gemälde zeigte eine abstrahierte Szene des venezianischen Karne-vals. Eine der Personen trug eine Schnabelmaske, die der des Manteltra-gers sehr ähnlich war. Die Abbildung schien unbelebt, aber die abstra-hierte Maske sah Elias an und folgte seiner Bewegung. Das Boot eilte nun schnell voran und näherte sich einer weißen Doppeltür voller eigenartiger Tierdarstellungen. Der Maskenträger verlangsamte das Boot, sodass es vor der Tür anhielt. Mit einer geschickten Bewegung seines Holzstabs öffnete er beide Türhälften und bewegte das Boot in einen beinahe leeren Raum. Elias fiel auf, dass nur noch wenige Regentropfen fielen. Er schloss den Regenschirm und legte ihn in den Innenraum des Boots. Dann bemerkte er das einzige Objekt des Raums. Es war eine weiße Büste auf einem Sockel, die einen jungen Mann mit wirrem Haar zeigte. Unterhalb der Büste war ein metallenes Schild angebracht, die den Dargestellten als Wilhelm Page identifizierte.

Während Elias in die Betrachtung der Büste versunken war, stand der Maskenträger auf und ging vorsichtig zum Bug des Boots. Das Boot schwankte kaum, als er in seinem Mantel einen Schlüssel hervorkramte und ihn in ein Schlüsselloch steckte, dessen zugehörige Tür nicht auszumachen war. Der Mechanismus gab ein Geräusch von sich und ein großer Teil der Wand schwang auf. Ein weiterer Raum tat sich auf, der Maskierte steuerte das Boot in seine Mitte und änderte erneut seinen Gesang. Die Textzeilen wirkten auf Elias wie römische Lyrik.

An den blau tapezierten Wänden des Raums hingen 3 Ölgemälde mittleren Formats in kostbaren, geschwungenen und reich verzierten vergoldeten Rahmen. Alle 3 Gemälde zeigten maritime Szenen. Auf einem der Bilder kämpfte ein Segelschiff mit einem heftigen Sturm. Ein anderes zeigte ein Fischerboot und den Besitzer des Bootes, der in die offene See gestürzt war und nun versuchte, wieder an Bord zu gelangen. Das dritte Motiv war das merkwürdigste. Darauf war kein Mensch und kein von Menschen geschaffenes Objekt zu sehen. Stattdessen ein machtvoller Wal, der sich in einem Kampf mit einer Krake befand. Die Gemälde waren von hoher technischer Qualität und Elias schätzte, sie müssten bereits ein hohes Alter erreicht haben.

Der Maskierte hatte seinen Gesang unterbrochen und saß regungslos im Heck des hölzernen Bootes. Es vergingen mehrere Minuten, dann rief er wiederholt ein griechisches Wort. Der Regen hatte aufgehört, aber das Wasser begann unvermittelt zu steigen. Elias sah sich irritiert um, dann sah er die Quelle der Flüssigkeit. Sie rann in Strömen aus den Ölgemälden. Sturzbäche ließen den Wasserspiegel schnell steigen. Bald war ein Aufstehen im Boot nicht mehr möglich und Panik stieg in Elias auf.

Während der Maskierte erneut mit einem hebräischen Gesang begann, nahm er seinen Holzstab und betätigte einen Schiebemechanismus an der Decke des Raums. Elias erblickte an der Decke über dem Boot eine breite, von metallenen Platten verschlossene Luke, die sich teilte und öffnete. Sie war groß genug, das Boot aufzunehmen. Innerhalb weniger Momente stieg das Wasser bis es fast das gesamte Stockwerk der Station C3 ausfüllte.

Es war inzwischen möglich, das Boot zu verlassen und den trockenen Grund des 4. Obergeschosses des Klinikums zu betreten. Der Maskierte sang reglos sein Lied und änderte von Zeit zu Zeit die Sprache. Elias raffte seine Besitztümer zusammen und betrat den Raum, der von der Metallluke dominiert wurde. Er wirkte nachlässig eingerichtet. Es fanden sich zwei Stühle, eine Fotografie einer Landschaft an der Wand und ein Tisch, auf dem eine Schreibmaschine stand.

Ein gluckerndes Geräusch wurde immer lauter und das Boot, wie auch der Maskierte darauf, sanken wieder. Nach wenigen Momenten war nur noch der hölzerne Stab zu sehen. Mit erstaunlicher Geschicklichkeit schloss der Maskenträger die beiden Flügel der Metallluke. Auch sein Gesang endete und Elias stellte fest, dass der Geruch von frischen Zitronen sich aufgelöst hatte.

9

Mit großem Unbehagen legte Elias die Ledertasche ab und setzte sich auf einen der beiden Stühle. Er untersuchte die Künstlermappe und das Notizbuch auf Schäden. Beides hatte nur wenige Tropfen Wasser abbekommen, zeigte also einen passablen Zustand. Durch die Situation verwirrt, hatte er vergessen ein Schreibgerät mitzunehmen, sodass ihm das Notizbuch gerade nicht von großem Nutzen war.

Er versank in einer kindlichen Trauer. Evelyn und Johanna würde er in nächster Zeit wohl kaum wiedersehen. Nach einiger gedankenleerer Zeit betrachtete er den Raum, der ihn umgab. Glücklicherweise gab es nur eine einzige Tür. Er musste sich also in dieser Hinsicht nicht zwischen Alternativen entscheiden. Er raffte seine Besitztümer zusammen und näherte sich der Tür. Seine Hand berührte beinahe die Türklinke, als die Tür sich öffnete und eine hochgewachsene Frau hindurch trat. Sie war größer als Elias und hatte langes, lockiges Haar in einem kräftigen Rotton. Auf ihrer bleichen Haut waren wenige Sommersprossen sichtbar. Ihre Gesichtszüge waren von einer zurückhaltenden Schönheit und ihre Lippen geschwungen. Sie trug einen weißen Kittel über einem Hosenanzug. Mit einer Geste schob sie Elias in das spärlich eingerichtete Zimmer zurück und zeigte dabei einen kritischen Gesichtsausdruck. Sie öffnete eine Dokumentenmappe und holte ein einzelnes Dokument hervor. Dann sagte sie: „Die meisten verwinden erst den Schock, den der Transfer auf die Station C4 mit sich bringt, bevor sie ihre neue Umgebung erkunden."

Elias antwortete: „Dies ist also die Station C4."

„Dies ist Station C4 des psychiatrischen Klinikums in Ulmenau. Mein Name ist Eulenberg und ich helfe Ihnen vor allem am Anfang ihres Aufenthalts bei Orientierung und Anpassung."

Elias zögerte, dann fragte er: „Sind Sie Ärztin oder Pflegerin?"

„Weder noch. Wir nennen uns Berater."

Für eine kurze Weile verlor Elias die Kontrolle über seinen Ausdruck. Erinnerungen und Sehnsüchte tauchten in seinem Bewusstsein auf und verschwanden wieder. Die Beraterin beobachtete die sichtbaren Regungen genau und sagte: „Wir werden uns auch um Ihre emotionale Notlage kümmern."

Sie wartete noch einen Augenblick, dann führte sie Elias an einen der Stühle und sagte: „Zuerst müssen noch einige Formalitäten erledigt werden. Es wird nicht viel Zeit in Anspruch nehmen."

Während Elias sich setzte, deutete sie auf die lederne Tasche und erklärte: „Wahrscheinlich haben Sie einige ganz ungewöhnliche Gegenstände bei sich. Ich werde einen Blick auf den Inhalt der Tasche werfen."

Geduldig wartete sie, bis Elias ihr die Tasche ausgehändigt hatte. Dann trat sie an den Tisch, auf dem eine Schreibmaschine thronte. Sie setzte sich, öffnete die Tasche, ordnete Elias Besitztümer auf dem Tisch an und sagte: „Eine sogenannte Marotte mit Ihren Gesichtszügen. Es würde mich nicht wundern, wenn sie aus einem Edelmetall gefertigt wäre. Eine postmoderne Variation einer Pestmaske. Ungewöhnlich in der Machart. Beinahe beängstigend. Ein Schlüssel mit einer eingeprägten Zahl."

Während sie die Gegenstände begutachtete, machte sie Notizen auf einem Formular. Es schien ihr große Freude zu bereiten, die absonderliche Sammlung zu beschreiben. Sie nahm das rot gebundene Buch in die Hand und hielt inne. Sie sah Elias mit einem Ausdruck von Verwunderung an und sagte: „Eine gebundene Ausgabe des Buches „Erscheinungsformen und Wege des Teufels". Ihnen kann nicht klar sein, welche Kostbarkeit Sie mit diesem Buch besitzen."

Sie blätterte durch die Seiten, prüfte deren Anzahl und betrachtete das Buch aus allen erdenklichen Blickwinkeln. Dann sagte sie: „Es ist weder Autor noch Impressum vorhanden. Die Widmung ist geschwärzt, aber ansonsten sehe ich keine unkenntlich gemachten Textabschnitte. Jemand hat Ihnen die Widmung handschriftlich aufgeschrieben."

Sie wartete einen Moment, dann fragte sie: „Ist das die Handschrift von Dr. Petull?"

„Dr. Petull war zuletzt mein behandelnder Arzt. Er gab mir diese Notiz.", erwiderte Elias.

„Die Ausgabe ist vollständig. Bei vielen fehlt das letzte Kapitel."

Elias Wahrnehmung veränderte sich für einen Moment. Dann stand ihm eine wichtige Frage im Geiste. Die Beraterin bearbeitete ihr Formular, während Elias fragte: „Haben Sie Kenntnisse in Hebräisch?"

Frau Eulenberg hielt inne, drehte sich ihm zu und antwortete: „Ich hatte einen Großvater, der mir ein wenig Hebräisch beigebracht hat."

„Dann können Sie mir vielleicht ein Rätsel lösen. Sehen Sie das bedruckte Schild in der Innenseite der Maske?"

Die Beraterin nahm die Schnabelmaske in die Hand, drehte sie und sagte: „Ich sehe es. Ein Spruch in Latein, einer in Griechisch und eine hebräisches Zitat."

Eine lange Pause entstand, dann murmelte die Beraterin wenige Worte. Sie legte die Pestmaske zur Seite und sagte: „Es ist ein sehr einfacher Spruch und ich erinnere mich, ihn an anderer Stelle schon einmal gesehen zu haben. Er bedeutet: Alles Böse, nur kein böses Weib"

Als sie diese Worte sprach zersprang das Glas der gerahmten Fotografie klirrend. Das Objekt hatte sich von der Wand gelöst und lag nun in einem bedauernswerten Zustand auf dem Boden. Die Beraterin stand auf, ging zu dem zerstörten Rahmen und hob ihn vorsichtig auf. Dabei schnitt sie sich am linken Zeigefinger. Sie fluchte unterdrückt, während ein Tropfen roten Blutes auf den Boden tropfte. Mehr zu sich selbst, als zu Elias sagte sie: „Es ist die Eigenart des Raums."

Sie holte ein weißes Tuch aus einer Tasche ihres Kittels und stillte damit die Wunde an ihrem Finger. Dann ging sie erneut zu dem Tisch, auf dem Elias Besitztümer aufgereiht standen, und räumte diese wieder in die lederne Tasche. Sie setzte sich, platzierte die alte Schreibmaschine vor sich, spannte ein Dokument ein und sagte: „Der Tradition der Station folgend, müssen sie noch eine Reihe an Fragen beantworten. Sie werden von einem Zufallsgenerator ausgewählt, weswegen sich keine zwei Fragebögen gleichen. Ich wünschte ich könnte Ihnen den Mechanismus zeigen. Er wurde noch zu Zeiten von Wilhelm Page konstruiert und verwirklicht. Eine ganz erstaunliche Maschine."

In Elias ging eine Veränderung vor sich. Er fühlte sich von absonderlichen Eindrücken und Situationen überwältigt, als könne er nicht mehr ertragen. Der verzweifelte Wunsch nach einer Regeln folgenden Realität kam in ihm auf. Warum hatte er sich in die höheren Stockwerke dieser Psychiatrie gewagt? Er sank äußerlich in sich zusammen. Die Beraterin bemerkte dieses äußere Anzeichen, kam zu ihm und legte ihm die Hand auf die linke Schulter. Sie holte eine Pillenschachtel hervor und gab Elias eine Pille von purpurner Färbung. Er würgte sie hinunter und starrte mit trübem Blick ins Leere. Während sie ihm durch das wirre Haar fuhr, sagte die Beraterin: „Ein Raum ohne besondere Eigenschaften ist vorbereitet. Sie können sich dort einige Stunden aufhalten und ich kann versprechen, dass sich nichts von Bedeutung ereignen wird."

Sie kehrte zu ihrer Schreibmaschine zurück und ergänzte: „Nur noch einige Fragen, die nicht schwer zu beantworten sind."

Die Schreibmaschine ertönte in erstaunlicher Lautstärke, als sie einige Buchstaben eintippte. Frau Eulenberg justierte die Seite erneut, dann fragte sie: „Bevorzugen Sie warme oder kalte Farbtöne? Nicht nur in Ihren Werken, sondern in der Malerei allgemein."

Elias erwiderte: „Kalte Farbtöne. Aber einen Grund dafür könnte ich nicht nennen."

„Was ist ihrer Auffassung nach wichtiger: Plastizität oder Ornament?"

„Es benötigt beider Elemente."

„Welche Stilrichtung der Malerei bevorzugen Sie: Expressionismus, Dadaismus oder Surrealismus?"

„Mein Herz gehörte immer dem Surrealismus."

„Nennen Sie mir Ihre liebste geometrische Grundform."

Elias zögerte einen Moment, dann antwortete er: „Die Ellipse."

Die Beraterin sah ihn überrascht an und sagte: „Das ist das erste Mal, dass ein Patient die Ellipse nennt."

Sie wendete sich wieder der Schreibmaschine zu und fuhr fort: „Welchen Farbton ordnen Sie der Trauer zu?"

Elias erwiderte: „Ein sehr dunkles Blau, das teils schwarz erscheint."

„Wessen Werk bevorzugen Sie: Charlie Chaplins und Buster Keatons?"

„Ästhetisch das von Charlie Chaplin, intellektuell Buster Keatons Werk."

„Bevorzugen sie Lyrik oder Prosa?"

„Lyrik kann faszinieren, aber Prosa ist das universellere Mittel."

„Erkennen Sie an Sich narzisstische Züge und wenn ja, welche?"

„Ja, ich bin von meiner übergeordneten Bedeutung überzeugt. Es erbost mich, dass meine Umwelt meine außergewöhnlichen Züge nicht anerkennt."

„Halten Sie die Mathematik für universell oder ein menschliches Konstrukt?"

„Ein universelles Prinzip unserer Realität."

„In welchem Jahrzehnt des 20. Jahrhunderts würden Sie leben, wenn Sie die Möglichkeit hätten?"

„In den 20er Jahren. Vorzugsweise in Berlin oder Paris."

„Haben Sie eine ungewöhnliche Vorliebe bezüglich weiblicher Körper oder erotischer Handlungen?"

„Ja, aber dazu möchte ich mich nicht äußern."

„Welche Mythologie spricht Sie am meisten an und aus welchem Grund?"

„Die persische Götterwelt. Ihrer Ästhetik wegen."

„Welche Märchengestalt fällt Ihnen spontan ein?"

„Die böse Königin in Schneewittchen und ihr vergifteter Apfel."

Die Beraterin tippte noch wenige Worte, dann nahm sie das bearbeitete Formular aus der Schreibmaschine und ordnete ihre Dokumente. Sie steckte sie in ihre Mappe und stand auf. Eine angenehme Unbekümmertheit und körperliche Wärme breiteten sich in Elias aus. Elias kam der Gedanke, all die absonderlichen Erlebnisse der letzten Tage und Wochen hätten ihren Reiz. Ein Leben ohne solche Begebenheiten wäre sehr eintönig. Rauschartiger Trotz und Eigensinn rissen in Elias die Herrschaft über Gedanken und Gefühle an sich. Eine euphorische Stimmung machte sich in ihm breit. Die Beraterin beobachtete seine Haltung und seine Mimik und sagte: „Die Pille beginnt zu wirken. Die euphorisierende und angstlösende Wirkung wird nur wenige Stunden andauern, aber eine dauerhafte Erholung herbeiführen."

Mit einem Lächeln nahm sie die schwarze Künstlermappe, das Notizbuch und den Schirm und öffnete die Tür des Zimmers. Elias griff nach der ledernen Tasche und folgte Frau Eulenberg auf einen engen Flur. Sie gingen wenige Schritte, blieben dann vor einer blau lackierten Tür stehen. Die Beraterin legte ihre Hand an die Türklinke und sagte: „Sie werden sehen, diese Station folgt einfachen Regeln. Dennoch ist es Ihre Aufgabe, diese herauszufinden. Ich kann Hinweise geben, nicht mehr. Hinter blauen Türen verbergen sich Ruheräume, die oft auch die Möglichkeit bieten, etwas zu essen zu sich zu nehmen."

Sie öffnete die Tür und beide betraten einen relativ kleinen, ungewöhnlich anmutenden Raum. Der Boden war mit einem zurückhaltenden Schachbrettmuster aus weißen und hellgrauen Fliesen versehen. An den Wänden fand sich eine hellgraue Tapete, auf der Frösche, Echsen und Schlangen abgebildet waren. Vor einem kreisrunden Fenster stand ein mit rotem Stoff bezogenes römisches Sofa. In der Mitte des Raums befand sich ein Tisch und ein zugehöriger Stuhl. Darauf befand sich ein Teller mit 2 Stücken eines Kirschkuchens und eine noch dampfende Tasse mit einer dunklen Flüssigkeit. Daneben stand eine kleine Kanne mit Milch und mehrere Würfel Zucker, sowie ein Löffel und eine Kuchengabel.

Die Beraterin ging zum Sofa und nahm eine übergroße Tageszeitung in die Hand. Sie prüfte das Datum und sagte: „Das ist glücklicherweise die heutige Ausgabe."

In einem wohltuenden Rausch setzte sich Elias an den Tisch und roch an der Tasse. Der Duft von frischem Kaffee stimulierte seine Sinne auf köstliche Art und Weise. Frau Eulenberg lehnte Elias persönliche Gegenstände gegen eine Wand des Raums, dann trat sie neben ihn, legte eine weitere purpurne Pille neben den Teller und erklärte: „Ich bitte Sie, diese Pille für einen Augenblick aufzuheben, in dem Sie die Wirkung dringend benötigen."

Elias spürte eine Berührung am Hinterkopf. Die Beraterin zog ihre Hand zurück und sah ihn betrübt an. Für einen Augenblick ähnelte ihr Gesicht Evelyns. Nur Momente später zeigte sie einen Ausdruck, den Elias oft an Johanna bemerkt hatte. Für wenige Sekunden glaubte Elias an der Beraterin das wellige schwarze Haar zu sehen, das Eva getragen hatte. Einen Moment sah Elias in Frau Eulenberg die Synthese aller Frauen, die er in den letzten Monaten begehrt hatte. Der Eindruck schwand. Die Beraterin verabschiedete sich, ermunterte ihn zu einem späteren Zeitpunkt die Station zu erkunden und verließ den Raum.

Kuchen und Kaffee waren köstlich. Elias war nur nicht sicher, ob sich der gesteigerte Genuss durch die Substanz erklärte, die ihm verabreicht worden war. Nach einer Viertelstunde spürte er den Wunsch sich auf dem römische Sofa auszustrecken. Er las einige Überschriften der Tageszeitung, kämpfte mit dem unhandlichen Format und warf sie schließlich in eine Ecke des Raums. Kaum eine der Nachrichten hatte nennenswerte Auswirkungen. Nichts war neu oder aufsehenerregend. Scheinbar war die Welt in diesen Tagen in einen Dornröschenschlaf gefallen.

Elias lauschte einige Zeit den Singvögeln im Park vor dem Klinikum. Andere Geräusche waren nur selten zu hören. Die Sonne warf ein entrücktes Licht in den Raum. Nachdem Elias eine angenehme Position auf dem Sofa gefunden hatte, fiel er in einen erschöpften Schlaf.

Es war nicht klar, ob Elias sich auf einem ausgedehnten Platz von Ulmenau, in einem Park oder in einem großen Saal befand. Er betrachtete fasziniert einen Artisten in einem kunterbunten, eng anliegenden Gewand. Dieser jonglierte mit mehr als 10 Bällen, während er auf einem Einrad balancierte. Das Einrad wiederum ruhte auf dem Rüssel eines Elefanten, der auf einem überwältigend großen Ball das Gleichgewicht hielt. Eine Stimme sprach durch einen knarrenden und einzelne Laute verzerrenden Verstärker, aber Elias war nicht in der Lage die gesprochenen Worte zu verstehen.

Sein Blick fiel auf eine Trennwand, die auf schwarzem Hintergrund Blumen und Getier aller Art zeigte. Dahinter unterhielten sich Frauen in gedämpftem Ton. Nach kurzer Zeit trat eine Frau hervor, die in das weiße Kleid einer Braut gehüllt war. Sie war sehr aufreizend und ähnelte keiner von Elias Bekanntschaften. Es dauerte nicht lange, dann trat eine weitere Braut aus dem nicht sichtbaren Bereich hinter der Trennwand. Dieser Vorgang wiederholte sich unzählige Male, bis eine wogende Menge an Bräuten die Szenerie füllte. Jede hatte ihre körperliche Besonderheit, sodass ein Panoptikum der Frau und ihres Körpers entstand.

Ein Mann in dunkler, eleganter Kleidung zupfte Elias an der Schulter und sagte: „Jede ist ausgesprochen schön. Und in dieser Anzahl sind sie einem orientalischen Fürsten würdig."

Verunsichert sah Elias dem Mann in die Augen. Er fühlte sich gezwungen zu antworten, fand aber keine passende Formulierung. Überhaupt war er sich nicht im Klaren, welche Rolle er in den ihn umgebenden Ereignissen spielte. Schließlich sagte er: „Sie sind außergewöhnlich schön. Aus welchem Grund sind sie so zahlreich?"

Der Mann erwiderte: „Um der Langeweile vorzubeugen, natürlich."

Eine Pause entstand. Im gleichen Moment trat eine weitere Braut hervor und begab sich zu einer anderen Frau, mit der sie wenige Worte tauschte. Der Mann in dunkler Kleidung zupfte ihn erneut an der Schulter und fragte: „Wie steht es um Deine Rede?"

„Meine Rede?", antwortete Elias und bemerkte, dass in direkter Nähe ein Tisch und darauf eine Schreibmaschine stand. Ein Blatt war eingelegt, aber nur eine einzige Zeile war getippt worden. Elias nahm das Blatt und sagte: „Scheinbar habe ich nur die Anrede niedergeschrieben. Sie lautet: Liebe Fabelwesen, liebe Götter, Halbgötter und Helden, liebe Engelswesen, liebe Dämonen und Teufel, liebe Gäste deren Natur ich nicht beschreiben kann."

Während er diese Worte sprach wendeten sich alle anwesenden Personen ihm zu. In ihren Gesichtern war Zorn und Abscheu zu sehen. Einige spuckten aus und es fielen harsche Worte.

Die Wirkung der Pille war verflogen, als Elias auf dem römischen Sofa erwachte. Er setzte sich auf und orientierte sich. Dem Stand der Sonne nach war es früher Nachmittag. Er fühlte sich noch etwas betäubt, sein Rachen war trocken. Nach kurzer Zeit griff er nach seiner ledernen Tasche und holte die Marotte hervor. Sie funkelte ihn an und sah sich um. Mit höhnischem Ton sagte sie: „Eine Anrede kann wohl kaum beeindrucken. Das nächste Mal erwarte ich mir eine spielerische, ausgefeiltere Vorstellungskraft."

Elias rieb sich den Kopf, dann stand er auf und ging zu dem Tisch des Zimmers. Jemand hatte eine Wasserkaraffe, ein Glas und eine Pillenschachtel darauf platziert. Ein stechender Schmerz fuhr Elias durch die Stirn. Er öffnete die Pillenschachtel und legte die purpurne Pille hinein. Dann trank er ein halbes Glas Wasser. Die Marotte lachte und sagte: „Ein köstliches Gift. Nur fürchte ich, dass wir nur selten weitere Pillen erhalten werden."

Einen Augenblick betrachtete Elias die Ausarbeitung des metallenen Gesichts. Es waren unverkennbar seine eigenen Züge, karikaturhaft verzerrt. Die Marotte grinste breit und sagte: „So vieles kann ich Dir nicht erklären."

Elias erwiderte: „Wie kann es sein, dass ich Dich auf Zimmer 19 der Station C3 finde? Nur ein einziges zufälliges Ereignis, eine Situation, die eine andere Wendung genommen hätte, ich hätte Dich nicht gefunden."

Die Marotte wollte antworten, aber Elias sprach weiter: „Wie lange existierst Du schon? Und wer hat Dich angefertigt? Wie lange lagst Du in der Metallschatulle?"

Der Blick der Marotte trübte sich. Sie suchte in sich, dann sagte sie: „Diese Fragen kann ich nur ungenügend beantworten. Ich erinnere mich an eine lange Zeit in stiller Schwärze, sicher in der Schatulle verwahrt. Von Zeit zu Zeit spürte ich und erlebte undeutliche Eindrücke. Das Bild einer schön anzusehenden Frau tauchte immer wieder auf. Erst als Du auf die Station C3 kamst, nahmen die Eindrücke an Deutlichkeit zu. Aber immer noch fühlte es sich wie ein Schlaf an, unterbrochen von intensiven Träumen. Erst als Du die metallene Schachtel geöffnet hast, erwachte ich zu vollem Bewusstsein."

„Und nun erlebst Du alles, was ich erlebe?", fragte Elias.

„Kaum etwas ist vor mir verborgen. Vergiss nicht, dass ich Dir zugetan bin. Du hast Einfallsreichtum und Mut bewiesen. Nur selten gelangt ein Patient auf die Station C4. In noch selteneren Fällen bei seinem ersten Aufenthalt im Klinikum."

Durch die Tür des Zimmers drang ein lauter Krach. Eine tiefe Stimme fluchte und begann einen Singsang an Kommentaren und Bemerkungen. Eilig suchte Elias seine Besitztümer zusammen. Die Künstlermappe, den Regenschirm und das Notizbuch legte er neben das römische Sofa. Den Rest packte er in die Ledertasche. Er öffnete die blau lackierte Tür und trat auf den Flur. Nur wenige Meter von ihm entfernt sortierte Jakob Maigrün einige Bücher, die vor ihm lagen. Er studierte den Zustand der gebundenen Bücher und murmelte: „Du wirst noch eines ruinieren. Und was dann? So unersetzbar wie sie sind."

Er bemerkte, dass jemand in den Flur getreten war. Die Tür schloss sich mit deutlichem Geräusch und Jakob richtete sich auf. Er benötigte einige Sekunden, dann zeichneten sich Freude und Verwunderung auf seinen Zügen ab. Eine Träne lief ihm an der Wange herab, während er sagte: „Es ist ein glücklicher Tag. Niemand sonst hätte ich mir zur Gesellschaft gewünscht."

In weiße Kleidung gehüllt, wirkte Jakob auf wundersame Weise verjüngt. Seine Bewegungen waren schneller, sicherer und kräftiger, als Elias es auf der Station C0West erlebt hatte. Er ordnete die Bücher auf dem Boden des Flurs zu zwei Stapeln ungefähr gleicher Größe und sagte: „Hilf mir mit diesen Büchern. Zufällig habe ich eine Quelle aufgetan, von der ich nicht wissen konnte, dass dergleichen existiert."

Elias belud sich mit einem Stapel und folgte Jakob in einen Raum nur wenige Schritte entfernt. Mehrere Möbelstücke waren an die Wände des Raums gerückt. Durch ein rundes Fenster fiel Licht in den Raum. Unter einem weißen Laken verbarg sich ein Klavier. Mehrere kleine Skulpturen standen neben Sitzmöbeln und einem Sekretär. An den Wänden lehnten einige Landschaften in Ölfarbe. In der Mitte des Raums fand sich eine umfangreiche Sammlung an teils sehr alten Büchern. Jakob bat Elias die Bücher an eine freie Stelle zu legen und begann, die angesammelten Werke in eine sinnvolle Anordnung zu bringen. Dabei sagte er: „Von manchen dieser Bücher hatte ich gehört. Bei anderen Titeln war ich der Überzeugung, sie wären nicht mehr als ein Mythos, hätten nie wirklich existiert."

Er hielt inne, nahm eines der Bücher in die Hand und fuhr fort: „Dieses nennt sich *Das Labyrinth der Wirklichkeit*. Ähnliche Zusammenhänge behandelt *Meta-Ebenen der Realität*. Empfehlen kann ich auch die Werke *Das Halbgöttliche als Ideal*, *Literatur als Akt der Blasphemie*, *Das Aufbegehren des Künstlers*. Von übergeordneter Bedeutung ist *Eine Geschichte und Auswirkungen des Solipsismus*."

Elias beugte sich und nahm ein blau gebundenes Schriftwerk aus einer langen Reihe. Es trug den Titel *Irrsinn und Inspiration*. Jakob trat an ihn heran, las den Titel und erklärte: „Ungewöhnliche Geisteszustände behandelt auch das Buch mit dem Titel *Verrat am Rationalen*. Weitere Aspekte finden sich in *Wessen Geistes Kind bin ich?* Und unbedingt zu studieren ist der Titel *Ist das Göttliche wahnhaft?*"

Jakob knetete seine Hände, dann beugte er sich wieder und veränderte die Reihenfolge der aufgereihten Bücher. Mit großer Nachdrücklichkeit sagte er: „Diese Sammlung zu studieren wird mich viel Zeit kosten. Aber es ist gut investierte Zeit. Vielleicht kann ich einige der Rätsel lösen, vor die mich mein Leben gestellt hat."

Er sah zu Elias und fuhr fort: „Um ein Mindestmaß an Bildung zu erlangen, solltest du auch folgende Werke lesen: *Vergessene Mythologien, Freier Wille im Kontext, Rausch und Wahn im 19. Jahrhundert, Poetische jüdische Mystik, Gedichtsammlung Franz Kafka, Ausdruck und Subtilität, Die transzendente Katastrophe des 20. Jahrhunderts, Die verborgene Alchemie, Kritik der Numerologie, Umgangsformen im Kontakt mit Gottheiten, Verborgenes und seine Maske, Die schwarze Kunst als Form der bildenden Künste, Unerwartete Eigenheiten der Metaphysik.*"

Jakob Maigrün kramte in einer Tasche seiner Hose. Er holte ein zerknittertes Blatt hervor und reichte es Elias. Darauf fand sich in zierlicher, kleiner Handschrift eine Liste weiterer Bücher. Jakob deutete auf das Blatt und sagte: „Diese Liste fasst alle mir bekannten wichtigen Werke über den Teufel und seine Eigenarten zusammen. Ich habe sie bereits auf Station C0West geschrieben, in der Hoffnung sie Dir geben zu können. Gott weiß, warum ich sie all die Zeit bei mir trage."

Er wendete sich wieder der Büchersammlung zu und jammerte: „Wenn ich nur einen klaren Gedanken fassen könnte, wie ich diese Auswahl sortieren soll."

Elias Blick fiel auf ein Buch in grünem Einband. Er nahm es von einem Stapel großformatiger Schriftstücke und las den Titel. In geschwungenen, weißen Buchstaben prangte der Titel „Weshalb Hut und Maske unverzichtbar sind" unter dem Namen des Autors. Elias setzte sich so bequem wie möglich auf den Boden und überflog das Vorwort von Johannes Kaspar Narrenschuh. Währenddessen eilte Jakob mit irrem Blick aus dem Zimmer. Wenige Minuten später kehrte er mit weiteren 5 Büchern zurück und fügte sie in das wuchernde Chaos. Er begann einen langwierigen Prozess des Sortierens und Neuordnens, der aber kein akzeptables Ergebnis erbrachte. Elias studierte die ersten 3 Kapitel des Buches „Weshalb Hut und Maske unverzichtbar sind", in denen historische Ursprünge, Zusammenhänge und Wandlungen des Hutkunst und der Maskenanfertigung geklärt wurden. Immer wieder kam der Autor auf philosophische und metaphysische Aspekte der Hutmode und ritueller Maskierung zu sprechen. Während Elias den teils weitschweifigen Gedankengängen folgte, ließ das Licht des Tages nach. Elias Eindruck nach viel zu früh. Die Dauer des Tages schien aus den Fugen geraten. Jakob eilte noch mehrere Male auf der Station umher und fügte weitere Bücher seiner Sammlung hinzu. Er hielt erst inne, als er gezwungen war, den Lichtschalter des Zimmers zu betätigen. Eine seltene Klarheit zeichnete sich auf seinen Zügen ab, als er sagte: „Es ist an der Zeit eine blaue Tür zu finden. Zu nächtlicher Stunde sollte man nicht auf der Station C4 umherirren. Ich vermeide es zumindest."

Mit einer ungeschickten Bewegung erhob sich Elias. Dabei fiel ihm das grün gebundene Buch aus der Hand. Er hob es auf und sah, dass ein kleinformatiges Foto herausgefallen war. Es zeigte einen Hutträger mit schwarzer Pestmaske, einem langen, faltigen Mantel, ledernen Schuhen und Handschuhen. Ohne sich den Grund erklären zu können, verbarg er das Foto schnell in der Hand und legte das Buch an seinen ursprünglichen Ort. Jakob beugte sich über einen Teil der Auswahl, der bereits eine innere Ordnung hatte und sagte: „Ich werde heute dieses Zimmer nicht mehr verlassen. Sollte ich müde werden, rolle ich mich in einer Ecke zusammen. Schlafen kann ich derzeit beinahe in jeder Situation. Eine tiefe Erschöpfung erfüllt mich."

„Nur zwei Räume entfernt wartet ein bequemes Sofa auf mich.", erwiderte Elias und ging zur offenstehenden Tür. Jakob zeigte keinerlei Interesse an Elias Verschwinden. Dieser eilte zu der blau lackierten Tür, hinter der er den ihm bekannten Ruheraum vermutete. Er öffnete die Tür, in der Erwartung etwas Ungewohntes zu finden, aber der Raum wirkte unverändert. Elias schaltete das Licht ein, legte die lederne Tasche ab und betrachtete erneut das Foto des Maskierten. Einer Eingebung folgend drehte er es um und las eine Notiz auf der Rückseite: „In mindestens 3 mir bekannten Fällen trat die abgebildete Erscheinungsform auf. Noch immer gelingt es nicht, einen Ursprung zuzuordnen. Auch in den Eigenheiten der Patienten sind keine auffälligen Ähnlichkeiten. Zu diesem Zeitpunkt weiß ich mir keinen Rat."

Die Notiz war mit einem schwungvollen Namen unterschrieben. Mit einiger Mühe entzifferte Elias den Namen „Maria". Bemerkenswert war auch, dass die Notiz in unterschiedlichen Schriftfarben niedergeschrieben war.

Einige Zeit saß Elias gedankenverloren an dem Tisch des Zimmers. Dann griff er zu der Tasche und holte die Marotte und das rot gebundene Buch hervor. Die Marotte lächelte hintergründig, während Elias das Buch öffnete. Er blätterte zu der Stelle, die durch Evelyns Fotografie markiert wurde und las einen Absatz.

Um dem Leser ein noch tieferes Verständnis zu ermöglichen, führe ich hier einen Lobgesang des Mystikers Ephraim von Lorsch an. Leider hat nur ein Fragment die Zeit überdauert. Es muss an dieser Stelle erwähnt werden, dass der Urheber dieser Zeilen ein zutiefst gottesfürchtiger Mensch war, der vielleicht im Kontakt mit dem Teufel stand, sich jedoch stets zu seinem abstrakten Gottesbild bekannte.

In der Verwirrung meiner Seele erkenne ich dich,

Du bist des Wahns ursprüngliches Gift.

In dir lebt und atmet das Chaos.

In die Tiefen gestoßen erkenne ich dich,

Dein Herz hast du dir aus der Brust geschnitten.

Deine Gestalt hast du in rußfarbene Finsternis gewandelt.

Verfall und Verderbnis sind deine Zierde.

In der Verwerflichkeit meiner Seele erkenne ich dich,

In dir lodert zorniger Eigensinn und Ungehorsam.

Kränkungen nimmst du nicht ohne Strafe hin.

In deiner Gegenwart verzagen Heilige und Propheten.

Deine Einflüsterung ist süßes, unwiderstehliches Gift.

Die Wankelmütigen führst du auf gefährliche Pfade.

In dir wächst das endgültige Verhängnis.

In stummer Verzweiflung erkenne ich dich,

Von Gottes Angesicht hast du dich abgewandt.

Du bist der Urquell listiger Boshaftigkeit.

Deine Listen durchschaue ich.

Deiner Lüge widerstehe ich.

Deiner Einflüsterung schenke ich kein Gehör.

Mehr als eine Stunde betrachtete Elias das nächtliche Licht von Ulmenau, bevor Erschöpfung und Müdigkeit sich seiner bemächtigten. In einem Nebenraum wurde scheinbar ein Würfelspiel gespielt. Aufregung und Geschwindigkeit der Kommentare nahmen stetig zu. Besonders häufig fielen die Zahlen 4, 19 und 21. Mit großer Mühe gelang es Elias, das Licht im Zimmer zu löschen und sich auf das römische Sofa zu werfen. Er fiel in einen traumreichen Schlaf.

Der Maskierte mit Mantel, Hut und Pestmaske saß an einem Tisch, auf dem zahlreiche Schminkutensilien und andere Hilfsmittel zur Veränderung der eigenen Erscheinung standen. Am Rand des Tisches stand ein ovaler Spiegel, dessen Rahmen mit einfallsreichen Objekten und Kreaturen verziert war. Ein ungewöhnliches, warmes Licht erfüllte die Szene. Der Träger der Pestmaske griff zu einem Puder und begann es auf die schwarze Schnabelmaske aufzutragen.

In geringer Entfernung rief eine Stimme: „In wenigen Minuten öffnet sich der Vorhang. Unser Publikum ist heute besonders erlesen."

Zugleich trug der Maskenträger immer neue Schichten an farbigem Puder, Lidschatten und einem grellen, roten Lippenstift auf. Bald wirkte er wie die misslungene Skizze eines Kubisten.

Für wenige Momente war Elias wach. Die ungewohnte Umgebung jagte ihm einen Schrecken ein und er hatte den Eindruck nicht alleine im Raum zu sein. Noch bevor er diesen Eindruck überprüfen konnte, übermannte ihn wieder der Schlaf.

Vogelgezwitscher und die Geräusche geschäftiger Insekten erfüllten einen Raum, der in das warme Licht eines späten Nachmittags getaucht war. Elias bemerkte einen intensiven Geruch von Pflanzen, Erde und fließendem Wasser. Nach einigen Momenten der Verwirrung wurde Elias klar, dass er in einem weitläufigen Gewächshaus stand. Nur wenige Meter von ihm entfernt trat der Mantelträger mit Pestmaske in sein Sichtfeld. Er wartete mehrere Sekunden, dann breitete er die Arme aus und begann gedämpft einen Gesang in einer Elias unbekannten Sprache. Nach kurzer Zeit ließ sich eine Elster auf einem Arm des Maskierten nieder. Eine Krähe und mehrere Spatzen folgten ihrem Beispiel. Sogar einige Schmetterlinge, eine Libelle und mehrere Hummeln setzten sich auf den faltigen Mantel und die erhobenen Arme.

Elias erwachte und sah die Beraterin am Tisch des Ruheraums sitzen. Sie starrte aus dem Fenster auf die nächtlichen Lichter von Ulmenau. Als sie bemerkte, dass Elias bei Bewusstsein war, sprach sie einige unverständliche Worte. Elias fiel erneut in einen erschöpften Schlaf.

Auf hoher See trieb ein viel zu kleines, hölzernes Boot dahin. Hohe Wellen spielten mit der Barke, an deren Bug der Maskenträger stand. Wind und Regen zerrten an seinem faltigen Mantel. Wellenberge und -täler wurden immer gewaltiger. Elias krallte sich in das Holz des Bootes und betrachtete das Schauspiel dunkler Wolken und zuckender Blitze, die der Barke immer näher kamen.

Der Maskierte hatte sich ihm zugewandt und bedeutete ihm mit einer Hand Ruhe zu bewahren. In diesem Augenblick setzte Sturm und intensiver Regen ein. Blitze erhellten das aufgewühlte Meer. Elias war, als würde ein riesiger Fisch, ein Wal oder etwas Ähnliches dem Boot folgen und sich ab und zu an der Wasseroberfläche zeigen.

Durch die Tür des Zimmers fiel ein Lichtstrahl. Elias sah Frau Eulenberg an der Tür stehen und leise zu einer anderen Frau sprechen. Für einen Augenblick erkannte Elias die Stimme der anderen Frau. Die Beraterin sah ihn an und verscheuchte ihren Gesprächspartner. Sie schloss die Tür und Elias verlor wieder das Bewusstsein.

Ein roter Vorhang öffnete sich und gab den Blick auf einen prunkvollen Theatersaal frei, der bis auf den letzten Platz gefüllt war. Elias bemerkte jemanden hinter sich. Der Mantelträger mit Schnabelmaske stieß ihn in die Mitte der Bühne. Ein Raunen ging durch das Publikum. Von beiden Seiten traten Frauen in komplizierten, unpraktischen Kostümen auf die Bühne. Elias erkannte Evelyn, Johanna, Ann-Marie, Eva Nelke und Julia Schroben. Er sah an sich hinab und wunderte sich darüber, dass er in einen eleganten Anzug, weiße Handschuhe und einen weißen Schal gehüllt war. Er erfühlte einen Zylinder auf seinem Kopf. Dann wendete er sich an den Maskierten und sagte: „Das ist falsch. Ich sollte im Publikum sitzen, nicht auf der Bühne stehen."

Lachen brandete auf und sarkastische Bemerkungen wurden geschrien.

Ein klares, neutrales Licht erfüllte den Ruheraum, als Elias langsam zu Bewusstsein kam. Er tastete nach dem Zylinder, den er im Traum getragen hatte. Während er sich aufsetzte trat die Beraterin in den Raum. Sie trug ein Tablett mit einer Süßspeise und frischem, dampfenden Kaffee. Sie stellte es auf den Tisch und sagte: „Leider habe ich gerade viel zu tun. Vielleicht begegnen wir uns noch im Lauf dieses Tages. Es empfiehlt sich die Station in den hellen Stunden zu erkunden."

Nach einem kurzen Frühstück nahm Elias die Marotte aus der ledernen Tasche und wagte sich auf den Flur der Station C4. Er erkundete die direkte Umgebung des Ruheraums, in der Hoffnung auf Jakob zu stoßen. Diese Hoffnung erfüllte sich aber nicht und auch die mühsam zusammengetragene Büchersammlung war nicht mehr zu finden. Er öffnete vorsichtig mehrere Türen und warf einen Blick in das Innere der Zimmer. Hinter weiß lackierten Türen fanden sich Behandlungszimmer für unterschiedlichste Behandlungsformen. Sie waren selten und machten den Eindruck, lange nicht mehr verwendet worden zu sein. Rote Türen waren ein Hinweis auf Aufenthaltsräume, in denen sich verschiedenste Möglichkeiten zur Beschäftigung fanden. Neben einer eindrucksvollen Bücherauswahl, fand Elias auch eine große Sammlung klassischer Musik auf Schallplatten und einen funktionierenden Plattenspieler. In einem der Räume stand ein Billardtisch und alles nötige Zubehör. In einem anderen Zimmer wartete ein mit einem weißen Tuch geschütztes Klavier. Im gleichen Raum fanden sich ein Cello, eine Querflöte, ein Akkordeon, verschiedene Trommeln und teils obskure perkussive Instrumente. Jeder Raum folgte einem eigenen Farbschema und fügte sich dennoch harmonisch in die Station ein. Möbel und Ausstattung waren voller überraschender Details, Metaphern und Hinweise auf philosophische Ideen. Viele Räume wirkten wie teils schwer verständliche Illustrationen eines philosophischen Gedankens. Elias wagte sich immer tiefer in das Gewirr aus Gängen und Räumen. Nach einiger Zeit verlor er die Orientierung und stand unschlüssig neben einer mit Mohnblumen gefüllten Vase. Die Marotte machte auf sich aufmerksam und höhnte: „Es ist also geschehen. Du hast keinerlei Ahnung, wo Du Dich befindest, nicht wahr?"

Mit wenigen Worten erklärte die Marotte den Rückweg. Elias folgte den Anweisungen und stand bald wieder neben dem römischen Sofa seines Ruheraums und beobachtete die hektische Tätigkeit der Bewohner von Ulmenau.

„Was macht es schon, wenn Du Dich verirrst?", fragte die Marotte und fuhr fort:. „Es gibt ausreichend blaue Türen und es wäre schäbig, sich hier zu verkriechen."

Elias erwiderte: „Ein wenig meine Augen ausruhen. Mehr verlange ich nicht. Dann wage ich mich wieder hinaus."

Mehr als 2 Stunden vergingen, bis Elias sich für den Aufbruch vorbereitete. Er hatte nicht vor zurückzukehren, also nahm er auch die Mappe, das Notizbuch und den Regenschirm mit. Das Vorankommen war ein wenig mühsam. Elias folgte einem Gang, von dem er vermutete, dass er sich in Richtung des Zentrums der Station schlängelte. Nach zwei Wendungen endete dieser Flur und Elias durchquerte einen Aufenthaltsraum, in dem mehrere Spielautomaten und ein Roulette-Tisch auf Beachtung warteten. Ein weiterer Flur führte an mehreren weiß lackierten Türen vorbei. An den Wänden hingen Portraits in Ölfarbe. Die Gemälde waren mit kupfernen Schildern versehen, die Namen und ein Datum anführten. Die ältesten Daten stammten aus den 50er Jahren des 20. Jahrhunderts. Elias beschloss zu einem geeigneten Zeitpunkt zurückzukehren und die Portraits genauer zu untersuchen. Während er dem Gang folgte verbreitete sich der Geruch frischer Zitronen.

Nach kurzer Zeit erblickte Elias eine blaue Tür, an der ein metallenes Schild angebracht war. Auf dem Schild stand in altmodischer, geschwungener Schrift: 19b. Elias lehnte Mappe und Regenschirm an die Wand und betrat den Raum hinter der blauen Tür. Er war viel größer als der Ruheraum, in dem Elias die vergangene Nacht verbracht hatte. Drei runde Fenster ermöglichten einen Blick auf den Park des Klinikums. An einer Wand stand ein großes Bett aus lackiertem Holz, dessen Rahmen in der Form einer Barke gearbeitet war. An den Seiten der Barke war Wellengang und Gischt aus Holz geschnitzt. Eine Krake tastete mit einem Tentakel nach dem Inneren des Bootes. Eine hohe Welle, aus der zahlreiches Meeresgetier herausragte, bildete das Kopfteil des Bettes. Neben dem Bett wartete ein Sekretär auf Verwendung, der aus zahlreichen Quadern, Kugeln, Kegeln und Zylindern zusammengesetzt war. Diesem gegenüber stand ein Tisch, der auf der Nachbildung verschiedener Schlangenarten ruhte, die zornig die Köpfe hoben und ihre Mäuler öffneten. Der zugehörige Stuhl war eine Komposition aus ineinander verschlungenen Kreisen und Ellipsen. In der Tiefe des Raumes befanden sich ein Sessel und ein Sofa, die das Motiv der Spirale variierten. Die Bezüge waren abstrakt und in einem stechenden Orange. Über dem Kopf des Bettes hing ein Ölgemälde, das ein abstrahiertes, aufgewühltes Meer darstellte. Elias betrachtete den Raum aus verschiedenen Perspektiven, nahm kurz die Details in Augenschein und entschied dann die nächsten Nächte in dieser Anordnung zu verbringen. Er holte Mappe und Regenschirm und stellte sie neben den von Schlangen empor gehaltenen Tisch. Erst in diesem Moment fiel ihm eine grüne Tür neben dem Sekretär auf. Er nahm die Marotte aus der ledernen Tasche, legte diese zur Seite und trat an die grün lackierte Tür. Es war die erste in einem Grün lackierte Tür, die Elias fand, sodass er keinerlei Hinweis hatte, was sich dahinter verbergen könnte. Elias öffnete sie und trat in ein kleines, aber vollständig ausgestattetes Atelier. Es bot genügend Platz und Materialien für einen Künstler. Neben einem großen Tisch stand eine Staffelei und in Schränken waren Malmittel und Zubehör aller Art. Eine Auswahl an Leinwänden, von denen einige ungewöhnliche Formate aufwiesen, lehnten gegen eine Wand.

„Was könnte Dein Glück jetzt noch steigern?", fragte die Marotte.

Während dieser Worte überfiel Elias eine Erinnerung an Evelyn und Johanna. Aus einem Radio drang eine alte, knisternde Aufnahme einer romantischen Klaviersonate. Die Beliebigkeit des Stückes und seine unangenehme Süßlichkeit mischten sich mit dem Prasseln heftigen Regens.

Sie hielten sich in einem vergessenen Aufenthaltsraum der Station C3 auf. Johanna war nackt und damit beschäftigt Evelyn zu entkleiden.

Die Marotte lachte höhnisch und sagte: „Eile Dich. Ich habe etwas Interessantes entdeckt und will, dass Du es erkundest."

Elias ging wieder in den Ruheraum. Er trat erwartungsvoll an die Fenster, konnte aber nichts Ungewöhnliches im Park des Klinikums finden. Der Geruch nach frischen Zitronen war inzwischen sehr intensiv. Die Marotte bat ihn sich in den Flur zu begeben. Elias folgte der Bitte und den folgenden Anweisungen und stand bald vor einer schwarz lackierten Tür. Stimmen waren durch die Tür zu hören, aber es blieb unklar, welche Sprache gesprochen wurde. Auf eine Aufforderung der Marotte hin, öffnete Elias die Tür und betrat einen Thronsaal. Der Raum erstreckte sich mindestens 2 Stockwerke in die Höhe. Der Boden war ein kostbares Mosaik und an den Wänden waren Illustrationen wenig bekannter biblischer Geschichten zu sehen. Auf einem erhöhten Bereich des Raums stand ein Thron und neben diesem zwei weitere kostbare, mit Gold überzogene Stühle. Säulen aus rotem Marmor ragten empor. Ein älterer Mann trug, auf dem zentralen Thron sitzend, das weiße Gewand eines Papstes und eine Tiara mit goldenen Akzenten. Zu seiner Linken und seiner Rechten thronten zwei dunkelhäutige Frauen, die nicht mehr als eine Papstkrone aus schwarzem Stoff trugen. Zu Füßen der Gruppe lag, in lässiger Haltung, ein junger Mann, gekleidet in das Gewand eines mittelalterlichen Narren. Nur hatte man bei seinem Gewand alle Farben gegen ein tiefes Schwarz getauscht, nur wenige Kontraste mit einem strahlenden Weiß eingefügt. Hinter dem Papst und den 2 Päpstinnen dunkler Hautfarbe, war ein schwerer Samt aufgehängt, der die naive Darstellung von Sternen, einer lächelnden Sonne und eine schlafende Mondsichel trug.

Der Papst lehnte sich nach vorne und sagte herrisch: „Protokollführer, wie viel Zeit ist vergangen, seit wir zuletzt Besuch hatten?"

Hektisch stand der Narr auf, eilte zu einer Schreibmaschine, die in einer Ecke des Raums wartete, beäugte das eingelegte Papier und sagte: „12 Tage, 3 Stunden und 17 Minuten."

Elias wollte etwas sagen, aber der Narr unterbrach ihn mit den Worten: „Lasst uns ein Spiel spielen."

Eine der Päpstinnen stand auf, flüsterte dem Papst etwas ins Ohr, nahm ein Objekt auf, das vor ihrem Thron gelegen hatte und kam zu Elias. Dieser erkannte, dass sie eine Dornenkrone in der Hand hielt. Sie schmiegte ihren nackten Körper an Elias und setzte ihm die Krone auf. An einigen Stellen bohrten sich die Dornen in seine Haut, aber der Schmerz war leicht zu ertragen. Die Päpstin drehte sich dem Thron zu und sagte: „Er hat ein hübsches Gesicht. Er wäre ein hervorragender Christus am Kreuz."

Der Papst warf erregt ein: „All das Leid und das Blut. Danach steht mir nicht der Sinn. Und Du vergisst, dass uns bereits vor einiger Zeit die Kreuze ausgegangen sind."

„Zu einem bestimmten Zeitpunkt koten sie sich immer ein.", sagte der Narr, erhob sich und kam einige Schritte auf Elias zu. Er griff sich die Päpstin und zog sie an sich. Er sagte einige Sätze in fließendem Italienisch und griff ihr an die Brust. Dann rief er: „Homines sumus, non dei!"

Mit größter Vorsicht nahm Elias die Dornenkrone ab und sah der Marotte fragend ins Gesicht. Sie zeigte ein schwer zu deutendes Lächeln und sagte: „Sei Dir klar, Du bist nicht minder verrückt als sie. Nur leben sie es aus."

Der Papst deutete auf eine Uhr an einer der Wände. Sie war offensichtlich stehengeblieben. Nur der Sekundenzeiger zuckte von Zeit zu Zeit, bewegte sich aber nicht mehr vorwärts. Der Papst richtete sich auf, als würde er sich demnächst erheben und sagte: „Für Unzucht ist es noch zu früh. Erst wenn die Uhr die fünfte Stunde zeigt, sollt Ihr tun, was immer Ihr möchtet."

Die Päpstin riss sich aus der Umklammerung des Narren los und sagte: „Er braucht andere Kleidung. Was er trägt ist so gewöhnlich."

Sie ging zu einem reich verzierten Schrank und öffnete ihn. Sie wühlte durch eine Unzahl an Kleidungsstücken und Kostümen und sagte: „Wir haben eine Soutane, das Gewand eines Bischofs, verschiedene militärische Uniformen, Clowns-Kostüme, ein Mickey Mouse-Kostüm und ganz erstaunliche abstrakte Werke."

Die Päpstin, die bisher auf ihrem Thron verweilte hatte, eilte zu dem Schrank und zog einen weißen Overall heraus. Sie betrachtete das Kleidungsstück und sagte: „Das ist ein Rennoverall aus den 70er Jahren. Sieh Dir den Schriftzug der Werbung und die orangen Streifen an."

Mit geschickten Fingern entkleideten die Päpstinnen Elias, suchten ein passendes Untergewand heraus und kleideten ihn in den Rennoverall. Danach forderten sie ihn auf sich in verschiedene Positionen zu drehen. Eine der Päpstinnen sagte: „Es ist wie für ihn gemacht. Und es hat einen Hintersinn."

„Ist Euch der Geruch nach frischen Zitronen aufgefallen? Rieche nur ich ihn so deutlich?", fragte Elias. Während er diese Worte sprach, öffnete sich die Tür. Ein Mann mittleren Alters in einem grauen Livree, das mit roten Akzenten versehen war, schob eine altmodische Drehorgel in den Raum. Es dauerte einige Momente, dann hatte er einen passenden Ort für die Maschine gefunden und begann an der Kurbel zu drehen. Ein Wiener Walzer erfüllte den Raum. Aus einem Nebenraum war aufgeregtes Rufen und Applaus eines großen Publikums zu hören. Der Hofnarr packte Elias und wirbelte ihn herum. Der absurde Tanz nahm ganzen Raum in Anspruch. Nach einigen Takten bemerkte Elias am Kostüm des Narren eine Veränderung. Die bisher schwarzen Flächen hatten leuchtende Farben angenommen. Je länger der Tanz währte, desto heller und strahlender wurden sie, bis sich ein nur leicht getöntes Weiß durchsetzte. Zugleich verwandelten sich die Gesichtszüge des Hofnarren. Seine Augen wurden größer und traten hervor. Seine Wangen wurden ausgeprägter und die Lippen fülliger. In wenigen Momenten veränderte sich seine Hautfarbe. Sie nahm ein reines Schwarz an und kontrastierte zu den weißen Hörnern, die ihm an beiden Seiten des Schädels wuchsen. Sie erinnerten an die Hörner eines Widders, nur waren sie deutlich größer. Der enge Kontakt zu der Abartigkeit, die nur kurz zuvor der Narr gewesen war, wurde Elias immer unangenehmer. Schließlich riss er sich los und erschrak über die Verwandlung, die der Papst und die zwei Päpstinnen durchgemacht hatten. Der Papst hatte sich seines Gewands entledigt und zeigte sich als eine absurde Mischung aus schwarzem Fell und schwarzem Gefieder. Sein Gesicht wirkte wie eine Mischung aus Esel und Ziege. Ein langer, gelockter, weißer Bart hing bis zu seiner Brust und aus seinem Schädel ragten drei riesige, weiße Hörner. Mit irrem Blick beobachtete er die Geschehnisse und berührte sich dabei. Die Verwandlung der Päpstinnen war zurückhaltender. Ihre Haut hatte die Farbe von weißem Porzellan angenommen, aber ihre Gesichtszüge waren unverändert. Einen Augenblick glaubte Elias statt der Frauen abstrahierte Schachfiguren zu sehen. Ihre Papstkronen waren ein lustvolles Spiel mit verschiedenen Farben und geometrischen Elementen. Das Spiel der Drehorgel endete, der Mann im Livree verschwand mit dem Instrument und zugleich nahmen die Anwesenden ihre ursprüngliche Gestalt wieder an. Der Papst räusperte sich und sagte: „Mir ist ein Spiel eingefallen. Wenn unser Gast 4 Weisheiten nennen kann, soll er ein Geschenk erhalten."

Der Narr legte sich zu Füßen einer Päpstin und sprach: „Ist das nicht ein wenig viel verlangt? Wer weiß schon 4 Weiheiten? Aber vielleicht würden 4 Zitate genügen."

„Dann erhält er sein Geschenk, wenn er 4 Zitate nennen kann.", erwiderte der Papst.

Alle Aufmerksamkeit richtete sich auf Elias. Der Aufdruck im Inneren der Maske kam ihn in den Sinn. Er rief sich die Sprüche ins Gedächtnis und sagte: „3 kann ich in jedem Fall nennen. *Der Tod ist gewiss, seine Stunde ist ungewiss.*"

Eine Pause entstand, dann fügte Elias an: „*Arzt, hilf dir selbst! Alles Böse, nur kein böses Weib!*"

Die Anwesenden reckten ihre Köpfe Elias entgegen. In einer anderen Situation hätte er zahlreiche Zitate nennen können. Nun fiel ihm nicht mehr als die Anekdote eines griechischen Philosophen ein. Er hatte einige Mühe sich an den genauen Wortlaut zu erinnern. Schließlich sagte er: „*Geh mir ein wenig aus der Sonne.*"

Während eine der Päpstinnen ihren Platz auf einem der kostbaren Stühle wieder einnahm, flüsterte die Andere dem Papst etwas ins Ohr. Erstaunen zeichnete sich in dessen Zügen ab. Schließlich sagte er: „Wer Diogenes zitieren kann hat ein Geschenk verdient."

Er sah den Hofnarren auffordernd an und fuhr fort: „Eines, das in rotes Geschenkpapier verpackt ist. Von mittlerer Größe."

Der Hofnarr sprang auf und lief in eine düstere Ecke des Raums. Dort stapelten sich unterschiedlichste Geschenke in geeigneter Verpackung. Er legte einige Geschenke zur Seite und entschied sich für ein rot eingepacktes Paket mit breitem, weißen Band und Schleife. Mit großer Geste überreichte er es Elias. Dieser nickte dankbar und wartete unschlüssig. Der Papst forderte ihn unwirsch auf, es zu öffnen. Elias löste die Schleife und das Band und öffnete das Geschenkpapier sorgfältig. Eine Schachtel aus Holz kam zum Vorschein. Darauf befand sich der abstrahierte Druck einer Flöte und die Aufschrift: „Instrumenten-Manufaktur Bad Johannis"

In den letzten Minuten wurde Elias immer unruhiger. Er öffnete die Holzschachtel und fand eine kleine, silberne Flöte. Er nahm sie aus dem samtenen Futter und begutachtete das Instrument.

„Im Lauf der Jahre haben wir viele Instrumente verschenkt, aber jetzt ist nur noch eine geringe Anzahl vorhanden.", erläuterte der Papst. Von einem auf den anderen Augenblick war sein Interesse an Elias erloschen. Er ging zu der stehengebliebenen Uhr und stellte sie auf Viertel nach Fünf. Die Päpstinnen lachten sehr ordinär, beinahe hässlich. Der Narr hatte sich Elias wieder genähert und blickte ihn mit einem verunsichernden Ausdruck an.

Elias Marotte machte sich bemerkbar und sagte: „Rette Dich jetzt. Jetzt ist der Augenblick. Niemand kann sagen, was Dir passiert, wenn Du diesen Ort nicht verlässt. Am Ende schlagen sie Dich vielleicht doch noch an ein Kreuz."

Mit langsamen, unauffälligen Bewegungen strebte Elias in Richtung der schwarz lackierten Tür und reihte höfliche Floskeln aneinander. Der Papst schenkte ihm kaum Aufmerksamkeit, war stattdessen damit beschäftigt sich zu entkleiden. Die Päpstinnen hatten einen Streit begonnen und eine schlug der Anderen die Tiara vom Kopf. Der Narr hatte vor der Schreibmaschine Platz genommen und tippte geräuschvoll einige Zeilen. In einem unbeobachteten Augenblick öffnete Elias die schwarze Tür und floh auf den Flur der Station C4. Er versicherte sich, dass die Tür geschlossen war und ging einige Schritte in Richtung des Raums 19b. Er hielt inne und holte die silberne Flöte heraus. Sie war geformt wie eine Blockflöte, nur etwas kleiner. Elias erinnerte sich an den Musikunterricht in seiner Kindheit und versuchte der Flöte einen Ton zu entlocken. Es gelang ihm. Er reihte einige beliebige Töne aneinander und versuchte sich danach an der Melodie eines Kinderliedes. Während er das kurze Motiv, das er noch im Gedächtnis hatte, mehrmals wiederholte, kamen Dr. Petull und Frau Eulenberg in Sichtweite.

Dr. Petull bemerkte Elias zuerst, zeigte einen erstaunten Gesichtsausdruck und blieb stehen. Mit einer zurückhaltenden Geste bedeutete er Frau Eulenberg ebenfalls stehen zu bleiben. Sie wendete sich ihm zu. Unzufriedenheit war in ihrem Gesicht zu lesen. Die beiden wechselten einige Wörter und Frau Eulenberg fuhr sich durch das lockige, rote Haar. Nach kurzem Gespräch kamen beide auf Elias zu.

Frau Eulenberg trat bis auf eine Armlänge an Elias heran und Dr. Petull folgte ihr, wahrte aber etwas mehr Abstand.

„Sie wagen Sich schon in Räume mit schwarzen Türen?", fragte Frau Eulenberg.

Elias erwiderte: „Ja. Oft frage ich mich, ob es nicht ein Fehler war. Nur ist meine Neugier scheinbar größer als meine Vernunft."

Während er diese Worte sprach, warf er einen Blick auf die silberne Marotte. Sie verbarg ihr Leben und zeigte keinerlei Bewegung.

Dr. Petull korrigierte seine leicht gebeugte Haltung und sagte: „Und sie sammeln immer noch außergewöhnliche Gegenstände. Kostbarkeiten anscheinend. Ich erinnere mich in einem Brief von Wilhelm Page gelesen zu haben, dass es mit Musikinstrumenten auf der Station C4 eine besondere Bewandtnis hat. Nur hat er nicht genauer beschrieben, was er damit meinte. Darf ich die Figur und die Flöte kurz in Augenschein nehmen?"

Zögernd übergab Elias dem Arzt sowohl die Marotte, als auch die silberne Flöte. Dieser betrachtete die Objekte aus verschiedenen Perspektiven und versuchte sich in kurzer Zeit einen umfassenden Eindruck zu verschaffen.

Er wandte sich an Frau Eulenberg und sagte: „Meiner Erinnerung nach nennt man solche Stäbe Marotten. Sie waren wichtig in der mittelalterlichen Symbolik. Man sieht solche Gegenstände noch bei traditionellen Karneval-Umzügen. Aber sehen Sie Sich die Gesichtszüge genauer an."

Dr. Petull streckte Frau Eulenberg die Marotte entgegen. Nach kurzem Zögern sagte sie: „Herr Wendelin, das sind Ihre Gesichtszüge, wenn auch etwas überzeichnet."

„Dieses Rätsel kann ich nicht lösen.", sagte Elias. Er schlug die Augen nieder und ergänzte: „Die Marotte war in meinem Zimmer auf der Station C3 verborgen. Vermutlich wäre ich nicht auf die Station C4 gelangt, wenn ich sie nicht gefunden hätte. So wie mir die Pestmaske und das Buch den Zugang zur Station C3 gewährten."

Der Arzt überreichte ihm die Marotte und die silberne Flöte mit den Worten: „Dann ist es wichtig, dass diese Gegenstände in Ihrem Besitz bleiben."

„Eine Frage drängt sich mir auf. Wo sind die anderen Patienten auf dieser Station?", fragte Elias.

Frau Eulenberg erwiderte: „Jakob Maigrün wurde auf eigenen Wunsch wieder auf die Station C2 verlegt. Außer Ihnen hält sich nur noch eine junge Frau auf dieser Station auf."

Dr. Petull fügte an: „Sie werden auf Station C3 vermisst. Insbesondere Clara schien niedergeschlagen, als Sie uns verlassen haben."

Die Ereignisse hatten Elias so in Anspruch genommen, dass er kaum an Evelyn und Johanna gedacht hatte. Nach einiger Zeit auf der Station C3 war ihm aufgefallen, dass sie Gedanken und Gefühle teilten, an denen er keinen Anteil hatte. Aber ihre Pflege war sehr liebevoll und aufmerksam. Er hatte wieder einen schweren Verlust erlitten, war sich aber nicht im Klaren, wie er dies hätte verhindern können.

Elias betrachtete die Gesichtszüge und die Augen der Beraterin und gestand: „Einsamkeit war mir nie angenehm."

„Sie müssen keine Einsamkeit leiden.", erwiderte Frau Eulenberg und ergänzte: „Erkunden Sie nach ihren Möglichkeiten die Station C4. Ganz unvorstellbare Begegnungen verbergen sich auf dieser Station. Und sie sind den Patienten vorbehalten. Ärzte und Berater betreten keine sogenannten schwarzen Räume. Wir halten uns an die weißen Türen der Station. Sehr selten betreten wir ein Zimmer mit blauer oder roter Tür."

Elias antwortete: „Es gibt einen Ruheraum mit der Nummer 19b. Ich habe mich dort einquartiert. Direkt an dieses Zimmer angeschlossen findet sich ein kleines Atelier, das ich gerne nutzen würde."

Dr. Petull antwortete: „Sie müssen Sich nicht erklären und nicht nach Erlaubnis fragen. Vielleicht ist Ihnen aufgefallen, dass das Klinikum eine kleine Kunstsammlung pflegt. Wenn Sie ein paar Ihrer Werke stiften, haben Sie ihre Pflicht erfüllt."

In Elias sammelte sich eine Erkenntnis. Erst war sie unspezifisch, dann nahm sie sprachliche Form an und schockierte Elias sehr. Schließlich sagte er: „Ich erkenne es erst in diesem Moment und schäme mich beinahe, dass es mir nicht früher klar wurde. Dieses Klinikum unterscheidet sich wesentlich von anderen. Es wird nicht versucht, die Patienten von ihrer Krankheit zu heilen. Vielleicht geschieht dies auf Station C0West oder C0Ost. Je höher man gelangt, desto kunstvoller und eindrücklicher werden die Halluzinationen und Ereignisse. Auf eine bizarre Art und Weise wird die Erkrankung des Patienten nutzbar gemacht."

Der Arzt sah Elias zweifelnd in die Augen und sagte: „Das alles geht auf Prinzipien von Wilhelm Page zurück. Marie Narrenschuh und Wilhelm Page waren der Überzeugung, dass Wahn nichts verabscheuungswürdiges wäre. Ohne den Wahn des Einzelnen keine Kultur. Zumindest nicht in der Form, wie wir sie kennen."

Die Beraterin berührte Elias an der Wange und sagte: „Wilhelm Page war ein großer Metaphysiker und illustrierte seine Erkenntnisse in der Architektur, der Ausstattung und der Funktionsweise der höheren Stationen des Klinikums. Die Patienten hingegen bringen Leben in die Konstruktion. Sie sind für die Funktion der Station unverzichtbar."

Erschöpfung und Müdigkeit überkamen Elias. Er sah den Gang entlang und versicherte sich, dass er den Weg zum Ruheraum noch im Gedächtnis hatte. Die Marotte wollte er vor Dr. Petull und Frau Eulenberg nicht ansprechen. Schließlich sagte er: „Ein Gespräch tröstet mich, egal wie kurz es ist. Ich bin zu Tode erschöpft und werde das Bett meines Ruheraums erproben."

Der Arzt und die Beraterin stimmten dem zu. Frau Eulenberg kramte in einer der Taschen ihres weißen Kittels und holte eine orange-weiße Pille hervor. Sie gab sie Elias mit den Worten: „Versuchen Sie zu schlafen. Wenn Sie aufwachen nehmen Sie direkt diese Pille. Sie wird Sie aktivieren und Ihnen die Möglichkeit bieten, die Station noch zu erkunden, oder an Ihrer Kunst zu arbeiten."

Elias bedankte sich und ging den Flur entlang in Richtung des Ruheraums mit der Nummer 19b. Nach kurzer Zeit trat er in den opulent ausgestatteten Raum, legte seine lederne Tasche ab und zog die Schuhe aus. Erst in diesem Moment wurde ihm bewusst, dass er noch den Rennoverall trug. Seine Alltagskleidung lag hübsch zusammengelegt im Thronsaal des

Papstes. Elias seufzte, betrachtete einige Momente den Park durch die Fenster und legte sich dann auf das einem Boot nachempfundene Bett. Er fiel in einen traumlosen Schlaf.

Heftiger Regen prasselte gegen die Fenster des Ruheraums. Nur noch wenig Licht drang in den Raum, als Elias erwachte. Er benötigte einige Sekunden, um sich klar zu werden, an welchem Ort und in welcher Situation er sich befand. Er richtete sich auf und erinnerte sich an die orangeweiße Pille, die ihm Frau Eulenberg ausgehändigt hatte. Eilig durchsuchte er die lederne Tasche, stellte dabei die Objekte auf den Tisch des Zimmers. Schließlich fand er die achtlos in die Tasche geworfene Pille und nahm sie mit einem Schluck Wasser ein. Jemand musste die gläserne Karaffe und ein Glas abgestellt haben, während er schlief.

Während er auf die Wirkung wartete, ohne sicher zu sein, wie sie sich äußern würde, betrachtete er den von Regen und Wind gepeitschten Park. Passanten eilten durch die Szenerie und hielten dunkle Regenschirme über ihre Köpfe. Ein Kind sprang lustvoll in Pfützen und entnervte mit seinem Spiel seine Mutter. Eine ältere Dame stand reglos neben einem Baum und sah in Elias Richtung. Elias fragte sich, ob er unter diesen Umständen zu sehen war. Er beobachtete zahlreiche weitere Details und bemerkte spät, dass sich eine euphorische Stimmung in ihm ausgebreitet hatte. Er fühlte sich ausgeruht und geistig angeregt.

Er entschied schnell, dass er an diesem Tag die Station C4 nicht weiter erkunden würde. Stattdessen begab er sich in das kleine Atelier, das an den Ruheraum angeschlossen war. Er verschaffte sich einen Eindruck über den Raum. Neben einem Tisch und der Staffelei fanden sich Möbel zur Aufbewahrung von Materialien, Hilfsmitteln und verschiedenen Malmitteln. In einer Ecke des Raums war eine schmucklose Spüle angebracht, die für die Arbeit mit Acryl- oder Ölfarben wichtig war. In einer Schublade eines Schranks fand Elias eine illustre Anzahl hochwertiger Pinsel. In direkter Nähe war eine beachtliche Anzahl an Acrylfarben untergebracht. Auch Spachtel, Lappen, Paletten und alles weitere Notwendige für Experimente mit Acryl war vorhanden. Zusätzlich fand Elias einige Blöcke und zahlreiche Stifte, mit denen sich Skizzen anfertigen ließen. Er stand längere Zeit vor der Sammlung leerer Leinwände und überlegte welches Format er zuerst bearbeiten wollte. Zwei übergroße Leinwände stellte er zur Seite und entschied sich letztlich für ein ungewöhnliches Hochformat. Er platzierte die Leinwand auf der Staffelei und setzte sich an den Tisch, um einige Vorarbeiten zu beginnen. Mit sicherem, schnellem Strich abstrahierte er Figuren und Gegenstände. Er konstruierte Lebewesen aus Kreisen und Ellipsen und setzte sie in einen verwirrenden Kontext. Als Hintergrund erdachte er eine in der Realität unmögliche Architektur und experimentierte mit gebogenen und ineinander verwundenen Perspektiven. Er übertrug das Format der Leinwand auf ein großes Blatt Papier und ordnete Elemente an. Er kam zu einer vorläufigen Komposition und wendete sich den Acrylfarben zu. Er ging zu der Farbsammlung und traf eine vorläufige Auswahl. Er besorgte noch zwei Paletten, einen Lappen, ein Glas mit Wasser und ein geeignetes Papier. Darauf erprobte er unterschiedliche Formen des Farbauftrags, die Verdünnung mit Wasser, das Mischen und Zusammenspiel verschiedener Farben, sowie Farbverläufe. Dann trug er einige Blau-, Rot- und Orangetöne auf der kompositorischen Skizze auf. Er tauschte einige Farbtöne aus, bis er eine ansprechende Auswahl zusammengestellt hatte. Dann nahm er einen Rötelstift, trat an die Staffelei und übertrug die Konturen der Skizze. Er nahm nur wenige Korrekturen vor. Er betrachtete das Zwischenergebnis aus verschiedenen Entfernungen. Dann wusch er die Pinsel, schaffte eine vorläufige Ordnung und verließ das Atelier.

In den letzten Minuten drangen Rufe und Kommentare durch die blaue Tür des Raums. Sie gewannen schnell an Lautstärke und klangen sehr aufgeregt.

„Zwei Joker sind gefallen. Die Runde hat keinen Sieger."

„27 und 19 werden subtrahiert."

„Da uns der Farbwürfel abhanden gekommen ist, ist die Farbe der Runde Weiß."

„13, 9, 28 und 33. Die 33 gewinnt."

Elias war über die Störung erzürnt. Er ertrug die Kommentare des Würfelspiels schon seit Wochen und wünschte, er könnte dem ein Ende setzen. Mit sicheren, schnellen Bewegungen packte er alle wichtigen Gegenstände in die Ledertasche. Nur die Marotte behielt er in der Hand und sagte zu ihr: „Du wirst mir den Ort finden, an dem sie dieses Spiel veranstalten, das mir den letzten Nerv raubt."

Die Marotte lachte und erwiderte: „Endlich zeigt sich Zorn und Durchsetzungskraft in Deinem Tun."

Sie forschte in sich und ergänzte: „Ich habe eine Vermutung, wo der Ort zu finden ist. Wenn wir uns verirren, werden wir dem Klang der Stimmen folgen."

Elias trat auf den Flur vor dem Ruheraum und sah die Marotte fragend an. Sie wies ihn an dem Gang in Richtung des Thronsaals zu folgen. Kurz bevor sie diesen erreichten, durchschritten sie eine weiße Tür. Von einem Behandlungsraum mit mehreren, kunstvoll gearbeiteten Sitzmöbeln zweigte ein weiterer Flur ab. Es folgten mehrere rote und grüne Türen, dann machte der Gang einen Knick. Die Zahlenreihen und Kommentare waren deutlicher denn je zu vernehmen. Die Marotte kaute auf ihrer Lippe, dann sagte sie: „Siehst Du diese weiße Tür? Das scheint mir der richtige Weg."

Elias öffnete die Tür und fand einen kleinen Raum, in dem nur ein einziger Sessel, aber eine große Anzahl an verhüllten Skulpturen stand. Direkt neben dem Möbelstück war eine schwarz lackierte Tür. Elias trat an die Tür, aber sie ließ sich nicht öffnen. Die Tür war mit einem Riegel verschlossen, für den es weder einen Griff, noch ein Schlüsselloch gab.

„13, 27, 9 und ein Joker. Der Joker gewinnt."

„In der letzten Runde wird doppelt geworfen."

„8 und 14."

„29 und 3."

„36 und 11."

„5 und 12."

„36 und 11 ergibt 47. Die 47 gewinnt."

Elias Blick fiel auf eine Aufschrift auf dem schwarzen Lack der Tür. Jemand hatte eine Folge von 4 Noten in Notenschrift auf der Tür notiert. Die Sequenz war mit einem Violinschlüssel gekennzeichnet und begann mit einem eingestrichenen C. Darauf folgten ein Dis, ein Fis und ein G. Elias holte die silberne Flöte heraus und setzte sie an die Lippen. Es bereitete ihm einige Mühe, aber nach kurzer Zeit war er in der Lage die

Tonfolge zu spielen. Bereits nach dem ersten Versuch war ein mechanisches Klicken zu hören und der Riegel der Tür sprang auf. Elias betätigte den Griff und schwang die Tür auf. Aus dem Raum drang nur wenig Licht. Die Fenster waren mit schweren, samtenen Vorhängen versehen. In der Mitte strahlte eine altmodische Lampe auf einen runden Würfeltisch. Die Wände trugen eine grüne Tapete, auf der zahlreiche Darstellungen von Kröten zu sehen waren, und der Boden war grün gefliest. Am Würfeltisch saßen vier Spieler und der Spielleiter. Auf der runden Fläche des Würfeltisches, die mit grünem Stoff bezogen war, lagen unterschiedlichste Würfel. Der Spielleiter, der in einen strahlend weißen Anzug gehüllt war und dazu weiße Lederhandschuhe trug, stand auf und ging wenige Schritte zu einer Schultafel. Er nahm eine Kreide in die Hand und schrieb die 47 unter eine sehr viel höhere Zahl. Die Tafel war in vier Spalten geteilt und mit den Farben Rot, Blau, Gelb und Grün beschriftet. Dies entsprach der Bekleidung der Spieler, die aus zwei Männern und zwei Frauen bestand. Einer der Männer trug einen stechend roten Anzug und einen Hut in der gleichen Farbe. Der Spieler zu seiner Linken war in lässigere Kleidung in blauer Farbe gehüllt. Eine der Frauen trug ein eng anliegendes Kleid aus gelber Seide, das mit Naturdarstellungen in einem asiatischen Stil verziert war. Ihre Nachbarin trug ein elegantes Kleid in Grün, wie man es in den 1920er Jahren für modern gehalten hätte.

„Zwar geht die 47 an den Herren in Rot. Dennoch gewinnt Gelb das Spiel.", sagte der Spielleiter und deutete auf den Wert der Spalte, die mit „Gelb" überschrieben war. Er lag bei „9982".

In den folgenden Augenblicken wendeten sich alle Blicke Elias zu. Ihm war die Situation zunehmend unangenehm. Der Spielleiter trat erneut an den Würfeltisch, sammelte die Würfel auf und warf sie in eine hölzerne Schachtel. Er sagte beiläufig: „Damit ist das Spiel beendet. Gelb gewinnt offiziell mit 121 Punkten Vorsprung vor Rot. Auf Platz 3 findet sich Blau und der letzte Platz geht an Grün."

Die Frau in Grün nahm eine Zigarette aus einer kleinen Handtasche, zündete sie an und fragte: „Seit wann ist es Patienten gestattet das Spiel zu stören?"

Der Spielleiter erwiderte: „Es ist ein seltenes Ereignis, aber von solchen Begebenheiten wird immer wieder berichtet."

Der Mann in Rot hatte die Frau in gelber Seite an sich gezogen und flüsterte ihr etwas ins Ohr. Sie nahm ihn an der Hand und führte ihn zu einer roten Tür. Der Mann in Blau folgte den beiden. Nur die Frau in Grün blieb im Raum und studierte Elias interessiert. Zugleich kam der Spielleiter einen Schritt auf Elias zu und sagte: „Es gibt eine Tradition für solche Situationen. Das Stillschweigen des Patienten wird mit einem Geschenk erkauft."

Er nahm einen weißen Stoffbeutel aus einer der Taschen seines Jacketts. Er öffnete den Beutel und holte eine metallene Kugel hervor. Sie war aus einem unedlen Metall und zeigte ein kunstvolles, eingraviertes Muster. Der Spielleiter steckte sie wieder in den Stoffbeutel und sagte: „Sie wird noch nützlich sein. Nur ist an dieses Geschenk eine Bedingung geknüpft. Der Patient darf nicht über das, was er hier gesehen und gehört hat, sprechen."

„Ich werde alles in mir verbergen.", antwortete Elias und nahm den Stoffbeutel.

Die Frau in Grün lachte höhnisch und verließ das Spielzimmer durch die rote Tür, die auch die zwei Männer und die Frau in gelber Seide gewählt hatten. Inzwischen löschte der Spielleiter die Zahlenreihen mit einem Schwamm von der Tafel. Er sah sich um, prüfte ob er noch ein ungeordnetes Detail finden konnte. Dann trat er an die schweren Vorhänge und zog sie zur Seite. Licht flutete den Raum und der Spielleiter betätigte den Schalter der nutzlos gewordenen Lampe.

„In diesem Raum wird sich für lange Zeit nichts mehr ereignen.", sagte der Spielleiter. Er warf Elias einen fragenden Blick zu und ging gemessenen Schrittes zu der roten Tür. Während er den Raum verließ sagte die Marotte: „Vielleicht hat es jetzt ein Ende mit den endlosen Zahlenreihen."

10

Somit habe ich alles niedergeschrieben, was mich jahrelange Forschung über den Teufel gelehrt hat. Meine Hoffnung ist, den Leser in die Lage versetzt zu haben, dem Widersacher zu widerstehen. Und das aus einer Kenntnis seiner Natur heraus.

Mit Bedauern legte Elias das rot gebundene Buch mit dem Titel „Erscheinungsformen und Wege des Teufels" zur Seite. Dabei fielen Ann-Maries Foto von Evelyn, die Fotografie des Pestmaskenträgers und die handschriftliche Notiz von Dr. Petull heraus. Elias legte alle drei Objekte in die erste Seite des Buches und schloss es.

Das letzte Kapitel des Buches war teils sehr abstrakt, in Teilen sogar unverständlich. Es behandelte metaphysische Positionen und Funktionen des Teufels. Diese unterschieden sich deutlich und manche Eigenheiten widersprachen einander, je nach Perspektive, unter der man den Gegenstand des Buches betrachtete. Hervorgehoben wurde die Identität Gottes mit dem Teufel, bei gleichzeitiger Annahme, dass der Teufel immer ein ins Gegenteil verkehrter gnädiger Gott war. In anderen Zusammenhängen erschien der Teufel als erste Ableitung und Vertrauter Gottes. Dann wurde die Frage aufgeworfen, was es für unser Gottesbild bedeutete, wenn Gott alle negativen und furchterregenden Eigenarten des Teufels in sich vereinigte.

Elias ging in das Atelier, zog sich eine der weißen Schürzen an und betrachtete das unfertige Gemälde auf der Staffelei. Zwei Flächen im Hintergrund waren noch unbearbeitet und von einer großen, abstrakten Figur im Vordergrund existierte bisher nur ein Umriss in einem rötlichen Orange. Elias nahm eine der Paletten, mischte einen Grünton mit einem hellen Gelb und suchte einen geeigneten Pinsel heraus.

In diesem Augenblick hörte er es mehrmals an der Tür des Ruheraums klopfen. Er wartete unsicher, dann hörte er es erneut klopfen. Er legte die Malutensilien zur Seite und ging zur Tür des Zimmers 19b. Nach kurzem Zögern öffnete er sie und sah sich einer jungen Frau gegenüber. Sie war ein wenig kleiner als Elias, hatte lockiges Haar in einem dunklen Braun und ein knabenhaftes Gesicht. Ihre Augen wirkten wie ineinander verlaufene Aquarellfarben. Sie trug ein helles Kleid und schwarze Lederstiefel, die überproportional groß wirkten. Sie warf einen interessierten Blick in das Zimmer und fragte: „Elias Jakobus Wendelin?"

Elias nickte und legte den Kopf schief. Die junge Frau nahm sich einige Momente, ihr Gegenüber anzusehen, dann sagte sie: „Der Name scheint mir passend. Man hat mir aufgetragen, eine Botschaft zu überbringen."

Sie verschränkte die Arme hinter dem Rücken und ergänzte: „Auch wenn der Tod dem Arzt gewiss ist, die Stunde bestimmt das böse Weib."

Sie hielt inne, murmelte einige Wörter und sagte dann: „Das ist falsch. Ich beginne erneut. Dem Arzt und dem bösen Weib ist der Tod gewiss. Die Stunde bestimmt der Weisheit heller Sonnenschein."

Die junge Frau zeigte einen zornigen Gesichtsausdruck. Dann kramte sie in einer Tasche ihres Kleides und holte einen zerknitterten Zettel heraus. Sie öffnete ihn und las sehr angestrengt. In einem kindlichen, naiven Ton sagte sie: „Ohne Notiz wäre ich verloren gewesen. Ich beginne nochmals."

Sie nahm eine aufrechte Haltung an und las: „Auch dem Arzt ist der Tod gewiss, die Stunde ist gekommen, wenn er sich selbst zu helfen weiß. Dann bleibt nur das böse Weib. Das Untier tritt zur Seite und der Weisheit heller Schein wärmt des Arztes Angesicht."

Nach kurzer Pause fügte sie an: „Niemals wird das irgendeinen Sinn ergeben."

Aus dem Ruheraum drang heiseres Gelächter. Elias erkannte Stimme und Ton der Marotte. Die junge Frau sah Elias schockiert an, dann schob sie ihn zur Seite und ging zu dem Tisch, auf dem die Marotte lag. Sie zischte das Objekt an und sagte: „Wage es nicht so zu tun, als wärst Du nur ein lebloser Gegenstand."

Verwundert näherte sich Elias dem Tisch und beobachtete das Mienenspiel der Marotte. Sie lächelte spöttisch und zwinkerte mehrmals. Schließlich sagte Elias: „Sei nicht so unhöflich zu unserem Gast."

Die junge Frau verbeugte sich mehrmals und sagte in heiterem Tonfall: „Mein Name ist Lea Wellensang und im Namen der wenigen Patienten der Station C4 heiße ich Dich groteskes Objekt willkommen."

Während Elias über den Namen der Patientin nachdachte, untersuchte sie die auf dem Tisch aufgereihten Gegenstände. Die bunte Pestmaske zog sie nach kurzem Zögern an, griff auch nach dem Regenschirm, öffnete ihn und hielt ihn über sich. Sie versuchte erfolglos durch die Maske auf der silbernen Flöte zu spielen und betrachtete die metallene Kugel sehr genau.

„Im Herzen ist sie ein Kind.", kommentierte die Marotte.

Auf diese Worte hin legte Lea alles an seinen ursprünglichen Ort, näherte sich dem verkleinerten Abbild von Elias und sagte: „Dir würde ich Manieren beibringen. Aber es ist nicht meine Sache. Und weil ich so ausgelassener Stimmung bin, will ich Dir einen Hinweis geben."

Sie sah Elias in die Augen und fuhr fort: „Ahnungslosigkeit. Es ist köstlich anzusehen. Aber in gewisser Weise ergeht es allen Patienten dieser Psychiatrie so. Fraglich, ob man diesen Ort allen Ernstes als Psychiatrie bezeichnen kann."

Sie wendete sich wieder der Marotte zu, näherte sich ihr bis auf wenige Zentimeter. Dann sagte sie: „Dieses Mal verbirgt es sich hinter einer roten Tür. Erinnerst Du Dich an eine Tür mit einem Löwenkopf aus Bronze?"

Die Marotte schien einen Augenblick verwirrt, dann antwortete sie: „Ich erinnere mich. Um den Löwenkopf winden sich Schlangen, nicht wahr?"

„Genau von dieser Tür spreche ich. Ihr werdet den geeigneten Zeitpunkt erkennen. Dann musst Du Elias zu diesem Raum geleiten. Und lasst Euch nicht durch Absonderliches ablenken."

„Frau Wellensang, wir hatten einen Termin vereinbart.", sagte Frau Eulenberg, die im Türrahmen des Ruheraums stand. Sie lächelte Elias mit einem schwer zu deutenden Gesichtsausdruck an und ergänzte: „Und Herrn Wendelin stören Sie bei der Arbeit an vielversprechenden Kunstwerken."

Lea befühlte vorsichtig die Gesichtszüge der Marotte und fragte: „Treffen wir uns im gleichen Behandlungsraum wie sonst auch? Er ist so hübsch eingerichtet und ängstigt mich nicht."

Frau Eulenberg antwortete: „In genau diesem Raum treffen wir uns in einer Viertelstunde."

Elias hatte das Interesse an der Szene verloren und war in das kleine, dem Ruheraum angeschlossene Atelier gegangen. Er mischte erneut einen warmen, hellen Grünton und begann auf einer freien Fläche einen Farbverlauf mit einem Orange anzubringen. Lea verließ den Ruheraum und die Beraterin kam in das Atelier. Sie sah sich Skizzen und Vorarbeiten für das aktuelle Werk an und sagte: „Es ist ganz erstaunlich, wie sich aus einer rohen, unvollkommenen Idee ein Kunstwerk entwickelt."

Elias legte den Pinsel auf einen Lappen und antwortete: „Mir erscheint mein Tun ganz sinnleer. Nur manchmal bin ich sehr beglückt. Häufig wenn eine Komposition ein spätes Stadium erreicht, also der endgültige Charakter schon sichtbar ist."

„Es gibt auf dieser Station noch andere, größere Werkstätten, die mehr Möglichkeiten bieten."

Die Beraterin machte Elias auf ein Buch aufmerksam, das sie in der linken Hand gehalten hatte. Es trug den Titel „Ölmalerei nach System – Band 1: Grundlegende Techniken". Die Beraterin legte es auf eine freie Stelle und erklärte: „Wir ermutigen alle Patienten, bei denen es angemessen scheint, sich mit der Ölmalerei zu beschäftigen. Dies geht bereits auf Wilhelm Page zurück. Ölfarben haben einen eigentümlichen Glanz, der nicht mit anderen Malmitteln zu erreichen ist."

Sie hielt kurz inne, sah in eine unbestimmte Ferne und holte 3 grüne Pillen aus einer Brusttasche ihres weißen Kittels. Sie legte sie auf das Buch und sagte: „Der enthaltene Wirkstoff kann ihnen die Arbeit erleichtern. Die Wirkung ist subtil und ich bitte Sie, nicht mehrere gleichzeitig einzunehmen. Es mehrt die Empfindsamkeit und versetzt in eine traumähnliche Stimmung."

Elias nahm den Pinsel wieder auf und trug vorsichtig eine dünne Schicht auf die Leinwand auf. Er trat ein paar Schritte von der Leinwand zurück und sagte: „Die Malerei löst etwas in mir aus. Ein unwirklicher Friede breitet sich in meinem Inneren aus, wenn ich mich auf Farben und Leinwand konzentriere."

Er drehte sich der Beraterin zu. Fasziniert betrachtete er ihre blasse Haut, die geschwungenen Lippen und das gelockte, rote Haar. Dann sagte er: „Dennoch fehlen mir Johanna und Evelyn. Ich beklage auch die Trennung von Ann-Marie, Eva Nelke, Julia Schroben und einigen Frauen, deren Namen ich nicht mehr im Gedächtnis habe."

„Wollen Sie einen Termin für ein Gespräch?", fragte Frau Eulenberg.

„Um über meine krankhafte Anhänglichkeit zu sprechen?"

„Donnerstag, 14 Uhr in Zimmer 8?"

„Gerne. Ich notiere es mir."

Eilig griff Elias einen Stift und notierte den Termin auf ein mit Abstraktionen beschmiertes Blatt Papier. Die Beraterin verabschiedete sich und Elias schloss die blaue Tür hinter ihr. In diesem Augenblick empfand er die Einsamkeit als heilsam und wünschenswert. Das beinahe fertige Gemälde vervollständigte er ungeduldig. Er lehnte es gegen eine der Wände des Ateliers und zweifelte lange, welches Format er als nächstes bearbeiten sollte. Schließlich stellte er eine beinahe quadratische, leere Leinwand großen Formats auf die Staffelei und skizzierte verschiedene Ideen auf einem Künstlerblock.

Es fiel Elias schwer, sich in dem Raum, in dem er sich befand, zu orientieren. Ihn umgaben zahlreiche Pflanzen und Blumen, die zu kunstvollen Sträußen gebunden, in Vasen ruhten. Er saß an einem hölzernen Tisch und beobachtete Eva Nelke, die geschäftig von Ort zu Ort eilte. Auf einem Fernseher lief eine alte schwarzweiß Aufnahme von Marilyn Monroe. Sie betrat mit einigen Momenten Verspätung die Bühne, gekleidet in ein aufreizendes Abendkleid und einen weißen Pelzmantel. Man half ihr aus dem Mantel und nach einer quälend langen Pause sang sie „Happy Birthday" für John F. Kennedy. Elias fand den Zustand, in dem sich Marilyn Monroe befand, mehr als bedauernswert. Eine absurd große Torte wurde auf die Bühne getragen und das Geburtstagskind betrat unter Beifall die Bühne. In diesem Augenblick stellte Eva eine wesentlich kleinere Torte vor Elias auf den Tisch und sagte: „Was dein Alter betrifft war ich nicht sicher. Letztlich habe ich mich für die 33 entschieden. Es ist so eine schöne Zahl."

Elias betrachtete die Kirschtorte auf dem Tisch vor sich. Eva entzündete eine Kerze in der Form der Nummer 33 und sagte heiter: „Nun puste sie schon aus."

Im Hintergrund waren Stimmen zu hören. Elias glaubte seinen Namen herauszuhören. Er sah sich um. Einige der Türen des Raums, die in einen kleinen aber gut gepflegten Garten führten, waren geöffnet. Vogelgezwitscher und andere Laute einer blühenden Natur waren zu hören. Pflanzen und Blumen verbreiteten einen betörenden Geruch. Auf dem Fernseher lief die berühmte Aufnahme von Marilyn Monroe, auf der sie „Happy Birthday" für John F. Kennedy sang. Mit einiger Verspätung kam sie auf die Bühne. Sie trug ausschließlich einen weißen Pelzmantel, der ihren Körper nur sehr dürftig verhüllte. Jemand versuchte ihr aus dem Mantel zu helfen, aber sie verscheuchte denjenigen. Dann begann sie das Lied. Ihr Gesang offenbarte in welch erbärmlicher Verfassung sie sich befand. In diesem Moment trat Eva an den Tisch und stellte eine sehr kleine Kirschtorte darauf ab. Elias bemerkte, dass Tisch und Stühle für einen Erwachsenen viel zu klein waren. Die Möbel waren für Kinder im Kindergartenalter entworfen. Eva sah ihn fragend an und sagte: „Dein Alter wusste ich nicht. Am Ende habe ich mich für die 8 entschieden. Es ist so eine schöne Zahl und so ein schönes Alter." Eva entzündete die 8 Kerzen auf der Torte und sagte: „Nun puste sie aus."

„Heil Elias!"

„Heil Wendelin!"

„Heil Elias Wendelin!"

Die Stimmen, die in den Innenraum drangen, nahmen an Lautstärke und Dringlichkeit zu. Elias und Eva Nelke waren von zahlreichen Pflanzen und Blumensträußen umgeben. Ein Teil des Raums war bereits mit Efeu überwuchert. Eva hatte große Mühe sich einen Weg durch das überbordende Grün zu bahnen. Sie lachte immer wieder und schien sehr vergnügt. Auf dem Fernseher lief eine alte, schwarzweiße Aufnahme von Marilyn Monroe. Sie betrat nur in einen weißen Pelzmantel gehüllt die Bühne. Jemand half ihr aus dem Mantel, so dass sie nackt vor dem Publikum stand. Nach einer längeren Pause sang sie „Happy Birthday" für John F. Kennedy. Die Aufnahme offenbarte, dass sie in einer fürchterlichen Verfassung war. In diesem Augenblick stellte Eva eine große Kirschtorte auf den Tisch. Die übergroße und schwere Torte bereitete ihr große Mühe. Dann wendete sie sich Elias zu und sagte: „Was dein Alter betrifft war ich mir nicht sicher. Ich habe geraten. Die Zahl 92 gefiel mir besonders."

Elias stellte fest, dass er für den Tisch viel zu klein war. Mit Mühe konnte er über den Rand des Tisches sehen. An ein Auspusten der Kerze mit der Form einer 92 war nicht zu denken.

„Heil Elias Jakobus Wendelin!"

Dem Klang nach zu urteilen stand in geringer Entfernung eine Menschenmenge, die immer wieder Elias vollen Namen skandierte. Elias und Eva waren inzwischen in einer grünen, blühenden Wucherung aus Pflanzen gefangen. Auf einem Fernseher, von dem nur noch der Bildschirm zu sehen war, lief eine alte Aufnahme von Marilyn Monroe. Sie kam mit Verspätung auf die Bühne. Sie war splitterfasernackt und lehnte auch einen Mantel ab, der ihr angeboten wurde. Sie ließ dem Publikum Zeit, sie genau zu betrachten, dann sang sie „Happy Birthday" für John F. Kennedy. Elias fragte sich, was sie vor dem Auftritt eingenommen hatte. Sie war in keiner guten Verfassung. In diesem Moment stellte Eva Nelke eine Kirschtorte vor Elias. Der Tisch hatte wieder seine ursprünglichen Dimensionen. Eva sah ihn fragend an und sagte: „Ich war mir bei deinem Alter nicht sicher. Mir gefiel die 28. Es ist so eine schöne Zahl."

Elias erwiderte: „Das ist korrekt. Lass mich kurz nachrechnen."

Er sah in sich und fuhr fort: „Das ist tatsächlich mein Alter."

Auf der Torte ragte eine Kerze in Form der 28 empor. Eva Nelke entzündete sie und sagte: „Nun puste sie aus." Mit Entsetzen bemerkte Elias, das sein rechtes Bein bereits mit Efeu überwuchert war. Er konnte es kaum noch bewegen.

Elias erwachte im Bett des Zimmers 19b. Ein durch die Fenster dringender Sonnenstrahl hatte sein Gesicht getroffen. Verwirrung und eine unbestimmte Furcht lähmten Elias. Er geriet in eine essentielle Panik. Erst nach einer Minute war er sich wieder seiner Situation bewusst und es gelang ihm sich zu entspannen. Er sprach sich gut zu und stand auf. Durch die Tür zum Flur war gedämpftes Gespräch zu hören und die Andeutung eines Duftes nach frischen Zitronen war wahrzunehmen. Elias atmete tief und ging gedankenverloren in das Atelier. Ohne den Grund dafür nennen zu können, notierte er die Zahlen des Traums auf einen Zettel. Etwa ein Drittel eines neuen Gemäldes war bereits ausgearbeitet. Einige der Details hatten noch keinen endgültigen Zustand gefunden. Elias nahm die weiße Schürze in die Hand, dann erfüllte lauter Streit, Fluchen und abfällige Bemerkungen die Station. Elias legte die Schürze zur Seite. Seine Hände säuberte er an einem Lappen. Dann ging er in den Ruheraum und wurde sich eines intensiven Geruchs nach Zitronen bewusst. Abgesehen von der Marotte, die ein hintergründiges Lächeln zeigte, nahm er alle seine Gegenstände und verstaute sie in die lederne Tasche. Ein lautes Klirren drang durch die Tür. Elias sah sich im Raum um und fragte sein verkleinertes Abbild: „Das ist der Moment, nicht wahr?"

Die Marotte lachte und erwiderte: „Ja. Es wäre ungewöhnlich wenn solche Aufregung keinen Grund hätte."

Der intensive Geruch nach frischen Zitronen war betörend und abstoßend zugleich. Auf eine unbestimmte Art sogar widerwärtig und hatte sexuellen Charakter.

Elias öffnete die Tür und trat in den Flur. Die in Ölfarbe gearbeiteten Portraits waren in Aufruhr. Vor dem Bild einer jungen Frau lag zerbrochenes Geschirr, das noch wenige Momente zuvor ihren Hintergrund geschmückt hatte. Sie zeigte einen zornigen und bitteren Ausdruck und betrachtete eine Wunde an der linken Hand, aus der Blut lief. Sie rief einem Portrait an der gegenüberliegenden Wand zu: „Das ist allein Deine Schuld. Sieh Dir meine schöne Hand an."

Als sie Elias sah, nahm ihr Gesicht einen heiteren Zug an. Das Portrait eines Mannes mit ergrautem Haar und einem charismatischen Gesicht sagte mit großer Sorgfalt: „Ich habe erwähnt, dass nur wenige auserwählt sind." Eine rundliche Frau in roter Kleidung, deren Portrait nur wenige Meter weiter hing, warf ein: „Es ist nur der Neid. Sie ist doch so von ihrer Schönheit überzeugt."

Die Marotte räusperte sich und sagte: „Wir folgen dem Flur in Richtung der ersten schwarzen Tür, die Du durchschritten hast."

„Das ist korrekt. Das ist die richtige Richtung.", ergänzte der charismatische Mann.

Nachdem er einige Schritte gegangen war, fiel Elias ein, dass er ein weiteres Experiment wagen wollte. Er zog eine der grünen Pillen aus einer Hosentasche und sagte: „Sicher mehrt es noch das Vergnügen, wenn meine Empfindsamkeit und mein Einfühlungsvermögen gesteigert sind."

Die Marotte lachte und antwortete: „Tritt durch die weiße Tür mit der Nummer 22. Und erschrick nicht, was immer wir dort finden."

Zögernd folgte Elias der Aufforderung. In dem schmucklosen Raum standen ein einzelner, sehr unbequem wirkender Stuhl und eine Unzahl an Bronzeskulpturen. Zwei weitere Türen, beide blau lackiert, zweigten von diesem Raum ab. Elias sah die Marotte fragend an. Diese seufzte und sagte: „Auf einer der blauen Türen sind stilisierte Wellen angebracht. Durch diese Tür betreten wir einen sehr kleinen Ruheraum und gelangen durch eine weitere Tür auf einen Flur."

Während Elias auf die beschriebene Tür zuging, war ihm als würde er beobachtet. Er hielt inne und sah sich um. Bestürzt bemerkte er, dass alle Köpfe der Bronzeskulpturen sich in seine Richtung gedreht hatten. Er ging an eine andere Position und beobachtete, wie die Skulpturen seiner Bewegung folgten.

Die Marotte wartete geduldig, dann sagte sie: „Wir sollen uns nicht von Absonderlichkeiten ablenken lassen."

Elias eilte durch den Ruheraum, achtete nicht auf Ausstattung oder Details und durchschritt eine weitere Tür. Hinter ihr verbarg sich ein heller Flur.

„Wir müssen nur diesem Flur folgen.", erklärte die Marotte.

Elias ging schnellen Schrittes an Türen und dekorativen Objekten und Gemälden vorbei. Mehrfach wurde er aus einem Portrait heraus angesprochen, beschimpft oder der Lächerlichkeit preisgegeben.

Der Flur endete in einer quadratischen Fläche. Ein Sofa stand neben einem Tisch, auf dem sich alte Zeitungen stapelten. Von einer roten Tür war nichts zu sehen. Die Marotte zeigte einen verwirrten Ausdruck und sagte: „Hier sollte sich die Tür befinden."

Elias trat an ein Gemälde heran, das gegen eine Wand lehnte. Es war länger als Elias groß war und auf die Seite gekippt. Es zeigte die Geburtstagsfeier eines Jungen. Dieser saß vor einem Tisch und war umgeben von Figuren aus berühmten Erzählungen und Märchen. Ein Mann in einem grauen Livree, das mit roten Akzenten versehen war, trug eine Geburtstagstorte herbei und war im Begriff sie auf den Tisch zu stellen. Die malerische Ausgestaltung erinnerte an impressionistische Werke. Eine traumähnliche Stimmung lag über der abgebildeten Szene. Elias packte den Rahmen des Gemäldes und stellte es neben das Sofa. Eine rot lackierte Tür kam zum Vorschein. In der oberen Mitte der Tür ragte ein Löwenkopf aus Bronze hervor, um den sich 3 Schlangen wanden.

„So einfach war des Rätsels Lösung.", sagte die Marotte.

Elias führte die Hand zum Türgriff, zögerte und fragte: „Was werde ich finden?"

Die Marotte erwiderte: „Wer kann das schon sagen. Angesichts des Gestanks nach Zitronen scheint es wichtig zu sein."

Elias öffnete die Tür und trat in den Aufenthaltsraum. Er war größer als erwartet und hatte einen runden Erker. Mehrere Türen gingen von dem Raum ab. Die Einrichtung entsprach dem obskuren Sinn für Ästhetik der Station C4. Mehrere Sessel und Sofas verteilten sich auf der Fläche des Raums. An einer Wand stand ein Bücherregal mit einer Auswahl an Büchern. In einer Ecke des Raums stand ein weißes Klavier und ein in einem Koffer verpacktes Cello. Auf einem kleinen Tisch standen Schachfiguren auf einem Schachbrett, vorbereitet für eine neue Partie. An den Wänden hing gefällige Kunst, die in allem zufällig und uneinheitlich wirkte. An den Möbeln und Wänden saßen unzählige geschnitzte oder aus Metall geformte Kröten. Auf einem Büstenständer war der Torso einer vielbrüstigen Artemis angebracht. Daneben war eine kleine, gerahmte Fotografie, die eine junge Marie Narrenschuh in einem Sommerkleid zeigte.

Auf einem der Sofas saß eine Frau in lässiger Haltung und beschäftigte sich mit einer Zeitung. Elias brauchte lange Sekunden, bis er erkannte, dass er Ann-Marie gegenüber stand. Ihr blondes Haar war nur ein wenig länger und ihre Gesichtszüge unverändert knabenhaft. Sie trug einen orangen Trainingsanzug mit einem weißen Drachen als Illustration auf der Brust. Sie war ganz in eine Zeitung vertieft und markierte immer wieder Passagen mit einem Kugelschreiber. Neben ihr lag ein Stapel an Zeitungen. Nach einiger Zeit sah sie auf und sagte: „Elias? Ich hatte mir gewünscht nicht mehr einsam hier zu warten."

Sie sah sich um, zählte den Stapel an Zeitungen durch und sagte: „Seit Du verschwunden warst habe ich meine Forschung zur Häufung von Zahlen vorangetrieben. Ich habe nur die herausragenden Zeitungsausgaben aufbewahrt. Dennoch sind es bereits 13."

Die Marotte räusperte sich und sagte: „Du hättest die grüne Pille nicht nehmen sollen."

Entsetzen und kindliche Freude zugleich breiteten sich in Elias aus. Das Wiedersehen mit Ann-Marie überwältigte ihn. Er hatte schon vor langer Zeit jegliche Hoffnung, ihr nochmals zu begegnen, aufgegeben. Er ging einen Schritt auf sie zu. Sie wartete geduldig auf ein Wort oder eine andere Reaktion. Elias lief eine Träne an der rechten Wange herab. In rascher Folge durchlebte er ein ganzes Spektrum an Empfindungen. Es war ihm sichtbar unangenehm. Auf Ann-Maries Gesicht bildeten sich Sorge und Mitgefühl ab. Sie stand auf, kam zu Elias und umarmte ihn. Elias löste sich zum Teil aus der Umarmung und sagte: „Dich hatte ich verloren, als man mich auf die Station C3 brachte."

Ann-Marie lächelte und sah ihm neugierig in die Augen. Sie fuhr ihm durch das wirre Haar und fragte: „Wann ist Dir Deine Maskerade abhanden gekommen?"

Elias antwortete: „Ein Teil meiner Verfassung geht auf eine Substanz zurück, die ich eingenommen habe."

In Ann-Maries Gesicht zeichnete sich Verwirrung ab. Elias fuhr fort: „Eine Kuriosität aus dem Giftschrank des Klinikums. Die Substanz fördert die Empfindsamkeit."

Er hielt kurz inne und ergänzte: „Sei ein wenig nachsichtig mit mir."

Eine Pause entstand, in der Ann-Marie Elias die linke Hand an die Wange legte. Ein eigenartiger Ausdruck war in ihren Augen zu sehen. Elias erschrak über den tiefen Charakter und die Schönheit, die sich in diesen Augenblicken in Ann-Marie offenbarte. Alles mischte sich mit einem tiefen Schmerz, der zu jeder Sekunde ihr Wesen bedrückte. Wie ein Nachtmahr, der stets auf ihrer Brust saß.

„Dabei bin ich nur die erste Kerze auf der Geburtstagstorte.", sagte Ann-Marie und ihr Wesen wurde wieder unzugänglich. Sie sah sich um, zog Elias am Arm und sprach: „Ich muss Dir einige meiner Entdeckungen zeigen. Im Lauf der Tage waren zahlreiche Absonderlichkeiten in der Zeitung zu finden. Besonders die Zahlen von 1 bis 20 scheinen sich für unüblich häufiges Auftreten zu eignen. In einer Ausgabe fand ich die Zahl 11 insgesamt 33 mal."

Sie ging zu einem Sofa und sortierte die gestapelten Zeitungen. Einige legte sie zur Seite, eine andere Ausgabe nahm sie genauer in Augenschein. Währenddessen sagte sie: „Ich sollte noch erwähnen, dass ich ungeeignete Passagen nicht in die Auswertung einbeziehe. Beispielsweise Börsenkurse oder Sportergebnisse."

Eine der Türen öffnete sich und schwang langsam auf. Johanna und Evelyn standen im Türrahmen. Sie hielten einander an der Hand und waren in das gleiche Kleid gehüllt. Auf einem beigen Leinenstoff waren rosa bis violette Blüten von Schlafmohn abgebildet, wie auch einige Mohnkapseln.

In Johannas Gesicht spiegelte sich Freude, während Evelyn einen besorgten Ausdruck zeigte. Johanna riss sich von Evelyn los und eilte zu Elias. Sie schmiegte sich an ihn und sagte: „Mein liebster Zeitvertreib. Ich habe ihn wieder."

Evelyn behielt Elias im Auge, ging zu Ann-Marie und wechselte einige Worte mit ihr. Elias wünschte sich, er hätte die Substanz nicht zu sich genommen. Evelyns Anblick war Auslöser für verschiedenste Emotionen. Er konnte die Augen nicht von ihr abwenden, fürchtete sie würde den Raum sofort wieder verlassen. Johanna legte den Kopf auf seine Brust und atmete tief. Sie griff nach einigen Knöpfen auf ihrem Rücken und begann ihr Kleid zu öffnen. Nach kurzer Zeit bemerkte sie, dass Elias ihr kaum Beachtung schenkte. Sie sah ihn mit traurigen Augen an, wandte sich Evelyn zu und sagte: „Sieh Dir an, wie er Dich anstarrt."

Mit einer schnellen Bewegung warf Ann-Marie die Sammlung an Zeitungen auf den Boden vor das Sofa, so dass Evelyn sich zu ihr setzen konnte. Evelyn zeigte ein Lächeln, war aber scheinbar nur am Gespräch mit Ann-Marie interessiert. Johanna legte ihre Hand an Elias linke Wange und sagte: „Wir könnten ganz wundervolle Dinge tun. Sicher hast Du Dich in den letzten Tagen nur um Deine absurden Gemälde gekümmert und keinerlei Vergnügen zugelassen."

Elias beobachtete, wie Ann-Marie schwarze, lederne Handschuhe anzog, dann sah er Johanna an und erwiderte:„Die Situation überfordert mich. Und ich begreife auch nicht, wie es überhaupt sein kann."

Elias wurde sich mehr und mehr Johannas Körper bewusst. Eine erotische Sehnsucht kam in ihm auf. Er spürte ihren Körper, den sie an ihn presste..

Er wünschte sie hätte nicht innegehalten und sich entkleidet. Johanna umfasste seine Hüfte und sagte: „Es war so grauenvoll langweilig und die anderen Patienten waren sehr vulgär."

„Ich spüre es auch. Die Substanz wirkt also auch aphrodisierend.", sagte die Marotte und zeigte Johanna ein hässliches Lachen. Johanna erschrak und betrachtete die Marotte. In diesem Augenblick öffnete sich geräuschvoll eine weitere Tür und jemand betrat den Aufenthaltsraum. Elias musste sich drehen, um zu erkennen, dass Eva Nelke in wenigen Schritten Entfernung hinter ihm stand. Johanna war immer noch in die Betrachtung der Marotte vertieft und fragte: „Kann es noch etwas sagen?"

Elias verkleinertes Abbild lachte und äffte Johanna nach: „Kann es noch etwas sagen? Was will Sie denn, das ich ihr sage?"

Für einen Moment war ein erschrockener Ausdruck auf Evas Gesicht zu sehen. Dann bildeten sich Falten auf ihrer Stirn. Sie trug einen schwarzen Hosenanzug und dazu eine weiße Fliege. Ihr schwarzes Haar lag zu einer Welle geformt und ihre Lippen waren auffällig rot geschminkt. Sie trat einen Schritt auf Elias zu und sagte: „Ich hatte versprochen Dich zu besuchen. Erinnerst Du Dich?"

Inzwischen hatte auch Evelyn schwarze Handschuhe angelegt und schloss gerade schwarze Lederschuhe, als Elias Blick auf die Veränderung fiel. Evelyn und Ann-Marie setzten ihr Gespräch in gedämpfter Lautstärke fort. Johanna fuhr damit fort ihr Kleid zu öffnen. Nach kurzer Zeit stand sie in schwarzer Reizwäsche neben Elias. Eva kam auf Elias zu, küsste ihn auf die Wange und sah ihn mit einem kritischen aber wohlwollenden Ausdruck an. Sie nahm seine Kleidung in Augenschein und fragte: „Fahrt ihr hier Rennen im Stil der 70er Jahre?"

Elias sah an sich hinab und antwortete: „Es ist nicht auszuschließen. Du kannst Dir nicht vorstellen, wie sehr es mich freut, Dich zu sehen."

„Erinnerst Du Dich an den Tag, als Du Dich freiwillig in diese Psychiatrie begeben hast? Wir saßen im Park und unterhielten uns gut. Ich versprach Dich zu besuchen, sobald ich die Möglichkeit dazu hätte."

Johanna zupfte Elias an der Schulter. Sie drehte ihm den Rücken zu und bat ihn, ihren Büstenhalter zu öffnen. Elias half ihr aus dem Kleidungsstück und berauschte sich an der Anziehungskraft, die der beinahe nackte

Körper auf ihn ausübte. Eva beobachtete die Szene, wartete einen Augenblick und sagte in heiterem Ton: „Das ist nicht, was ich mir von einer Psychiatrie erwartet hatte."

Elias Blick irrte durch den Raum und kehrte dann zu dem Sofa zurück, auf dem Evelyn und Ann-Marie saßen. Sie hatten beide schwarze Hüte aufgesetzt. Elias wurde schlagartig klar, dass Handschuhe, Schuhe und Hüte der Ausstattung des Pestmaskenträgers glichen. Verwirrt wandte er sich wieder Eva zu.

„Es ist eine Eigenart dieses Klinikums, dass Erwartungen nicht erfüllt werden.", erklärte Elias und fuhr fort: „Es sollte auch erwähnt werden, dass es Dir ganz unmöglich ist, mich auf der Station C4 zu besuchen."

Er überlegte einen Moment, dann sagte er: „Ich weiß nicht, wer oder was Du bist. Aber es berührt mich Eva zu sehen, ganz egal ob es eine Täuschung ist oder nicht."

Eva legte den Zeigefinger an die Lippen und zischte leise. Währenddessen zog Johanna ihr Höschen aus und warf es auf einen Sessel. Sie trug nur noch schwarze, teil durchsichtige Strümpfe. Sie schmiegte sich wieder an Elias und führte seine rechte Hand an eine ihrer Brüste. Dabei küsste sie ihn hinter das Ohr und flüsterte ihm frivole Angebote ins Ohr.

Ann-Marie löste sich aus dem Gespräch mit Evelyn und rief: „Nun vögel sie schon, Elias. Sie entspricht doch Deinen Vorlieben und es wäre eine Beleidigung es nicht zu tun."

Auf Ann-Maries Gesicht war Abscheu und Kummer abzulesen. Für einen kurzen Augenblick war ihr Gesicht schmerzverzerrt. Dann verschwand jede deutbare Emotion und sie legte eine ihrer Hände auf Evelyns Bein. Evelyn legte ihre Hand auf die Ann-Maries und sagte: „Lass sie ihre Spiele spielen. Daraus ist noch kein Schaden entstanden."

Ann-Marie war aufgestanden und half Evelyn in einen langen, faltigen Mantel. Auf dem Sofa lagen zwei schwarze Schnabelmasken. In diesem Moment öffnete sich eine dritte Tür. Clara trat in ein dunkelblaues Kleid gehüllt in den Raum. Sie führte Julia Schroben an der Hand. Diese sah sich zweifelnd um, während Clara laut vernehmbar sagte: „Sie stand ganz verzweifelt auf dem Flur. Scheinbar hatte sie sich verirrt. Und mir schien, sie könnte eine von Elias Bekanntschaften sein. Deswegen habe ich sie hierher geführt."

Julia stellte sich unsicher vor die geöffnete Tür und wartete unschlüssig. Währenddessen vollführte Clara eine Pirouette und lächelte Elias an. Dann zeigte sie ihm ihren Rücken und sagte: „Sie sind gehörig gewachsen." Ihre Flügel hatten stark an Größe zugenommen, seit Elias sie zuletzt gesehen hatte.

Ann-Marie bedeutete Evelyn kurz zu warten und sagte zu Elias: „Ist das Dein Ernst, Elias? Du kannst keine erotischen Gedanken bezüglich Clara entwickelt haben."

„Sie soll uns am Klavier etwas vortragen.", antwortete Elias. Er wandte sich Clara zu und sagte: „Hör nicht auf ihre Bemerkungen. Dein Spiel habe ich sehr vermisst."

Er deutete auf das Klavier und Clara nickte. Sie stellte sich neben das Instrument und verbeugte sich. Dann setzte sie sich auf den Hocker und konzentrierte sich. Sie begann ein bekanntes Stück von Chopin und verwandelte es immer mehr in eine surreale Collage gebrochener und verwandelter Motive. Elias ging zu Julia Schroben, nahm ihre Hand und führte sie zu einem Sofa. Elias hatte vergessen, wie ausgesprochen schön ihr Gesicht war.

„Was ist das für ein Ort?", fragte Julia.

Elias erwiderte: „Dies ist die psychiatrische Abteilung des Klinikums Ulmenau."

„Steht es so schlimm und Dich? Du bist hier Patient?"

„Ja, das ist richtig."

„Habe ich Dich schlecht behandelt? Hätte ich Dir diese Episode ersparen können?"

„Nein. Das zu glauben wäre eine Illusion."

Die Interpretation Chopins hatte bizarre, aber sehr reizvolle Züge angenommen. Der Geruch nach frischen Zitronen war sehr intensiv. Johanna platzierte sich in Elias Blickfeld und zeigte den Ausdruck eines verärgerten Kindes. Mit den Gemälden des Raumes und dem Aufenthaltsraum selbst ging eine merkwürdige Veränderung vor sich. Die Gemälde verloren ihre Zweidimensionalität und machten den Eindruck als würde sich durch sie der Blick auf einen späten Sommertag bieten. Ein warmes Licht erfüllte den Ruheraum, Blätter und Blüten trieben durch die Luft.

Julia beobachtete die Verwandlung. Besorgnis stand ihr ins Gesicht geschrieben. Schließlich sagte sie: „Dieser Ort wirkt sehr befremdlich auf mich. Vielleicht ist es lächerlich, aber ich fürchte um meinen Verstand."

Clara spielte noch wenige Takte, dann endete ihre Interpretation. Sie stellte sich neben das Klavier und verbeugte sich. Elias klatschte und rief: „Meine Clara. Mein Mädchen."

Die rot lackierte Tür, durch die Elias den Raum betreten hatte, öffnete sich und zwei Männer trugen eine Trennwand in den Raum. Sie trugen Livrees in einem dunklen Grau, auf dem florale Muster in einem stechenden Rot angebracht waren. Die Trennwand bestand aus zwei Elementen und war mit einer Lackarbeit versehen. Auf einem beinahe schwarzen Hintergrund schwammen Fische in Rot und Gelb. Die Vegetation unter Wasser wurde durch weiße Konturen angedeutet. Elias hatte den Eindruck Bewegung im Motiv zu sehen, war sich aber nicht sicher.

Einige Fetzen der Unterhaltung zwischen Evelyn und Ann-Marie drangen zu Elias. Sie hatten Mäntel, Handschuhe, Schuhe, Hüte und Masken achtlos auf das Sofa geworfen. Evelyn wiederholte mehrfach eine Bitte und erklärte: „Ich würde es sehr gerne sehen."

Auf Claras Gesicht zeichnete sich Verwirrung ab. Elias sah ihr in ihre unschuldigen Augen und sagte: „Ganz wundervoll gespielt. Es würde mein Herz erfreuen, wenn du noch ein weiteres Stück spielst. Vielleicht etwas mit einem tragischen Klang."

Johanna näherte sich Elias, während Clara sich erneut vor das Klavier setzte und mit einer sehr einfachen, getragenen Melodie begann. Johanna legte ihren nackten Oberkörper auf Elias Schoß und sah ihn mit verdorbenem Hintersinn an. Es war schwer dem erotischen Reiz, der von ihr ausging, zu widerstehen. Julia starrte auf die Trennwand, unfähig das sich ihr bietende Schauspiel einzuordnen. Sobald das Klavier erklang geriet die Abbildung in Bewegung. Die Fische bewegten sich, änderten ihre Richtung und Drehung. Die angedeutete Vegetation wiegte sich in der Strömung. Wieder erfüllte ein warmes, wohltuendes Licht den Aufenthaltsraum. Evelyn stand auf, nahm Ann-Marie an der Hand und führte sie hinter die Trennwand. Sie flüsterten mit leicht geröteten Wangen. Ann-Marie verschwand hinter der Trennwand. Evelyn sah sich kurz um, dann sagte sie: „Nun mach schon. Außer mir sieht Dich niemand."

Nur wenige Momente später legte Ann-Marie ihren Trainingsanzug über die Trennwand. Julia starrte fasziniert auf das sich bewegende Kunstwerk. Sie atmete hörbar, drehte sich zu Elias und fragte: „Ist das die Natur des Wahnsinns? Zum Leben erweckte Kunst?"

Elias erwiderte: „Jetzt begreife ich endlich, dass es Dir ganz unmöglich war, mich zu lieben. Du sehnst Dich nach Gewöhnlichem."

Evelyn warf Elias einen Blick zu, dann verschwand sie hinter der Trennwand. Johanna hatte ihre Hand an Elias Hüfte geführt, betrachtete Julia gelangweilt und sagte: „Es ist ausgesprochen langweilig hier. Soll sie doch gehen, wenn sie keine außergewöhnlichen Ereignisse mag."

Gedämpftes Gelächter drang durch die Trennwand. Elias richtete seine Aufmerksamkeit auf das Gespräch, das Evelyn und Ann-Marie im Verborgenen führten. Evelyn machte Ann-Marie zahlreiche Komplimente, lobte die Schönheit ihres Körpers und fragte zuletzt, ob sie ihn berühren dürfe. Julia Schroben stand ruckartig auf, stürzte zu einer der Türen und verließ den Raum. Johanna setzte sich neben Elias und lauschte Claras Spiel. Es endete abrupt, als es an der roten Tür klopfte. Als wäre es ein vereinbartes Zeichen, stürzten alle anwesenden Frauen aus dem Raum. Elias blieb allein zurück. Das Klopfen wiederholte sich, woraufhin Elias zur Tür ging und sie öffnete. Frau Eulenberg wartete im Flur. Sie zeigte einen unbekümmerten Gesichtsausdruck und sagte: „Herr Wendelin, Sie versetzen die ganze Station in Aufruhr. Ich fand Lea in einen Streit verwickelt mit einer bronzenen Skulptur. Und ich könnte wetten, ich habe Fabelwesen der griechischem Mythologie auf dem Flur gesehen."

Scham stieg in Elias auf. Er wurde sich bewusst, dass sogar die Beraterin eine anziehende Wirkung auf ihn hatte. Einen Moment verlor er sich in Gedankenspielen, zu welchen erotischen Handlungen er sie bewegen könnte. Eine umfassende Bitterkeit beendete diese Episode und Elias antwortete: „Es tut mir sehr leid. Nichts davon war geplant."

Die Beraterin forschte in seinen Augen. Die Schönheit ihrer Iris quälte Elias. Er hatte sich entschieden, alles auf die eingenommene Substanz zu schieben, keinen Mangel an sich selbst oder seinem Handeln zu finden. Er versuchte sich an einem Lächeln und sagte: „Wie neuerdings nichts mehr einem Plan folgt oder vorhersehbar ist."

„Was war das für eine Aufnahme, die sie abspielten?", fragte Frau Eulenberg.

„Sie meinen das Klavierspiel?"

„Für einen Moment glaubte ich das Stück zu kennen, dann verwandelte es sich."

„Es sind Interpretationen einer Patientin der Station C3."

Die Beraterin schien verwirrt. Sie trat zögernd in den Aufenthaltsraum und sah sich um. Johannas Kleid lag beinahe in der Mitte des Raums und Ann-Maries Trainingsanzug auf der Trennwand. Auf einem Sofa lag die Ausstattung des Pestmaskenträgers. Ein durchwühlter Stapel an Zeitungen lag auf dem Boden vor diesem. Ein Exemplar war auf den Boden gefallen und lag halbgeöffnet mit der Titelseite nach oben. Die Beraterin nahm ein Kleidungsstück in die Hand und lachte vergnügt. Sie sah Elias an und fragte: „Welche Art Orgie hat hier stattgefunden?"

Elias senkte den Kopf. Seine Wangen röteten sich und er konnte sich ein Lachen nicht verkneifen. Dann antwortete er: „Wenn ich mir nur selbst darüber im Klaren wäre."

Eine unbestimmte Furcht ergriff ihn. Die Beraterin kam einige Schritte auf ihn zu und berührte ihn am Arm. Sie sah ihm eindringlich in die Augen und fragte: „Haben Sie eine Substanz eingenommen?"

Elias nickte und antwortete: „Eine der grünen Pillen. Ich weiß nicht einmal aus welchem Grund. Nur ist mir so sonderbar. Meine Gefühle und Empfindungen überwältigen mich."

„Wir bringen sie auf das Zimmer 19b. Die Wirkung hält nicht länger als 3 Stunden an."

Elias antwortete: „Ja, das klingt vernünftig."

Er zögerte, dann ging er zu den durchwühlten Zeitungen und sagte: „Mir scheint es, als würde ich eine dieser Zeitungen benötigen. Nur weiß ich nicht welche." Sein Blick fiel auf eine Ausgabe, in der sich eine schwarzweiße Fotografie von Marilyn Monroe fand. Augenscheinlich behandelte ein Artikel das Leben der Darstellerin und die ungewöhnlichen Umstände ihres Todes. Er nahm die Zeitung, faltete sie und steckte sie unter den Arm.

Seit mehr als 2 Tagen hatte Elias den Eindruck, im Nebenraum höre jemand Radio. Wo auch immer er sich befand, stets drangen gedämpft die Stimmen einer Expertenrunde durch eine Tür oder eine Wand. Musik hingegen war nicht zu hören und die Stimmen der Gesprächsrunde waren immer dieselben. In seltenen Fällen glaubte Elias seinen Namen zu vernehmen, in einen Satz eingeflochten. Und manchmal wirkte das Gespräch wie ein Kommentar zu seiner aktuellen Tätigkeit.

Einen ganzen Tag hatte Elias verwendet, um alle Ateliers, die sich hinter grünen Türen verbargen, in Augenschein zu nehmen. Außer dem, das seinem Ruheraum angeschlossen war, fand er 4 weitere. Eines war für eine größere Gruppe ausgelegt und bot Materialien für alle erdenklichen Werke. Ein anderes schien für die Arbeit eines Bildhauers gedacht. Eines der 4 Ateliers war ihm besonders aufgefallen. Es war verhältnismäßig klein und für die Arbeit mit Ölfarben gedacht. Elias geriet beim Durchsehen der Malmittel in einen befremdlichen Rausch. In einer Schublade lagen, ordentlich aufgereiht, zahlreiche Farbtuben, von denen nur wenige geöffnet, geschweige denn je benutzt waren. Pinsel fanden sich, in der Qualität herausragend, in allen Formen und Größen. Auch Terpentin, Terpentin-Ersatz, Firnis und andere Hilfsmittel waren vorhanden. Ebenso Paletten, Spachtel und Lappen. Elias legte alle untersuchten Gegenstände an ihren Platz und wendete sich einem Bücherregal zu. Hier fanden sich zahlreiche Werke über die technischen Aspekte der Ölmalerei und Anleitungen, grundlegende Fähigkeiten anhand einfacher Übungen aufzubauen. In einer Ecke des Raums stand eine Staffelei, auf der eine übergroße Leinwand auf die Verwandlung in ein Kunstwerk wartete. Direkt neben der Staffelei lehnten 4 weitere Leinwände an der Wand des Ateliers. Ihre ungewohnte Größe faszinierte Elias. Ihre Formate unterschieden sich, aber keine der Seiten war kürzer als 1 ½ Meter. Elias ließ von den Leinwänden ab und suchte nach Papier und Blöcken, die sich für Skizzen und Experimente in Öl eigneten.

Mit kindlichem Vergnügen durchsuchte Elias alle Schubladen, Schränke und Regale. Dann überkam ihn die Sorge, ob er den Weg in seinen Ruheraum zurückfinden würde. In vernunftlosem Eifer hatte er die Marotte, die generell über einen besseren Orientierungssinn verfügte, auf dem Tisch des Zimmers 19b liegen lassen. Er griff nach einer bronzenen Kröte, die er auf einem Regal erblickt hatte, und stellte sie neben die grün lackierte Tür. Vorsichtig und überlegt bewegte er sich durch Flure und

Räume. Nach einigen Minuten stand er vor der Tür zu seinem bevorzugten Ruheraum. Aus einem Behandlungsraum drang das Geräusch heftig debattierender Stimmen.

„Das alles wäre nicht so schlimm. Nur ist es der gleiche Fehler, den er stetig wiederholt."

„Auf welche Art könnte er sich anders verhalten? Welche Möglichkeiten bieten sich denn? "

„Zu wenige, das will ich nicht beschönigen."

„Das Problem kann am besten mit einer Metapher beschrieben werden. Kennen sie den Unterschied zwischen einem Labyrinth und einem Irrgarten?"

Elias trat an die weiße Tür und legte sein Ohr an das lackierte Holz. Gelächter und einige abfällige Bemerkungen waren zu vernehmen. Nach einigen Sekunden öffnete Elias die Tür. Im dahinterliegenden Behandlungsraum standen nur einige Sitzmöbel und zwei kleine Tische. An einer der Wände hing eine überdimensionale Ölmalerei. Abgesehen von der Einrichtung war der Raum leer und die Radiosendung war nicht mehr zu hören.

Verstört ging Elias in seinen Ruheraum. Er setzte sich an den Tisch und beobachtete das Mienenspiel der Marotte. Sie sah ihn wohlwollend an und sagte: „Erzähl mir, was genau Du in dem Atelier gefunden hast. Meine Eindrücke waren undeutlich."

Elias antwortete: „Die Ausstattung dieses Ateliers übertrifft alle anderen."

Er überlegte, dann machte er eine große Geste und erläuterte: „Es tun sich neue Möglichkeiten auf. Nur der Weg ist kompliziert und ich verzweifelte beinahe an der Aufgabe, meinen Rückweg zu finden."

Die Marotte zeigte ein überhebliches Lachen und sagte: „Du solltest die Station nicht ohne mich erkunden."

Unruhe überkam Elias. Er stand auf, sortierte die Gegenstände in der ledernen Tasche. Er betrachtete die Pestmaske, das rot gebundene Buch, die silberne Flöte, die metallene Kugel und den Schlüssel. Er wandte sich an die Marotte und fragte: „Warum habe ich den Eindruck, jeden einzelnen dieser Gegenstände bald zu benötigen?"

Die Marotte antwortete: „Es sind Prinzipien, Wirkmechanismen unbekannter Art."

Währenddessen ging Elias in das Atelier. Er hatte eine Reihe an Zahlen, die er einem Traum entnommen hatte, auf einen Zettel notiert. Er legte den Zettel zu den Notizen und Fotografien im Buch mit dem Titel „Erscheinungsformen und Wege des Teufels". Zuletzt steckte er die Zeitung, die einen Artikel zu Marilyn Monroe enthielt, in die Tasche. Er lehnte sie gegen das einem Boot nachempfundene Bett und ging wieder zu der Marotte. Er rieb sich die Stirn und fragte: „Werde ich nochmal die Gelegenheit haben Ann-Marie, Evelyn, Johanna, Eva und den Rest zu sehen?"

„Wie soll ich Dir diese Frage beantworten?"

Elias setzte sich an den Tisch. Eine Erinnerung bemächtigte sich seiner.

Eva Nelke und Elias J. Wendelin saßen auf einer Parkbank in direkter Nähe des Klinikums in Ulmenau. Vor einigen Augenblicken hatte starker Regen eingesetzt. Eva hatte ihren Schirm bereits geöffnet und hielt ihn über sich, während Elias noch mit der abgenutzten, vielleicht sogar defekten Mechanik seines Regenschirms kämpfte.

Ein heftiger Windstoß zerrte an Evas Regenschirm, aber sie hielt ihn rechtzeitig mit beiden Händen fest. In diesem Moment entfaltete sich Elias Schirm. Elias versuchte sowohl sich selbst, als auch das Gepäck zu seinen Füßen vor dem Regen zu schützen. Eva sah ihn zweifelnd an und fragte: „Ist Dir klar, in welche Situation Du Dich begibst?"

„Ich liefere mich aus, gebe die Kontrolle in die Hand eines Arztes."

„Und das ist Dir angenehm?"

Elias schüttelte den Kopf und antwortete: „Ich bin zum Schluss gekommen, dass ein Teil meines Erlebens wahnhaft sein muss. Und es ängstigt mich."

Eva fuhr durch ihr schwarzes Haar, das in Form einer Welle lag. Sie fixierte ein Objekt in der Ferne und sagte: „Wenn Du nur die Nerven bewahren würdest. Vielleicht geht es Dir in wenigen Tagen besser."

Mächtige, dunkle Wolken türmten sich auf. Es würde für längere Zeit nicht aufhören zu regnen. Elias hoffte es würde sich kein Unwetter entwickeln. Er spielte mit dem Gedanken, in seine Wohnung zurückzukehren und noch ein paar Tage zu ertragen. Er wandte sich Eva zu und studierte ihr Profil. Sie war ein ungewöhnlich schöner Anblick. Nach einer Pause sagte er: „Ganz Ulmenau scheint mir den Verstand verloren zu haben. Und meine Wohnung ist ein verwunschener Ort, an dem sich ganz unmögliche Dinge ereignen."

Er schlug die Augen nieder und fuhr fort: „Nach dem zu urteilen, das ich gelesen habe, handelt es sich um eine Psychose. Vielleicht eine paranoide Schizophrenie. Und die kann erfolgreich mit Medikamenten behandelt werden. Vielleicht hätte ich diesen Schritt schon vor einiger Zeit unternehmen sollen."

Eva sah ihn an, nickte und stand auf. Sie nahm die Reisetasche, die Elias abgestellt hatte, und sagte: „Dann komm. Wir bringen es hinter uns. Und in ein paar Wochen hat sich alles zum Guten gewendet."

Einen ganzen Tag verwendete Elias für ein langsames Herantasten an die Ölmalerei. Er durchsuchte das neu entdeckte Atelier, prägte sich ein, wo welcher Gegenstand zu finden war. Er las die ersten Kapitel mehrerer Bücher über den richtigen Einsatz von Ölfarben und notierte die wichtigsten Regeln in sein Notizbuch. Er untersuchte die Konsistenz der Farben, wie sie sich mischten und auf welche Art sie sich verdünnen ließen. Er erforschte, welchen Zeitraum es benötigte, damit ein Farbauftrag trocknen konnte. Er setzte Komplementärfarben gegeneinander, erzeugte Farbverläufe und erprobte den Einsatz von Weiß in der Trübung verschiedener Farbtöne. Zusätzlich beschäftigte er sich mit den vorhandenen Pinseln und auch dem Umgang mit Spachteln, also einem sehr pastösen Farbauftrag.

Nach einigen Stunden ging er dazu über, praktische Übungen aus vorhandenen Büchern nachzuvollziehen. Sehr einfache Stillleben entstanden. Anfängliche Unsicherheiten schwanden und Elias gewann den Eindruck, erfolgreich Ideen mit Ölfarben umsetzen zu können. Er erkannte den Moment, als es an der Zeit war ein erstes Werk in Öl zu beginnen. Zunächst sah er die Auswahl an Leinwänden durch und entschied sich für ein ansprechendes Hochformat in beeindruckender Größe. Er kehrte an den

Tisch zurück, ordnete das Chaos an Farben, Paletten und Hilfsmitteln und skizzierte verschiedene Details. Seine Ausgestaltung hatte figürliche Elemente gewonnen, war aber im Herzen immer noch abstrakt. Er erprobte verschiedene Farbtöne, dann ging er zu der Staffelei und teilte die Fläche in grundlegende Bereiche. Erste Konturen von Objekten und Figuren trug er mit einem Rötelstift auf.

In den Vordergrund der Szene setzte er einen Mann und zwei Frauen, die sich an einem Picknick im Freien erfreuten. Die Gesichter sollten realistisch genug abgebildet werden, um Emotionen ablesen zu können. Die etwas kleinere und jüngere Frau warf der Konkurrentin einen zornigen Blick zu, während sich auf dem Gesicht der anderen Frau naives Glück abzeichnete. Der Mann sah über die Schulter den Betrachter an und zeigte ein verschmitztes Lächeln.

In mittlerer Entfernung war das Zelt eines Zirkus zu sehen. Einige Wagen standen in absurder Ausrichtung und exotische Tiere warteten in Käfigen auf Besucher. Mehrere Artisten in bunten Gewändern präsentierten ihre Fähigkeiten. Ein kleiner, stämmiger Mann in Anzug und mit Zylinder trug eine Geburtstagstorte zu einem dunkelhaarigen Kind, dessen Geschlecht nicht zu erkennen war. Auf einem Banner sollte der Name des Zirkus prangen, aber Elias war sich nicht sicher, wie er den Zirkus benennen wollte.

Auf der rechten Bildseite dominierte ein Turm die Komposition. Er wand sich in schwindelerregende Höhe. Während die Basis aus Stahl und Beton bestand, wurden die Materialien immer hochwertiger und die architektonische Ausarbeitung komplexer, je höher der Turm wuchs. Das oberste Stockwerk des Turms zierten Säulen und Statuen betender Engel. Aus den Fenstern drang ein roter Schein und aus einer zur Hälfte geöffneten Tür schoss eine Flamme. An der Basis des Turms war eine Tür aus dunklem Metall. Zwei der Artisten schickten sich an, durch sie den Turm zu betreten.

Nach einigen Korrekturen an Konturen und Proportionen testete Elias verschiedene Blautöne. Schließlich trug er eine dünne Schicht Preußischblau auf einige Flächen des Hintergrunds auf. Er trat mehrere Schritte zurück und entdeckte mehrere Linien, die noch korrigiert werden mussten. Den Flachpinsel, den er in der Hand hielt, legte er auf einen Lappen und nahm einen Rötelstift zur Hand. In diesem Augenblick klopfte es. Elias drehte sich der Tür zu und wartete. Nach wenigen Augenblicken öffnete sich die Tür und Clara sah ihn mit kritischem Blick an. Sie trat in das Atelier. Verwunderung zeichnete sich auf ihren Zügen ab, als sie sagte: „Es war nicht ganz einfach diesen Raum zu finden. Glücklicherweise hast Du ihn mit dieser Kröte markiert."

Clara betrachtete die offenen Farbtuben, die Skizzen und Übungen, sowie die verstreuten Hilfsmittel. Dann stellte sie sich vor die Leinwand, die, in diesem Stadium, nur einen ungenauen Eindruck von Elias Idee vermitteln konnte. Clara wandte sich Elias zu und führte aus: „Wenn man Dir nur Zeit und Gelegenheit lässt, könnte aus dir ein passabler Künstler werden."

Fasziniert beobachtete Elias Claras Erscheinung. Sie trug keine Kleidung, war aber zugleich nicht nackt. Es war schlicht unmöglich einen Blick auf ihren Körper zu erhaschen und zusätzlich umgab sie ein undefinierbarer, weißer Schleier. Eine Mischung aus Stoff und Nebel. Einzig ihr Gesicht und die inzwischen beachtlichen Flügel waren stets sichtbar.

Währenddessen durchsuchte Clara die Einrichtungsgegenstände und sagte: „Das ist eine beachtliche Sammlung hübscher Gegenstände. Und sie erfüllen sogar eine Funktion."

Elias wusch seine Hände in der kleinen Spüle in einer Ecke des Ateliers. Clara trat nochmals an das begonnene Gemälde, dann wendete sie sich Elias zu und holte ein beschriebenes Blatt hervor, das sie bisher hinter ihrem Rücken gehalten hatte. Sie richtete sich dramatisch auf und las: „Herr Elias Jakobus Wendelin, unser letztes Treffen wurde leider gestört. Darum haben wir Clara entsandt, sie in einen Raum zu begleiten, in dem wir uns erneut ins Angesicht sehen können."

Clara legte das Blatt auf den Tisch. Scheinbar hatte es für sie jede Bedeutung verloren. Dann ging sie zur Tür des Ateliers und wartete. Elias prüfte, ob seine Hände und seine Kleidung sauber waren. Er schloss mehrere Farbtuben und ein Fläschchen mit Terpentin, dann sagte er zu sich selbst: „Ich kehre ja zurück."

Eine Mischung aus freudige Erwartung und Unsicherheit erfüllte Elias. Er bemerkte einen durchdringenden Geruch von frischen Zitronen. Clara winkte ihm und ging in den Flur. Elias folgte ihr und beobachtete die Veränderung, die mit den Gemälden und Skulpturen der Station C4 vor sich ging. Alles schien belebt, redete und führte Possen auf. Clara eilte den Flur hinab, sodass Elias schnell gehen musste, um sie nicht zu verlieren. Der Flur knickte nach Rechts. Clara blieb vor einer schwarzen Tür stehen. Sie wartete bis Elias aufgeschlossen hatte, dann öffnete sie die Tür und schob Elias in einen spärlich beleuchteten Raum. Die Fenster des Raums waren mit schweren Samtvorhängen verhängt. Nur ein kleiner Lichtspalt fiel auf den Boden. Clara eilte zu dem Fenster, das nicht vollständig verborgen war, und zog den Vorhang zu. Eine Unzahl an Kerzen erleuchteten den Raum. Ein Großteil der brennenden Kerzen stand auf dem Boden, einige auf zwei kleinen, hölzernen Beistelltischen. Das warme Licht offenbarte zwei Sofas mit hoher Lehne, auf der fünf Frauen still saßen. Sie trugen keine Kleidung, nur ihre Gesichter verbargen sie hinter großen, weißen Masken, die in der Form des Gesichts einer Eule gearbeitet waren. Weiße Federn und Perlen verzierten den Rand der Masken. Gehalten wurden sie an einem dünnen, weißen Holzstab. Zwei der Körper erkannte Elias. Johanna und Evelyn saßen nebeneinander. Neben ihnen war ein sehr schlanker, knabenhafter Frauenkörper zu sehen, der nur die Andeutung von Brüsten zeigte. Die beiden Körper der Frauen auf dem gegenüber stehenden Sofa waren Elias neu. Hinter einer der Masken ragte schwarzes, gewelltes Haar hervor. Elias vermutete Julia und Eva hinter den eulenförmigen Masken.

In diesem Augenblick setzte ein vielstimmiger Gesang ein, der scheinbar durch die Tür zum Flur drang. Die Stimme des Maskenträgers war unverkennbar, nur fügten sich weitere, ähnliche Stimmen in das harmonische Konstrukt ein. Mehrmals änderte sich die Sprache des Gesangs.

Clara stand im Zentrum der Szene und wartete. Unruhe kam auf. Die Frauen neigten einander zu und flüsterten hinter den Masken. Clara blickte in Richtung der Frau, die Elias für Ann-Marie hielt. Diese nickte, woraufhin Clara zu einer Kommode in einer schwach ausgeleuchteten Ecke des Raums eilte. Sie öffnete eine Schublade, holte eine mit Stoff bezogene Schachtel heraus und versicherte sich, dass sich der gewünschte Gegenstand darin befand. Dann trat sie an Elias heran und streckte ihm die Schachtel entgegen. Während Elias das Objekt entgegen nahm, sagte sie: „Dieser Anblick ist eine Verheißung. Wir sind der Meinung, dass Du Dich nach Deinen Möglichkeiten gut betragen hast. Nur Unersättlichkeit kann man Dir in gewisser Weise vorwerfen. Dennoch wollten wir Dir dieses Kuriosum zum Geschenk machen."

Elias betätigte einen Mechanismus, so dass der Deckel der Schachtel aufsprang. Auf einem dunklen Stoff lag ein wenige Zentimeter großes Objekt aus Metall. Es ähnelte einem Schneckenhaus, nur drang ein grünes Leuchten durch kleine Verzierungen.

Interessiert betrachtete Clara den kunstvoll gearbeiteten Gegenstand und erklärte: „Wir konnten uns nicht auf einen Namen dafür einigen. Es würde zu lange dauern, zu erklären, wie wir es fanden und weshalb wir der Überzeugung sind, dass Du es noch benötigen wirst."

Vorsichtig nahm Elias das glühende Schneckenhaus aus der Schachtel, drehte und wendete es. Nach einigen Momenten fragte er: „Wie entsteht dieses Licht? Ich kann nicht erkennen, aus welcher Quelle sich das Leuchten speist."

Clara erwiderte: „Das kann ich Dir nicht beantworten. Nur sei sehr vorsichtig damit."

Elias legte das Schneckenhaus wieder in das stoffbezogene Kästchen und schloss den Deckel. Ausleuchtung und Inszenierung der weiblichen Körper bereiteten ihm großes Vergnügen. Verwirrt sah er sich um und fragte: „Wollt ihr nicht nur für einen Moment die Masken abnehmen?"

Clara zeigte einen misslaunigen Gesichtsausdruck und schob Elias sanft aus dem Raum. Sie schloss die Tür von innen. Elias studierte die Schachtel in seiner Hand und ging langsamen Schrittes zurück in das Atelier.

Seit mehr als einer Stunde griff Elias immer wieder zu einem Bleistift, dachte über eine erste Kontur nach und legte dann den Bleistift wieder neben das leere Blatt. Er saß in dem kleinen Atelier, das an das Zimmer 19b angrenzte. Das großformatige, aber leere Blatt verunsicherte, ängstigte ihn. Was, wenn er sich überanstrengt und alle kreative Kraft verloren hatte? Außerdem war er der Idee verfallen, in einem einzigen Werk alles zu vereinigen und abzubilden, was er in seinem Leben erkannt und als wahr gefunden hatte.

Durch die halb geöffnete Tür des Ateliers nahm Elias eine Bewegung wahr. Nach kurzem Zögern stand er auf und trat vorsichtig in den Ruheraum. Niemand störte seine Einsamkeit, aber an dem Bett war eine Veränderung vor sich gegangen. Die aus Holz gearbeitete Krake war ein wenig höher gekrochen und hatte einen zweiten Arm über die Planke des

Bootes geworfen. Wieder hatte Elias den Eindruck in einem angrenzenden Raum wäre ein Radio eingeschaltet.

„Es ist eine ziellose Bewegung, aber der Endpunkt ist sehr genau definiert."

„Er bewegt sich, ohne sich darüber im Klaren zu sein."

„Wie ein Tänzer, der eine Choreografie ausführt, ohne sie erlernt zu haben."

„Und das mit der Genauigkeit eines Uhrwerks. Die Realität bietet keine andere Möglichkeit."

In diesem Moment setzte heftiger Regen ein. Dunkle Wolken türmten sich vor dem Fenster des Ruheraums und vereinzelt waren in den Wolken Blitze zu sehen. Die Gesprächsrunde im Radio wurde leiser und war nur noch undeutlich zu verstehen. Elias griff nach seiner ledernen Tasche und nahm die Marotte in die Hand. Sie zeigte ein facettenreiches Mienenspiel, sagte aber kein Wort.

Donner erschütterte das Klinikum. Das Unwetter war dem Institut in kürzester Zeit sehr nahe gekommen. Grelles Licht mehrerer Blitze erfüllte den Raum, während Elias die Tür zum Flur öffnete und hindurch trat. Anfangs war nichts ungewöhnliches zu sehen. Dann bemerkte Elias, dass eine der Türen geöffnet war. Der Kopf eines bärtigen, alten Mannes ragte hervor. Haut und Bart waren stechend rot und er trug eine Krone in der gleichen Farbe. Verwunderung zeichnete sich auf seinen Gesichtszügen ab, als er Elias erblickte. Nach einigen Sekunden trat der rote König auf den Flur. Sein königliches Gewand, seine Schuhe und alle Details seiner Erscheinung waren ebenso rot wie Gesicht, Bart und Krone. Sogar die Iris seiner Augen erstrahlte in der stechenden Farbe.

Zögerlich ging Elias auf den König zu. Ein stechender Geruch nach Zitronen verbreitete sich und eine unruhige Atmosphäre hatte von der Station C4 Besitz ergriffen. Der rote König nahm eine Überlegenheit ausdrückende Pose ein und massierte seinen Bart. Als Elias nur noch einen Schritt entfernt war, sagte er: „Leider endet Ihre Zeit an diesem Ort. Das ist sehr einfach zu erkennen und sollte kein Grund zur Trauer sein."

Die Marotte wurde unruhig und ergänzte: „Einen ähnlichen Eindruck habe ich auch. Eine tiefgreifende Veränderung steht bevor."

Elias war abgelenkt, erwiderte nichts. Er öffnete die Tür, durch die der rote König erschienen war. Sie war schwarz lackiert und verbarg ein belebtes Schachspiel in den Farben Rot und Weiß. Die weiße und die rote Dame waren ein einen heftigen Streit verwickelt und zogen einander an den Haaren. Etwas abseits davon stach ein Reiter mit einer Lanze in einen Bauern, der in seinem eigenen Blut auf dem Boden lag. Ein Priester hielt eine flammende Rede, während sich ein etwas klein geratener Elefant in Bewegung setzte. Am Rand des Spielfelds standen mehrere Figuren und diskutierten die neuesten Entwicklungen des Spiels. Der weiße König beobachtete Elias und den roten König. Sein Blick wurde zunehmend missmutig. Nach wenigen Momenten sprühte er vor Zorn. Schließlich rief er: „Das ist gegen die Regeln. Wenn mein Widersacher nicht sofort auf das Spielfeld zurückkehrt, fordere ich seine Disqualifikation."

Einige Worte in einem altertümlichen Griechisch waren zu hören. Der rote König eilte zurück auf das Spielfeld und die Tür fiel krachend zu. Elias drehte an dem Türgriff, aber die Tür war verschlossen. Ein mehrstimmiger Gesang setzte ein. Elias wendete sehr langsam den Kopf und sah den Flur hinab. Der Pestmaskenträger stand mit Mantel und Hut am Ende des Ganges. Eine der Stimmen wurde lauter und wechselte ins Lateinische, während ansonsten weiter in Altgriechisch gesungen wurde. Elias sah die Marotte an. Ihre Züge waren zu einem schmerzhaften Grinsen verzerrt. Verzweiflung zeichnete sich in den metallenen Augen ab. Der Gesang wurde erneut lauter und der Maskenträger war Elias näher gekommen. Erst nach einiger Zeit bemerkte Elias, dass die absonderliche Figur einige Zentimeter über dem Boden des Flurs schwebte. Einige Sekunden herrschte Ruhe, dann wurde der Gesang im Hebräischen erneut aufgenommen. Ein komplexes melodisches und harmonisches Konstrukt entwickelte sich. Blitze zuckten in direkter Nähe des Klinikums und zugleich ertönte zorniger Donner.

Die Marotte wimmerte und stöhnte. Dann sagte sie: „Vielleicht kannst Du Dich noch retten."

Während diese Worte gesprochen wurden setzte sich der Maskenträger in Bewegung. Der Gesang erreichte einen dramatischen Höhepunkt. Die groteske Figur schwebte Elias entgegen, der faltige Mantel flatterte, während die Füße in schwarzen, ledernen Schuhen nutzlos in der Luft hingen. Elias ging vorsichtig einige Schritte rückwärts. Nähe und Kontakt zu dem

Maskenträger waren ihm unangenehm. Er wollte um jeden Preis eine direkte Berührung vermeiden. Zu spät erkannte Elias, dass dieser seine Geschwindigkeit nochmals steigerte. Die Hände in ledernen Handschuhen griffen nach Elias Stirn und Nacken. Mit Entsetzen erkannte er, dass er vom Kopf abwärts gelähmt war. Auf wundersame Weise führte der Maskenträger Elias Körper mit der Hand am Nacken. Die intime Nähe zu der Kreatur schockierte Elias. Er wand seinen Kopf hin und her, während die Tür zum Zimmer 19b aufgestoßen wurde. Nach wenigen Augenblicken hing Elias regloser Körper über dem Bett des Ruheraums, das einem Boot nachempfunden war. Seine Verzweiflung erreichte einen Höhepunkt. Er stieß wilde Flüche aus und versuchte auf jede erdenkliche Weise die Kontrolle über seinen Körper zurück zu erlangen. Der Gesang pausierte einige Takte, dann sang nur noch der Pestmaskenträger, der Elias in das Bett fallen ließ. Er sprach einige herrische Worte in einer Sprache, die Elias nicht identifizieren konnte, und übte einen Druck auf Elias Stirn aus. Der Wille sich zu widersetzen war stark, aber Elias sank in einen tiefen Schlaf.

11

Eine Erschütterung lief durch das hölzerne Boot, als es gegen einen Felsen stieß. Elias richtete sich auf und führte die Hand zu seinem Rückgrat. Er hatte sehr unbequem auf den Holzplanken gelegen und litt nun starke Schmerzen.

Das Meer um das Boot war ungewöhnlich ruhig und spiegelte den dunkelblauen Himmel. Die Sonne musste erst vor wenigen Minuten untergegangen sein. Ein intensiv blaues Licht kündigte die Nacht an. Elias stand auf und betrachtete die lächerlich kleine Insel, an die er getrieben worden war. Auf schwarzem Fels standen nur wenige, verkrüppelte Bäume, kaum höher als Elias selbst. Flechten klammerten sich an die Felsen und ein Rosenbusch mit sehr kleinen Blüten schmiegte sich an das einzige menschengemachte Objekt, einen Turm im Zentrum der Insel.

Elias sprang auf den Felsen, gegen den das Boot gedrückt wurde und ging wenige Schritte auf das Bauwerk zu. Es war in allen Details unvollkommen. Metallelemente und Bleche unterschiedlichster Größe, Farbe und Alterung waren mit Nägeln zu einem Zylinder verbunden, der mehr als 20 Meter in die Höhe ragte. Auf einem der Metallstücke prangte noch der Name eines Frachters. Fenster waren selten und meist rund. Aus ihnen drang ein warmes Licht. Elias umrundete den Turm und fand schließlich eine schmale, unverschlossene Tür. Es kostete ihn einige Mühe die Tür zu öffnen. Sie hing schief und verkantete sich an mehreren Stellen mit dem Fels. Schließlich trat er in das Innenleben einer gigantischen, aber altmodischen Maschine. Der gesamte Innenraum des Turms, abgesehen von einer Wendeltreppe im Zentrum, war mit Zahnrädern, Pumpen und Ventilen, Kontrollleuchten und Armaturen vollgestopft. Aus der Arbeit der Maschine ergab sich eine bizarre akustische Kulisse. Erleuchtet wurde die bizarre Szene von zahlreichen Glühbirnen, die an jedem möglichen Platz angebracht waren.

Ein unwiderstehliches Verlangen, die Treppe zu erklimmen, überkam Elias. Er ging ins Zentrum des Raums und trat auf die erste, metallene Stufe. Sie gab ein verunsicherndes Geräusch von sich. Nach kurzem Zögern begann Elias den Aufstieg. Des Öfteren blieb er stehen, um das Ineinandergreifen der Maschine zu beobachten. Welchem Zweck sie diente war nicht zu erkennen.

Nach kurzer Zeit stand er auf einer Fläche, die das Ende der Wendeltreppe bildete. Sie schwankte bedenklich, wenn Elias sein Gewicht verlagerte. Über ihm war eine offene Luke. Leichtfüßig kletterte Elias die Leiter unter der Luke empor und stieg durch diese in einen runden, ebenfalls durch Glühbirnen erleuchteten Raum. Einen Großteil des Raums nahm eine gigantische Schalttafel ein, übersät mit Hebeln, Schaltern, Rädchen und Reglern. In einer Ecke stand ein frisch bezogenes, merkwürdig langes Bett. Darauf lag ein abgegriffenes Ringbuch. Elias nahm das Buch zur Hand und überflog das Inhaltsverzeichnis. Scheinbar handelte es sich um das Handbuch der Maschine, in deren Inneren er stand. Es trug den Titel „Realitätsmodifkator C33b – 910 Manual Ausgabe 1923/02".

Das frisch bezogene Bett übte eine unwiderstehliche Anziehungskraft auf Elias auf. Er fühlte eine tiefe Erschöpfung und sank in das Bett. Er fiel in einen tiefen Schlaf.

Elias nahm das Handtuch von seiner Schulter. Bis auf Shorts und einen weißen Morgenmantel war er unbekleidet. Es fiel ihm schwer, seine Umwelt zu begreifen. Er hielt sich in einem künstlich beleuchteten, gefliesten Raum auf, in dem mehrere Badewannen unterschiedlicher Machart standen. Elias zählte die obskuren Objekte und kam auf eine Summe von 12 Badewannen. Die meisten waren gusseisern und zeigten absurde Details, wie beispielsweise Tieren nachempfundene Beine. Alle waren leer und Elias war vollkommen allein.

Im Nebenraum war aufgeregtes Gespräch zu hören. Ein Kind beklagte sich bitterlich, dass es keinen Grund gäbe, hilflose Kinder in das heiße Wasser zu werfen. Elias wurde sich zweier Türen bewusst. Eine war schmucklos weiß, die andere aus Metall und mit zahlreichen Verzierungen versehen. Elias entschied sich für die weiß lackierte Tür, musste aber feststellen, dass sie verschlossen war. Das Kind im Nebenraum schrie auf und weinte. Dann herrschte Stille. Elias trat an die verzierte Tür und hielt sein Ohr dagegen. Verschiedene Geräusche drangen durch das Metall. Darunter das von fließendem Wasser, ein Gespräch und leises Stöhnen. Eine Stimme fragte, wann es endlich ein Ende mit dem Baden hätte.

Elias griff nach der Türklinke in der Form eines Schlangenkopfes, drückte sie und öffnete langsam die Tür. Dahinter fand sich ein Raum, der dem ersten sehr ähnlich war. Nur war er größer, bot mehr Badewannen Platz und war bevölkert. In mehr als der Hälfte der sehr individuellen Wannen lagen ältere Menschen. Sie reckten ihre Köpfe und kommentierten Elias Erscheinen. Erschrocken erkannte Elias, dass er gealterte Versionen ihm bekannter Patienten in den Badewannen liegen sah. Er sah einen stark gealterten Lucas und einen weißhaarigen Marc. Etwas weiter entfernt eine gealterte Johanna und eine greise Evelyn. Beinahe alle Bekanntschaften, die er im Klinikum gemacht hatte, waren hier versammelt. Nur ihre Gesichter und Körper zeigten Spuren hohen Alters.

Die Situation wurde Elias immer unangenehmer. Dann sah er ein kleines Mädchen durch eine Tür verschwinden. Die Badenden unterhielten sich immer aufgeregter, während Elias dem Mädchen nacheilte und den Raum so schnell wie nur möglich verließ. Seine Eile führte ihn in einen sehr viel kleineren Raum, der nur eine Badewanne beherbergte. Sie war aus einem edlen Metall gefertigt. Alles in diesem Raum schien hochwertiger. Die Fliesen bildeten ein Mosaik und an den Wänden waren illusionistische Malereien. Außerdem fand sich eine Spüle an einer der Wände. Verwundert trat Elias an die Badewanne heran, in die jemand ein Laken, eine Decke und ein Kopfkissen gesteckt hatte. Es vergingen nur Momente, bis Elias eine tiefe Erschöpfung spürte. Er konnte nicht anders, als in das Bettzeug in der Wanne zu kriechen. Tiefer Schlaf überkam ihn.

Mit großer Mühe konnte sich Elias vor einem Sturz bewahren. Der Stapel Bücher, über den er gestolpert war, fiel in sich zusammen. Einige Bücher landeten auf geöffneten Seiten und Elias fürchtete, sie beschädigt zu haben. Ohne den Grund zu kennen, war er der Überzeugung, von sehr wertvollen Ausgaben umgeben zu sein. An den Wänden des Raumes standen Regale, die vor Büchern barsten. Auf dem Boden waren weitere Bände, aneinander gereiht und teilweise mannhoch gestapelt. Elias nahm mehrere der Schriftwerke in die Hand, war aber nicht in der Lage Autor oder Titel zu lesen. Es war ihm unmöglich zu fokussieren. Entnervt blätterte er durch ein großes, umfangreiches Buch, das sich scheinbar mit alchemistischen Illustrationen befasste. Auf zahlreichen Bildtafeln wurden alchemistische Ideen durch bizarre Figuren dargestellt. Die Abbildungen hatten dämonisierte, abwegige Züge.

Elias bahnte sich einen Weg durch die Unzahl an gestapelten Büchern, bis er, in einem Bücherregal verborgen, eine Tür fand. Er räumte einige

Druckwerke zur Seite und war schließlich in der Lage die Tür zu öffnen. Dahinter entdeckte er einen Gang, der dem ersten Raum ähnelte. Nur waren die Bücher noch älter und ihre Themen absonderlicher. Erneut versuchte er erfolglos Titel und Autoren zu lesen. Es frustrierte Elias sehr, das an diesem Ort gehütete, obskure Wissen nicht in sich aufnehmen zu können. Zumindest fanden sich in einigen der Schriften abstrakte Darstellungen, Fotografien oder altmodische Kupferstiche. Endlich erblickte er ein Buch, dessen Titel und Autor er lesen konnte. Auf dem weiß gebundenen, kleinformatigen Buch prangte der Autor „Wilhelm Page". Darunter war in geschwungenen Lettern geschrieben: „Der Wahn als Instrument des spirituellen Wachstums"

Verwirrt stellte Elias fest, dass alle Bücher, die ihn umgaben als Autor den Namen „Wilhelm Page" trugen. Nur war er immer noch nicht in der Lage, die zugehörigen Buchtitel zu lesen. Er löste sich von der bizarren Szene und bahnte sich durch aufgetürmte Bücherstapel einen Weg. Nach kurzer Zeit stand er am Ende des Gangs und direkt vor einer weiteren Tür.

Elias öffnete die Tür, trat hindurch und stand in einer kreisrunden Bibliothek, die sich über mehrere Stockwerke erstreckte. Die Regale an den gekrümmten Wänden waren bis auf den letzten Platz gefüllt. In der Mitte des Raumes strebte eine Wendeltreppe in die Höhe, von der Brücken abzweigten, die zu Galerien führten.

Im Raum verteilt standen mehrere Tische, schwer und altmodisch in der Machart. Auf einem dieser Tische hatte jemand wenige Werke zusammengetragen. Elias trat näher an die Sammlung, als er Dr. Petulls Stimme vernahm. Der Arzt stieg die Wendeltreppe hinab, zwei Bücher in den Händen, und sagte: „Nicht nur Jakob Maigrün hat eine tiefgehende Beziehung zu Büchern. Die Bibliophilie ist noch nicht tot."

Dr. Petull schien bester Laune, lachte auf und näherte sich Elias. Er legte zwei weitere Bücher auf einen Tisch und erläuterte: „Diese Werke beschreiben, wie man noch tieferen Schlaf und lebhaftere Träume findet. Schlaf und Traum werden gemeinhin unterschätzt. Ihre Eigenarten werden besonders in den höheren Stockwerken des Klinikums Ulmenau deutlich. Es gibt ganz erstaunliche Berichte von Patienten."

Eine tiefe, unwiderstehliche Müdigkeit überkam Elias. Er rieb sich die Augen und sah Dr. Petull fragend an. Dieser zeigte einen kritischen Gesichtsausdruck und sagte: „Etwas ähnliches hatte ich schon erwartet." Er führte Elias um die Wendeltreppe zu einem vorbereiteten, hölzernen Bett. Stilisierte Flügel bildeten das Kopfteil des Bettes, zahlreiche weitere mythologische Figuren den Rahmen und die Beine. Elias fiel beinahe in die frischen Kissen. Ein tiefer Schlaf übermannte ihn.

Jeder Raum, den Elias betrat, war identisch zum Vorhergehenden. Der Grundriss war ein Quadrat von 3 Metern Länge. Der Boden war mit einem schwarzweißem Schachbrettmuster gefliest. Eine weiß lackierte Tür stand einer schwarzen gegenüber. An den verbleibenden zwei Wänden waren eine rote und eine blaue Tür. Aber es verbarg sich kein tieferer Sinn hinter der Farbgebung. Egal durch welche Tür man schritt, der Raum dahinter war auf die exakt gleiche Weise gestaltet. Der einzige Unterschied waren die schwarzweißen Fotografien, die auf einem kleinen, viereckigen Tisch in der Mitte des Raums standen. Bisher hatte Elias ihnen keine Aufmerksamkeit geschenkt. Jetzt nahm er einen der Rahmen und betrachtete die Fotografie. Auf den ersten Blick war nichts an ihr ungewöhnlich. Ein blonder Junge spielte mit mehreren Kindern gleichen Alters. Das Motiv wirkte seltsam vertraut. Dann erkannte sich Elias in dem blonden Jüngling selbst. Es zeigte ihn im Alter von vielleicht 8 Jahren beim Spiel mit seinen Schulgefährten. Vor sehr langer Zeit hatte Elias das Foto schon einmal gesehen. Er nahm Rahmen und Fotografie und schritt durch eine blaue Tür. Der Raum dahinter folgte den schon beobachteten Prinzipien. Das gerahmte Foto zeigte Elias im Freien an einem langen Tisch sitzend. Vor ihm stand ein Geburtstagskuchen mit Kerzen und seine Gäste tobten ausgelassen durch die Szene.

Elias erschrak, als er ein Detail erblickte. Im Hintergrund, neben einem mächtigen Baumstamm stand der Träger der Pestmaske, wie Elias ihn mehrmals gesehen hatte. Dieser Bereich der Fotografie war ein wenig unscharf, aber an der Anwesenheit des Maskenträgers bestand kein Zweifel. Elias lenkte seine Aufmerksamkeit auf das zuerst erblickte Foto. In der rechten Bildhälfte war eine geöffnete Glastür, in der sich der Maskenträger undeutlich spiegelte. Er hatte seinen Hut gezogen und sah frontal in die Kamera.

Elias eilte von Raum zu Raum. In jedem fand sich eine weitere festgehaltene Erinnerung. Und auf jedem Kontaktabzug war der Maskenträger zu sehen, oft geschickt im Motiv verborgen.

Während Elias eine Fotografie seines ersten Schultags betrachtete, bemerkte er eine Abweichung in dem Raum, in dem er sich befand. Statt der schwarzen Tür war in diesem Raum eine Tür aus Bronze. Sie trug ein Relief, das, in mehreren Szenen, von der Reise eines Helden berichtete. Leider konnte Elias nicht ausmachen, aus welcher Kultur und Zeit das Relief stammte, oder ob eine bekannte Geschichte erzählt wurde. Nach einigen Momenten beschlich Elias das Gefühl, das Relief erzählte seine eigene Geschichte, mythologisch und metaphorisch überhöht.

Einem starken Drang folgend, öffnete Elias die Tür und trat in einen schlicht eingerichteten Raum. In seinem Zentrum stand ein nur zurückhaltend verziertes Bett aus eisernen Stangen. Das Bettzeug war frisch und verströmte einen betörenden Duft. Es dauerte nur einige Augenblicke, dann überkam Elias eine bleierne Müdigkeit. Er legte sich in das Bett und fiel in einen tiefen Schlaf.

Elias durchlebte zahlreiche weitere Anordnungen, in denen sich stets ein Bett fand, das eine unwiderstehliche Anziehung auf ihn ausübte. Manche Szenen dauerten nur wenige Augenblicke, andere ließen sich ausführlich erkunden und führten an bizarre Orte. Nach einiger Zeit wurde Elias das Erkunden müde. In der Folge eilte er meist zu einem schnell auffindbaren Bett.

Elias erwachte in einer recht beengten Architektur. Er kauerte gegen eine schwarze Holztäfelung in einem Zimmer, in dem ausschließlich die Farbe Schwarz verwendet wurde. Der Boden bestand aus schwarzen Fliesen, die Wände waren mit einer schwarzen Tapete versehen. Auf einem kleinen schwarzen Metalltisch stand eine elegant geformte, schwarze Vase und darin eine Mohnblume mit schwarzen Blüten und schwarzem Stängel. Der Raum war nur wenige Meter lang und breit, so dass sich Elias von den Wänden unangenehm bedrängt fühlte. Er stand auf und untersuchte den Raum. Auf dem Boden waren schwarz lackierte Skulpturen von Tieren unterschiedlichster Art versammelt. Eine Kröte wartete neben der einzigen Tür des Zimmers. Sie war der Ästhetik des Raums angeglichen.

Nur der Türgriff und darüber mehrere Riegel bestanden aus einem kupferfarbenen Metall.

In einer Ecke des Zimmers erspähte Elias seine lederne Tasche und daneben auf dem Boden seine Marotte. Er hob beides auf, während die Marotte mit bitterem Ton sagte: „Du wirst mich noch verlieren. Wer gibt Dir dann guten Rat oder führt Dich einen Weg, den Du Dir selbst nicht einprägen konntest?"

Elias versicherte sich, dass all seine Objekte in der Tasche verwahrt waren. Dann ging er zu der Tür und drehte den Türgriff. Nichts ereignete sich. Er untersuchte die Tür und insbesondere die 7 Riegel, die sie verschlossen hielten. Neben jedem Riegel gab es einen Mechanismus oder einen Hinweis, wie er zu öffnen wäre.

Panik stieg in Elias auf. Von der verriegelten Tür abgesehen, gab es keinen Ausweg. Er war in dieser Komposition aus Schwarz gefangen. Elias befühlte die Tapete und suchte nach einer verborgenen Tür, fand aber nichts. Er untersuchte auch den gefliesten Boden und die schwarz gestrichene Decke. Zuletzt kauerte er sich auf den Boden und fragte die Marotte: „Was tue ich jetzt?"

Die Marotte sah ihn mit traurigen Augen an und antwortete: „Ich kann Dir die Rätsel nicht lösen. Aber es sollte mich wundern, wenn nicht alles Notwendige in dieser Tasche wäre, die Du bei Dir trägst."

„Mir ist elend. Als hätte ich schlecht geschlafen und unangenehm geträumt."

Die Marotte zeigte eine höhnisches Grinsen und sagte: „Löse vorerst nur ein oder zwei der Riegel. Zeit ist genug vorhanden."

Elias richtete sich auf und trat an die Tür. Der oberste Riegel war mit einem Schlüsselloch kombiniert und wahrscheinlich leicht zu öffnen. Darunter war mit weißer Kreide eine Tonfolge notiert. Es folgte das geöffnete Maul einer Kröte und darunter vier Wählscheiben, die auf unterschiedliche Farben eingestellt werden konnten. Darunter befand sich ein Zahlenschloss und eine Vorrichtung, die ein Datum anzeigen konnte. Der siebte Riegel war mit einer Aussparung für ein Objekt verbunden.

Elias holte die Gegenstände aus seiner ledernen Tasche und reihte sie auf dem Boden vorsichtig aneinander. Auf diese Weise konnte er schnell einen Eindruck gewinnen, welche Mittel ihm zur Verfügung standen. Er besaß nur einen einzigen Schlüssel. Er hatte damit die Metallschatulle auf der Station C3 geöffnet. Elias nahm den Schlüssel und steckte ihn in das Schlüsselloch neben dem obersten Riegel. Er drehte den Schlüssel einmal entgegen dem Uhrzeigersinn und der Riegel sprang auf.

Der zweite Riegel schien ebenfalls leicht zu öffnen. Elias nahm die silberne Flöte zur Hand und las die mit weißer Kreide geschriebene Notenfolge. Es war ein 6/4-Takt mit der Abfolge G, F, Dis, Dis, H, C. Elias brauchte mehrere Anläufe, dann bewältigte er die Sequenz. Aber nichts geschah. Plötzlich wurde ihm bewusst, dass er statt des F ein Fis gespielt hatte. Er korrigierte sein Spiel und durchlief die Notenfolge erneut. Wieder geschah nichts. Verwirrung ergriff Elias. Er konnte nicht feststellen, welchen Fehler er begangen hatte. Dann erkannte er sein Missgeschick. An die Noten war ein Wiederholungszeichen angefügt. Elias führte die silberne Flöte zum Mund und spielte den Takt erneut. Der Riegel sprang auf.

Das folgende Rätsel war weitaus schwieriger. Neben dem dritten Riegel der verschlossenen Tür ragte ein metallenes Maul einer Kröte oder eines Frosches aus dem Holz der Tür. Elias betrachtete es aus allen erdenklichen Winkeln, erfühlte sogar seine Proportionen. Eine gefühlte Ewigkeit beschäftigte er sich mit dem Objekt, ohne eine Möglichkeit zu finden, es zu verändern. Elias führte eine lebhafte Diskussion mit der Marotte, wie ausweglos die Situation wäre. Zuletzt kniete er über seinen aufgereihten Besitztümern und hatte jede Hoffnung aufgegeben. Dann nahm er die Metallkugel zur Hand, die er vom Spielleiter auf der Station C4 erhalten hatte. Er stand auf, ging zur Tür und schob den runden Gegenstand in das Maul des Tieres. Sie hatte die perfekten Abmessungen und rollte durch das aufgerissene Maul in einen verborgenen Mechanismus. Ein Klicken war zu hören und der Riegel sprang auf. Elias geriet in eine euphorische Stimmung. Vielleicht würde er diesem Raum entkommen.

Er betrachtete die Anordnung aus vier Wählscheiben, die neben dem vierten Riegel angebracht war. Jede der Scheiben hatte Kreisflächen in den Farben Blau, Rot, Gelb und Grün. Eine beliebige Kombination dieser Farben war also möglich. Er trat einen Schritt zurück, betrachtete die Gegenstände auf dem Boden und sagte: „Ich habe nichts, was einen Farbcode enthält."

Die Marotte verdrehte die Augen und antwortete: „Wenn es nicht gelöst werden könnte, wäre es nicht an diesem Ort."

„Ich erinnere mich an ein Kapitel über die metaphysische Bedeutung von Farben in dem Werk über den Teufel.", erläuterte Elias und nahm das rot gebundene Buch. Während er es aufhob, fielen Fotografien und Notizen heraus, die er vor der ersten Seite aufbewahrt hatte. Elias nahm das Foto des Pestmaskenträgers und las die Nachricht auf der Rückseite. In zierlicher Schrift stand dort: „In mindestens 3 mir bekannten Fällen trat die abgebildete Erscheinungsform auf. Noch immer gelingt es nicht, einen Ursprung zuzuordnen. Auch in den Eigenheiten der Patienten sind keine auffälligen Ähnlichkeiten. Zu diesem Zeitpunkt weiß ich mir keinen Rat."

Die Sätze unterschieden sich in der Schriftfarbe. Der erste Satz war in einem tiefen Blau niedergeschrieben. Elias drehte die erste Wählscheibe auf Blau. Der zweite Satz war mit roter Tinte geschrieben. Elias glich die zweite Wählscheibe dieser Farbe an. Der Rest der Nachricht war wieder in blauer Schrift verfasst. Einzig das letzte Wort strahlte in einem intensiven Gelb. Elias drehte die dritte Wählscheibe auf Blau und die Vierte auf Gelb. Ein kurzes Rattern ertönte und ein mechanisches Klicken war zu hören. Der vierte Riegel sprang auf.

„Noch 3 Riegel. Wir werden triumphieren.", kommentierte die Marotte. Elias beäugte das Zahlenschloss neben dem fünften Riegel. Es zeigte die Kombination 33, 49, 11, 9. Er drehte an einem der Rädchen und beobachtete, dass für jedes Feld die Zahlen von 1 bis 100 einstellbar waren. Er drehte das zweite Rädchen auf die Zahl 8 und sah sich verwirrt um. Die Kombination kam ihm bekannt vor. Er suchte in den Notizen und Fotografien auf dem Boden nach einer Niederschrift, die er nach einem lebhaften Traum angefertigt hatte. Er erinnerte sich nur undeutlich an den Inhalt des Traums. Er fand den Zettel und las: 33, 8, 92, 28. Er verstand nicht, wie eine erträumte Abfolge aus Zahlen den Schlüssel zu einem der Riegel bilden konnte. Dennoch stellte er das Zahlenschloss auf die notierte Kombination ein und der Riegel zu deren Rechten öffnete sich.

Es waren nur noch zwei Riegel zu öffnen. Neben dem sechsten Riegel war ein Mechanismus, der auf ein Datum eingestellt werden konnte. Das angezeigte Datum lautete: 6. Juli 1961. Elias war mit dem neuerlichen Rätsel überfordert. Er setzte sich auf den schwarz gefliesten Boden und lehnte den Rücken gegen eine Wand. Die Marotte sah ihn verstört an und fragte: „Ist Dir kein Datum begegnet, das eine besondere Bedeutung für Dich hat?"

Elias erwiderte: „Es ist der Traum, der mich verwirrt. Ich erinnere mich auf welche Art ich die Zahlenkombination erhielt. Zugleich taucht in meiner Erinnerung immer wieder eine kurze Aufnahme von Marilyn Monroe auf. Als hätte ich sie auf einem Fernseher sehr aufmerksam beobachtet."

Elias nahm die Zeitung, die aufgerollt neben der Ledertasche lag. Er blätterte durch die ersten Seiten, dann fand er einen Artikel über Marilyn Monroe und die ungewöhnlichen Umstände ihres Ablebens. Er las den Artikel, stellte aber fest, dass keine Informationen enthalten waren, die ihm nicht bereits bekannt waren. Eine Zeit überlegte Elias, weswegen Marilyn Monroe seit seiner Jugend einen unwiderstehliche Anziehung auf ihn ausgeübt hatte. In seinem Geist irrte er zu Erinnerungen an Evelyn und Johanna. Er suchte nach Übereinstimmungen mit der früh verstorbenen Ikone. Er forschte tiefer in sich und erinnerte sich an Bekanntschaften seiner frühen Jugend. Sie mussten eine Ähnlichkeit aufweisen. Eine körperliche oder charakterliche Eigenheit, die sie verband. Sein Blick fiel auf ein Datum im Zeitungsartikel. In einer der ersten Zeilen war zu lesen, dass Marilyn Monroe am 4. August 1962 gestorben war. Elias stand auf, ging zu der Datumsanzeige auf der Tür. Er machte sich mit der Bedienung vertraut, dann stellte er den Mechanismus auf den 4. August 1962. Ein Klicken ertönte und der Riegel sprang auf.

Die Marotte lachte, zeigte ein hässliches Gesicht und rief: „Wir werden triumphieren. Die Lösung ist sehr einfach. Welchen Gegenstand hast Du noch nicht verwendet?"

Elias überblickte die Sammlung auf dem Boden. Die bunte Pestmaske und das rote Buch waren für den letzten Riegel ungeeignet. Es müsste ein kleinerer Gegenstand sein, der sich in die vorgegebene Aussparung einfügen ließe. Elias Blick fiel auf die Schatulle, in der er das metallene Schneckenhaus aufbewahrte. Er öffnete die Schachtel und holte den Gegenstand heraus. Durch kleine Öffnungen im Metall strömte ein warmes, grün-gelbes Licht, das auf subtile Art und Weise pulsierte. Mit größter Sorgfalt führte Elias das Schneckenhaus zu der Aussparung. Es hatte die idealen Proportionen. Ein leises Klicken war zu hören, als Elias das Objekt in den Mechanismus einfügte. Ein Klicken und ein Rattern ertönten. Elias trat erschrocken einen Schritt zurück. Eine lärmende Maschine war scheinbar in Gang geraten. Nach einigen Sekunden sprang der letzte Riegel auf und es herrschte Ruhe.

Elias suchte seine Besitztümer zusammen und verstaute sie in der ledernen Tasche. Mit großer Erleichterung drehte Elias den Türgriff und öffnete die Tür. Der Raum, der sich Elias erschloss, war sehr gewöhnlich und wirkte vernachlässigt. Mehrere Möbelstücke standen an unpraktischen Positionen. An einer Wand lehnten einige Ölgemälde und der Torso einer Frau, im Stil der griechischen Antike angefertigt, stand in einer Ecke. Eine Staubschicht bedeckte fast alle Oberflächen. Das interessanteste Detail des Raums war die Wendeltreppe in dessen Mitte.

Die Marotte lachte hässlich und sagte: „Dein Weg windet sich in die Höhe."

Elias nickte und ging zu der ersten Treppenstufe. Er wollte bereits die Treppe hinaufsteigen, als er ein Buch sah, das auf den geöffneten Seiten auf dem Boden lag. Es war größer als ein gewöhnliches Buch und der Einband zeigte eine teils abstrakte, teils surreale Anordnung von Flächen, Objekten und Figuren. Elias eilte zu dem Schriftstück und las den Titel. Er lautete: „Die Gefahren einer surrealen Situation"

Er klemmte sich das Buch unter den Arm und stieg die Wendeltreppe hinauf. Die Treppe endete in einem kurios eingerichteten Zimmer. Die Einrichtungsgegenstände und die Kunst an den Wänden offenbarte ein sehr sonderbares Verständnis von Ästhetik. Elias studierte die Details, dann bemerkte er ein Pult mit einem aufgeschlagenen Buch. Auf der linken Buchseite stand eine kurze Erläuterung zu den Aufnahme-Formalitäten der Station C5 des Klinikums Ulmenau. Auf der rechten Buchseite waren Spalten für Name, Vorname, Geburtsdatum und den Tag der Aufnahme. Auf dieser Seite standen vier Einträge. Der letzte Eintrag stammte aus dem Jahr 1992. Keiner der Namen war Elias bekannt. Unschlüssig füllte Elias eine Zeile mit seinen Daten. Oberhalb des Buches stand eine kleine, hölzerne Schale. Darin lagen einige purpurfarbene Pillen, wie Elias sie bereits von Frau Eulenberg erhalten hatte. Elias nahm eine der Pillen ein und steckte den Rest in seine Medikamentenschachtel. Er wählte einen der zwei Sessel aus, stellte die lederne Tasche ab und begann das Buch mit dem Titel „Die Gefahren einer surrealen Situation" zu lesen.

12

„Wir können nicht auf Erfahrungen zurückgreifen."

„Das ist ein Teil unserer verzweifelten Situation. Wir können kaum absehen, wie sich die Dinge innerhalb einiger Tage entwickeln. Was in mehreren Wochen oder Monaten sein wird, ist für uns nicht absehbar."

Jemand schaltete das Radio ab und die Stimmen der Gesprächsrunde verstummten. Elias kam langsam zu Bewusstsein. Das Buch, das er zu lesen begonnen hatte, lag auf dem Boden vor Elias Füßen. Reflexartig hob er es auf und legte es auf einen kleinen Tisch neben seinem Sessel. Er orientierte sich in der ungewohnten Umgebung. Er hatte den Eindruck Details des Raums und die Position der Möbelstücke hätten sich verändert. Nur das Pult mit dem Aufnahmeformular schien unverändert. Vor diesem Pult stand eine Ärztin in einem weißen Kittel und weißen Hosen. Sie war etwas kleiner als Elias, vollschlank und trug ihr Haar in der Form eines französischen Zopfes. Mit einem roten Kugelschreiber fügte sie dem neuesten Eintrag ein Kürzel an. Dann wendete sie sich Elias zu. Sie kam zu ihm und untersuchte die Reaktion seiner Pupillen auf eine Lichtquelle, wofür sie eine kleine Taschenlampe verwendete. Sie erläuterte: „Die Wirkung der Substanz ist bereits abgeklungen. Die Reaktion der Pupillen ist nur noch geringfügig verzögert."

Elias sammelte sich, stand auf und fragte: „Das ist die Station C5 des Klinikums Ulmenau?"

„Das ist richtig. Sie sind seit Jahren der erste Patient, der auf die Station C5 verlegt wurde bzw. seinen Weg hierher fand."

Elias studierte die strengen Gesichtszüge der Frau im weißen Kittel und fragte: „Sie sind eine Ärztin, eine Pflegerin oder Beraterin? Welchen Namen geben sie sich auf dieser Station?"

„Tatsächlich streiten wir schon seit Jahren um eine treffende Bezeichnung, die umfassend und kurz zugleich sein sollte. Bis diese Diskussion zu einem Ende kommt, werden wir die Umschreibung Berater bzw. Beraterin verwenden."

Elias ging einige Schritte, um sich zu aktivieren. Er fühlte noch etwas benommen von der Pille, die er vor Stunden eingenommen hatte. Er sah seine Besitztümer durch und ordnete sie sinnvoll in seiner Tasche an. Dann wandte er sich an die Betreuerin und fragte: „Wovon war im Radio die Sprache? Es schien mir ein dringliches Problem, aber ich konnte nur Fragmente hören und noch weniger verstehen."

Die Beraterin zeigte einen freundlichen, aber entnervten Gesichtsausdruck und antwortete: „Eine Seuche wütet in Ulmenau. Wir wissen beinahe nichts über den Erreger und haben weder Medikamente, noch einen Impfstoff. Die Geschehnisse in Ulmenau sind nur ein kleiner Umstand in einer viel größeren, furcherregenden Situation. Seit Tagen muss ich Patienten beruhigen, ihnen gut zureden und begreiflich machen, dass das Klinikum Ulmenau ein besonderes Umfeld ist, in gewisser Weise geschützt. Das trifft besonders auf die höheren Stockwerke zu."

In diesem Augenblick öffnete sich die einzige Tür des Raums und zwei Männer in weißen Livrees traten ein. Sie hatten Maßbänder, Notizzettel und Stifte dabei und kamen Elias sehr nahe. Der ältere und etwas größere Mann sprach: „Wir benötigen einige Maße für angemessene Bekleidung. Vielleicht spielt es auf Station C0West oder C1Ost keine Rolle, aber auf der Station C5 wird auf ein korrektes Erscheinungsbild geachtet."

Der jüngere Mann im Livree brachte Elias in die benötigten Positionen, während der Ältere mit einem Band Maße ermittelte und dann auf einen Zettel übertrug. Brust-, Hüft- und Taillenumfang wurden gemessen, die Schrittlänge und die Länge des hinteren Rückens. Der jüngere Mann wollte schon aus dem Raum eilen, als der Ältere rief: „Den Umfang des Oberarms und des Handgelenks benötigen wir noch. Und nicht zu vergessen die Schulterbreite."

Wenige Minuten später verstaute der ältere Mann die Notizen in seiner Uniform, deutete eine Verbeugung an und verließ den Raum. Der jüngere Mann tat es ihm gleich.

Elias sah der Beraterin fragend ins Gesicht, woraufhin sie sagte: „Die Anpassungen sollten nicht länger als eine Stunde in Anspruch nehmen. In nicht mehr als 2 Stunden sind sie neu eingekleidet."

Einige Zeit sah Elias aus dem Fenster. Ein Teil des Parks war zu sehen und diesen umgrenzend Straßen und Häuser von Ulmenau. Es waren ungewöhnlich wenige Menschen unterwegs und alle schienen besonders schnellen Schrittes zu gehen. Eine Einsicht formte sich in Elias Geist. Er drehte sich der Beraterin zu und sagte: „Sie werden es abstreiten, aber für mich ist es offensichtlich. Das Klinikum ist der Ursprung der Seuche, nicht wahr?"

Die Beraterin reagierte nicht. Also fuhr Elias fort: „Der Schluss ist sehr einfach. Alle ungewöhnlichen Ereignisse stehen mit dem Klinikum im Zusammenhang. Ich kann nicht erraten, auf welche absurde Weise es geschah, aber ich bin sicher der Erreger hat auf einer der höheren Stationen seinen Ursprung."

Die Beraterin antwortete: „Welche Antwort erwarten Sie von mir?"

„Mehr noch. Hinter der Infektion steckt ein Sinn, der jedoch so ungewöhnlich ist, dass er für einen gewöhnlichen Menschen nicht nachvollziehbar ist."

Mit wenigen Schritten ging die Beraterin zur Tür des Zimmers und sagte: „Bitte haben Sie noch ein wenig Geduld und verlassen Sie diesen Raum nicht. Sobald Sie neu gekleidet sind sehe ich noch einmal nach Ihnen. Danach genießen Sie die Freiheit zu tun und zu lassen, wonach Ihnen ist."

Eine friedvolle Stille hatte sich ausgebreitet. Elias beobachtete das Geschehen in Ulmenau durch die Fenster und folgte verschiedenen Gedankensträngen, die nicht in direkter Beziehung standen. Nach einiger Zeit setzte er sich wieder in den Sessel und schlug das Buch mit dem Titel „Die Gefahren einer surrealen Situation" auf der neunten Seite auf und las einen Absatz.

Wesentliche Eigenschaft jeglicher surrealer Situation ist die Unvorhersehbarkeit. Unbelebtes und Harmloses kann plötzlich belebte und gefährliche Züge annehmen, teils sogar Intelligenz zeigen. Oft gehen Intelligenz und Boshaftigkeit Hand in Hand. Derjenige, der sich in einer surrealen Situation befindet, kann nicht abschätzen, welche Folgen seine Handlungen haben. Sie können wirkungslos bleiben oder direkt in sein Verderben führen. Der Surrealismus ist kein rein menschliches Produkt, keine Erfindung der bildenden Künste. Er illustriert Gesetzmäßigkeiten einer Realitätsebene, die nur selten und nur unter besonderen Umständen erlebt wird. Dieser kuriose Ort wird von überlegener Intelligenz geprägt, die keinerlei Regeln und Konventionen unterworfen ist. In diesem Werk werde ich versuchen, alle verfügbaren Quellen, also die Kunstgeschichte, die Philosophie, die Metaphysik und die Theosophie, zu vereinen.

Elias bemerkte, dass er überreizt und nervlich zu erschöpft war, um sich auf das Thema des Buches zu konzentrieren. Noch während er sich erhob, öffnete sich die Tür des Raums und die beiden Männer im Livree traten in den Raum. Der jüngere der beiden trug eine Pappschachtel und sagte zu Elias: „Ziehen sie bitte alles, abgesehen von der Unterwäsche, aus."

Elias folgte der Aufforderung. Der junge Mann im Livree legte den Rennoverall sorgfältig zusammen und verwahrte ihn in der Schachtel. Zuletzt holte er einen Stift heraus und notierte etwas auf der Oberseite der Schachtel. Der ältere Mann im Livree stellte ein Paar schwarzer Schuhe zur Seite, dann legte er ein Jackett, ein weißes Hemd und eine Hose in Preußischblau über einen der Sessel. Das weiße Hemd reichte er sogleich Elias und sagte: „Sie haben Glück. Andere Patienten mussten absurdere und unpraktischere Kleidung tragen."

Nachdem Elias das Hemd zugeknöpft hatte, half man ihm in die dunkelblaue Hose, die eine sorgsam angebrachte Bügelfalte zeigte. Der ältere Mann griff bereits nach dem Jackett, als Elias einwarf: „Ich habe ja gar keinen Spiegel und kann den irrsinnigen Aufzug, in den man mich steckt, nicht sehen."

Der jüngere Mann zeigte einen überraschten Gesichtsausdruck, dann antwortete er: „Ein Spiegel steht schon bereit. Ich hole ihn."

In einem Nebenraum musste jemand ein Radio eingeschaltet haben. Es wurde diskutiert, unterbrochen von Gelächter. Der jüngere Mann im Livree trug einen ovalen Spiegel, der auf einem eisernen Ständer ruhte, in den Raum und zeigte ein naiv-fröhliches Grinsen. Elias schwindelte. Er setzte sich und starrte seine Hände an. In diesem Augenblick öffnete sich die Tür und die Beraterin trat ein. Der ältere Mann im Livree legte das Jackett über seinen Arm und sagte zur Beraterin: „Er verkraftet es nicht gut. Wir haben das früher schon gesehen."

Die Beraterin kam einige Schritte auf Elias zu und erläuterte: „Die ersten Stunden auf der Station C5 sind mitunter unangenehm."

Elias stand auf und winkte den älteren Mann herbei. Dieser half ihm in das strahlend weiße Jackett und knöpfte es zu. Dann eilte er zu dem Pult, auf dem er einige kleinere Gegenstände abgelegt hatte. Er kehrte mit mehreren Orden und einer rot-weißen Schärpe zurück. Er befestigte die Orden auf einer der Seiten des Jacketts und erklärte: „Das ist nur Zierrat. Die Orden haben keine wirkliche Bedeutung. Bei genauer Betrachtung sind es sarkastische Kommentare. Wir haben hier das *Kupferne Kreuz der Hilflosigkeit* neben der *Tulpe der Tollkühnheit* und dem *Fliegenpilz des Unverständnisses*. Und zuletzt *Das geöffnete Auge der Idiotie*.“

Der ältere Mann zupfte mehrmals an verschiedenen Stellen des Jacketts, dann legte er Elias die Schärpe um und bat ihn zum Spiegel. Elias betrachtete sich kritisch. Er ähnelte einem hochstehenden Adligen des ausgehenden 19. Jahrhunderts. Der gepflegte Vollbart, durchzogen von weißen Haaren und Strähnen, vervollständigte das Erscheinungsbild. Elias wendete sich an die Beraterin und sagte: „Ich habe nie einen Bart getragen und bin mir sicher, dass ich diese Station ohne Bart betreten habe.“

Die Beraterin lachte und erwiderte: „Wenn er doch so hübsch zu dieser Kostümierung passt. Warum sich ärgern?“

Sie betrachtete Elias aus verschiedenen Perspektiven und ergänzte: „Sie werden feststellen, dass die Wirklichkeit hier etwas eigensinnig ist. Änderungen können schnell und unvorhergesehen geschehen.“

Der ältere Mann im Livree nahm Haltung an und ließ vernehmen: „Mit dem Ergebnis unserer Mühen bin ich sehr zufrieden. Mir wurde noch aufgetragen mitzuteilen, dass Herr Wendelin sich so schnell wie möglich bei unserem Portraitisten einfinden soll.“

Mit großer Eleganz verließen die beiden Männer im Livree den Raum. Elias knetete seinen Bart, während die Beraterin an ihn herantrat und einen Blick auf die Orden warf. Sie fühlte das kalte Metall und sagte: „Manche Details sehe auch ich zum ersten Mal.“ Sie sah Elias im ovalen Spiegel an und ergänzte: „Gut genug für einen Kronprinzen und eine interessante Komposition für unseren Portraitisten.“

Mit allergrößter Sorgfalt suchte Elias in seinem Spiegelbild nach weiteren Veränderungen, konnte aber keine entdecken. Die Beraterin stand erneut neben der Tür und öffnete sie. Elias suchte eilig seine Besitztümer zusammen und stopfte auch das Buch mit dem Titel „Die Gefahren einer surrealen Situation“ in seine lederne Tasche. Er nahm die Marotte zur Hand, aber sie schüttelte kurz und unauffällig den Kopf. Es war nicht der geeignete Augenblick mit ihr zu sprechen.

Elias und die Beraterin traten in einen Flur, der ungewöhnlich hoch war. Weit über ihren Köpfen fanden sich Skulpturen sonderbarer Figuren, die eine komplexe Szene abbildeten. Elias ging sehr langsam und verlor sich immer mehr in die Betrachtung der ausgezeichneten Arbeiten. Die Beraterin verlangsamte ihren Schritt und sprach: „Eine der Fähigkeiten, die man auf der Station C5 erlernt, ist es, sich nicht ablenken zu lassen. Ein kurzer Blick auf Details muss genügen. Befolgt man diese Regel nicht, verbringt man den Rest der Unendlichkeit an einem absonderlichen, wahrscheinlich abgeschiedenen Ort innerhalb dieser Gänge und Räume."

Während die Beraterin diese Worte sprach, stürzte eine der schwarz gestrichenen Holztüren in einen Raum. Aus dem Raum drangen tosender Lärm, mehrmaliges Krachen und Geräusche, deren Ursache Elias sich nicht erklären konnte. Elias trat in den leeren Türrahmen und betrachtete die absurde Szene. Drei Metallkugeln mit mehr als einem Meter Durchmesser rollten durch den Raum und richteten ein Chaos an. Eine der Kugeln überragte Elias und zerschmetterte alles, womit sie in Berührung kam. Mehrere Möbelstücke lagen zerstört in den Ecken des Zimmers. Zwei Skulpturen waren heruntergefallen und zerbrochen. Eine der Fensterscheiben war zerbrochen. Einzelne Glasstücke hingen noch im Rahmen. Der Rest lag vor dem Fenster auf dem Boden. Die Beraterin gab Elias etwas Zeit, dann drängte sie ihn den Weg zum Portraitisten fortzusetzen. Während sie den Flur entlang gingen, sagte sie: „Auf der Station C5 werden keine Mysterien in Worte gefasst und dann klar verständlich offenbart. Man kann von Glück sprechen, wenn sie veranschaulicht werden. Der Begriff Veranschaulichung trifft es gut. Das ist das Wesen der Station C5."

Elias blieb stehen und fragte: „Gibt es eine Station C6 oder sogar C7?"

Auf dem Gesicht der Beraterin bildeten sich Zweifel und Unschlüssigkeit ab. Sie erwiderte: „Dazu gibt es keine gesicherten Erkenntnisse. Mir ist nie jemand begegnet der auf einer Station C6 gewesen wäre."

Eine unangenehme Hitze, deren Quelle nicht auszumachen war, kam auf. Die Beraterin ging zu einer Tür in der Nähe und öffnete sie schnell. Elias folgte ihr und warf einen Blick in den Raum. Er war beherrscht von Bücherschränken und wenigen Sitzgelegenheiten. Ein Teil des Zimmers stand in Flammen und dichter Qualm erfüllte den Raum. Die Beraterin griff nach einem Feuerlöscher, der kurioser Weise an einer der Wände stand, und löschte die Flammen. Ein Bücherschrank wankte, fiel und verfehlte die Beraterin um Haaresbreite. Einige der Bücher waren teils verbrannt und qualmten noch.

Aus den Augenwinkeln sah Elias eine Bewegung. Am Ende des Flurs rollten einige bunte Bälle von einem Raum in einen anderen und die Bronzeskulptur eines Mädchens in einem Kleid hüpfte ihnen nach. Über ihrem Kopf schienen mehrere Darstellungen von Fabelwesen in einen Streit zu geraten. Sie schnitten Grimassen und warfen sich hässliche Bemerkungen in einer Sprache zu, die Elias nicht kannte. Die Beraterin kehrte auf den Flur zurück und schloss die Tür. Dann sagte sie: „Es ist beinahe geschafft. Leider verändert sich die Architektur der Station so schnell, dass es kaum möglich ist, Routinen zu entwickeln."

Elias folgte der Beraterin, die nun schnellen Schrittes den Flur entlang eilte, und an einer unauffälligen Tür stehen blieb. Als Elias aufgeschlossen hatte, öffnete sie die Tür und durchquerte einen Raum, dessen Funktion nicht eindeutig zu erkennen war. Neben einem Bett lag eine größere Anzahl an Büchern. Auf einem Tisch lagen ungeordnete Notizen neben den Überresten eines Frühstücks. Einem altmodischen Fernseher stand ein noch älterer Sessel gegenüber, der in den Jahren arg gelitten hatte. Auf einer der Wände fanden sich Vorzeichnungen für eine Wandmalerei. Nur wenige Flächen waren bereits mit Farbe versehen. Die Beraterin ging auf eine Tür mit einer metallenen Nummer zu und sagte: „Das ist unverkennbar das Chaos, in dem Eibe Mohmen, unser Portraitist, lebt. Und die Nummer 33-1 kennzeichnet sein Atelier."

Mit diesen Worten schwang sie die Tür auf und ermöglichte Elias einen Blick in die Arbeitsumgebung des Portraitisten. Es war ein schlichtes, aber durchdachtes Atelier, einzig für die Arbeit an Leinwänden mittleren Formats und Ölfarben als Malmittel eingerichtet. Auf einem Regal standen mehrere unfertige Arbeiten und auf einer Staffelei das Portrait einer Frau in zurückhaltenden Farben. Eibe Mohmen trug einen hellen Hautton auf Partien des Gesichts auf und bemerkte die Störung erst nach einigen Augenblicken. Er legte Palette und Pinsel zur Seite und sah der Beraterin staunend ins Gesicht. Die Beraterin zeigte ein warmes Lächeln und sagte: „Sieh Dir an, was wir erst vor wenigen Stunden gefunden haben. Im Raum mit der Wendeltreppe, wenn Dir dadurch ein Zusammenhang klar wird."

Der Portraitist trat an Elias heran, studierte seine Kleidung und seine Gesichtszüge und sagte: „Ein real existierendes Vorbild. Und er sieht aus, als hätte es ihn aus dem 19. Jahrhundert in das Klinikum verschlagen."

Elias zog an seinem Jackett und befühlte verwirrt seinen Bart. Eibe Mohmen öffnete einen unauffälligen Schrank und holte mehrere Gegenstände heraus. Dabei sagte er: „Es ist so lange her. Ich muss mich an meine Arbeitsweise erinnern. Und es soll ja auch nicht zu viel Zeit in Anspruch nehmen."

Eine Weile beobachtete Elias, welche Objekte in dem Schrank verwahrt waren, dann fragte er: „Wie kann ein Portraitist auf einer Station überleben, die nur alle paar Jahre einen neuen Patienten aufnimmt?"

Der Portraitist erwiderte: „Von Zeit zu Zeit arbeite ich auch auf der Station C4. Aber die Lösung des Rätsels ist noch viel einfacher. Ich erfinde die meisten Personen, die ich im Portrait festhalte."

„Ich erinnere mich das Portrait einer jungen Frau gesehen zu haben, die nicht mehr als Gräser, Blumen und Pflanzen aller Art trug. Sie hatte dunkles Haar, in der Form eines Pagenkopfes. Sie hielt einen Zigarettenhalter und hatte einen herausfordernden Blick."

„Ja. Es ist einige Monate her, dass ich dieses Portrait gemalt habe. Dennoch ist es eine meiner besten Arbeiten."

„Gab es eine lebendige Vorlage für diese junge Frau oder war es ein Werk ihrer Einbildungskraft?"

„Dieses Portrait ist sehr lebhaft geworden, nicht wahr? Es gab eine Vorlage, aber sie war von ungewöhnlicher Art."

Auf Elias Gesicht zeichnete sich Unverständnis ab. Nach einer kleinen Weile ergänzte der Portraitist: „Es war ein belebtes Wesen, aber kein herkömmlicher Mensch. Wobei angemerkt werden muss, dass keiner der Patienten dieser Station als gewöhnlicher Mensch gesehen werden sollte."

Eibe Mohmen griff nach Elias Hand und führte ihn zu einem Stuhl, dessen Position der Portraitist mehrmals veränderte. Er nahm einen Fotoapparat zur Hand und fertigte sehr schnell dutzende Fotos von seinem Gegenstand an. Er hielt einen Moment inne. Dann näherte er sich Elias Gesicht und sagte: „Großaufnahmen der Iris, der Nase, des Mundes, der Ohren und des Bartes werden mir hilfreich sein."

Der Portraitist legte den Fotoapparat zur Seite und kramte eine altmodische Polaroid-Kamera hervor. Er fertigte drei Aufnahmen aus unterschiedlichen Winkeln an und erklärte: „Ein Polaroid gibt die Realität auf veränderte Art und Weise wieder. Manchmal enthüllt ein Polaroid mehr als eine mit wissenschaftlicher Korrektheit angefertigte Aufnahme. Eine besondere Proportion oder eine besondere Charaktereigenschaft."

Zu Elias Erstaunen erschien Frau Eulenberg in der offenstehenden Tür. Sie sah Elias mit großer Wärme an und fragte: „Seit wann tragen Sie Bart, Herr Wendelin?"

Noch bevor Elias antworten konnte, wechselten die Beraterin und Frau Eulenberg einige Worte. Mit dringlicher Stimme fragte Frau Eulenberg: „Hast Du einen Augenblick für mich, Lisa? Wir müssen uns kurz beraten."

Die beiden verschwanden, während der Portraitist einen großformatigen Block auf die Staffelei stellte und Stifte und Pastellkreiden bereitlegte. Er brachte mit einem Kohlestift grundlegende Proportionen von Elias Gesicht und Oberkörper aufs Papier. Elias bemerkte, dass sich ein Geruch nach frischen Zitronen verbreitete. Zusätzlich hatte scheinbar jemand in einem angrenzenden Raum ein Radio eingeschaltet. Die Elias vertrauten Stimmen von Journalisten und Experten waren teils deutlich zu vernehmen.

„Schwer erträglich, dass er diese Posse nicht durchschaut."

„Wir befinden uns im freien Fall nach oben."

„Zumindest scheint mir seine körperliche Unversehrtheit garantiert. Nur was wird man seiner Seele antun?"

Eibe Mohmen verglich seine Skizze mit der Vorlage, dann legte er das Papier zur Seite und griff nach Pastellkreiden. Mehrere Minuten arbeitete er an einer flächigen Abbildung von Elias Gesicht. Für schattige Bereiche verwendete er einen violetten und teils einen grünen Ton. Schließlich sagte er: „Normalerweise würde ich es dabei bewenden und Sie ihrer Wege gehen lassen. Nur würde ich gerne noch einige Farbproben anfertigen. Das weiße Jackett abzubilden wird eine Herausforderung. Ich werde nicht ausschließlich naturalistisch arbeiten. Ein expressiver Zug scheint mir geeignet. Als hätte sich Kaiser Wilhelm in den 30er Jahren von einem Expressionisten portraitieren lassen."

Der Geruch nach Zitronen wurde intensiver, aber das Radio war verstummt. Eibe suchte in aller Eile einige Tuben mit Ölfarben und einen für diese geeigneten Block heraus. Er säuberte eine Palette und legte drei Pinsel unterschiedlicher Größe bereit. In ein kleines, gläsernes Gefäß füllte er Terpentin, verdünnte die Farbe aber nur geringfügig, bevor er sie auftrug.

Anfangs nur undeutlich zu hören, setzte ein tiefer, getragener Gesang ein. Die Stimme war unverkennbar die des Pestmaskenträgers. Innerhalb einer Minute näherte sich die Stimme, bis sie direkt aus dem Nebenraum erklang, und die gesungene Sprache wechselte mehrere Male. Elias stand ruckartig auf und griff nach seiner Tasche. Der Portraitist hatte den Pinsel niedergelegt und sich umgedreht. Er sah Elias erstaunt und verwundert an, nahm den Pinsel wieder in die Hand, legte ihn aber erneut nieder, als der Maskenträger in der offenen Tür erschien. Eibe Mohmen tastete nach seiner Fotoapparat und murmelte: „Ich habe davon gehört. Nur hielt ich es für ein Märchen."

Elias fühlte aufkommende Panik, mahnte sich jedoch Haltung zu bewahren. Ohne den Grund zu kennen, holte er die Marotte aus seiner Tasche und betrachtete das sonderbare Objekt. An den Gesichtszügen der Marotte war Abscheu und Widerwillen ablesbar. Elias verkleinertes Abbild zeigte eine Grimasse und sagte: „Es ist widerwärtig. Aber ich gebe Dir Recht, Du kannst nur Mut beweisen."

Mit zitternden Knien ging Elias einen Schritt auf den Maskenträger zu. Dieser richtete sich noch ein wenig auf und winkte Elias herbei. Der Portraitist hatte begonnen in rascher Abfolge den Maskenträger und Elias festzuhalten. Elias stand nur noch einen Schritt vom Pestmaskenträger entfernt und wendete große Kraft auf, seine Angst zu beherrschen. Die kuriose Figur legte einen der ledernen Handschuhe auf Elias Schulter. Ein merkwürdiges Gefühl der Leichtigkeit erfüllte Elias. Seine Füße lösten sich vom Boden und auch der Maskenträger hing einige Zentimeter in der Luft. Der Maskenträger breitete seinen faltigen Mantel aus und hüllte auch Elias damit ein. Ohne vorheriges Anzeichen beschleunigten Elias und das Wesen. Sie durchquerten das Zimmer von Eibe Mohmen, eilten den Flur entlang. Die Geschwindigkeit steigerte sich stetig, sodass Elias kaum ein Detail ihres Weges oder der Gänge und Räume, die sie durchflogen, wahrnehmen konnte. Dabei sang der Maskenträger ein zorniges

Lied in Latein, vermischt mit mittelhochdeutschen Begriffen und Phrasen.

Ihr Flug endete abrupt. Elias landete beinahe unmerklich auf seinen Füßen. Sie standen vor einer schwarz lackierten Tür, in die ein Mechanismus eingearbeitet war, der entfernt an ein Uhrwerk erinnerte. Die Marotte zischte, um Elias Aufmerksamkeit auf sich zu lenken, und sagte: „Dies ist das Herz der Station."

Zusätzlich zum Ticken des Mechanismus war ein lautes Klacken zu hören. Dann ertönten mehrere Glockenschläge. Der Maskenträger legte die Hand an den runden Türgriff und drehte ihn. Die Tür öffnete sich. Im Inneren des Raumes herrschte beinahe vollständige Dunkelheit. Der Maskenträger stieß Elias in den Raum, schloss die Tür und betätigte einen Lichtschalter. Ein Kronleuchter erleuchtete daraufhin den Raum. Zwei Fenster waren mit Holzbrettern abgedichtet und vor einem Dritten hing ein Vorhang, der kein Licht durchließ. Die Einrichtung war auf das Mindeste reduziert. In der Mitte des Raums stand ein schlichter Stuhl mit grünem Bezug und an einer der Wände ein beschädigter Sekretär. Beherrscht wurde das Zimmer von 9 Masken, die zu drei Reihen und drei Spalten an einer der Wände hingen. Sie stammten offensichtlich aus verschiedenen Epochen und Kulturen. Manche waren grob und ungeduldig aus Holz geschnitzt, andere das kostbare Werk eines Kunsthandwerkers. Alle zeigten Augen, Mund und Nase, wenn auch verzerrt oder abstrahiert. Elias war als sähe er Bewegung in den überzeichneten Gesichtszügen.

Der Maskenträger stellte sich neben die aufgereihten Masken und machte eine fließende Geste. Die Marotte machte sich bemerkbar und sagte: „Der Stuhl. Er ist für Dich gedacht."

Elias ging in die Mitte des Raums, legte seine lederne Tasche ab und setzte sich auf den Stuhl. In den Masken erwachte Leben. Das Mienenspiel der Masken beunruhigte Elias. Nach nur wenigen Augenblicken ergriff eine besonders angsteinflößende Maske das Wort: „Es sind 11 Masken versammelt. Wir wollen unseren Gast nicht schon zu Beginn der Unterhaltung verschrecken, also bitte ich euch, auf grausame Spiele zu verzichten."

Der Klang der Stimme hatte etwas beunruhigend nicht-menschliches. Elias zählte die Masken und warf ein: „Meiner Zählung nach sind nur 10 Masken in diesem Raum."

Auf einigen der Masken zeichnete sich Abscheu ab. Die Marotte in Elias Hand erklärte: „Du vergisst die Maske, die Du in Deiner Tasche mit Dir herumträgst."

„Das Wort zu ergreifen ist sehr ungewöhnlich.", kommentierte eine schwarze, übergroße Maske mit stechenden Augen und auffällig roten Lippen.

Eine Maske mit überzeichnet weiblichen Zügen warf ein: „Er ist nicht allein. Er hat einen belebten Gegenstand bei sich, der scheinbar in der Lage ist zu sprechen."

„Wir werden darüber hinwegsehen.", warf eine Maske mit kantigen Zügen ein.

„Im Lauf der Jahre hat es sich als vorteilhaft erwiesen, neue Patienten, gleich zu Beginn ihres Aufenthalts auf dieser Station, in diesen Raum zu führen."

Eine Maske in der Form eines Vogels ergänzte: „Ein Teil unseres Wesens ist Dir bereits bekannt."

Der Pestmaskenträger drehte seine Maske Elias zu und nickte. Dann sagte er mit charismatischer, tiefer Stimme: „Er hat seine Angst noch nicht völlig abgelegt, meidet mich aber nicht so ausschließlich wie zu Beginn."

Elias erwiderte: „Ist das nicht verständlich? Wer würde anders reagieren?"

Die Marotte machte auf sich aufmerksam und sagte: „Frag, was sich hinter der Maske verbirgt."

Einen Augenblick herrschte Stille. Elias war sich nicht sicher, hatte aber den Eindruck die Masken hätten ihr Erscheinungsbild verändert. Der Maskenträger griff mit einem Handschuh nach seinem Hut, setzte ihn ab und legte ihn sanft auf den Boden vor sich. Kopfhaut oder Haar waren nicht zu sehen. Nach einer weiteren Pause band der Maskenträger seine schwarze Pestmaske los und entfernte sie ebenfalls. Nichts kam zum Vorschein. Die Figur hatte weder Gesicht, noch Haar, einen Hals oder sonstige erwartete Eigenschaften.

Eine orientalisch anmutende Maske mit blauer Haut erläuterte: „Die Maske verbirgt nichts."

„Wesen und Maske sind ein und dasselbe.", ergänzte eine Maske, die eine junge Frau mit erstauntem Gesichtsausdruck darstellte.

Die übergroße, schwarze Maske fuhr fort: „Es hat Intelligenz und Leben, einen Willen. Aber es hat keine physische Form, wie einen menschlichen Körper beispielsweise."

„Es ist ein Vehikel für uns, wenn wir den Wunsch haben das Klinikum zu verlassen.", ergänzte eine rote Maske in der Form eines Dreiecks.

Die Marotte räusperte sich und sagte leise: „Sei Dir der Gefahr dieser Situation bewusst."

Nach einer Pause fragte eine mit Pfauenfedern geschmückte Maske: „Ist Dir klar, welche Funktion die Patienten in diesem Klinikum erfüllen?"

Elias nickte, sammelte sich und erwiderte: „In den letzten Tagen wurde es immer klarer. Vielleicht war es erst in den höheren Stationen zu begreifen. Auf C0West oder C1West wird der Versuch unternommen die Patienten zu heilen. Sobald man jedoch in höhere Stationen verlegt wird, wandeln sich Umgangsformen und Zweck des Aufenthalts."

Die schwarze Maske mit leuchtend roten Lippen antwortete: „Dann brauchen wir es nicht auszusprechen."

Elias fragte: „Nicht jeder Patient eignet sich, nicht wahr?"

Eine weiße Maske mit rosa Punkten erwiderte: „Nur selten zeigt ein Patient Eignung für die Station C4 oder sogar C5."

Eine zierliche Maske im Stil des venezianischen Karnevals sagte: „Es sind beinahe 10 Jahre vergangen, seit zuletzt jemand auf diesem Stuhl saß."

„Vor einigen Tagen hatte ich eine köstliche Empfindung. Als wäre ich nochmals jung und würde alle Wunder zum ersten Mal erleben.", ergänzte eine ungewöhnlich kleine Maske.

Eine längliche, graue Maske ergänzte: „Er hat unsere Vorstellung angeregt."

„Erinnert euch an all die wunderlichen Emotionen, die einige der Patientinnen bei ihm auslösten."

„Und die schönen erotischen Spiele."

Eine längere Pause entstand. Dann ergriff die übergroße schwarze Maske das Wort: „Diese Uniform ist nur ein Vorgeschmack, aber auch ein Symbol. Wir geben Dir einen übergeordneten Rang."

Eine Maske in der Form eines Papageis sagte: „Er scheint unbeeindruckt."

„Sicher ist ihm nicht klar, was ein übergeordneter Rang bedeutet."

„Sprecht ihn auf seine erotischen Neigungen an."

„Wir stellen Dir 5 Königinnen zur Seite. Mehr, wenn es nötig sein sollte."

„Du könntest all die absurden Liebeleien ausleben, die Dir in Deinem früheren Leben misslungen sind."

„Wir gewähren auch ungewöhnliche Wünsche."

Die schwarze Maske erläuterte: „Wir urteilen nicht. Leidenschaften sind nur Leidenschaften."

Elias atmete schwer und fragte: „Mir ist nicht klar, worum ihr mich bittet. Soll ich mich unterwerfen?"

Eine expressive, altertümlich wirkende Maske antwortete: „Unterwerfung ist nicht nötig, wäre unserer Idee sogar abträglich."

Eine hölzerne, ovale, rot gestrichene Maske ergänzte: „In den Jahren haben wir gelernt, dass diese Umgebung für Menschen nicht leicht zu ertragen ist."

„Auf dieser Station ist alles in Wandlung begriffen, alles Chaos und Unordnung."

„Viele der Patienten entwickelten Sehnsüchte nach einer einfacheren, beherrschbaren Situationen. Sie waren sich nicht im Klaren, welche Vorzüge diese Station bietet."

„Wir brauchen Chaos und Unordnung, wie man sie auch in der menschlichen Natur findet. Ein permutatives Element, um unserer Realität neue Elemente hinzuzufügen. Wir verfallen sonst in eine unangenehme Starre."

„Für uns ist all das nur Traum. Nur eine Erfindung unseres eigenen Geistes."

Die übergroße, schwarze Maske ergänzte: „Zugleich könnte ein Mensch mit passender Veranlagung unsere Idee in die Welt tragen."

„Wir erinnern uns mit Freude an die Rede vor der Masse. Sie zeigte alle Qualitäten, die wir benötigen."

Elias sah der Marotte fragend ins Gesicht und fragte: „Dann wäre auch ich nichts anderes, als eine Maske für die unruhigen Träume des Klinikums?"

Eine kleine Maske mit aufgemalten Gesichtszügen und roten Wagen antwortete: „Wir nehmen Dir nicht Deinen freien Willen."

Eine persisch anmutende Maske ergänzte: „Wir bitten Dich nur, keinen Widerstand zu leisten und keine kleinlichen Bedenken zu hegen."

Die schwarze Maske warf ein: „Ein übergeordneter Rang würde auch bedeuten, dass wir für ideale Arbeitsbedingungen sorgen. Du könntest Dir ein Atelier nach eignen Wünschen einrichten. Wir können kostbare Malmittel und Utensilien bereitstellen und wenn nötig einen Therapeuten oder Berater, um die Kunst diskutieren zu können."

Eine Maske mit aufgemaltem Schachbrettmuster fügte an: „Wir können Mysterien veranschaulichen oder sogar enthüllen, wenn nötig."

„Jahrzehnte metaphysischen Denkens haben ganz erstaunliche Ergebnisse zutage gefördert."

„Dieser Ort ist ein Paradies für einen Theosophen."

„Er hat die grundlegenden Züge eines Theosophen, selbst wenn es ihm nicht bewusst ist."

Eine Maske in der abstrahierten Form eines Raubvogels fügte an: „Vielleicht reizt Dich die Bibliothek, die auf dieser Station verwahrt wird. Sie beinhaltet einen Großteil der Sammlung von Wilhelm Page."

Eine Maske mit blauer Haut und den Zügen eines Jünglings sagte: „Viele weitere Besitztümer von Wilhelm Page und Marie Narrenschuh sind noch erhalten. Darunter Notizbücher, Skizzen und Pläne für das Klinikum. Entwürfe für Einrichtungsgegenstände und Mechanismen."

„Mit ein wenig Einarbeitung ist nachvollziehbar aus welcher Quelle der Irrsinn dieser Station und des Klinikums als Ganzes stammt."

„Wir hüten einzigartige Werke von Patienten. Seien es Bildwerke oder Schriften."

Eine grüne Maske voller Steine und Perlen warf ein: „Du solltest bedenken, welche Wandlung Du innerhalb von nur wenigen Wochen oder Monaten erfahren könntest."

„Wir würden auch Ruhephasen gewähren."

„In diesen Abschnitten würden sich Absonderlichkeiten ereignen, aber nicht in der gewohnten Geschwindigkeit und von harmloserem Charakter."

Die übergroße, schwarze Maske ergänzte: „Hilfreiche und köstliche Gifte stehen bereit. Eine Beraterin könnte das jeweils passende Medikament verabreichen."

Eine gestreifte Maske, die an einen Wasserspeier erinnerte, fügte an: „Wir verwahren eine große Auswahl psychotroper Substanzen. Nichts was gemeinhin bekannt ist, fehlt in unserer Sammlung."

Eine Pause entstand. Elias fühlte zugleich einen Schwindel und eine bleierne Schwere. Die Marotte machte ein hässliches Gesicht und sagte: „So macht das keinen Sinn. Du bist zu Tode erschöpft."

Elias nahm eine aufrechte Haltung an und sagte mit Nachdruck: „Solche Entscheidungen müssen warten. Ich benötige etwas Ruhe."

„Hat er uns verstanden?", fragte eine Maske, die den Eindruck des Werks eines Expressionisten machte.

Eine Maske mit weiblichen Zügen und fliederfarbenem Teint warf ein: „Sprich ihn erneut auf seine erotischen Wünsche an."

Die schwarze Maske nahm, soweit ihr das möglich war, einen verständnisvollen Blick an und sagte: „Lass uns dieses Gespräch noch zu Ende führen. Danach wird Dich eine Beraterin in ein passendes Zimmer führen."

Elias stand auf, straffte sein Jackett und ging gedankenverloren zwei Schritte. Als die schwarze Maske erneut das Wort ergreifen wollte, sah Elias sie scharf an und bedeutete ihr zu schweigen. Er stellte sich in die Mitte des Raums vor den Stuhl und sagte: „Mir wird klar, dass dies für mich eine einzigartige Gelegenheit ist. Ich will verschiedene Gedanken-gänge äußern."

Er wartete einen Augenblick. Die Masken zeigten eine Mischung aus An-spannung und Unruhe. Elias fuhr fort: „Wahrscheinlich war ich schon vor den Ereignissen, von denen ich sprechen möchte, nervlich angegriffen. Dennoch ist mir nicht klar, ob meine Erkrankung ausgebrochen wäre, wenn nicht das Klinikum auf vielfältige Art und Weise einen Einfluss ausgeübt hätte. Es begann mit dieser absurden, wahnhaften Mode. Dem Auftauchen von Hüten und Masken in Ulmenau und der Leidenschaft der Einwohner für diese Utensilien. Bereits einige Wochen vor meiner Ein-lieferung setzt man mich schockierenden Situationen aus und zerstört mein Vertrauen in meine Wahrnehmung. Nach kurzer Zeit setzt man mir diese okkulte Figur, den Maskenträger mit Mantel und Hut, vor die Nase, liefert mich ihren Spielen mit der Wirklichkeit und ihren okkulten Ge-sängen aus. Vor allem in der Gegenwart von Eva Nelke verzerrt und ver-ändert man meine Realität und vernichtet meine Möglichkeiten, sie für mich zu gewinnen. Ich zeige Vernunft und Verantwortlichkeit und be-gebe mich ins Klinikum. Aber die Hoffnung die surrealen Ereignisse würden verschwinden, die Erkrankung abklingen, erfüllen sich nicht. Ste-tig wird mein Realitätssinn angegriffen. Man verschafft mir Zugang zu okkulter Literatur, setzt mich dem Einfluss wahnhafter Persönlichkeiten aus. Eine ganze Reihe magischer Spiele setzt ein, die immer zur Folge haben, dass ich in eine höher gelegene Station verlegt werde. Auf der Station C1West fühlte ich mich gut aufgehoben. Umso kürzer war meine Zeit dort. Mit der Verlegung auf C3 entreißt man mir den Kontakt zu liebgewonnenen Mitpatienten. Stattdessen werde ich in eine Gruppe ver-lorener Seelen eingeführt, die bereits kaum mehr eine Reaktion zeigen, wenn sich absurde, ganz erstaunliche aber auch schreckenerregende Dinge ereignen. Man lockt mich mit persönlichen Vorlieben und Wün-schen immer tiefer in das wahnhafte Konstrukt, das dieses Klinikum in Wahrheit ist."

Er machte eine Pause, dann ging er einen Schritt auf die Masken zu und ergänzte: „Es gibt so vieles anzuklagen, dass er mir schwer fällt eine sinn-volle Auswahl zu treffen und eine sinnige Reihenfolge zu finden. Bis in meine eigenen Träume werde ich manipuliert und verwirrenden Einflüs-sen ausgesetzt. Und niemand stört sich daran, mir zusätzlich psychotrope Substanzen zu verabreichen. Zugleich werden mir mehrere Geliebte zur Seite gestellt, die aber bei genauer Betrachtung mehr an ihrem weiblichen

Gegenüber interessiert sind. Man organisiert eine Menschenmasse, die meinen entrückten Ausführungen folgt. An dieser Stelle muss ich anfügen, dass ich jeglichen Personenkult verabscheue. Niemals würde ich mich zur Leitfigur einer neuen Bewegung machen lassen, ganz gleich wie ekstatisch das Gefühl während der Rede war."

Elias Rede brach ab. Ein heftiger Regen hatte eingesetzt und die Regentropfen prasselten gegen die Scheiben der abgedichteten Fenster. Nach kurzer Zeit fuhr Elias fort: „Es ist mir ganz unmöglich, meine Gedanken zu ordnen. Vielleicht konnte ich begreiflich machen, dass die Einflussnahme, die ich in den letzten Wochen spürte, teils sehr unangenehm war. Ich bin empört über die Behandlung, die ich in diesem Krankenhaus erfahren habe."

Die übergroße, schwarze Maske antwortete: „Einflussnahme ist unsere Natur. Es ist die einzige Art und Weise, durch die wir mit der uns umgebenden Welt interagieren können."

Eine weiße Maske in der Form eines Elefantenkopfes ergänzte: „Leid und Qual, die Du beschreibst sind Geburtswehen eines Menschen, der andere überragt. Und waren die Erfahrungen nicht reichhaltig und ästhetisch interessant? Sind Dir nicht neue Zusammenhänge zugänglich?"

„Ich wünschte ich wäre mit Zusammenhängen konfrontiert, die sich direkt erschließen.", erwiderte Elias.

Die Marotte machte auf sich aufmerksam und sagte halblaut: „Was immer Du fragen möchtest, jetzt ist die Gelegenheit. In ihrer Verwirrung geben sie vielleicht das Geheimnis preis."

Mit sehr langsamen Bewegungen ging Elias zu dem Stuhl, setzte sich und fragte: „Was hat es mit dieser Seuche auf sich, die angeblich in Ulmenau wütet?"

Eine längere Zeit erfüllte Flüstern den Raum. Elias strengte sich an, konnte aber nicht mehr als einzelne Begriffe verstehen. Der Maskenträger, der in den letzten Minuten reglos neben den Masken gestanden hatte, setzte Maske und Hut wieder auf und trat an die Tür des Raumes. Während das Flüstern ein Ende nahm, zeigte die schwarze Maske mit roten Lippen ein hässliches Grinsen und sagte: „Im Klinikum ist eine Infektion ausgeschlossen. Es muss Dich nicht kümmern."

„Was ist mit meiner Familie, meinen Freunden und Bekannten?", fragte Elias.

„Wir können nichts für sie tun."

Elias erhob sich und sagte: „Es ist die menschliche Natur, nicht wahr? Ihr seid zerfressen von Neid und Missgunst, angesichts der Möglichkeiten, die ein Leben als Mensch bietet. Eine sinnhafte Existenz mit allen Konsequenzen, die das mit sich bringt."

Der Pestmaskenträger öffnete die Tür des Raums und betätigte zugleich den Lichtschalter. Die Masken lagen wieder in undurchdringlicher Dunkelheit. Ein Spalt aus Licht fiel durch die Tür in das Zimmer. In diesem einfallenden Licht stand die Beraterin, die Elias auf der Station willkommen geheißen hatte. Elias ging auf sie zu, wankte und klammerte sich am Türrahmen fest. Ihn schwindelte und ihm wurde schwarz vor Augen. Mit einer schnellen Bewegung stützte ihn die Beraterin. Elias Sehkraft kehrte zurück, aber der Schwindel blieb und einen Augenblick glaubte er, sich übergeben zu müssen. Er machte einen Schritt den Gang entlang, aber die Beraterin gebot ihm Einhalt und sagte: „Unser Ziel ist in der anderen Richtung."

Mühevoll erwiderte Elias: „Mir ist ganz wunderlich. Ich weiß nicht, ob ich eine längere Strecke gehen kann. Noch nie war ich so erschöpft."

„In meiner Laufbahn als Beraterin habe ich 3 Patienten aus diesem besonderen Raum abgeholt. Jedem erging es so, wie es jetzt Ihnen ergeht. Schlimmer noch. Eine junge Frau kollabierte an der Stelle, an der wir jetzt stehen.", antwortete die Beraterin. Sie studierte Elias Gesichtsfarbe und fuhr fort: „Das Leben kehrt schon in Ihre Wangen zurück. 3 Räume den Flur hinab ist ein Ruheraum. Er ist eher klein und schlicht in der Ausstattung. Dennoch scheint er mir die beste Wahl, um Ihnen etwas Erholung zu verschaffen."

Elias nickte und ging tastende Schritte. Er hörte gedämpftes Gespräch und hielt inne. Über seinem Kopf befanden sich in den Stuck integriert Skulpturen von Tiergestalten. Sie bewegten ihre Köpfe und flüsterten sich kurze Sätze zu. Eine Kröte bemerkte, dass Elias sie beobachtete und zog eine Grimasse. Die Beraterin stützte ihn, aber er wehrte sie ab und erklärte: „Es geht schon. Wenn wir nur einige Schritte laufen, schaffe ich es ohne Unterstützung."

Während er diese Worte sprach, öffnete sich am Ende des Flurs eine Tür. Eine Katze aus Bronze mit reichlich grüner Patina huschte über den Flur und durch eine offene Tür. Wenige Momente später folgten ihr 2 Mädchen aus dem gleichen Material. Sie trugen altmodische, adrette Kleider und ihr Haar war zu Zöpfen geflochten. Das zweite Mädchen war deutlich jünger als das, das vorneweg lief. Während es über den Flur lief, rief es: „Warte ein wenig auf mich Laura. Ich will die Katze auch in den Arm nehmen."

Die Beraterin beobachtete Elias aufmerksam, während sie langsam den Flur hinab gingen. Nach einigen Momenten war sie überzeugt, dass ihr Patient in der Lage war zu gehen. Schließlich sagte sie: „Alles ist in Aufruhr. So viel Aktivität und Gleichzeitigkeit habe ich in Jahren nicht erlebt."

Sie blieb neben einer blau lackierten Tür stehen, deutete auf eine Zimmernummer und sagte: „Die ist der Raum 19D. Hier können Sie regenerieren."

Sie öffnete die Tür und schwang sie auf. Das Zimmer dominierte eine großes Bett. Zusätzlich fanden sich 2 Stühle, ein kleiner Tisch, ein Spiegel und ein Bücherschrank, der etwa zur Hälfte gefüllt war. Die Einrichtung war aus Holz gefertigt, teils weiß gestrichen und mit klaren, strahlenden Farben bemalt. Rahmen, Füße und Flächen waren gebogen und verziert. Das Motiv eines verbogenen, gewundenen Kegels wiederholte sich in verschiedenen Elementen. Es fanden sich keine Skulpturen oder Abbildungen belebter Wesen. Elias nahm das Zimmer in Augenschein und stellte erleichtert fest, dass sich nichts Ungewöhnliches abspielte. Der Regen hatte nochmals an Intensität gewonnen und von Zeit zu Zeit zerrte tosender Wind an den Fenstern. In den Wolken waren Blitze zu sehen, aber es war kein Donner zu hören. Elias nahm einen der Stühle und positionierte ihn vor einem Fenster. Inzwischen verschwand die Beraterin mit den Worten: „Ich bin gleich zurück. Einen Moment nur."

Elias versank in der Betrachtung des Unwetters und des Lebens auf den Straßen von Ulmenau. Passanten eilten ihren eigenen Zielen entgegen oder verschwanden in Innenräumen. Gräser und Bäume wiegten sich im Wind. Überall waren Regenschirme zu sehen, an denen der Wind zerrte.

Die Beraterin kehrte mit einem Tablett zurück. Darauf befand sich ein kleines Frühstück, eine Karaffe mit Wasser, ein Glas und eine runde, weiße Pille. Sie stellte das Tablett auf den kleinen Tisch und wartete geduldig. Elias erhob sich, kam zu ihr und beäugte die Croissants und die Tasse mit frischem Kaffee. Währenddessen trug die Beraterin einen Stuhl herbei und sagte: „Nehmen Sie die Pille noch bevor Sie etwas essen. Es dauert eine Weile, bis die Wirkung eintritt."

Elias folgte der Aufforderung und nahm ein Frühstück zu sich. Das Unwetter hatte etwas nachgelassen, als sich eine unwiderstehliche Müdigkeit in ihm ausbreitete. Die Beraterin half ihm sich zu entkleiden und beruhigte ihn mit einem gegenstandslosen Gespräch. Elias sank in das bereitstehende Bett und fiel in einen erschöpften Schlaf.

In den nächsten Stunden erwachte er mehrmals. Die Beraterin hatte einen Stuhl an die Seite des Bettes gestellt und wachte über ihn. Später saß sie in ein Buch vertieft auf der anderen Seite des Bettes. Die Nacht brach herein und Elias Schlaf wurde tiefer. Am folgenden Morgen erwachte er für einige Augenblicke. Die Beraterin stand am Bücherschrank des Raumes und erklärte: „Dies ist die Märchensammlung von Marie Narrenschuh."

Elias fiel erneut in einen Dämmerzustand und Stunden vergingen. Es wurde wieder dunkel und Elias durchlebte intensive, teils unangenehme Träume. Er hatte zu jeder Zeit den Eindruck, nicht allein im Raum zu sein.

13

Elias war plötzlich hellwach. Er lag in dem Bett des Ruheraums, in den ihn die Beraterin geführt hatte, und fragte sich, wie lange er geschlafen hatte. Im Augenblick war er allein und die Wirkung der Medikamente, die man ihm eingeflößt hatte, war abgeklungen. Eine ungewöhnliche Stille lag über dem Raum und der Station. Elias stand auf und wendete sich der Kleidung zu, die ordentlich zusammengelegt auf einem Stuhl lag. Er zog die dunkelblaue Hose und das weiße Hemd an. Er griff nach dem Jackett, legte es aber wieder zurück. Es erfüllte keinen Zweck, machte sogar den Eindruck eines sarkastischen Scherzes auf Elias Kosten. Er trat an das Fenster und überblickte eine ungewöhnlich ruhige Ansicht von Ulmenau. Der Färbung des Himmels nach, war die Sonne erst vor wenigen Augenblicken aufgegangen und es waren auffällig wenige Menschen und Vehikel unterwegs. Elias knöpfte das Hemd zu und bemerkte, dass er keinen Duft frischer Zitronen roch. Es war seit Tagen das erste Mal, dass das Aroma nicht zumindest hintergründig in der Luft lag.

Mit großer Vorsicht trat Elias an die Tür des Zimmers, öffnete sie und warf einen Blick auf den Flur. Vom Personal war nichts zu sehen. Die Skulpturen, Bilder und Fotografien regten sich nicht. Elias schloss die Tür und sah die Marotte an, die auf dem Tisch des Raums lag. Sie funkelte ihn mit übergroßen Augen an und sagte: „Ich spüre es auch. Die Station ist in einen tiefen Schlaf gefallen."

„Vielleicht weil ihr einziger Patient mehrere Tage schlief. Wir wissen es nicht.", antwortete Elias.

Die Marotte zeigte ihre Zähne und erwiderte: „Was immer uns vorschwebt, wir sollten es in diesem Augenblick tun."

Mit sanften, leisen Schritten ging Elias zu der ledernen Tasche, die an dem Rahmen des Bettes lehnte. Er vergewisserte sich, dass alle Gegenstände vorhanden waren. Dann fuhr er sich durch den dichten Bart und murmelte: „Aber wie finden wir den Ort, den wir suchen?"

Währenddessen nahm er die Marotte in die Hand und näherte sich der Tür des Zimmers. Die Marotte zischte und sagte: „Eine ungefähre Vorstellung, welcher Weg der richtige ist, habe ich. Alles weitere findet sich unterwegs."

So lautlos wie möglich, öffnete Elias die Tür und trat in den Flur. Er wendete sich nach rechts und die Marotte nickte. Er ging einige Schritte und beobachtete, ob eine unnatürliche Veränderung sichtbar war. Alle Details des Flures machten den Eindruck statischer, unbelebter Objekte. Elias studierte einige schwarzweiße Fotografien, die an der rechten Wand des Flurs angebracht waren. Sie zeigten einen kleinen Jungen auf einem Rummel, in Begleitung einer ungewöhnlich schönen Frau mittleren Alters. Auf jedem der drei Bilder hielt der Junge einen zusätzlichen Luftballon in der Hand. Neben den gerahmten Fotografien führte eine rote Tür in einen unbekannten Bereich der Station. Die Marotte in Elias Hand sagte: „Nach den drei Luftballons müssen wir die erste rote Tür durchschreiten."

Der Raum hinter der Tür barst vor Skulpturen. Die meisten waren aus kostbarem Marmor gefertigt, nur wenige aus Holz oder Metall. Teils waren sie unter weißen Tüchern verborgen. Einige waren noch unvollendet oder beschädigt. Der Raum machte den Eindruck lange nicht mehr betreten worden zu sein. An einer Wand befanden sich drei identische, weiße Türen. Elias blickte sich ratlos um. Es gab keinen Hinweis darauf, was sich hinter den Türen verbarg. Elias verkleinertes Abbild machte sich bemerkbar und sagte: „Es ist der Weg der Mitte."

Elias suchte sich einen Weg zur mittleren der Türen. Als er die Hand an den Türgriff legte, drang ein Geräusch aus dem Flur. Es war zu leise um es genauer zu bestimmen, mehrte aber Elias Furcht, die Station könnte in Kürze wieder zum Leben erwachen.

„Ein wenig Eile. Nur sei so leise, wie es Dir möglich ist.", kommentierte die Marotte. Hinter der Tür erstreckte sich ein Gang einige Meter. An den Wänden hingen Miniaturen von Blumen und exotischen Pflanzen. Sie waren mühevoll und mit kleinem Pinsel und Ölfarben auf kleine Leinwände gebannt. Elias beäugte die Abbildung einer Pflanze, die er nicht identifizieren konnte, einige Sekunden, um zu sehen, ob Bewegung im Motiv sichtbar wurde. Das Bild blieb statisch und es waren keine Geräusche zu hören. Elias eilte zum Ende des Flurs. Eine Tür stand offen und gewährte einen Blick in einen Raum voller Radiotechnik. Die Ausstattung schien vollständig und in der Mitte der Anordnung standen mehrere bequeme Sessel, die mit Mikrofonen versehen waren. Elias wollte in den Raum treten, aber die Marotte rief: „Das ist der falsche Raum. Die nächste Tür ist die Richtige."

Elias orientierte sich und bemerkte eine rot gestrichene Tür. Er öffnete sie und trat in eine kleine Bibliothek. Möbel und Ausstattung waren sehr fantasievoll und reichhaltig. Es gab mehrere Sitzgelegenheiten und ein römisches Sofa. An den Wänden standen große, weiße Bücherschränke, die bis unter die Decke reichten. Nur eine Tür suchte Elias vergeblich. Verwirrt lief er von Schrank zu Schrank. Er verschaffte sich einen Eindruck der Sammlung. Es waren Werke über Geschichte, Philosophie, Biologie, Kunst und Kunstgeschichte und esoterische Strömungen des 19. und 20. Jahrhunderts vorhanden. Bei vielen Exemplaren scheiterte Elias an der Einordnung in ein Fachgebiet. Dann bemerkte er eine Unregelmäßigkeit. Einer der Bücherschränke war nur mit rot gebundenen Büchern gleichen Formats gefüllt. Elias nahm eines heraus und las überrascht den Titel „Erscheinungsformen und Wege des Teufels".

Die Marotte in seiner Hand wurde unruhig und sprach: „Einen eindeutigeren Hinweis können wir uns nicht wünschen."

Elias stellte das Buch an seinen Platz und untersuchte den Bücherschrank. An der linken Seite fand er etwas, das wie ein Scharnier wirkte. Vielleicht war das Möbelstück beweglich, wenn man den dafür gedachten Mechanismus fand. Aber wenn ein Mechanismus existierte, war er gut verborgen. Längere Zeit suchte Elias erfolglos nach einem Griff, Schalter oder Auslöser anderer Art. Zuletzt entdeckte er in den identischen Ausgaben der metaphysischen Schrift eine Lücke. Er holte sein eigenes Exemplar aus der Ledertasche, nahm Fotografien und Notizen heraus und steckte das Buch in die Lücke. Der Bücherschrank reagierte mit einem lauten Klicken und Geräuschen, die an ein Uhrwerk erinnerten. Nach einem lauten Geräusch sprang der Schrank auf. Der rechte Rand stand etwas weniger als einen Zentimeter von der Wand ab und der Schrank ließ sich bewegen.

Elias öffnete die verborgene Tür und trat in einen weiteren Flur. Aus verschiedenen Türen drangen Geräusche. Direkt zu Elias Rechten war an einer hölzernen Tür eine Neonreklame angebracht. Aus dem Schriftzug „Moulin Bleu" wurde Elias nicht schlau. Während die Marotte den Kopf schüttelte und protestierte, dies wäre nicht der richtige Weg, öffnete Elias die Tür. In einem weitläufigen Raum fanden sich mehrere Sessel, Sofas und andere Möbel, deren Zweck Elias nicht erkennen konnte. In dieser Anordnung saßen 5 Frauen, die teils nackt oder nur sehr sparsam bekleidet waren. In der Nähe der Tür saß eine blonde Frau mittleren Alters, die ihr langes Haar zu einer Hochsteckfrisur formte. Sie trug nur einen weißen Büstenhalter und weiße Strumpfhalter. Erstaunen und Überraschung waren an ihrem Gesicht ablesbar. Die anderen 4 Frauen kamen zögerlich näher und beäugten Elias. Sie bildeten ein Panoptikum des weiblichen Körpers, erfüllten in der Summe alle erdenklichen Vorlieben. Die blonde Frau stand auf und sagte: „Endlich sehen wir uns, mein Kind."

Elias folgte einem heftigen Impuls und schloss die Tür. Er würde nicht entkommen, wenn er jetzt erotische Spiele zuließe. Er ging nur wenige Schritte, dann öffnete sich eine Tür auf der linken Seite des Flurs. Ein Mann in einem eleganten, braunen Anzug trat in den Flur. Er legte ein einstudiertes Lächeln auf und begann Elias mit freundlichen Worten anzulocken. Er erklärte, er sei Vertreter für Künstlerbedarf gehobener Ansprüche. Dann umriss er sein Sortiment und wies darauf hin, dass in diesem ungewöhnlichen Fall das Klinikum für die Kosten aufkommen würde.

Während der Vertreter sprach beobachtete Elias einige Engel, die an der Decke des Flurs angebracht waren. Erst waren nur verhaltene Bewegungen zu sehen, dann erfüllte Leben die Skulpturen. Nach kurzer Zeit wies einer der Engel mit einem Finger auf Elias und eine heftige Diskussion entfaltete sich. Leider konnte Elias dem altmodischen Latein keinen Sinn entnehmen. Der Vertreter für Malutensilien schien über Elias mangelnde Aufmerksamkeit erbost und fuhr seine Ausführungen mit lauter Stimme fort. Elias spürte, dass die ganze Station wieder zum Leben erwachte und er hatte den gesuchten Ort noch nicht gefunden.

Er entfernte sich langsam von dem Vertreter, der jetzt einen zornigen Ausdruck nicht mehr verbergen konnte. Direkt zu Elias Linken öffnete sich eine weitere Tür und eine kuriose Figur sah ihm ins Gesicht. Ein mannhoher Frosch, in ein rotes Gewand gekleidet, trat an ihn heran und fragte: „Eine exotische Substanz, um die Sinne zu verwirren und das Gemüt zu entspannen? Was könnte ich für den Herrn tun?"

Elias erwiderte: „Nein. Danke sehr. Meine Verwirrung ist bereits groß genug."

Der Frosch zog an seiner ungewöhnlich langen Zigarette und sprach: „Ich bewahre einige ungewöhnliche Pflanzen für einen besonderen Moment auf. Ein guter Bekannter mit Beziehungen in Südamerika hat sie mir verschafft."

Elias winkte ab und ging den Flur hinab. Die Skulpturen über ihm, die der griechischen Mythologie entnommen waren, ließen ihn nicht aus den Augen und folgten seiner Bewegung. Elias ging an einem großformatigen Gemälde vorbei. Es war eine komplexe Szene, voller Andeutungen und Ähnlichkeiten. Nach wenigen Sekunden Betrachtung ermahnte sich Elias, für solche Details keine Zeit aufzuwenden.

Er hatte sich gerade losgerissen, als zu seiner Rechten eine Tür aufschwang. Das Spiel einer Drehorgel drang aus dem Raum. Zusätzlich Lautäußerungen exotischer Tiere und weitere Geräusche, die mit einem lebhaften Zirkus einhergingen. Mehrmals war das Trompeten eines Elefanten zu hören. In einigen Schritten Entfernung stand ein beleibter Mann in einem schlecht sitzenden Anzug. Er trug einen Zylinder, den er immer wieder hob, um Besucher zu grüßen. Als er Elias bemerkte, ließ er davon ab und kam zu der Tür. Mit stolzer Stimme sagte er: „Erfahren auch sie die Wunder des Zirkus Ulmenau. Neben dem Programm im großen Zelt zeigen wir menschliche Kuriositäten. Da wäre der kleinste Gewichtheber der Welt, eine Frau mit der geschuppten Haut einer Schlange, siamesische Zwillinge, die das unglaubliche Alter von 120 Jahren überschritten haben und ein junger Mann mit den Hörnern eines Dämons."

Der Zirkusdirektor trat an Elias heran und sagte in vertraulichem Tonfall: „Und wenn es sie interessiert, kann ich ihnen die Frau mit den größten Brüsten der Welt zeigen. Ein ganz erstaunlicher Anblick und besonderen Gästen vorbehalten. Gegen ein geringes Entgelt versteht sich."

Elias schloss kommentarlos die Tür und eilte weiter. Die Marotte schnitt eine Grimasse und sagte: „Es ist leicht zu erraten. Am Ende dieses Flurs oder in der direkten Nähe finden wir was wir suchen."

Einige Schritte vor Elias öffnete sich eine weiß gestrichene Doppeltür. Pollen und Blütenblätter wurden in den Flur geweht. Hinter der Tür eröffnete sich eine weitläufige Parklandschaft. Aufgeregtes Zwitschern von Vögeln war zu hören. Ein Mann in einer blauen Latzhose, der sich mit einem Strohhut vor der Sonne schützte, kam auf Elias zu. Er lächelte freundlich, streckte seine Glieder und sagte: „Es ist meine neueste Schöpfung."

In einiger Entfernung stand ein prächtiger Baum, in dessen Schatten ein Mann und zwei Frauen in der Mode des ausklingenden 19. Jahrhunderts saßen. Sie unterhielten sich angeregt. Der Mann spielte mit einem schwarzen Zylinder in seinen Händen, während sich die 2 Frauen an der Hand hielten.

Ohne Zögern ging Elias weiter. Er sah nur drei weitere Türen, dann war das Ende des Flurs erreicht. Die ihm nächste Tür öffnete sich, als er vorbeiging. Der Raum hinter der Tür war nur schwach ausgeleuchtet und ein dunkles Blau dominierte die Einrichtung. In einem bequemen Sessel saß ein älterer, weißhaariger Mann in einem dunklen, orientalisch anmutenden Gewand. Er begann sofort auf Elias einzureden, schwadronierte von Metaphysik, Synkretismus und Theosophie. Er zitierte Elias gänzlich unbekannte Denker und Philosophen.

Die nächste Tür stand offen. Mit leisen Schritten ging Elias an ihr vorbei und spähte vorsichtig in das Innere. Es war ein Behandlungszimmer mit mehreren Sitzgelegenheiten, einem Tisch und mehreren Bücherregalen. Frau Eulenberg saß an dem mit Unterlagen überladenen Tisch und war in ein Schreiben vertieft. Sie schien Elias nicht zu bemerken.

Vor der letzten Tür des Ganges hielt Elias inne. Er legte sein Ohr an die Tür und horchte, aber es drang kein Laut aus dem Zimmer. Möglichst geräuschlos öffnete Elias die Tür und betrat ein Wartezimmer, das offensichtlich zu dem Arztzimmer nebenan gehörte. An den Wänden standen mehrere einfache Stühle und auf einem niedrigen Tisch lagen Zeitschriften, die mehr als ein Jahr alt waren. In einer Ecke des Raums stand eine große Zimmerpflanze, die einen vernachlässigten Eindruck machte. An einer der Wände machte Elias eine Entdeckung. Eine metallene Treppenstufe führte zu einer dunkelgrünen Metalltür mit rotem Griff.

Frau Eulenberg schien Elias noch nicht bemerkt zu haben. Kein Laut drang aus dem Nebenraum. Elias stieg auf die Treppenstufe, sah der Marotte fragend ins Gesicht und sagte: „Es kann nicht sein. Es würde mich sehr verwundern, wenn diese Tür nicht verschlossen wäre."

Die Marotte atmete hörbar aus und erwiderte: „Versuche einfach Dein Glück."

Elias legte die Hand an den roten Türgriff und drehte ihn. Die dunkelgrüne Tür schwang auf und gab den Blick auf einen Außenbereich frei. Vor der Tür war eine Plattform und eine Feuertreppe, die in die Tiefe führte. Elias trat auf das Metallgitter vor der grünen Tür. Ein kalter, morgendlicher Wind erfasste ihn. Frühling und Winter stritten um die Vorherrschaft. Aus dem Park und den angrenzenden Straßen drangen die Geräusche einer belebten Stadt. Elias studierte die Konstruktion der Fluchttreppe. Sie machte keinen verlässlichen Eindruck auf ihn, war sicher schon Jahrzehnte alt.

Während Elias in die Tiefe starrte, trat Frau Eulenberg durch die Metalltür. Sie presste die Lippen zusammen, verschränkte die Arme und litt sichtlich unter Kälte und Wind an diesem exponierten Ort. Sie wartete einen Augenblick, dann sagte sie: „Du verhältst Dich wie ein gekränktes Kind."

Elias blickte zu Boden und antwortete: „Dort unten wartet ein Leben, das Regeln folgt. Regeln, die ich erlernt habe und begreife. Zumindest in vielen Fällen."

„Wir haben Dich liebgewonnen und möchten, dass Du bleibst."

Eine Pause entstand. Die Beraterin suchte in Elias Augen und sagte schließlich: „Du könntest tun, wonach Dir ist. Wir würden Dir Lust bereiten. Wir verlangen nicht mehr von Dir, als die Absonderlichkeit des Klinikums zu ertragen."

Elias griff nach dem Geländer der Feuertreppe, rüttelte ein wenig daran und antwortete: „Noch könnte ich diesen kuriosen Ort ertragen. Aber was wird in Tagen oder Wochen sein? Wie werde ich mich in einem oder mehreren Jahren fühlen?"

„Was Du bisher erlebt hast, war nur eine kurze Episode. Stell Dir vor, welche Wunder wir Dir noch zeigen könnten."

Ein heftiger Windstoß erfasste Elias und die Beraterin. Die Treppe gab ein Seufzen von sich. Elias blickte gebannt in die Tiefe. Frau Eulenberg wich einen Schritt in Richtung der Tür zurück und fragte: „Ging es Dir nicht auf der Station C3 sehr gut?"

Nach wenigen Sekunden fügte sie an: „Wir können Dich, auf Deinen Wunsch hin, auf eine andere Station verlegen. Nur ist dann nicht gewiss, ob Du erneut den Weg in die höheren Stationen findest."

Elias verlagerte sein Gewicht und rüttelte erneut an dem Geländer der Fluchttreppe. Die Marotte in seiner Hand gab ein hässliches Lachen von sich.

Zeitfracht Medien GmbH
Ferdinand-Jühlke-Straße 7
99095 Erfurt, Deutschland
produktsicherheit@kolibri360.de